有爱的青春陪伴者

荆棘烈焰

时玖远 著

天津出版传媒集团

天津人民出版社

图书在版编目（ＣＩＰ）数据

荆刺烈焰 / 时玖远著. -- 天津：天津人民出版社，
2023.12
ISBN 978-7-201-19799-9

Ⅰ.①荆… Ⅱ.①时… Ⅲ.①长篇小说－中国－当代
Ⅳ.①I247.5

中国国家版本馆CIP数据核字(2023)第181412号

荆刺烈焰

JINGCI LIEYAN

时玖远　著

出　　　版	天津人民出版社	
出 版 人	刘　庆	
地　　　址	天津市和平区西康路35号康岳大厦	
邮政编码	300051	
邮购电话	(022) 23332469	
电子信箱	reader@tjrmcbs.com	

责任编辑	玮丽斯		
特约编辑	雪　人	听　听	
装帧设计	刘　艳	孙欣瑞	

制版印刷	长沙鸿发印务实业有限公司
经　　　销	新华书店
开　　　本	880毫米×1230毫米　1/32
印　　　张	10
字　　　数	278千字
版次印次	2023年12月第1版　2023年12月第1次印刷
定　　　价	45.00元

目 录
M U L U

▼

目 录

M U L U

第一章 / 险境相遇 ▾
戴面罩的男人。

1

窗外是影影绰绰的红枫山，屋内陈设仿佛瞬间都消失不见，她的眸折射出琉璃的色彩，像漫天的艳阳将他整个人点燃。

"关灯干吗？"他的视线落在她出尘的脸庞上。

她瞭望着视野开阔的红枫山，表情深远："我喜欢在黑暗中看这个地方，所有肮脏不堪都能被掩盖住，看着多宁静啊，可惜第二天太阳照样得升起来。"

他回味着她的话，问道："刚才的曲子是你弹的？"

她望着群山若隐若现的轮廓，眼神宁静悠远："世界以痛吻我，却要我报之以歌。"

他的视线也飘了过去："只有流过血的手指，才能弹出世间的绝响。"

她回过头对上他的视线，他轻笑："没想到你也看《飞鸟集》？"

她昂起下巴，睨着他："怎么，在你们眼中我就该逃课挂科？"

他笑着摇了摇头，她似有若无地瞥着他，唇边挂着魅惑的笑："你在想什么？"

他不躲不闪，眼神直视着她："想你。"

她笑意更深，嘴角浮起挑衅的弧度："你不敢。"

他倏地站起身几步走到窗边，高大的身影压向整面窗户，炙热强势的吻铺天盖地席卷向她。

狂热、激烈、无止境的缱绻随着尼古丁和酒精的刺激瞬间爆发。

夜风微凉，月影婆娑，红枫摇曳，漫过整片东海岸，带着被丢弃的记忆，一起被掩埋在看不见的黑暗之中。

夏璃缩了缩手脚，喉咙有些干涩，手臂在被人摇晃，剧烈的震颤让她的意识迅速回笼，耳边有人急促地喊着："夏部长，夏部长醒醒，不好了！"

夏璃微眨了下眼睛，随后猛地睁开，发现越野车不知道什么时候已经停了。周围陷入一片朦胧之中，豆大的雨滴仿若山体塌方的小石块，砸在车玻璃上发出恐怖的"噼啪"声，视野可及范围不到两米，气压低沉得可怕，将他们压缩在山脉之间。

夏璃反应了两秒，而后裹着藏蓝色棉麻衬衫直起身问道："怎么了？"

副驾驶座位上的郝爽立马回过身焦急地说："车子抛锚了，刚才打了救援电话，说华岭北段吴家堡隧道塌方，现在雨太大救援车根本过不来，让我们等雨势变小再看情况，怎么办？"

正值八月天，郝爽从芜茳过来只穿了一件短袖，此时车子熄火冻得人直哆嗦。

开车的杨师傅和旁边的林灵聆都同时看向夏璃。这次出车从芜茳去西北的庆凉市参加投标，一行四人行程两千多千米，要穿越地势险峻、平均海拔三千米的华岭，随车还带有密封的标书和吕总让他们务必要带给西北区域事业部部长的一款没有对外公布的零部件。

因为包装严实，夏璃没有看见箱子里具体是什么，只是临走时吕总反复强调，这东西寄过去他不放心，让夏璃一定要亲手将东西交到孙部长手中。

夏璃作为起帝品牌事业部部长，在这四个人当中职位最高，此时所有人都静待她的决策。

她微蹙眉峰，抬手擦开窗户上的雾气，天空的雨柱跟刀子样毫无缓解的架势。她前后看了看，车子停在山路边上，她醒来已经十分钟了，一辆路过的车都没有，周围荒凉一片。

华岭是北方和南方的地理分界线，全长将近一千八百多千米，山脉地势险峻，温差极大。他们此次计划是穿过一百三十二个隧道，耗时十个小时中途不间断直接穿越华岭抵达荣台县落脚，尽量不在华岭过夜。

但现在的情况明显打破了原本的计划。

夏璃短暂思索了半分钟后，突然抬起手腕看了眼那块黑色的运动手表，上面显示时间下午两点二十五分。离天黑还有几个小时，她果断将衬衫纽扣解开，往头上一罩，拿起伞对林灵聆说："你搜索一下附近的人，看看有没有塌方前进来的车辆，如果有赶紧联系下。杨师傅查下离荣台县还有多少千米，郝爽你再确认下近几个小时的天气情况，我下去看看车子。"

说完，她就准备拉开车门，林灵聆吓了一跳赶忙拉住她："外面雨太大，你这样出去……"

林灵聆话还没说完，夏璃就已经抽回手，颇为严肃地转回头："你知道我们要是在这儿过夜意味着什么吗？"

一句不轻不重的话让林灵聆心头"咯噔"了一下。

紧接着狂风夹杂着暴雨灌进车内，"呼啦"一下打在林灵聆的身上，她下意识地用手臂挡住，下一秒车门再次关闭阻隔了外面的狂乱。

夏璃瞬间被暴雨淋透，深咖色背心紧紧贴在身上，大量的雨柱顺着她的短裤浸湿她笔直的双腿，那钻心的冰凉让她猛地打了个寒战。然而她没有犹豫分毫，踩着平底凉鞋就走到车前，顶着大雨熟练地掀开引擎盖。

此时，车内三人才反应过来，分别低头查询路线、天气和附近的人，直到林灵聆冷不丁地冒了句："刚才夏部长说我们留下来过夜会意味着什么？"

杨师傅抬了下头，面色有些不大好地盯着倒视镜里的林灵聆，操着沙哑的烟嗓："我出来前听车队里的人说华岭覆盖面积太大，有七十七个峡谷，还有很多野生动物，平时藏在深山一般不会跑到公路上来，但我估摸着刚才夏部长那意思，要是耽搁下去怕拖到晚上大事不妙。"

林灵聆到底在城市里生活惯了，猛然听见野生动物，心头一凉，下意识往窗外看去，可惜目及之处一片朦胧。她瞪着一双浑圆的大眼，扒着前面的椅背，弱弱地问道："不会有狼吧？"

郝爽接道："肯定有啊。这么一大片山脉，连我们厂后面的排吉山听说都有，更何况这里。"

杨师傅看了看外面的瓢泼大雨，有些担忧地说："狼群还好，就怕山猪，它们比虎还猛，准能把车子顶翻了。"

林灵聆不禁打了个寒战，对着搜索出的两个附近的人拼命发去求救消息。

而车外，大雨已经完全打湿了夏璃的睫毛，不停冲刷在她身上，刮得生疼。那把伞在狂风暴雨中显得可有可无，她用衬衫抹了一把脸，眉心紧皱，整个身子都探进引擎盖中。

杨师傅看了眼，念叨了句："这样不行，夏部长身子要淋坏嘞！"

不过很快夏璃一把关上引擎盖已经往后座走，一上来林灵聆就赶忙抽出纸巾来递给夏璃，却看见夏璃目光有些凝重，于是急切地问道："夏部长，怎么样？"

夏璃简单擦了下脸上的水，然后把衬衫拿下来拧干擦拭着手臂和腿，她张了张嘴，随后抬头看向大家，问了个让所有人都有些诧异的问题——

"我睡觉的时候，你们停过车？"

杨师傅答道："在北支加油站停了下，这条路就这一个加油站，我想着加满了上路放心点，怎么了？"

夏璃有些欲言又止，转而将心中的疑虑吞了下去，简单说道："我大概看了下，蓄电池没问题，到底是机械故障还是油路问题，现在雨太大没法进一步检修。你们那边查得怎么样？"

杨师傅赶紧汇报："离荣台县还有四百千米不到。"

夏璃瞥向郝爽，郝爽转过身将 iPad 的页面立在她眼前："我查了一下，未来十三个小时都在暴雨和大雨之间徘徊，一直要到明天凌晨四点以后可能会停两个小时，后面又要下一整天。这天气变得也太快了，跟我们之前查的不一样啊。"

夏璃拧着衬衫的手紧了紧："天气预报和女人心一样，你摸得准就不会一直单着了。"随后转头问林灵聆，"你呢？"

林灵聆岁数最小，头次到这么远的地方出差就遇上这种事情，难免有些慌乱："附近的人就搜索出两个，我发了好几条消息过去，都没回，会不会在开车没空看手机？"

此话一出，车内顿时陷入诡异的寂静，恰好此时远处的山谷间一道闪电骤现，从每个人的瞳孔中划过，像狂怒的光柱瞬间把大架岭照得惨白，在他们还没做出任何反应时，"啪"的一声巨响就在耳边炸裂，好似整个大地都跟着震了震，那声音荡在峡谷间引起一片回声，恐怖惊人。

林灵聆吓得已顾不得夏璃浑身潮湿，就往她身上蹭，哆哆嗦嗦地说："怎么办啊？我们不会一直在车里等到雨停吧？我害怕……"

此时此刻所有人脸上都蒙上一层灰白，夏璃目光沉寂地看见车前的山体有细小的石子顺着山壁打在地上，只不过石子较小混着暴雨，其他人并没有发现。她琉璃一般的瞳孔骤然缩紧，一把拿过手机，看见两个头像。

第一个名字叫"最靠谱的神射手"，头像是张龇牙咧嘴的自拍照，看着就不大靠谱的样子，距离他们十八千米。

第二个头像是一颗柠檬，名字叫"帅得惊天动地"，距离他们只有十千米。

夏璃快速在网上下载了一张美女图片，把林灵聆那张诡异的头像换了，点开页面输入文字：高价寻求小哥哥帮助，上不封顶！

分别发完后，她将手机一锁扔到林灵聆身上，随后车内再次陷入死一般的静谧。然而就在此时林灵聆的手机突然响起"叮"的一声，她打开一看，那个名叫"帅得惊天动地"的通过了好友验证，并传来四个字"定位发来"。

2

十几分钟里所有人都很煎熬，不停擦着车玻璃上的雾气向窗外张望，直到那辆白色皮卡由远及近渐渐出现在大家的视野中，就像从天而降的救星，燃着了所有人的情绪。林灵聆直接欢呼了起来："幸好幸好，有救了！"

然而夏璃却对前面的郝爽说："我们先过去跟车上的人谈谈，看看他们到哪儿。"

于是夏璃和郝爽下车，司机老杨和林灵聆在车上等，对面皮卡里的人见这边有人下来便开了车门锁。

郝爽撑着伞把夏璃让到身前，透过车窗玻璃依稀看见车前坐着两个男人，夏璃直接拉开皮卡后座的门就坐了上去，钻到了驾驶座的后面，正好可以看见坐在副驾驶的男人，头发略长有刘海，正啃着苹果，倒是一张娃娃脸没有什么攻击性，反而有点……可爱？

那人回过头打量了一番夏璃，有些吃惊地说："姑娘，你这是才洗了把纯天然淋浴？你就是头像上那个美女？"

郝爽已经上了车，关上车门，将手伸了过去："你就是'帅得惊天动地'吧？帅哥好。"

"……"

副驾驶的男人伸出一只手过去："叫我庄子就行，你贵姓？"

"郝爽。"

听口音，这个庄子也不像西北汉子。郝爽对庄子说他们车子抛锚了，半步都动不了，问他们去哪儿能不能捎他们一程。

从庄子的话语中得知他们大概要去南疆一带，不过今天这情况肯定是走不了了，他们也不敢继续开下去，打算直接到几十千米外的一户农家落脚，等这场暴雨停了再赶路。

言谈中感觉这两人不是第一次来华岭这地方，居然还能摸清山里的农户。

郝爽忙发挥自己优秀的与客户沟通本事，和庄子套着近乎问他能不能带着他们一起去。

坐在驾驶座的男人一直没吭声，长腿敲在离合器边上，穿着一件黑色冲锋衣，大概由于温度骤降领口拉得高高的，戴着一个深蓝色的迷彩面罩。这种面罩在西北地区很常见，可以防晒防沙，必要的时候还可以防寒。

夏璃很快感觉到那个男人的目光，侧头看向倒视镜，正好对上那双漆黑明亮的眼。他的冲锋衣帽子卡在头上挡住眉骨，只是阴影下那双眼锐利得像狼，让夏璃心头浮起一丝异样，不禁蹙了下眉。

庄子这时有些为难地看了看外面的越野车："这个……你们人有点多啊。"

夏璃收回目光，直接将罩在头上的衬衫往下一拉，出声道："你开个价。"

庄子回头看见她精致的五官和异彩的瞳孔，整个人愣了一下："你是外国人？"

夏璃淡淡地说："中国人。"

话音刚落，一直坐在驾驶座上的男人"啪"的一声打开了暖气，暖风从车门边溢了出来，抱着胳膊的夏璃松了松手臂，渐渐坐直了身子。

庄子自从看清夏璃的长相后，整个人都有点蒙。美女他见过不少，但像夏璃这样五官深邃，介于清纯和性感之间的混血面孔身边实在不多见。

他当即竖起一根手指准备报个一千块，加住宿费，话还没说出来，驾驶座的男人打了下他的手，然后掰开他的大拇指，一瞬间变成了八。

庄子有些愣神地瞥了眼戴着面罩的男人，后者只是将手臂轻搭在方向盘上，心不在焉地敲打着。

庄子清了清嗓子，转身面向他们："我哥说了，要八千。"

郝爽立马弹了起来："八千？兄弟你们不能这样坐地起价啊，我们这也是公务，经费有限。况且住个民宿，我们四个人两间房就够了，你这一晚上的价格都赶上国际五星酒店了吧。"

庄子打开车边的小盒子倒了两颗口香糖往嘴里一扔，有些痞气地嚼着："随便你们吧，这么大的雨带上你们，我们也要承担风险。"

"这……"

郝爽还欲谈判，旁边突然传来一个声音打断了他："八千，成交。"

夏璃转头看向郝爽："不走公账，我承担，喊他们赶紧上车！"说完，一把拉开车门不顾大雨长腿就迈了出去，飒爽的马尾干练地一甩。

庄子回头"啧啧"道了句："有性格，我喜欢。"

驾驶座的男人却牢牢盯着倒车镜，握着方向盘的指节微微收紧。

根据刚才的石子滑落，夏璃意识到大架岭的特殊地势，整个山岭之间是深不见底的峡谷，惊雷的声音会一直回荡在峡谷间，导致一下雨这样的震动容易引起山体滑坡，怪不得这条路车辆极少。

继续待在车上，周围石子松动，到了夜里这场雨持续下去会发生什么谁也不知道，虽然八千块对于她现在的情况来说跟割肉一样，但到底性命比钱更重要，更何况这次出车，她也算是这一车人的领导，万一决策上出现失误害了大家，以后也别想混了。

两人刚下车，庄子就一脸兴奋地盯着驾驶座的男人："哥啊，你也真敢开价啊，我们的路费有人报销了！"

戴着面罩的男人只是斜眼看着玻璃外的越野车，神色晦暗不明。

皮卡后面撑起了雨篷，庄子让他们把行李扔在后面，夏璃不敢掉以轻心，让郝爽把零部件也搬上车。

她和林灵聆为他们撑起两把伞，老杨搬行李，郝爽搬着那个密封的零部件，外面是金属箱子封死的，雨一打湿滑得很，加上里面不知道装了什么，死沉死沉的，刚搬下车郝爽就吃不上力，腰一弯搁在了地上。

夏璃一见这情况便对他说："你先抬起来，我帮你搭把手。"

"好。"郝爽应道，再次搬起。夏璃一只手撑着伞，另一只手帮他托着箱子下面，感觉右手臂往下一沉。两个人抬着都有些费劲，半边身子不停被打湿，狼狈不堪。

郝爽嘴里直念叨："什么东西啊，这么重？"

话音刚落，看见大雨滂沱中一个高大的人影几步到了他们面前，一把接过箱子往肩上一扛，声音清冷地说了句："快点。"

说完，他转身往皮卡后斗走去。

郝爽客气地喊了声："麻烦了兄弟。"就赶紧去帮老杨。

夏璃的视线转向男人身上，冲锋衣的帽子卡在头上几乎挡住所有轮廓，但依然能看出他身形挺拔，军绿色的工装裤塞在马丁靴里，双腿修长笔直，踏在地上步伐沉稳，溅起张扬的水花，明明那么重的箱子到了他手中仿佛轻飘飘的。

夏璃心头再次浮上一种似曾相识的怪异，她跟上两步为他撑着伞。那人走到后斗前将箱子放了上去，似乎是发现头顶的雨水被阻隔住，他抬头掠了眼，随即将视线转向举着胳膊的夏璃，英气逼人的眼角微挑了一下。便是这么一个细微的动作让夏璃突然心跳加快，大伞将暴雨遮挡在头顶，骤然拉近了彼此的距离。

不知道是不是夏璃的错觉，她感觉这个男人面罩下的嘴动了动，似乎想要说什么，最后只是把伞往她这儿一推，将她罩住，自己转身没入大雨往车边走去。夏璃对着他说了声："谢了。"

或许是雨太大他没听见，总之这个男人没应声，一把拉开车门坐回驾驶座。

夏璃有些木然地站在车斗边上，脑中竟然浮现出那个少年英挺的轮廓。可八年过去了，发生了太多事，她一直刻意回避那些过往，将其彻底封死在记忆的底端，掩埋，上锁。

于是少年的样貌在她脑中早已变得模糊不清，她甚至怀疑那个人即使出现在她面前她也不一定能认得出来。

也许是刚才那个莫名其妙的梦唤起了她的记忆，她才会在看见这个陌生男人时想到那个人，她自嘲地勾了下嘴角，转身上车。

后面位置不够，老杨主动要求坐在后斗，反正有棚顶，而且他烟瘾早犯了，憋了一路，于是其他三个人上了车。

这场暴雨毫无停歇的意思，夏璃缩在驾驶座后面的车门边，林灵聆坐在中间，郝爽最后上来把门带上。

雨势太大，山道狭窄，车子根本无法开快，庄子回头看了眼三人咋舌道："你们穿得可真够清凉的啊！"

林灵聆还不知道八千块钱的事，刚才还胆战心惊，现在终于有了着落，心情豁然开朗，很热情地回："我们的衣服在行李箱里没来得及拿，谁知道这天说变就变啊。对了，我叫林灵聆。"

夏璃刚淋了一场大雨，此时坐在暖风口旁，意识有点沉浮，眼皮子也耷拉着，耳边他们闲扯的声音左耳进右耳出没过脑。不知道过了多久，林灵聆突然碰了碰她："夏部长你没事吧？刚才你是不是做了什么梦啊？我看你表情怪吓人的。"

庄子和郝爽也朝夏璃看来，夏璃面无表情，只想将视线平移到窗外躲开几人好奇的眼神。这微妙的局促没逃过林灵聆细致入微的洞察力，但她到底年纪小，实习刚转正，心性贪玩地用手肘挠着夏璃的腰："不会是梦见小弟弟了吧？"

虽然她声音有点小，但是坐她旁边的郝爽还是听见了，随口问了句："什么小弟弟？"

林灵聆故意压低声音开玩笑道："上次聚餐你没来，我们玩真心话大冒险终于把夏部长的初恋'炸'了出来，是个比她小三岁的小弟弟。"

郝爽像突然知道什么爆炸性新闻一样刚准备继续八卦，夏璃"嗯哼"了一声清了清嗓子。林灵聆立马收了话匣，然而驾驶座上的男人却猛地打了下方向盘，后排两人一起往夏璃身上倒去，把她挤在门边吓了一跳。

窗外水花飞溅，坐在副驾驶的庄子拍了拍胸口，看向左边："哥，你受什么刺激了？"

开车的男人冷冰冰地接了句："躲石头。"

3

路上驾驶座的男人都不怎么说话，林灵聆一直好奇地盯着他，眨巴着眼睛问道："小哥哥，你叫什么呀？"

那人目不斜视地开着车，一声不吭。庄子因为八千块的生意自然对他们态度殷勤了点，加上还有两个美女让他跑了一路的精神亢奋了不少，和他们打着圆场说他哥今天心情有点不好，不用理他哥。

虽然男人沉默不语，但倒是能看出来是个老司机，在路况如此差劲的情况下，车子开得倒挺稳当，大约一个小时后车子就拐到一个分岔的土路上。土路十分不起眼，正常行驶可能直接开过去也不知道，雨太大，道路泥泞崎岖，接近傍晚起了大雾，两旁的视野越来越模糊，所有人都坐直了身子扶着车身。郝爽此时吐槽了句："跟拍鬼片一样，阴森森的。"

刚说完身后的峡谷又传来一声响雷，让本就安静的车里气氛更加紧张。

恰在此时车轮打滑，一个漂移车子直直往土路边上撞去。众人倒抽一口凉气，只看见大雾后一个模糊的影子，林灵聆慌张地叫道："前面有墙！"

夏璃猛地坐直身子，拍着驾驶座的椅背，喊道："踩死，踩死，不要松，右2低洼，左1过弯。"

车头很快逼到近前，这时所有人才看见那根本不是墙，而是一棵比三人加在一起还要粗壮的树干。在夏璃出声的同时驾驶座的男人就像有心灵感应一样已经向右打去，几乎擦着树干而过，那双锋利的眼睛紧紧凛着一刻也没松懈。车身刚过树干他迅速向左打着方向，夏璃只感觉左边车身明显倾斜了一下，不过一秒之间车子油门被猛地轰到底，强大的动力带着车子就冲上了土路。

就在那个节骨眼上，夏璃看清了车窗外的一幕，顿时惊得一身冷汗，那朦胧的大雾后面居然是万丈深渊！

她心一沉，朝倒视镜里的男人看去，他也一定看见了刚才的场景才会猛地加大油门，判断稍微滞后一秒，他们一车人要么撞上树，要么掉下峡谷，别无选择！

此时此刻汗水顺着夏璃的额头滴落，她松开握着驾驶座椅背的手，满手心的汗，有些怔怔地看着倒视镜里那张眉峰紧蹙的面孔。他依然一言不发，强大的冷静模样让夏璃有些吃惊，那是一种在赛道上蹚过的人特有的冷静。

她暗自调整呼吸，没敢把刚才看到的事情告诉林灵聆他们。即便是这样，林灵聆还是不停拍着胸口说："吓死我了。夏部长，刚才你说踩死什么啊？"

"踩死刹车启动 ABS 辅助进行方向闪避，保持刹车和转向的力量，不然车轮抱死，滑动摩擦会影响方向转动。"

郝爽插话道："夏部长原来在辽省那边的分厂待过四年，什么路况没遇到过。"

庄子回头说道："看不出来你这么年轻，还是个小领导啊？"

夏璃瞥了他一眼没说话。

郝爽接道："不是小领导，她是部长级别的。起帝汽车听过吗？我们夏部长就管品牌这块的。"

开车的男人从倒视镜里盯着夏璃看了眼，夏璃的眼神跟他撞上，两人都迅速移开。

接下来的路让他们真正见识到什么叫作行路难，好在最终在天黑前抵达了住在大架岭深处的农户家。门前还立着个木牌子，上面用红色油漆刷着两个大字"警告"，下面是"山洪易发，请勿进山"，那是不可能了，他们已经无路可走。

一行人终于看见了一座土房子，车停下后几人相继下来，其他人都已经绕到车的后斗拿行李。夏璃最后一个下车，刚关上车门，余光瞥见一团黑色的东西朝她狂奔而来，她迅速侧眸一看，一只体形如藏獒一般大的狼狗边吠叫着边朝她冲了过来！

等她看见的时候，狼狗已经一跃而起。雨太大，她根本来不及反应，本能地抱着头把脖子一护就蹲下身，只感觉突然一道人影压在她的面前像堵结实的墙，速度极快，挡住已经跳起的狼狗。那狗扑到半空狠狠撞在男人的胸膛上又掉落到地上，吠叫着还想再扑，面前的男人吼了声："黑子，老实点！"

狗像是认识这个男人一样，突然呜咽着摇起尾巴来，欢快地扑在男人脚边。

男人一转头，夏璃看见了那个迷彩面罩，她紧了紧牙根刚准备起身，忽然腿一软没能起得来。她苍白的脸颊被雨水冲刷着，明明被吓得不轻，却没有表现出多么慌乱，甚至没有大叫，只是死死拽着衬衫的手暴露了她此时的紧张。

男人面罩下的嘴角微勾了一下，将手伸给她，她的视线落在他宽大的手掌上。他戴着黑色的半截手套，骨节分明好看，不像是个皮糙肉厚的司机。她抬起手碰到他指尖的刹那，男人突然收紧指节紧紧握着她，将她一把拉起，温热的电流溅起一抹熟悉的感觉。就在她站起身的瞬间，她迅速抬手就往他脸上的面罩抓去，眼看她的指尖快要碰到他的脸，手腕突然被他扣住。他歪了下头，冷哼了一声，夏璃此时才感觉到这个男人的手劲不是一般的大！

他漆黑的瞳孔里迸发出一股凉意，还没待夏璃挣扎，他已经甩开她的两只手，回身拎起后斗里的两个大包往肩上一扛率先往屋里走去。

夏璃望着他的背影松了松手腕，眼里挑起一丝玩味，遇到对手了！

几人冒着雨把行李和那个装着零部件的箱子一起搬下车，一进土房大家就呆住了。

这房子黑洞洞的，就一个发黄的电灯泡挂在房顶，门一开风灌进来吹得电灯泡直晃悠，房间里的光线也变得忽闪忽闪的。

一个老村妇迎了出来，庄子上前跟她攀谈了几句，抽了两张一百块给村妇，然后回过头对缩着手臂的林灵聆喊道："有得住就不错了。山里就这条件，楼上三间房，有个冲澡的，底下大通铺我哥俩睡，楼上给你们，赶紧把行李搬上去冲个澡。"

夏璃瞥了眼戴着面罩的男人，他一手扛着大包转过身，另一只手把面罩拉到脖子上进了一楼的大通铺。

外面暴雨还在下，几人搬行李早已浑身湿透，此时也顾不上其他。听到有冲澡的地方，林灵聆赶紧催促郝爽搬行李，刚上台阶，庄子又回过头对他们嘱咐了一句："你们女的洗澡、上厕所注意点。"

他瞥了眼那个村妇，说得隐晦。

夏璃和林灵聆对看一眼，不知道他什么意思。

几人合力将行李一件件抬上去，楼梯是木板搭的，不是很牢靠，人搬着行李踩在上面发出"嘎吱嘎吱"的响声，像随时要断了一样，中间还是镂空的，稍微踩歪人都能从楼梯缝隙滑下去的感觉。

费了九牛二虎之力几人将东西搬上去，老杨早累得跑一边抽烟了，夏璃让郝爽把零部件的箱子搬到她们房间。

结果房间门一打开一股子霉味扑面而来，楼上的三间房根本不能算是房间，而是用两块木板隔了起来，上面都是漏风的，木板因为潮湿腐化上面全是霉斑，房间中间放置着一张床，床单也是那种泛黄的颜色。

林灵聆立马捏着鼻子，声音扭曲地说："不能呼吸了，赶紧开窗。"

夏璃一把拉住她淡淡道："我劝你最好别开，谁知道这深山老林的会不会睡到半夜钻进条蛇。"

一句话让林灵聆愣在当场动都不敢再动。

郝爽有些不爽地说："夏姐，我刚才看见那个人就给了村民两百，收我们八千，不明摆着坑人嘛！"

林灵聆这才听说了八千块钱的事，蹙着眉来了句："不应该吧，这两人怎么看都不像缺钱的人啊。"

郝爽将行李挪到墙根，回过头："你怎么看出来的？"

林灵聆压低声音说道："那个开车的男人你没发现吗？身上那么贵

的冲锋衣当雨衣穿，脚上穿的工装靴也是名牌，那个庄子手上一块表能买我们起帝一辆小轿车。还有你看他们随地扔的行李包，看上去是挺脏的，不过随便一个都是我半年工资了，这低调的奢华看着像缺钱？"

夏璃抱着胸似笑非笑地盯着郝爽："学学这观察力。"

郝爽挠了挠头："小林还是可以的啊，怪不得咱们夏部长最近几次出去总带着你。"

夏璃指了指他："你嘴巴紧点，后面别到处把老底报给不相干的人，我们还不知道什么时候才能到庆凉。"

郝爽想起两年前听说的事，脸色一变，点了点头。他从一进厂，夏璃就是他师父，她从辽省一路升到芜茌总部，他死乞白赖要跟着她过来，也是去年夏璃手上正好有个名额才把他弄过来。

小伙子性格挺好，就是历练不多，还不够沉稳。夏璃之所以会特地把他调来身边倒不是他有什么过人的本事，只是原来在车间工作的时候他为了她差点断了条腿，她身边需要这样一个忠心耿耿的人。

正好这时老杨回来对他们说道："都去冲个澡吧，下面说一会儿开饭了。"

于是夏璃让林灵聆先去冲澡。

所谓的冲澡间根本就不是房间，而是木板搭成的隔间，外面挂着一块脏兮兮的布，勉强能盖到头，但是小腿和脚都露在外面。林灵聆抱着衣服站在门口猛吞了下口水，那表情十分凄惨。

夏璃走进去打开那生锈的龙头，等了一会儿放出了热水，虽然水压很小，但起码水是干净的。她想起了刚才庄子的话，让林灵聆先进去冲，她在外面帮林灵聆守着。

人被逼到这份儿上，与其穿着湿衣服，腿上都是泥，林灵聆还是选择妥协进去冲澡。

她洗澡的时候，夏璃就站在帘布外。帘布外是个敞开的过道，大雨被风吹进来直往夏璃身上灌，冷得夏璃直哆嗦。她望着远处群山朦胧的轮廓，就如海市蜃楼般不清晰，天色逐渐暗了下来，再后来什么也看不见了。

　　她寻思着待会儿晚饭时得找楼下那两个男人谈谈，明天凌晨四点雨一停，她必须返回越野车那儿确认一下压在心头的疑虑。

第二章 / 分手礼物 ▾
"夏部长看见我躲什么？"

1

夏璃站在过道上吹了十几分钟的冷风，除了外面的暴雨声，和远处时而被闪电照得骤亮的山谷，整座土屋静得仿若没有人居住一般，被淹没在深山老林中，无人问津。

帘子被拉开，林灵聆抱着衣服跑出来直喊冻死了。夏璃干脆让她先回房，过道风太大，还夹杂着雨，林灵聆站在这儿等，澡也白洗了。

夏璃走进那间木板隔成的洗澡间，将帘子挂上，弯腰把衬衫脱了垫在角落的木凳上，然后将潮湿的衣服脱下。

水不算热，但好在还能洗，她将马尾拆了，落下一头黑茶色的大波浪，倒了点洗发水，随便揉了几下，闭着眼将泡沫冲掉，却在这时突然听见一个男人凶狠地低吼了一声："滚！"

她骤然睁开眼，几步挪到帘子旁，竟然看见过道尽头站着一个人。那黑色的冲锋衣背对着她，整个人没入过道的阴影中，背影看上去带着几分煞气，挺拔高大。她辨认出是那个戴着迷彩面罩的男人，不知道在对谁吼，只听见楼梯上出现一阵急促的脚步声渐渐远去。

夏璃没有出声，躲在帘子后面紧紧盯着那个男人，他没有走，也没有回头，就这样靠在过道边的竹栏杆上。映着屋外的大雨，显得他的背影有些朦胧。他似乎并不打算离开，就这样站在原地。

寒风透过帘子吹到夏璃裸露的皮肤上让她冷得打了个寒战，她赶紧退到后面快速将身上的泡沫冲净，又往外瞄了眼。那个男人依然站在原地，半个身子隐没在黑暗中，和她保持着一段距离，一条腿立着，另一条腿随意弯曲着，过道外的风雨打在他身上，他也纹丝不动。

兴许是刚才土路上男人极度的冷静和精准的判断力让夏璃对他高看了几眼，从而并没有因为他站在过道上而警惕，反而有种莫名的心安。

她一边扯过白色的长款 T 恤往头上套，一边透过帘子瞄着他。冲澡间的水被夏璃关了，可他依然没有回过头，只是沉寂地立着。

于是夏璃掀开帘子，刚准备和那人说好了，可以轮到他了，然而那个男人却转身下楼没有多停留半分，这让夏璃有些错愕，难道他不是上来洗澡的？

她没再多想，拿着换下来的衣服走进房间。林灵聆用干净衣服铺在床上，然后摸了摸肚子："我们先下去吃饭吧？"

"你先下去，我打个电话跟吕总汇报下。"

林灵聆先跑下了楼，夏璃拿出手机翻出吕总的电话，信号栏只有微弱的一格，时闪时灭。她走到窗边举起手机拨通号码，却显示不在服务区内。

她花了五分钟编辑了一条短信，发了几次，手机屏幕上一直显示红色的感叹号。她有些烦躁地锁了手机，听见门口林灵聆跑上来后气喘吁吁的声音："郝爽，下去吃饭了。对了，我刚才看到智哥的真容了，哇呜……"

"哪个智哥？"

"就刚才开车的那个小哥哥啊，叫秦智。"

"唰"的一声木门被打开，林灵聆有些惊诧地侧头看见夏璃紧绷着的脸。在那两秒之间，夏璃背后的窗外骤然亮起一道闪电，她背对着光，煞白的脸显得有些僵硬。这是郝爽认识夏璃这么久，从没在她脸上见过的神色，仿佛一瞬之间她整个人笼罩在一片阴霾之中，眼神空洞而迷离。

转瞬之间，她已经迈开步子撇下他们大步朝楼下走去。木楼梯发出

"嘎吱"的声响，仿若脆弱的心跳声踏在心间，她一步步走到楼下，从楼梯的阴影中走了出来停在台阶上，就这样望着门口靠在竹椅上的男人。

他身上的黑色冲锋衣已经脱了，穿着紧身灰色 T 恤，肌理流畅的手臂搭在竹椅扶手上，湿漉漉的短发立在头顶，颀长的双腿随意地跷在旁边的矮板凳上，那只大狗就乖巧地趴在他身侧有一下没一下地甩着尾巴。

昏暗的光线下，他的侧脸清晰可见，英挺的眉骨到挺拔的鼻梁一直延伸到下颌的弧线勾勒得如此完美。他仰望着外面苍茫的黑夜，饱满坚挺的喉结滚动了一下，透着冷漠的性感。

很久以前，夏璃曾想过秦智多年后的模样，也曾幻想过他褪去年少轻狂后的成熟。

可真当这个眉目深邃英挺的男人出现在她眼前时，她已经完完全全无法将他和八年前那个张狂少年联系在一起。

窗外的大雨顺着屋檐在门口落成一道雨帘，阻隔了外面那个电闪雷鸣的世界，摇晃的白炽灯光洒在楼梯上，将她的影子渐渐拉长。庄子正蹲在桌角塞东西固定这摇晃的桌子，一抬头便看见站在楼梯上的夏璃。

她一头黑茶色的长发披在肩上，白色长 T 恤下的双腿温润修长，曲线迷人，白炽灯光照在她琉璃般的瞳孔里，反射出绚烂的色彩，美若尤物。

也终于让坐在门口的男人发觉了异样，他转头的刹那，那双清亮有力的眼睛落在她的脸上，短促地相撞，空气中流窜着看不见的电流，像滚烫的烙铁灼烧着她的皮肤，让她浑身发热，只是两人都没有任何表情，甚至近乎淡漠。

身后楼梯传来了脚步声，林灵聆和郝爽追了下来。

林灵聆看了看坐在竹椅上的男人，又望了望夏璃，有些不确定地问道："夏部长，你们……认识啊？"

夏璃倏地回过头，眼神有些发直地盯着林灵聆，让林灵聆心头怵得慌，随后听见她冷硬地吐出三个字："不认识。"

说完，她便匆匆上了楼。

身后的男人收回目光。

020

郝爽有些摸不着头脑地问："姐，吃饭了。"

夏璃淡淡地回："你们先吃。"

很快，她的身影便消失在楼梯上。

她径直冲上过道，狂风"呼呼"地吹到她的脸上，像刀子硬生生割开了她的记忆，让她的思绪逐渐清晰起来。过去那些肮脏不堪的流言，冷漠唾弃的辱骂就像硫酸一样啃噬着她的过往，她的尊严和脸面被不停扔在地下践踏踩碎，受的伤仿佛还历历在目，痛入骨髓，随着这个男人的出现全部拉扯出来。她赤色的瞳孔里出现了那片红如火的东海岸，带着无法移除的仇恨，让她每根神经都紧绷起来。

过去八年里，她不停躲避的、用力抹灭的、拼命推翻的命运又再次被揭开，带着那些丑陋的伤疤，仿佛这么多年来的努力都是一场笑话，兜兜转转也躲不开那个吃人的地方！

老杨冲完凉下楼，大家都围坐在了那张木桌上，庄子用竹椅将木门堵死，终于挡住了外面的冷风，头顶的灯泡不再诡异地乱晃。那个村妇弄了几个大锅菜，都是山后面种的一些野菜、菌子，还有一锅腊肉和才炕的馍馍，虽然看相不好，但闻起来出奇地香。

大家折腾了一下午都饿了。

老杨问了句："夏部长呢？怎么不下来吃饭？"

林灵聆放下筷子说："我上去看看吧。"

刚说完，楼梯上出现响动，所有人回头看去，夏璃趿拉着白色的人字拖淡然地走下楼来。那纤细的脚踝轻盈无声，黑茶色的长发被她松松绾了一道在脑后，她已经收起所有情绪，面色平静地走到桌边，看不出任何异样地拉开椅子。

她感觉到木桌对面笔直的目光，毫不闪躲地抬起头迎了上去。秦智坐在最里的角落，整个坐姿都很松垮，双臂抱着胸，靠在木桌旁边的竹柜上。他生来有副好骨相，即使坐姿再随意也依然无法掩饰那锋利的俊挺。

　　郝爽见夏璃一直盯着角落的男人看，于是开口道："我介绍下，这位大哥叫秦智，智哥。"

　　秦智漫不经心地放下抱着的手臂，单手转着手边的空茶杯，抬眸睨着夏璃："夏部长看见我躲什么？我以为你对我干了什么亏心事。"

　　"夏部长"三个字说得尤为重，带着点讽刺的意味，他认识她的时候她还不姓夏，这么多年销声匿迹，竟然连名字都换了！

　　他嘴角勾起一抹似笑非笑的弧度，整个人松散中透着桀骜，眼里却没有任何笑意，虽然看上去比起从前少了一些棱角，可眉眼间的锋利更甚。

　　从来没有哪个男人的眼神像他一样，只这样随意地盯着夏璃，便能让她从里到外浑身不自在！

　　她干脆微垂下视线，双手抚平 T 恤落座，意味深长地说："亏心事？我又没收谁八千块。"

　　说完，她抬起头对他扬起一个极淡的笑意，浓密卷翘的睫毛在白炽灯下投下一道迷人的阴影，微绾的长发下露出她白皙的脖颈，那琉璃般好看的眸像蒙上一层薄雾，深邃幽然勾人心魄，看痴了庄子。

　　秦智沉亮的瞳孔微微收缩，拿起手边的筷子狠狠打了下庄子的手背，将他的思绪拉了回来，声音清冽低沉地说："吃饭。"

　　2

　　老杨饿坏了，招呼大家赶紧动筷子。

　　四方的木桌不算大，经年累月已经有些不太牢靠，六个人坐难免有些挤，夏璃和林灵聆坐在一边，其他三个大男人一人坐一边，秦智独自靠在庄子旁边的角落，倚在竹柜上。

　　自夏璃落座，庄子的眼神就没从她身上移开过。一路上风雨太大，每个人都狼狈不堪，此时她洗完澡，整个人清爽干净，或许是有些混血的面孔，即使素颜，深邃的眼窝和浓密的睫毛也有点自带妆容的美感。只不过夏璃似乎是已经习惯被人这么盯着，泰然自若地拿了一块馍馍揪着吃了起来。

在这个土屋里没看到男主人，只有村妇忙前忙后，不一会儿端了一大碗羊杂汤出来，说是给大家暖暖身子。庄子对着村妇比画了一下，她回身拿了个大茶缸递给秦智。秦智刚接过，庄子就一副眼馋的模样，里面全是红通通的油泼辣子，看着就挺过瘾的。

他直接将茶缸往庄子面前一推，便是这么一个不经意的动作引起了夏璃的注意。她的眼神落在他左手腕上，黑色的绳子上是一颗通体泛绿的珠子，色泽圆润透亮，让她心头一紧，死死盯着那个手环。

那是属于她的东西，八年前留在东海岸的东西！

秦智很快注意到夏璃的目光，下意识用右手习惯性地抚了抚那颗珠子，面色平静深沉，让夏璃眸光越来越紧，心脏忽然开始狂跳起来。

林灵聆的视线也被秦智的动作吸引，朝他的手腕看去，不禁问道："智哥，你手上戴的是什么呀？真好看。"

秦智松开手拿起一块馍馍撕开："被前女友抛弃后她留下的分手礼。"

夏璃端着汤碗的手指轻颤了一下，抬起眸看着他。

秦智整个身子靠在竹柜上，啃着馍馍，似乎是接收到夏璃的目光，他转头看向她，继而嘴角勾起一丝嘲弄。

夏璃的心绪瞬间翻腾不止，一句"前女友"，让她产生一种在那之后他没有处过对象的疑问，可是这怎么可能？

她离开东海岸已经整整八年，她依然记得八年前的秦智是整个东海岸最优秀的男孩。

他不费吹灰之力就能考出全市第一的成绩，是被整个景仁中学捧在掌心的希望，他的未来是一条康庄大道，不像她只能在淤泥里挣扎，然后越陷越深。

夏璃清楚，这样优秀的他不可能一直单着，她低下头自嘲地皱了皱鼻子。

林灵聆有些吃惊地说："你还能被人甩啊，智哥？真看不出来，哪个姑娘眼神这么不好！"

秦智嘴角微微勾起，低头啃了口馍馍，漫不经心地咀嚼着，那半笑不笑、晦暗不明的神色慵懒中却透着成熟男人的魅力，看得林灵聆愣了愣神，而身边夏璃的脸色却越来越沉。

老杨开口问道："你们之前来过这里啊？我看这条路车很少啊！"

庄子喝了一大口羊杂汤，舒爽地应道："大架岭这里路难走。你们大概不知道吧，前几个月出过几次塌方事故，最近经常走华岭的司机一般都会避开大架岭。"

"怪不得。"老杨有点后悔选择这条路。

庄子继续道："我们是没办法，赶时间。"

他突然饶有兴致地问了句："对了，起帝汽车是不是前几年众翔才出的一款国产车？那广告词我还记得，沙漠上的领航者。上次被德国车撞得惨不忍睹的就是这车吧？"

对面除了杨师傅，其他三人面色各异，毕竟三人都是起帝品牌事业部的，自己家东西再烂，但从别人口中说出来到底有些怪怪的。

庄子神经比较大条，一点眼力见也没有，还继续侃道："这车质量是硬伤。"

夏璃将筷子拍在桌子上，往自己碗里舀了几勺油泼辣子，淡淡地问："你撞过啊？"

郝爽低头笑了，他了解夏璃的脾气，她不爽的时候不会骂人，但绝对会让对方也同样不爽。果不其然，她重新拿起筷子在碗里搅了搅，又接了句："我撞过。"

庄子一愣，转头看她面前的碗里通红一片，看着都辣。她就这样端起碗喝了一口，面不改色心不跳，跟喝凉白开一样淡然道："12 款的起帝飓风和福睿斯相撞，对方差点撞成敞篷车。"

庄子一双眼睛逐渐瞪大："那你没事？"

夏璃摊了摊手，一副完好无损的样子："老款飓风只是断了保险杠，我有说过福睿斯是垃圾车吗？因为我知道碰撞位置决定碰撞结果，我们在做碰撞测试时是碰撞尖锐稳定的硬物才能测出数据，不了解对方数据就妄下定断。聆聆，这叫什么？"

林灵聆憋着笑意，竖起一根食指："这叫舐皮论骨，妄言置评。"

庄子指了指自己的鼻尖，被这三人怼得哑口无言，转头看向秦智。秦智瞥了他一眼，并未出声帮他。

老杨被他们的话语逗乐了，又啃了一块馍馍。

秦智喝了碗热汤，就上楼冲澡去了。

他从冲澡间出来的时候，正好碰见林灵聆和郝爽在房门口说话。他擦着头发上的水珠刚要路过，听见林灵聆说："不会吧，那八千块夏部长自己出啊？"

郝爽接道："是啊，也不好走公账。夏姐最近好像手头很紧，上个月还找吕总预支了半年的工资，因为彭飞……"

林灵聆拽了郝爽一下，他突然抬头看见站在楼梯边上的秦智，话音戛然而止。他有些尴尬地挠了挠头："智哥啊，洗好了？"

秦智点点头假装没听见，淡然地下了楼。

他下来的时候，看到庄子一个人靠在后门盯着窗户。

夏璃正和老杨在说话，老杨表情有些凝重，紧紧拧着眉，夏璃双手抱着胸，T恤下那双笔直的腿踩着人字拖，即使是如此随意的穿着，依然透着几分干练的意味。郝爽出现在楼梯上，对老杨喊道："杨师傅，帮忙把我的充电宝扔上来，这楼梯踩得不稳当我就不下去了。"

夏璃抬眸看了眼，对老杨说："我来吧。"

她回身走到门口的板凳前，弯腰去拿充电宝，饱满的身材被T恤绷出诱人的弧度，看得庄子吞了吞口水，道："智哥，我感觉我心口中了一箭。"

他拍了拍自己的胸口摆出一副陶醉的神情。

秦智睨了他一眼："犯贱啊？"

"是丘比特之箭。你说他们车子正好抛锚了，我正好那时候翻了手机，你不觉得我们之间冥冥之中有根红线拉扯着彼此吗？这就叫缘分！你看我这条件能不能搞定她？"

秦智冷冷地看着他没说话。

庄子拉了拉衣服："我先上去冲个澡。"

说着他还故意在夏璃身后晃了两下，拿了套干净衣服上了楼。

夏璃盯着庄子的背影看了眼，而后对老杨说："那先这样吧，看明天的天气情况，你早点休息。"

老杨点点头，也嘱咐她："你也是。"

"嗯，我一会儿上去。"

老杨咳嗽一声上了楼，夏璃这才悠悠转过身，盯着靠在后门上的秦智。他已经换了一套浅灰色的运动衫，清爽利落透着几分不羁的俊朗，高挺的鼻梁和线条完美的下颌勾勒出棱角分明的轮廓。即使只是这么安静地站在角落，也无法让人忽略他的存在。

秦智侧眸对上夏璃的眼。直到老杨的身影拐过楼梯，夏璃才踩着白色的人字拖朝他走来。

她从小怕过很多东西，例如怕过高，怕过辣，怕过狂速背后的凶险，可她还是个少女时就懂得一个道理：这个世界上，没有人会因为你的软弱和怯懦而同情你，越是怕什么越要去面对，才能让自己越过一座又一座高山，直到无所畏惧！

所以她就这么一步步走到秦智面前。

他没有动，始终靠在后门的木框上，直到夏璃停在他的面前，平淡地望着他开了口："明早四点，我想问你们借个车。"

秦智悠悠地吐出两个字："不借。"

那漆黑有力的眸子没有一丝温度。

夏璃停顿了一秒，也将视线落在他的指尖，两人之间安静得仿佛都能听见心跳声。

夏璃思绪有些紊乱，她微微皱了下眉，抬头看着他："多少钱才肯借？"

秦智冷笑了一声，掀起眼皮玩味地盯着她："你很有钱？"

他的目光太犀利，眼睛黑亮有力。夏璃别开了眼。她的皮肤白得如有雪光萦绕，侧过头时，那挺翘的鼻子因为她不苟言笑而冷艳到了极致。

秦智慵懒地靠在门框上，淡淡地说："况且你应该清楚，出门在外借车是大忌，我把我保命的东西借给你，你确定你还会回来吗？"

他一语双关的冷讽让夏璃想起了那年夏天她的悄然离去，她没有再回去，至今都没有再回过南城，过去的种种使她心里被压抑已久的阴霾再次掀了起来。

她将视线移向他的手腕，干脆岔开话题，语气冰冷地说："手环还我。"

秦智饶有兴致地抬起手腕看了看，低垂的眉骨让眼窝更加深邃，透着一丝率性的痞气挑起眉梢："凭什么还你？"

昏暗的灯光把夏璃的瞳孔照成诱惑的浅棕色，她扭过头面无表情地说："本来就是我的东西，我只是给你妹保管。"

秦智缓缓昂起下巴，居高临下地斜睨着她，将手腕抬了起来晃了晃："写了你的名字？"

身后的光影投在角落，有些斑驳地打在他身上，他就这样立在眼前，桀骜不驯，眉目分明，毫不妥协。

夏璃干脆不费口舌，直接抬起手朝他手腕上的绳子伸去。秦智看着她伸过来的手，嘴角微扬，却在她碰上那根黑色绳子时，他轻松转动手腕便牢牢攥住她纤细微凉的手。

那属于男人的温度瞬间蔓延到夏璃的指尖，她心口一滞，白皙的脸上浮上了一层绯色，抬眸对上他的眼。

3

他手心的温度过于炙热，夏璃心头一紧，猛地抽回手就要转身，然而面前却落下一道高大的人影，他一只手就将她圈在逼仄的角落。

那淡淡的尼古丁夹杂着沐浴后的清香钻进夏璃的脑中，也让她的后背忽地撞在了门上。她的皮筋"嘣"一声断裂，那头柔软性感的鬈发披散下来，水流般清澈的眸子闪动着妩媚的光泽，诱人的唇色如娇艳欲滴的玫瑰花瓣。

秦智的目光随着温热的呼吸压了下来，停在她挺翘的鼻尖，嘴角挂着一丝嘲弄："看来你记性不好，是我给你留下的印象不够深，还是你后来遇到的男人太多早已记不得你自己是谁了？"

他的话成功地让夏璃的眼里浮上一层疏离的寒意。

秦智弯下腰与夏璃平视，目光深深地看进她眼底，似要将她看穿。这样的眼神太炙热，深邃的眉眼缱绻得似能将人融化，也能将人彻底烧毁。他的声音里透着些许玩世不恭的意味，似玩笑似认真："没关系，我会慢慢帮你回忆。"

门缝里溜进丝丝凉风，撩起夏璃耳边柔软的发丝，让她的轮廓更加妩媚动人。她抬眸一笑，如雾般迷离的眼眸璀璨得仿若装满星辰大海。

这是一双让秦智无法抗拒的瞳。

他呼吸微滞，眉峰轻拧，有些戒备地盯着她鬼魅的笑容，却感觉到她双手缓慢而轻盈地搭到他的腰上。

隔着薄薄的一层布料，夏璃的指尖微凉，秦智精瘦的窄腰透着男性的力量。

他视线微垂，看着夏璃细腻的手臂，目光有些暗沉，但他没有动，就这么站着，呼吸微紧。

然而他却没想到面前的女人继续凑了上来，那如紫藤般久违的淡香如一道致命的蛊，柔软的她就在他的双臂间。她抬起头，万般风情萦绕在她眉间，如妖姬般美艳，勾人心魄。她饱满的红唇微启，声音诱人地问："你想怎么帮我回忆？"

那语气有些挑逗，空气中飘浮着暧昧的味道，秦智低眸看着这张久违的面孔。他曾无数次背起背包大江南北寻找这个女人，为了她与整个世界为敌，差点连命都没了！

而如今，她就在他的臂弯间对他笑，笑得倾城魅惑，仿佛他稍稍收紧手臂，便能将她勒碎。说实在的，这种感觉有点不真实。

两人都没再说话，只是近在咫尺地注视着彼此，直到楼梯上出现响动，夏璃才眸光微动，随后踮起脚凑到他耳边，声音性感中带着丝玩味的调侃："我到底比你多吃三年饭。"

说完，她低着头坦坦荡荡地从他臂弯下穿过，径直上了楼。

秦智眯起眼看着她的背影，他黑沉的眼眸里涌动着看不见的暗流。

庄子刚好走到楼下，侧过身子让夏璃，夏璃嘴角勾起的似有若无的弧度便很快消失。

庄子有些痴地回过头问秦智："智哥，你看到没？她刚才在对我笑吧？是吧？是在对我笑吧？"

然而，他却发现秦智根本没在听他说话，只是依然靠在后门边，清俊的面孔显得有些阴沉。

庄子莫名其妙地吼了声："喂，想什么呢？"

他抬起头，淡淡地看了庄子一眼："别碰她，浑身是毒。"

庄子更加莫名其妙地挠了挠头，秦智已经往大通铺走去，却在走到门边时，忽然下意识一摸裤子口袋，顿时骂了一句："车钥匙！"

庄子完全不知道发生了什么事，只看见秦智神色大变，猛地转身就大步朝楼上走去。

没一会儿夏璃房间的木门被敲响，林灵聆过来打开门探出个头，看见秦智沉着脸问道："找你们夏部长。"

林灵聆没有开门，小声说道："夏部长睡了，她昨天凌晨换杨师傅开车，这会儿累坏了。"

秦智的唇紧紧抿了抿，视线朝屋里扫去，看见夏璃安静地躺在床上，一头长发落在枕边一动不动，他没再说什么转身离开。

他刚走，林灵聆便赶忙关上门，悄声说："夏部长，他走了。"

夏璃转过身坐了起来，对林灵聆投去一个意味深长的笑容。林灵聆眨巴着眼睛，爬上床，轻声问道："你猜得真准，你怎么知道他会找上来？"

夏璃翻了个身再次躺下，眼里沁出些许复杂的思绪，淡淡道："早点睡吧。"

第三章 / 塌房意外

"我为什么要帮你?"

1

那夜,是他们在山中度过的第一夜,屋外暴雨几乎下了一整夜,不时还有震耳欲聋的雷声,让这座土屋显得有些摇摇欲坠,所有人睡得都不太踏实。

林灵聆半夜起来要去厕所,轻轻推了推夏璃。夏璃睡眠浅,很快醒了陪她一起去。厕所在土屋一楼的后面,是自己家盖的那种草棚子,还漏雨,上个厕所就跟打仗一样,条件艰苦。

那时大概半夜十二点多,雨势已经小了一些,但依然不像要停的样子。两人很快又返回二楼继续躺下,夏璃睡觉很安静,几乎不怎么翻身,连呼吸声也很小。大约是一路上没怎么睡好,她很快又进入梦乡。

林灵聆却有些认床,下半夜的时候她又起来了一次。这次她看了看夏璃,没好意思再把夏璃吵醒,开着手机亮光自己大着胆子跑下了楼,没一会儿又匆匆跑回来,猛地打开门。这动静终于把夏璃吵醒,她翻了个身撑了起来,看着站在门口气喘吁吁的林灵聆,皱眉问:"你去哪儿了?怎么了?"

林灵聆有些惊魂未定地说:"去厕所了,还没站稳就看见木板外面一双眼睛,吓得我裤子都没敢脱又跑回来了。"

夏璃坐了起来,想起晚上洗澡时,秦智不知道对谁吼了声"滚",想想就不大对劲的感觉。可吃晚饭的时候,这座屋子分明除了那个村妇不像有其他人的样子。

夏璃下了床，对林灵聆嘱咐道："那个庄子应该不是吓我们的，这个房子有点不对劲，下次不要一个人去厕所，我陪你下去看看。"

庄子这人睡觉向来比较沉，没有大动静不会醒，然而睡到下半夜时突然"轰"一声巨响从天而降，整个屋子都在剧烈地震颤，直接让沉睡中的庄子猛地弹了起来大喊："地震？"

却看见身侧一道黑影如豹子般冲了出去，等庄子反应过来光着脚从地铺上出房后整个人都蒙了。只见那个原本通向二楼的木质楼梯全部坍塌，二楼瓦顶塌陷砸了下来，暴雨如注，整座房子都在摇摇欲坠！

村妇也急得跑出房间，庄子脑袋猛然炸裂，却看见秦智已经沿着残败的墙壁向上爬去，庄子急得大喊："智哥，不要上去！危险！"

秦智充耳不闻，强有力的手臂钩住断掉的楼梯，身体在半空中荡着一跃到了残壁边缘，吓得庄子一身冷汗。此时二楼的郝爽已经冲了出来大喊："夏部长，聆聆！"

秦智一边找着力点，一边对他吼道："上面怎么样？"

郝爽焦急地回："夏部长她们房间塌了，快救命啊！"

衔接到二楼的木质楼梯断了一大截，秦智对着楼下的庄子命令道："去把桌子移过来！"

等庄子推着桌子转身时，眼睁睁看见秦智咬着牙双脚猛地一蹬跃到二楼，身影在黑暗中像一道疾影迅速消失不见。

这座土屋本就不结实，门口一棵古树被暴雨侵袭断了枝丫压垮了瓦顶。秦智对着郝爽和才跑出来的杨师傅喊道："庄子推了桌子过来，你们赶紧下去！"

刚说完，老杨身后的瓦顶因为不堪重负突然掉下一块，擦着他的后脑勺而过，吓得老杨拔腿就跑先跳了下去！

秦智对郝爽吼道："快走！"说完，推了他一把。

郝爽跑到楼梯处回身对秦智喊道："那你……"

回头便看见秦智猫腰直接钻进废墟中，老杨跳到木桌上后，对着上面的郝爽喊："小郝快点，房顶要塌了！"

郝爽抓了抓头，回身跳下桌子，身子刚滚落到地上，林灵聆和夏璃便匆匆从外面跑了进来，焦急地问道："怎么搞的？"

郝爽猛地一愣："你们……"一拍巴掌，"糟糕！"

庄子已经对着上面嘶吼道："智哥，两个姑娘在下面！"

"轰"的一声，又是一阵巨响，楼梯处掉下一片土灰，一群人四散逃开，紧接着"哗啦"掉下一片瓦顶砸在木桌上，空气中飘浮着灰尘，目及之处那间房完全被碎瓦掩盖！

夏璃将林灵聆拉到身后，怔怔地看着二楼，瞳孔剧烈地颤抖着。

尘土飞扬间，一道黑影掠了下来，直接从高处跳到地上，身形蹲下后又迅速立了起来。朦胧的黑影踏着飞扬的尘土走到他们近前，那件灰色T恤脏破不堪，臂膀流畅的肌肉紧紧绷着，黑亮的眼睛牢牢盯着夏璃，隔着一人的距离，千山万水，积日累月被瞬间缩短，回忆坍塌，空气静止，他眉峰紧皱，无数的百转千回全部揉进瞳孔里，那里面只有她。

2

混乱中，庄子跑过去扯着秦智："哥，你没事吧？"

秦智这才收回视线，拍了拍身上的灰："没事。"

说完，他直接绕过他们，边掀掉T恤，边走回大通铺。

林灵聆焦急道："怎么办？我们的行李还在上面。"

庄子说："别行李了，人没事就行了。"

他转过身对那个村妇说："让你把房顶加固一下，你看看这差点出了人命！"

村妇也叽里呱啦了一堆，夏璃蹙了下眉，听这口音特别别扭，其他人面面相觑，似乎只有庄子能跟她沟通得来。

说了两句后，庄子回身对大伙说："要不大家晚上一起到通铺将就一下吧，现在黑灯瞎火的，明天天亮再想办法找行李。"

眼下没有其他法子，一群人惊魂未定地走到一楼通铺。秦智已经换了条干净的裤子，背对着他们扯出一件黑色 T 恤套上后，站起身回过头。庄子对他说："智哥，让他们晚上在这儿将就一下吧。"

所有人都眼巴巴地看着秦智，等他表态。虽然认识不到一天，但大家都清楚庄子这人话虽多，但基本上都听秦智的。

秦智看了他们一眼没说话。

此时半夜两点，大家都无睡意，秦智往外走，老杨也跟了出去："一起出去压压惊。"

几个男人走了出去，林灵聆看着地上，是几块很短的木板拼在一起，上面铺着被褥。她眉毛纠结在一起，挽着夏璃："夏部长，我们晚上要和男的睡一起啊？"

夏璃看出来几个男人大概怕她们不自在所以先出去，等她们安顿好再进来。她拍了拍林灵聆："那年丰腾出口项目，去撒哈拉参加极限测试，中途遇上沙尘暴被困，一群人将车子围起来，后来温度低到接近零摄氏度，还男女，能活命就不错了。看看现在这条件，起码不用让你风吹雨淋，将就下吧，你睡里面。"

两句话让林灵聆想到下午杨师傅说的山猪，缩了缩脖子，点点头，乖巧地走到最里面，僵直地躺下，总感觉身下的被褥不干净，动都不敢动。夏璃摸了摸口袋，幸好半夜出来的时候她套了件小皮衣，车钥匙还在口袋。

她又催促了林灵聆一句："快睡吧。"

林灵聆翻了个身面朝墙闭上了眼，夏璃看了眼手机上的时间，在林灵聆身旁躺下。

十分钟后，几个男人进来了，有些为难地面面相觑。

郝爽问了句："怎么睡？"

显然大家都不好意思挨着女的睡，老杨摸了摸鼻子："我就算了，我打呼。"

郝爽脸皮薄，让他挨着夏璃睡，给他十个胆子也不敢。秦智靠在最后面没出声。庄子左看看右看看，大摇大摆地走过去："行吧，你们都不好意思，我睡，我不打呼。"

刚走两步后衣领被人一拽，他"欸"了一声，已经被人跟拎小鸡一样拎到了一边。秦智几步走到里面，直接躺下，对着他说："关灯。"

庄子不好说什么，等大家都躺下后，他拉了灯。通铺里漆黑一片，所有人都不再说话，没一会儿便传来了庄子的呼噜声，震耳欲聋，又隔了一会儿老杨也开始打起呼来，那此起彼伏的声音跟约好了一样，不带停的。

秦智捏了捏山根，侧过头看着身边的女人。她背对着他们，柔软的长发似乎还碰到了他的手臂，搔得他痒痒的。

她睡得很安静，半天没有动一下，反而让秦智有些睡不着，便抬起手将她一绺发丝缠绕在指尖，一道道卷着，松开再卷着，目光在黑夜里如水般落在指尖那绺发丝上。

未承想身边的女人突然翻了个身，他手指一僵，看见她浅灰色的瞳孔毫无睡意地盯着他："好玩吗？"

两人距离近得能感受到对方的呼吸，在这样的环境中，压抑着彼此的目光。夏璃抬眸，无声地瞪了秦智一眼，他讪讪地放下手，转头看向房顶，双手交叉放在小腹。夏璃盯着他的侧脸，他的鼻子像小山丘一样笔挺，透着倨傲的倔强，让她不禁想到第一次遇见他的场景。

那时他大概只有十四岁或者十五岁。

那年她妈去世，她继父不闻不问带个女人堂而皇之住进家，她只身一人从苏城去南城，去求于家人料理她妈妈的后事，却被硬生生赶出于家。

她身无分文，徒步走到东海岸去找姨妈于婉，便是那个灰色绝望的夜，她看见了一个男孩一个人对峙着一群人，没有畏惧没有退缩，在漆黑的夜里像凶猛的狼，越挫越勇！

她准备转身之际，听见那些年龄比他大很多的男孩对着他大骂："野种！"

便是那两个字，像把锋利的刀子刺进她的心脏，让她骤然转身。看见无数的拳打脚踢落在那个男孩身上，她心头突然涌上一股悲悯，对着那群人大喊："警察来了！"

那些人一哄而散，她躲在电话亭后面，等人全都跑走后才冲到巷口。那个男孩蜷在地上，牛仔裤破了一个大洞，膝盖往外冒着血。他抬头的刹那，脸被天光照亮，那双黑亮有力的眼就那样盯着她，像被整个世界遗弃。

纵使很久以后，她忘了他的模样，可她始终记得那个眼神，被迷茫和困苦所包围，跌入仇恨的深渊找不到出路，正如她自己。

秦智感觉身旁的女人没有动静，等他再侧头看去时，她已经闭上了眼。她浓密的睫毛像小扇子，挺翘的鼻子下是饱满的唇，柔软性感，睡颜安逸。他从没见过哪个女人睡着和醒着的时候判若两人，一个是美丽温顺的天使，一个是冷酷无情的恶魔。

他默默看了会儿，轻叹了声，闭上了眼。

一直到一个小时后众人才陆续睡着，大约四点不到的时候，外面的雨声渐渐小了。屋内的人折腾了一晚倒是睡得很沉，此时夏璃却悄悄睁开了眼，她警惕地盯着秦智，他就躺在她身边，很沉静，没有丝毫响动。

她静悄悄地爬起身，穿上鞋子，又回身看了他一眼，悄悄出了屋子。外面依然和两个小时前一样，一片狼藉，二楼还在滴滴答答渗着水。她摸了摸身上的车钥匙，走到屋子后面。那里有个水龙头，她拧开后是干净的水，流在掌心扎人的凉，让她不禁打了个哆嗦。一双光着的腿冷得紧紧拢着，她简单梳洗了一番，抓着车钥匙绕到前屋。

还没到近前就听见一声狼狗的吠叫，车门边的男人弯腰拍了下黑子的脑袋，它立刻安静下来。夏璃也借着月光看清了斜靠在车门上的秦智，他早已穿好了衣服，碎短的头发立在头顶，眉目清朗，一丝不苟，让夏璃怀疑他刚才根本没有睡着，她的所有动作都在他的眼皮子底下，让她惊了一下。

秦智整个人隐没在黑夜里，浑身透着苍劲的力量，声音寡淡："你当真认为你能开得走？"

夏璃深吸一口气，山中微凉的空气钻入她的鼻息，她冷得双臂抱着胸，收起了昨晚对他施的小伎俩，有些正色地说："你要不放心，陪我跑一趟，我回去看下车子，两个小时后可能还有一场大雨，时间不多，算……帮我个忙。"

秦智依然靠在门边，纹丝不动，眼神淡漠。

"我为什么要帮你？"

夏璃踩着凉鞋走到秦智面前，那条黑狗又开始躁动起来，有种跃跃欲试的感觉。秦智再次拍了拍它的头，让它安分下来。

夏璃瞥了眼大狗，目光又移到他身上："行啊，你不帮可以，反正车钥匙在我身上，你也走不了，我不信你还能把我扒光了？"

秦智低头冷笑了一下，性感的下颔收进冲锋衣领里，抬起头的刹那突然伸手迅敏地攥住她的胳膊就反手将她按在车门上。高大的身躯猛然从她身后压了下来，呼吸温热："当我不敢是吧？"

夏璃没想到他来真的，拼命扭动了几下，却根本摆脱不了他的钳制，声音冰冷地斥道："放开我！"

秦智直接将她两只手往身后一折，单手擒住她的手腕，手肘抵着她的背，另一只手已经搜了起来。两人的身体几乎贴在了一起，他有力的身躯将她禁锢在车门上。夏璃不安分地挣扎，后背贴着他结实的胸膛，如此清楚地感受到这个男人的力量和身手，无法抵抗！

秦智很快退后一步松开她，等她再回过头时，秦智已经转着手中的车钥匙，有些不羁地翘着唇："可惜你多吃了三年的饭在我这儿不管用。"

夏璃清透的眸子盛着淡淡的怒意，她将两颊的长发拢到脑后，转身就朝屋内走去，身后却响起"咔嚓"一声。车前灯骤亮，她走到屋前的脚步停住，回过头，看见秦智拍了拍后斗，对着那条狼狗低吼一声："黑子，上去。"

狼狗摇着尾巴一跃跳到了后斗上，他转过身睨着屋前那道白色身影，嘴角扬起一丝慵懒的弧度："走不走？"

第四章 / 两人遇险

"你就是个没有心的女人！"

1

秦智将副驾驶的门一拉，夏璃眼里的怒意渐渐消散，迈着步子走到车门边，狠狠瞪了他一眼上了车。

秦智绕到驾驶座，很快踏着夜色便将车子开上路。虽然雨停了，但通往公路的那段土路依然崎岖难行，好在能见度没有那么低，倒比昨天好开了一些。

两人上车后都没说话，自从昨晚秦智把面罩拿了以后，两人之间的气氛就变得有些难以描述。虽然年少发生的事都已经久远，如今两人早已经历过社会的洗礼，越发成熟，面上都能过得去，但各自心里到底弥漫着怎样的复杂也只有各自清楚，于是都一言不发聚精会神地盯着前面。

秦智从冲锋衣里扯出什么往夏璃腿上一扔，她低头看见是一个扎好的塑料袋，里面是一块馍馍。夏璃昨天半夜醒来就饿了，苦于吃的全在行李箱里。她低头将袋子打开，到底气氛有些尴尬，她随意找着话茬："那条狗跟你很熟？"

秦智单手稳着方向盘，声音清冽："一年前去普阳路上捡的流浪狗，一路带到这儿，就留在这里了。"

夏璃边啃着馍馍，边接话道："不错，它还认识你。"

秦智冷冷地扯了扯嘴角："这样想想，有时候狗比人够意思，是吧，夏部长？"

　　夏璃瞬间黑了脸，将塑料袋一合扔在车前，想了想干吗跟他赌气委屈自己肚子，又拿了起来。

　　秦智眼里噙着淡淡的笑意。

　　开出那段土路后，路况稍微好了些，秦智松了松坐姿，单手搭在方向盘上。夏璃不禁瞥向他腕上的手环，晨曦的微光从山的背后透了出来，离得近了，她才看清那条黑色绳子早已磨得有些不像样了，不知道他到底戴了多久。

　　这个想法让她心里搅动不安。当时年轻，不过荒唐一场，懂什么情情爱爱，她以为他早把她给忘了。毕竟大好青春，有哪个男人会只盯着一棵树，只是这个手环却牵动着一种说不出的情愫，让她想起了那个朦胧迷离的盛夏之夜。

　　她将馍馍咽下肚，瞥向窗外，语气佯装轻松随意："现在过得怎么样？"

　　秦智没有回答，车里安静得出奇，她没敢去看他的眼神，直到半分钟后，他才淡然地回了句："你想我过得怎么样？"

　　她回过头，微弱的晨光将他的侧脸照得半明半暗，他眼尾挂着一丝冷淡和克制，没有多余的情绪，也没再说一句话。

　　夏璃将馍馍往他身上一扔："吃不完。"

　　秦智单手拿起来扫了眼，她整整齐齐地把馍馍撕了一半，这一半扔给了他，他好笑地勾了下唇。

　　雨一停，公路上车子好开多了，比起昨天下午，秦智加快了速度，二十分钟后那辆靠在路边的越野车就进入他们的视线。

　　秦智将车子停在越野车头，两人分别下车，黑子也跟着跳下后斗。然而刚走到越野车旁，两人都怔了下，后车门和后挡玻璃碎了一个大窟窿！

　　秦智绕到后面看了一下："什么人干的？"

　　回身却看见夏璃紧紧盯着残碎的玻璃，似乎在仔细辨认，而她的神情并没有多吃惊，像早猜到会发生这件事一般。

秦智眉峰一皱："你就是回来确认这个的？"

夏璃收起视线，转身往越野车的驾驶座走去："不止。"

她打开车门上了越野车，检查了一番仪表盘，然后下车从后备厢里拿出一个工具箱和千斤顶，就开始固定千斤顶的位置。

秦智立在一边，双手抄在工装裤口袋里，看着她："你要干吗？"

"检查车子抛锚原因。"

说完，她回头看了秦智一眼："帮忙。"

秦智靠在公路边的绿色围栏上，冷冷地看着她，没动。

"不帮算了。"夏璃也不矫情，转身就去操作千斤顶。

剪式千斤顶用着十分费劲，还没两下她已累得直喘。突然面前落下一道阴影，她抬起头，秦智没什么温度地说："起开。"

她退后一步，秦智很轻松地将车底撑了起来。

昨晚事发突然，衣服都没来得及换，夏璃还穿着洗完澡套上的那件长款 T 恤，她把皮衣脱了垫在车底，整个人一躺钻了进去。她的白色 T 恤撩到了大腿，秦智低眸扫了眼，喉结滚动了一下，靠在围栏上说："怎么想起来干这行？"

夏璃半个身子都在车底，只有一双修长的腿露在外面，白得晃眼，她的声音从车底传了出来："门槛低，不要学历，肯吃苦就行。"

秦智瞥向远处朦胧的山脉，想到她当年离开东海岸，一个女孩只身到社会上闯荡。

黑子也想往车底钻，秦智对它吼了声："过来，坐着。"

黑子乖乖退了出来，往秦智脚边一趴，吐着舌头。

车下的女人全神贯注，没再出声，单腿屈起一撑又将身子往里移了点。她有些不自在地拉了下 T 恤，秦智将冲锋衣脱了往她腿上一盖，两个人都自在了。

不一会儿夏璃从车底出来，两只手黑乎乎的。她看了眼腿上的衣服，秦智将冲锋衣捡了起来，顺势递给她一只手，举起胳膊："手脏。"

　　秦智直接拽着她的手腕将她拉了起来，她耳郭有些发烫，本想对他说声谢谢，话到嘴边却有些说不出口，干脆转身打开车门，拉起燃油箱盖释放杆，检查油箱。

　　群山之间，万籁俱寂，微凉空气中透着淡淡的甜味。

　　此时已经五点多，太阳透过群山探出微弱的红光，才下过暴雨的早晨空气微凉，微风一吹，不免有些寒意。

　　夏璃弯着腰聚精会神，却忽然感觉一双手环过她身前，冷冽的呼吸擦着她的耳郭，她身体一颤，直了起来，就见秦智已经将冲锋衣扎在她腰间裹住她裸露的双腿。夏璃心里浮上一抹异样，回眸有些不自然地看着他。他却已经朝一边走去，踢开车后的石头，贱贱地说了句："上了年纪要注意保护关节。"

　　一句话将夏璃刚浮上的异样狠狠压了下去。

　　秦智回头看见她黑着脸，嘴角微微提起，透着邪性的帅气，消瘦的轮廓镀上一层半暗的晨光，比从前更加清晰俊朗，随便一笑便让人难以挪开视线。

　　夏璃感觉心"突突"地跳了一下，又迅速收敛心神不再看他。

　　太阳逐渐穿云破雾探出了尖尖，然而秦智却发现夏璃的表情越来越阴沉。她关了车门，盖上油箱盖，开始收拾摊在地上的工具。秦智开口问道："检查得怎么样？"

　　她低着头，声音里透着一丝隐忧："油箱里没有油，但油表显示又是满格。杨师傅在北支加油站加过一次油，油加得过满导致油位传感器卡到了油箱上面，让传感器失效，所以从油表上根本看不出问题。现在碳罐废了，通气孔阻塞，还好下了雨，要是像昨天上午那么暴晒，我们都有可能废了！"

　　她收好工具站起身，秦智顺手接过工具箱和千斤顶，扫了眼破损的车玻璃，意味深长地说："你的意思是，怀疑在加油站有人动了手脚？能这么神不知鬼不觉地动你们的车子，看来是同行啊。你们车上有什么？"

夏璃低头看了看自己黑乎乎的手，突然意识到什么，抬眸对秦智说："我们那些在二楼的东西能拿下来吧？"

秦智将工具扔到车上，拿了一瓶矿泉水拧开递给她，又对着黑子拍了拍后斗："上车，先回去。"

夏璃接过矿泉水将手洗干净，见黑子并没有上车，而是昂起脖子盯着她手中的矿泉水吐舌头。她干脆将剩下半瓶往下倒，黑子欢快地仰着头大口大口舔着，第一次对夏璃友好地摇了摇尾巴，然后跳上了后斗。

两人再次上了车往回赶，夏璃拿出手机看了下，能接收到微弱的信号，于是将昨天那条没有成功发送的信息再次发给了吕总，然后打了救援电话。工作人员告诉夏璃吴家堡隧道还在清理抢修，她将定位发给了工作人员，告诉他们车子抛锚的具体位置。工作人员反馈给她，道路清障后，会派人去拖车。

于是皮卡很快开上了土路，一离开公路信号又慢慢开始中断，夏璃收了手机，这时才抬起头望向窗外的景色。

这几乎是她进入华岭以来第一次欣赏这大气绵延的山脉，远处的山被初升的阳光照成曼妙的彩林，再往远望去，无边无际的山岭，郁郁葱葱，绵延雄壮，山幽谷静，峡谷之下便是烟笼云海，他们的车子仿佛开在云端之上。夏璃落下车窗，将手臂伸了出去，顿感心旷神怡。

秦智侧眸看她，她眉宇间的愁绪消散了些，手臂搭在车窗外面，风吹起她的长发，飒爽妖媚。

然而山里的天气，前一秒还探出阳光，下一秒已经暗了下来，夏璃看了看手腕上的黑色运动手表，他们已经出来两个多小时了。

不一会儿秦智感觉她忽然坐得笔直，还不停拉着绑在身上的安全带，表情不大自然的样子。他斜睨了她一眼，她的手捂着小腹，回视着他："那个……"

还没说下去，秦智已经将车子一刹，对她说："快点。"

夏璃拉开车门，下了车就往土路边上走去，又回头看了他一眼。秦智收回目光看向另一边，夏璃干脆走远了几步，在杂草较高的地方蹲下身。

天空骤亮，车上的秦智和车外的夏璃同时抬头望了望天。一道雷声从天而降，夏璃刚准备站起身，只听见一声狂吠响起，黑子直接从她头顶越了过去。夏璃还不知道发生了什么事，秦智已经走出驾驶座向她冲了过来。

2

眨眼的工夫，秦智已经跑到近前将夏璃狠狠拽进怀中。粗喘的呼吸声逼到近前，夏璃骤然回头，蓦地看见张开的血盆大口里露出两颗瘆人的獠牙。秦智下意识翻身将夏璃紧紧抱在怀里，高大的身躯完完全全将她笼罩住。夏璃只感觉他的身体跟跄了一下，后背被什么猛地冲撞，随即听见他大吼一声："跑！"

话音刚落，不给她任何喘息的机会，他拉着她就往车边冲去，把她往车门一推，对她吼道："上去！"

夏璃焦急地问他："有没有事？"

秦智没有工夫回答她，转过身大步走到后斗，身子往车底一跃从里面抽出一把弩。夏璃不知道他要干什么，着急地对他大叫："秦智上车！快走！"

说话的同时她才看清黑子正在和一头体形和它相当的猛兽扭打在一起！

夏璃从来没有看过那种东西，口鼻突出，四只爪子巨大，身上大块斑纹，像虎像豹，却又不是虎也不是豹，攻击力凶猛。刚才在它快扑上秦智时，黑子从侧面咬住它的背，那玩意儿身体狠狠撞在秦智背上，紧接着就和黑子扭打在一起！

它体形虽然和黑子差不多，但攻击力凶猛，一掌呼上去让黑子呜咽着，身体狠狠被打进灌木丛中！那猛兽一招击中，撒开步子就朝黑子扑去！

忽然一道劲风擦着它的脑袋而过，截了那头猛兽的步子。野生动物强大的敏锐力立刻让它察觉到危险，迅速掉转头看向秦智。就在这时，天空中响起一道惊雷，酝酿已久的暴雨再次落了下来，疯狂的雨柱瞬间将万物浸湿！

猛兽睁着一双晶亮血红的眼睛，慢慢压低身子匍匐向前缓缓移动，那是猫科动物攻击前的标准姿势。夏璃脑袋一炸，就对秦智吼道："回来！秦智！"

然而这个男人没有丝毫闪躲，他已经没有任何选择的余地，一旦转身把后背交给敌人，以现在的距离只会增加自己的危险系数，同时还会把危险引向汽车旁的那个女人身上。所以，他充耳不闻紧紧盯着那头猛兽。

就在这时猛兽突然发动攻击直直向着秦智冲来。

这一刻，夏璃脑袋一片空白，整颗心已经快跳出嗓子眼，却看见秦智没有半点停滞，几乎同时也迈开步子对着野兽冲去，气势滔天，仿若一头凶残的狼！

雷声骤响，大地震颤，一人一兽都以极快的速度向着对方狂奔，只见那头猛兽忽地跃起，锋利的肉爪就向着秦智抓来。秦智迎面而上，举起弩狠狠朝它面门砸去，巨大的肉爪勾住秦智的 T 恤猛地一撕，秦智动作敏捷地一滚躲过它的攻击。

黑子见势从灌木丛中爬了出来也朝猛兽冲去。

雨势越来越大，夏璃站在车门边看见一人一狗和一头猛兽混战，感觉整个灵魂都飘出了体内，眼前的画面如此不真实，不真实到她大脑都被冻住！

混乱中，一道黑色的影子被猛地甩出几米开外跌落下来！

秦智突然狂吼一声："于桐！把车子开走！"

这个八年未曾触及的名字突然被人唤出，夏璃只感觉呼吸骤停，脑袋"嗡"地炸裂，撒开步子就朝那道黑影跑去。

她迎着暴雨跑到近前，才看见浑身是血的黑子奄奄一息，惨不忍睹。

她踉跄着一屁股坐在草堆里，一道银光让她猛地抬起头，看见那把弩弓上的箭就在她几步开外。

她强撑着身体，可腿一软又坐在了地上，转头看向大雨里那团模糊的影子，忽然心脏迸发出一股骇人的力量，死死咬着唇，一下站起来，拿起箭就朝着那团模糊的影子冲去，嘴里大喊："秦智！箭！"

很快听见他朝她吼了一声："扔过来！"

夏璃将箭朝着那个方向拼命一抛，手臂带动整个身体的力量让她狠狠跌坐在地上。一切不过电光石火之间，可让夏璃完全没有料到的一幕发生了，那头野兽发出一声似猫的叫声，像受到了极大的惊吓，突然转身往草丛里一窜，很快没了影子！

她此刻感觉身体完全不是自己的，双手麻木僵硬，只看见大雨中那道黑色的身影朝她走来，越来越清晰，像跨越世纪、银河、无数的时空，那么遥远，却又那么真实。

直到他黑亮的眸子完完全全映入她的瞳孔，他身上的 T 恤全部被撕碎，浑身透着原始的野性和强大，就这样弯下腰直接将她提了起来。

夏璃怔怔地看着他，在这一瞬间，内心的焦虑、恐惧、担忧全部冲撞在一起，突然朝他爆发出来："你不要命了？你凭什么认为我会丢下你先走？"

他再次朝她逼近一步，高大的影子像漫天的火海压向她，锐利的眸子直穿她的心底，声音里的阴霾像从远古穿越而来，带着无数的沉痛，死死盯着她："你没丢下过吗？"

一句话像钉子一样将夏璃钉在原地，浑身动弹不得。

他眼里刮起凛冽的寒意，雨水从他锋利的眉骨滑落而下，他逼近一步，大手穿过她的后脑将她的脸瞬间拉到面前，嘴角挂着讥讽的冷意："你喂了黑子一口水，它就能拿命来报答你；我为你撑起一片天的时候，你拿什么报答我了？就像你对黑子那样，把它丢在这儿被那头云豹分尸！你就是个没有心的女人！你可以走！我不会丢下它！"

夏璃瞪着一双琥珀色的眼眸，那里流淌出滚烫的液体，已经分不清是雨水还是泪水。她的喉咙哽着一股气，上不去下不来，只是这样看着秦智，然后狠狠将他一推就转身大步朝汽车走去。

才迈开两步，突然身体猛地悬空，她失声惊叫，等反应过来时已经被秦智扛到肩上。他单手禁锢住她的腰，她不停地挣扎朝他怒吼："放我下来！秦智！我叫你放我下来！"

他也来了火，对她凶道："我不是你下属，少命令我！"

夏璃双手在他身前拍打着他，他已经将那件破烂不堪的 T 恤扔掉，结实的身体，贲张的肌肉透着强大的力量，他直接拉开车门，把肩膀上的女人扔进副驾驶，将车门踢关上阻隔了外面的暴雨。

夏璃坐在车内，一颗心还在狂跳不止，大口喘息着，透过车玻璃看见秦智再次折返回去，从灌木丛中抱起无法动弹的黑子，又拉开后座将黑子放了上去，才回到驾驶座把车子重新往回开。

路上两人一言不发，秦智面色严峻，紧锁着眉，夏璃表情也不大好，不时回过头看看黑子。它张着口，隔一会儿微弱地呜咽一声，听得夏璃握着门把的手越来越紧，面色发白。

第五章 / 标书被偷 ▾
"我不喜欢吃回头草。"

1

车子开回了土屋，让他们没想到的是，土屋前面居然停了一辆完全陌生的黑色进口越野车。

两人对视一眼，秦智直接拉开车门抱起后座的黑子大步往里走。夏璃下了车看见他腰间破了一道口子还在流血，也赶忙跟了进去。

所有人刚起床不久，看见他们两个都呆了，一起围过来七嘴八舌地问：

"你们去哪儿了？急死我们了。"

"黑子怎么了？"

"智哥你衣服呢？"

面对众多的问题，秦智只是锁着眉说了声："让开。庄子找床干净的被子来，再打点热水！"

大家全走过来围着黑子，露出惊恐的表情。

只有夏璃站在门边看着木桌边上两个完全陌生的男女，男的个子很高，穿着灰色衬衫有些微胖；女的身材苗条，打扮入时，化着精致的妆，一直盯着秦智。

郝爽抬头看见夏璃的表情，走过来对她说："他们两个刚刚才摸到这里，比你们早一步，雨太大不敢往前走了。"

那个男的抬起头看见夏璃，微微一怔。她浑身湿透，长发搭在胸前，浅灰色的瞳孔闪着幽暗的光，那狼狈的样子落在她身上反而有种禁忌的蛊惑，在这深山老林里猛然出现这样一个女人，像个不食人间烟火的精灵，看得那男人愣了一瞬，才抬起手对她招了下。夏璃对他点了点头，算是打了招呼。

这里没有兽医，秦智和庄子只能暂时为黑子清理伤口，然后止血，把受伤的地方包扎起来，再将它裹在干净被褥里。

夏璃到屋后将身上的泥冲洗干净，再进屋时，黑子已经被放置在角落。庄子和老杨讨论找木板修楼梯的事，她没看到秦智，便走到庄子旁边问了句："他呢？"

"智哥在里屋换衣服吧。"

夏璃刚准备进去，回身看见地上的消毒液和止血喷雾，顺手拿了起来进了通铺。不巧秦智刚脱了裤子，只穿了条黑色的紧身内裤，精壮的身材一览无遗，让夏璃的脚步僵在门边。

秦智察觉到动静抬起头看着夏璃，不疾不徐地从行李里抽出一条叠好的牛仔裤。

夏璃刚转身回避，就听见他有些戏谑的声音："我哪里你没看过？"

她浅灰色的眸子正好瞥见一双黑色的高跟鞋往通铺门口走来，伸手将门一关，回过身靠在木门上，坦坦荡荡地欣赏着他。

秦智听见关门的声音，抬眸扫了她一眼。其实要说起来，夏璃对这个男人的身体并不熟悉，仅有的坦诚相待也是在那样混乱的夜晚，她已经没有太深的印象。而八年后的他，褪去年少时的稚嫩，更加沉稳内敛，也更加高大成熟，宽厚的胸脯、精瘦的窄腰、性感的长腿对她来说都那么陌生，却又养眼得让她不禁露出一抹玩味的笑意。

夏璃径直走过去，对他说："帮你处理下伤。"

秦智冷冷地丢下句："不用。"然后又扯出件干净的条纹衬衫。

夏璃直接夺过衬衫扔在一边："坐好。"

秦智回眸低头看着她，她眼里是不容置喙的冷静，就这么沉沉地瞪着他。他干咳了一声，回头屈腿坐在地铺上。夏璃蹲下身，将消毒水洒在纱布上，然后擦在他腰间的伤口处。

秦智疼得"咝"了声："不会轻点？"

"就这手劲，要不你自己来？"

他没搭话，夏璃低头看着他的伤口，嘀咕了句："现在知道疼了，刚才不是挺生猛的吗？我看你这伤得赶紧去打狂犬疫苗。"

他清了清嗓子："这伤是昨晚搞的。"

夏璃愣了一下，昨天夜里二楼突然塌陷，她和林灵聆听见响动冲进来时，秦智已经爬到废墟里。只不过事发突然，谁也没在意他受了伤，怪不得他一夜未睡，疼成这样！

夏璃手指有些轻颤，哽了一下："还真是舍己救人，不是说我没有心吗？救我干吗？"

秦智回头邪笑道："挺自信啊，我说过救你了？你以为你二十一枝花？"

夏璃没好气地拿止血喷雾给他胡乱喷了一通，又拿纱布给他贴上，有气无力地往他对面的地上一坐，眸色有些黯淡："你刚才应该弄死那个东西。"

夏璃看出秦智射出第一箭只是威慑，没有下死手。

秦智眯着眼："知道那啥玩意儿吗？云豹，不是一般的一级保护动物，身上披着红皮书的。"

夏璃抬起头看向他："红皮书？"

"濒危，你能在华岭这地方碰见，回去可以买彩票了。"

夏璃却并不觉得有什么幸运的，她低着头问了句："你说……黑子能不能挺得过去？"

秦智没出声，眉间蹙起，半晌才接了句："看它造化。"

说完，他抬眸睨着她："怎么，良心发现了？"

夏璃就坐在他面前，腰上还扎着那件冲锋衣，白色 T 恤湿了后，肉色内衣的轮廓清晰可见。她发现跟这人说话聊不到几句就要被他夹枪带棒地弄一下，干脆站起身打算出去，手腕却突然被他扯了一下。他回身将那件刚拿出来的条纹衬衫扔给她："换上再出去。"

夏璃接过衣服，看了他一眼，他双手往地铺上一撑，肆无忌惮地盯着她："你哪里我没看过。"

夏璃举起衬衫就准备砸他，他倒是反应快，从包里又扯了件短袖出了房。

夏璃将湿掉的衣服脱了下来，换上他的衬衫，衬衫长长的，正好可以盖到膝盖上面当裙子穿。她拿着换下的衣服走出通铺，几个男人站在楼梯处准备动手修补楼梯，她绕到后面将她和秦智的衣服洗了。

她低头时，余光瞥见一双黑色高跟鞋从屋里踏了出来，门槛上有些泥，高跟鞋正好停在门槛前，没再向前一步。

夏璃的视线顺着那双性感的高跟鞋一直延伸到面前女人S形的身材曲线上，微皱了下眉。只看了一眼，夏璃便清楚面前这女人跟自己不是一路人，所以也没搭话。

倒是这女人对她开了口："刚才那个人是你男人啊？"

夏璃自顾自地洗着衣服，头也不抬地问："一屋子男人，你说哪个？"

"给你衣服穿的那个。"

夏璃这才直起身子好好打量了她一番。女人应该年龄不大，长得娇小玲珑的，不过身段比例倒是很好，妆化得浓，有些轻熟女的姿态，一身名牌，看着像是哪个大城市出来的小资女。

在夏璃打量那女人的同时，那女人也在默不作声地打量夏璃，眼里盛着些许盛气凌人的高傲。

夏璃收回视线，低下头继续搓着手中的衣服，淡淡道："我认识你？"

女人轻笑一声："我叫倪敏，就是想和你打个招呼，我对那个男的有点意思。"

夏璃将衣服拧干，双手往水槽上一撑，斜睨着她："关我什么事？"

倪敏耸了耸肩，转过身："那就好。"

随后高跟鞋的声音越来越远，夏璃又瞥了眼屋前停着的那辆越野车，眉峰渐渐蹙了起来，越来越感觉事情有些不寻常。

2

屋里，庄子用手肘捣了下秦智逼问道："智哥，说，你们早上出去到底干吗？你怎么连衣服都没了？"

郝爽就站在他们旁边，秦智横了庄子一眼。

庄子有些不依不饶道："你和夏美女真没什么？"

"嗯。"

庄子忽然神清气爽，顺手把郝爽一搂笑着说："小郝啊，你们夏部长单着吧？"

秦智蹲下身抽了一块木板，将铁盒里的钉子全部倒了出来。

郝爽结结巴巴地说："夏部长应该有未婚夫的。"

庄子一愣，蹲在地上的秦智没有动，捏住一颗螺丝，在指间捻了下。

郝爽看庄子的反应有些好笑，相处了两天也熟悉了，便对他好心提醒道："你可别对我们夏部长打什么主意了，她未婚夫是个留洋的博士，几年前就跟夏部长求婚了，要把她一起带到国外呢。"

庄子来了兴致，扒着郝爽道："那你们夏部长怎么不跟他走啊？"

郝爽挠了挠头："我也不清楚，我那时候还没调到芜茳。不过我们夏部长又不是靠男人的那种女人，我就欣赏她这骨气。"

庄子不屑道："那算什么未婚夫，求个婚就是未婚夫，那我跟她求个婚，我还是她未婚夫呢。"

一旁的秦智拿了块木板爬到木梯上，对庄子冷冷地说："把那个递给我。"

郝爽被庄子的话逗乐了，也凑过去帮忙，说道："那可不一定了。听说盛博士明年就回国了，我们同事给夏部长介绍的男的她都没答应，肯定在等着盛博士。"

庄子"啧"了声，抬头看向秦智："哥，以你这脑袋瓜子，当年要不是为了一个女人放弃了出国留学，你现在指不定都是博士后了！"

夏璃正好拿着才洗完的两件衣服进来，听见庄子这话，抬头看向秦智。秦智的视线跟她撞上又迅速移开，冷冷地对庄子说："干活！"

夏璃问村妇要了两个衣架，又搬了个板凳站上去，将自己那件白色T恤和秦智的冲锋衣挂在门口的木架上，然后进屋睡觉了。

等她的身影消失在堂屋，秦智才看着那两件挂在一起的衣服有些出神。

白天的这场雨不像前一天一直下个不停，中途断断续续停了几次。杨师傅和秦智、庄子商量，如果到晚上雨势减小，那么明天一早他们就出山。

夏璃连续几个晚上没有睡好，这一觉便睡得有些昏天暗地。朦胧中，她感觉不时有人从她身旁走过，也听到一些人说话的声音，几次挣扎想起来，但大概人的体能到了极限，她昏昏沉沉便睡到了傍晚。等她醒来的时候，其他人晚饭都吃过了。

她出了屋子，看见不知道什么时候，楼梯居然又给他们搭了起来，就连二楼屋顶的窟窿都临时拿瓦片堵住了，他们的行李暂时被清理了出来，但是还放在二楼。秦智站在木梯上加固楼梯，暂时还无法把行李拖下来，怕吃不住重量。

夏璃到后面洗了把脸，出来的时候，林灵聆对她说："夏部长，锅里给你留了肉馍。"

夏璃点了点头，往后灶走去，掀开大锅后，看见林灵聆挤了进来堆着笑意道："夏部长啊。"

夏璃拿起肉馍，靠在后面，睨着她："说。"

林灵聆看了眼外面，悄悄地说："晚上人太多，肉馍不够分，智哥说没胃口，所以剩下了一块。"

夏璃低头看了眼手中的肉馍，虽然馍做得粗糙，倒是口中肉香四溢。她抬起头，看着林灵聆嘴角微勾："你想说什么？"

林灵聆一双灵动的大眼睛转了转，笑着说："哈哈，没什么，没什么。"

"对了，那两个刚来的人是做什么的？"

林灵聆收起了笑容，想了想："说是搞咨询的，不过……"

夏璃朝她点了下头，示意她接着说下去。

"不过我注意到那个叫孙昊的男人手上都是茧，尤其在大拇指内侧和掌心处。那个叫倪敏的更奇怪，一下午都站在智哥旁边，一会儿递水一会儿递工具的，殷勤得很。"

夏璃默默啃了口肉馍，点点头："知道了。"

她走出后灶，先去看了看黑子。黑子还窝在被窝里，一动不动，眼皮子耷拉着。她拿肉馍在它面前晃了两下，黑子的鼻子微微动了动，但依然闭着眼，没力气睁开。

夏璃站起身，走到楼梯处，抬头看着秦智："什么时候弄好？"

秦智坐在木梯上，长腿蹬在楼梯处，低眸斜了她一眼，又打了一根长钉进去。

夏璃看着他的侧脸，他的神情专注认真，自从她走过来后，他的眉宇就轻拧成了"川"，简洁的下颌有些冷峻，一言不发沉着脸。

她莫名其妙，晃了下木梯，语气不善："哑巴了？"

秦智才有些疏离地回了声："快了。"

夏璃啃着肉馍，又看了他一眼，越看越觉得他有些不大对劲。吃完后，她拍了拍手，刚转过身去，突然又转了回来直视着他："放弃留学是怎么回事？"

秦智将最后一根长钉打了下去，长腿一收跳了下来，直接立在了夏璃的面前，有些邪气地说："没怎么回事，只是以为那个女人能有点良心浪完了知道回来。"

他的目光太过炙热，黑亮的眸子布上一层淡淡的薄怒。虽然夏璃不知道他为什么突然火大，但只是听见他毫不闪躲的回答，心跳还是漏了半拍，她垂下视线，声音有些轻地说："我不知道你……"

刚说完耳边传来高跟鞋的声音，两人侧头望去，那个叫倪敏的女人对他们笑了笑，随后看向秦智："智哥啊，有时间吗？"

秦智没接她话，她接着又说道："我找你有点事。"

秦智收回视线，低头看了眼夏璃，夏璃淡淡地转过身去找老杨，就像刚才两人之间什么都没说过。

3

外面的大雨终于随着日暮停歇了。老杨跟夏璃说打算明天上午动身出山，庄子答应把他们送到荣台县，到时候他再想办法包个车去庆凉，正好能来得及参标。

夏璃心不在焉地听着，朝后门看了眼，随后问老杨："行李打算什么时候弄下来？"

"现在太黑了，打算明早搬下来。"

她拍了拍老杨的肩，然后走出土屋。

天色渐渐暗了下来，空气中还有些湿润的泥土气息。夏璃伸了个懒腰，走到那辆黑色越野车边绕了一圈，又蹲下身看了看底盘，忽然感觉一双皮鞋朝她走来，她将手中的手机落在地上又捡了起来，站起身看着那个孙昊。

男人个子很高，戴着副眼镜，脸有些方，那双藏在镜片后的眼睛不大却透着精明的光，语气亲和地问道："在看什么？"

夏璃晃了晃手中的东西："手机掉了。"

孙昊笑了下："你们打算去哪儿？"

夏璃脸上挂着疏离的表情："陕省。"随后蹍了蹍脚下的碎石，抬头问道，"你们呢？"

孙昊推了推眼镜后，才回道："青海。"

就在此时屋子侧面传来一声女人的娇笑。

夏璃直起身子朝土屋侧面看去，透过车身看见秦智立在原地，倪敏抬着头不知道在对秦智说什么，一脸媚笑，整个身子都要凑了上去。

夏璃转过头没再看下去，回身进了屋。

她进屋没多久，那两个人也从后门走进来，倪敏紧紧跟着秦智，寸步不离，面色绯红，就连比较迟钝的郝爽都看出了点猫腻。

后来庄子出来说打牌，林灵聆、老杨、庄子和秦智四人打八十分，倪敏就坐在秦智后面挨着他，秦智回头看了她一眼，拉了拉衣领说："挤得热。"

倪敏也不知道是真听不懂还是装听不懂，跑去找了把破芭蕉扇一下下地帮秦智扇着风。其他几人对看一眼，都没说话。

倒是庄子笑着问了句："小倪妹妹啊，你和灵聆哪个大？"

倪敏身子向前倾了倾，米色套装领口微微敞着，露出若隐若现的风景："我二十三岁啊。"

林灵聆有些惊讶地重新打量了她一番："我二十四岁。"

单从外表看上去，林灵聆就像个乳臭未干的大学生，而倪敏虽然长得不算太漂亮，不过打扮得却更显成熟。

庄子调侃道："原来智哥喜欢小丫头啊。"

倪敏低着头，一脸的娇羞模样。

这句话让秦智下意识往墙角蹲着的夏璃看去，她听见了庄子的话，不过没有回头，只是缓缓地抬起黑子的嘴，试图喂它一点温水。

忽然一只手伸了过来，夏璃抬眸看去，孙昊递给她一罐啤酒："喝吗？车上的。"

夏璃站起身顺势接过打开的易拉罐，孙昊将自己的啤酒罐伸了过去，她淡淡地看了眼，跟他碰了下。

秦智的目光并没有收回，就这么笔直地看着她。夏璃抬眸对上他，漫不经心地举起啤酒灌了一口。

秦智身旁的倪敏也回头顺着他的视线看向夏璃。

她脸上没有任何妆容，黑茶色的头发已经干了，有些蓬松地落在肩上，女性特有的妩媚配上男士衬衫总有种说不出的诱惑，而那双深邃绝美的眼仿若只盯着人看上一眼，便能勾走人的魂魄。

　　她什么都不需要做，只是往那儿一站，便能轻松勾走一屋子男人的目光，这种感觉让倪敏眼里浮上一层暗淡。

　　孙昊有一搭没一搭地跟夏璃聊了两句，他们那边的牌局也结束了。

　　大家商量着晚上早点休息，倪敏死活不肯睡大通铺，说反正楼梯修好了，她要上二楼睡床。其他人心有余悸不敢再上去过夜，晚上雨停了，就连狂风也静止了，在她的一再坚持下，一个个大老爷们儿也不好劝人家一个如花似玉的小姑娘跟自己窝在一起。

　　倒是没想到，一直蹲在黑子身边的夏璃突然站起身说："我也上去睡。"

　　郝爽有些担心地说："万一夜里头……"

　　夏璃耸耸肩："她都不怕死，我怕什么。"

　　倪敏看了夏璃一眼，拎着包，蹬着高跟鞋就上了楼。就剩林灵聆一个女的，她也不好意思留下来和一堆男人过夜，只能跟着夏璃上去。

　　前一天她们睡的房间完全塌了住不了人，夏璃和林灵聆睡到了郝爽他们那间，而倪敏一个人走到了最里面那个闲置的房间。

　　夏璃上去后特地检查了一番下午被他们整理出来的行李，她和林灵聆的行李箱都破败不堪，好在东西全在，那个装着零部件的箱子也在。

　　夜渐渐静了下来，楼下一开始还有男人说话的声音，后来也都消失了，整座屋子再次陷入静谧的夜色之中。

　　下半夜的时候，老杨被尿憋醒，睡眼惺忪地走到屋后的茅房方便，方便到一半忽然听见草丛不停摩挲的声音。他眯着眼睛透过茅房的砖头缝往外看，只见茅房外头一双白花花的大腿顺地拖。他心猛地一揪，顿时睡意全无，拉着裤子就从茅房跑出来，赫然看见一个黑黢黢的不知道是不是人的影子，头发老长，乍一看像个猿人一般拖着地上的女人就往后面那间草房里拉！

　　老杨当即大喝一声："什么人？"

　　这一喊之下那黑影身形一顿，蹲下身捡起一块老大的石头就朝着老杨脑门狠狠砸来。

老杨吓得一身冷汗，赶忙往后跑，急得大喊："不好了，救命啊！"

这一嗓子把一楼的男人全吼醒了。

庄子和秦智最先冲了出来问怎么回事，老杨吓得脸都白了，指着后屋就说："一个穿着白衣服的长头发女人被个人拖走了！"

话音刚落，一道疾影向外掠去，庄子则转身大喊那个村妇。

等秦智跑到茅房那儿的时候早已没了踪影，土屋的后面只有一个不起眼的草房，隐在树林之间。

庄子跟着就冲了出来，对秦智喊道："在草房里！"

秦智二话不说就朝树林冲去，一脚踢开草房的门板，看见一个男人正压着一个女人，手掀起了女人的衣角往里探。他只感觉一股怒火猛地冲进大脑，提着那个男人踹在地上，暴风雨般的拳头就狠戾地落在男人身上。他的双眼迸发出血红的光，手臂的力量全部绷了起来，每一拳都带着致命的力量。

随后赶来的庄子和村妇一看吓了一跳，庄子赶忙上前扯住秦智大喊："别打死了！"

村妇哭喊着就扑到了那个乱糟糟的男人身上死命抱住他，用身体挡在男人面前。

秦智收了拳头站起身。

庄子将床上的女人扶起来，摇着她喊道："醒醒！"

女人突然捂着头拨开头发，当秦智回过头的刹那整个人僵住了，却也松了口气。

并不是夏璃，而是倪敏。

倪敏悠悠转醒，后脑勺疼得直哼，当她看清草房里的情形后，突然整个人开始大叫起来，发狂地往外跑。

庄子骂了声，和秦智又同时跑出草房。

倪敏受了极度的惊吓，拔腿就往土屋里跑，正好撞上迎面而来的夏璃和林灵聆。

庄子对着夏璃就喊道："快拦住她。"

夏璃还不知道发生了什么事，下意识伸手拽住倪敏的胳膊。就在这时已经失控的倪敏上去就一巴掌狠狠甩在夏璃脸上，"啪"的一声直接把夏璃打蒙了。

秦智已经赶到近前，伸手毫不客气地将倪敏扯了过来，谁也没料到倪敏突然就朝秦智怀里扑，情绪失控地大哭大闹。

夏璃摸了摸火辣辣的脸，退后一步，冷冷地看着他们。秦智将倪敏扯开，倪敏又开始大闹，郝爽和老杨上来劝都劝不住。

夏璃回头扫了眼屋子，问了句："孙昊呢？"

几人四处张望，发现孙昊从前屋跑进来，一脸焦急地去拉倪敏，对她说："不要闹了！没事了！"

后来倪敏情绪慢慢冷静下来，没再大哭大闹。听说那个男人是村妇的儿子，她大吵着要报警。大家都劝她现在天还黑，要走也等明天一早，这里连个信号都没有。可此时的倪敏完全听不进任何劝说，满眼恐惧地对着孙昊大发脾气，坚持要立马离开这个鬼地方。

村妇哭着差点给倪敏下跪了，但倪敏充耳不闻，说一出去就会报警。

土屋里吵得乱成一团，所有人都睡意全无。夏璃看着倪敏那个疯样就糟心，干脆绕到屋子后面透透气。

正好庄子和秦智也走了出来，蹲在墙根下抽烟。夏璃刚准备跨出门槛，听见庄子调侃道："你不会真看上那个小丫头了吧？瞧你那冲进去的样子，差点把柏婶家儿子打死。"

夏璃脚步一顿，踏出去的一只脚收了回来，却感觉屋外一道人影突然掠了进来，拦住她的路将她堵在过道上。

4

外面天色依然很暗，只有堂屋那盏不太亮的白炽灯散发出微弱的光照在过道上。夏璃冷冷地看着面前的秦智，双臂抱着胸，没有温度地说："让开。"

秦智却纹丝不动，抬起手伸向夏璃有些肿胀的左脸颊。夏璃别开脸躲开他的手，转身准备出屋。秦智一步跨到她面前，再次将她的去路堵了个严实，上前一步身子压向她，逼迫着她靠在身后的墙上。

狭窄的过道，她被他逼得无路可去。他低下头，目光锁在她的脸上，声音低浅地说："晚上她喊我出去问了下我们的行进路线，想和我们结伴，我赶时间拒了。"

夏璃昂起下巴，清亮的眸子淡淡地看着他："关我什么事？"

秦智深吸一口气，看向外面皎洁的月光，将冰凉的空气吸进肺里，声音带出丝丝寒意："那你跟我摆什么臭脸？"

夏璃浓密的睫毛扇了扇，一副拒人千里的样子："不然要我对你拿出什么态度？"

秦智紧了紧牙根："非要跟我这样说话是吧？"

夏璃侧过脸，那一瞬间她脑中闪过很多种可能，可她已经不是二十岁的她，当年看清的距离，如今只会更加清晰。她和秦智的路不同，秦家不会接受她的背景，那种羞辱她这辈子不想也不允许自己再经历一次！

她和他注定隔着群山万壑，他是东海岸的天之骄子，而她想要的东西生长在荆棘之巅。如果以后一定要拖个男人陪她血洗沙场，她不想那个人是秦智，更不想毁了他。

短短几秒，她已经收起所有情绪，没什么温度地说："我不喜欢吃回头草，特别是嫩草。"

空气突然安静，银白的月光倾泻进来，大山里散发着清幽的草木香气。夏璃眼神无波地看着屋外，长长的睫毛遮住眼底的情绪，秦智目光炯亮地盯着她，两人之间气氛凝结。

秦智退后一步，两人的距离骤然拉开，他转动着手中的打火机低垂着视线，沉声说："出华岭前有个收费站，我会把你们放在那儿，祝你们能找到好心人。"

夏璃眼眸低垂，没有出声。

然而屋前车灯骤亮，很快汽车发动的声音传了过来，夏璃和秦智同时直起身子往堂屋走去。所有人都站在前门口，他们穿过堂屋出了门，看见那辆黑色越野车的后车灯已经远去，逐渐消失。

秦智问了句："走了？"

老杨接道："是啊，走了，那女的闹得厉害，我看她同伴也没办法，只能走了，不过遇上这事一般人估计都吓得不轻。"

夏璃却脸色一白，迅速转身冲到二楼。大家见她的反应也不知道发生了什么事，陆续跟着跑进屋。郝爽跟上楼问道："夏部长，怎么了？"

夏璃拉开几个行李箱，当看见那个金属箱子完好无损地堆在地上后松了口气，一屁股坐在上面。

林灵聆也跑了上来，看到夏璃坐在那个箱子上喘气，立马猜到什么，出口问道："夏部长，你是不是怀疑他们，所以晚上才上来睡觉看着那个倪敏的？"

夏璃若有所思道："可能是我多想了。"

折腾了半夜离天亮也没两个小时了，老杨说干脆把行李弄下去，于是就和郝爽两人开始动手搬。

夏璃从后灶出来时，看见老杨手里拎着一个从楼上搬下来的黑色小皮箱，那是公司的行李箱。她出声问了句："杨师傅，重吗？"

老杨以为夏璃关心他，忙说："不重不重，轻得很。"

夏璃皱了下眉，径直走过去，夺过老杨手中的皮箱往地上一放，蹲下身把黑色皮箱一打开，脸色立马就变了。

当她折返回抛锚的越野车看见车玻璃被人砸了后，就怀疑吕总把零部件交给她时走漏了风声，但她万万没想到这两个人居然是冲着标书来的！

旁边的郝爽围了过来，猛然一惊："标书呢？"

夏璃站起身就大步走进通铺，秦智正在收拾行李，闻声转过头，就听她开门见山地说："我要去追那两个人，立刻！"

秦智皱了下眉："怎么了？"

"他们拿了我们的标书。"

话音刚落，其他人都冲了进来，秦智往她身后看了一眼，淡淡地说："那是你们的事，我没有义务帮你追。"

说完，他又继续蹲下身，将东西放进行李包，不疾不徐地拉上拉链。

夏璃回身看了眼庄子，轻笑了声："那就有意思了，一个南方口音的女人带着儿子在这荒凉的大山里定居，明知道这家人有问题还把我们往这儿带。倪敏出去不报警我也会报警，不知道警察查到这家儿子是在逃犯后会不会邀请你们配合调查，听说你们赶时间是吧？"

秦智动作一顿，缓缓转过身。

庄子急得直抓头："哎哟喂，姑奶奶，是你们求着我们带你们落脚，这华岭之大，要不是我哥俩去年摸到过这里，你们晚上有地方待吗？而且我也好心提醒过你们，算是对你们敲过警钟了，不然你们第一天就跟倪敏一样了，你这样搞不是耽误我们事吗？"

夏璃噙着挑衅的笑意，迎上秦智的目光："巧了，我们也赶时间，不过我不介意陪你们一起留下来配合调查，当然主动权在你们手中。"

她灰色的眸子泛着一抹幽光，笃定而从容。郝爽和林灵聆不敢出声，标书是他们此次出差的核心，标书要是丢了，损失这么大的项目，所有人回去恐怕不止卷铺盖走人这么简单了。夏璃此时的谈判关乎所有人接下来的命运，就连杨师傅都大气不敢喘一下，站在一边干着急。

秦智斜了眼她一副要吃人的样子，默默拎起包："追到哪儿？"

"庆凉。"

第六章 / 极限测试

前往南疆沙漠。

1

十分钟后，所有人已经开上了土路，庄子还在絮絮叨叨地说："我们帮你们追人，那是看在相识一场，办好事。就说到庆凉的这个油钱都要好几百，不是我们不愿意配合接受调查，只是路过歇个脚为了个不认识的人耽误我们办正事不值当，等回头我一定主动检举揭发……"

出了土路后，手机再次恢复信号，夏璃给了郝爽一个邮箱，让郝爽开电脑把这次公开参标的所有竞争单位和人员信息发一份到这个邮箱里面，她倒要查查看是哪家公司这么明目张胆！

庄子又在絮絮叨叨："你们这个行业竞争很激烈吗？这种缺德事都有人干？"

郝爽边敲着键盘边说："这不算什么，大项目多得是背后使阴招的。"

"什么时候投标啊？"

林灵聆有些焦急地说："明天早晨八点标书要交过去，不然就视为自动弃标了，要是追不回标书我们怎么办？"

夏璃没说话，只是低头输入了一个地址，将手机导航放在车前。

一路上秦智将车子开得并不慢，但一直没有碰见那辆黑色越野车。

他们走得早，中午就进入庆凉市，秦智按照导航上的地址一路开过去，最后竟然停在了庆凉市机场。

庄子睡了一觉醒来，有些莫名其妙地说："来机场干吗？"

夏璃穿着黑色紧身裤，先一步打开车门踏了出去。

大家陆续下车，看见接机口那个年轻小伙子似乎站在那儿已经等了很久。

林灵聆眼尖一眼认了出来："张涛，张涛怎么来了？"

那个男人几步走到夏璃面前喊了声："夏部长。"

夏璃点点头："辛苦了，标书呢？"

张涛扫了眼身前的行李箱："都在里面。"

夏璃嘴角勾起一抹笑意，所有人都惊了。

夏璃回过头，对上秦智半眯的眼睛。他眸光黑沉，单手抄在牛仔裤里，到这时才反应过来他们被这个女人耍了，她根本就没打算追什么标书，因为她早留了一手。

秦智冷峻的唇动了动，说："既然送了你们一路，不介意请我喝杯咖啡吧，夏部长。"

夏璃目光沉静："好。"

庄子喊道："智哥帮我带杯拿铁。"

川流不息的机场，人来人往，两人走入机场里面找咖啡店。正好一群旅行团的人出来，人群冲散了他们，导游拿着黄色小旗子，对着扬声器喊道："一会儿排队上大巴，注意每个家庭的成员是不是都到齐了？上厕所还没回来的赶紧打电话，1号出口，1号出口……"

旅行团里全是大爷大妈，个个花枝招展戴着大墨镜拍照聊天。秦智侧头去找夏璃，她被几个大妈挤到了另一边，隔着人群两人的距离越来越远。

秦智见后面又跟上来一拨人，一股无形的冲动从心底涌了上来，他脚步一转冲破人群就朝夏璃走去，刚走到人群中间他立马被一个戴着绿围巾的大妈热情地拉住："小伙子长得真俊，给我们拍个照吧。"笑着就把手机塞进秦智手中。

四五个大妈迅速站好队形，每个大妈都扬起自己手中的围巾，神情陶醉，还有大妈对秦智喊道："小帅哥，把我们照得年轻点！"

秦智低头看着手中的手机，不太明白怎么个年轻法，他抬头望了望周围寻找夏璃的身影，偏偏就是这么一会儿的工夫到处都找不到她。就像心脏某处被人挖空，猛地抽了下，他眉间微蹙。

他在大妈们的催促下举起手机，却透过手机屏幕看见一群大妈身后，那个穿着 T 恤、紧身裤的女人正噙着笑意靠在圆形柱子上看着他。他将手机稍稍移了下，把她也框入镜头中，就在他按下拍照键的同时，她对着镜头做了个鬼脸。

秦智嘴角勾起一丝弧度，将手机放了下来，夏璃面无表情地看着他，就像刚才那个俏皮的表情根本不属于她。

一群大妈围了上来，七嘴八舌地问他哪个照得好看。秦智看了眼照片，拿出手机说："照得都挺好的，发给我留个纪念吧。"

大妈们很热情地将照片传给了他，他收到照片和大妈们道了别，反手将手机插进口袋旦，几步走到柱子前看着那个女人。

她背靠在柱子上，天光透过五彩斑斓的穹顶落在她浅灰色的瞳孔中，好看得令人炫目，她神情慵懒得像只神秘的波斯猫，抬头笑道："挺招大妈们喜欢的嘛。"

秦智轻挑了下眉梢，漆黑的眸子里含着细碎的光："我向来招大龄女人喜欢，没办法。"

夏璃嘴角的弧度依然没有变，但是眼里的温度却淡了。秦智侧头看了眼人群，朝她逼近了一步，声音里带着压迫："为了目的可以不择手段，你可以的。"

夏璃嘴角的弧度彻底敛了下去，平静地说："怎么，你还以为我像以前任人拿捏？"

那透着血色的夜晚再次浮现，她的肩带破碎不堪挂在肩膀上，整个光洁的后背白得如二月天里的大雪，露在世人的视线中。她双手捂着身前的禁地，脖颈到胸前的肌肤那样洁白无瑕，冰肌玉骨，美得让人震撼，身上的伤却是那样触目惊心，一头紫发在黑夜被月光点燃，似妖冶的火焰，照亮了别人，却将自己吞噬。

他呼吸越来越粗重，紧紧盯着她。她淡淡地说："标书一旦启封，资料就会被对手掌握，我需要在今天下午所有打印店关门之前，改掉中间的一些数据重新封装。不好意思，我没时间去收费站等好心人让我们搭车，至于你说我不择手段……"

她摊摊手，摆出一副无所谓的姿态："我只在乎结果。"

秦智将手从牛仔裤口袋里抽了出来，藏蓝色的衬衫衣角塞进牛仔裤里，个高腿长，引人注目。他离她很近，下巴几乎碰到她的额，声音低沉："所以你跟我耍心眼？"

她歪着头对他笑，深邃的五官闪着柔光若腻的美："我是女子，又不是君子，没那么多光明磊落可讲。"

她抬手就准备推开他，却被他一把攥住手腕反手往她背后一折，另一只手已经提着她的腰将她压到胸前，无数的百转千回，被瞬间缩短。如潮的人流，那些离别的不舍和相聚的喜悦都成了背景，嘈杂的机场大厅骤然安静。

他眸子里是让夏璃无法抗拒的光泽，带着岁月的沉淀，浓烈炙热，在那只大手握住她腰的瞬间，她的心脏忽地提到了嗓子眼，细小的电流从她腰间那只温热的手掌传到心脏。八年了，也只有这个男人能在短短一秒之间扰乱她的心跳，扼住她的呼吸，让她心头慌乱。

他握住她腰的手慢慢收紧："听说你有未婚夫了？"

夏璃长长的睫毛缓缓垂下，遮盖住那一缕眸光，再次抬眸时穹顶的彩光落在她的眼里，仿佛洒下一片星辰大海，闪烁着流动的异彩："我这个年龄有未婚夫不奇怪吧？"

他星眉剑目，英气逼人，她绰约多姿，柔和坦荡，如此暧昧的姿势惹来许多人的目光。他全然不顾周围的人潮，低下头，温热的呼吸压向她，声音暗哑："下次碰见，我不会再放过你。"

他直起身子，松开她，深深地看她一眼，利落转身大步朝出口走去。

夏璃顺着他挺拔的背影侧过头，一颗心还悬在半空，忘了呼吸，却看见他走了两步突然停住脚步，低了下头，缓缓转过身，嘴角挂着一抹似有若无的笑意："对了，比起小妹妹我更喜欢小姐姐。"说完，径直走向出口。

夏璃依然靠在圆柱上，盯着他消失的方向，呼吸紊乱。

良久，她又自嘲地垂眸，摇了摇头，到底是他越来越成熟迷人了，还是自己真的想恋爱了？竟然被他两句话弄得七上八下，只能在心里大骂一句自己，起身走人。

等夏璃折返回去时，秦智和庄子已经没了踪影。

郝爽对夏璃说："夏部长，车我已经叫好了，我们直接去酒店吧。对了，智哥让我和你说一声，他赶时间先走了。"

一架客机从机场起飞掠过他们的头顶，夏璃抬起头，阳光照进她干涩的眼里，她微微眨了下，又迅速收回视线，对郝爽说："走吧。"

2

车子驶出机场，正好有个加油站，秦智将车子一拐开进加油站排队加油。庄子问道："我的拿铁呢？"

"没买。"

庄子一脸不痛快："这个夏部长看着不像小气的人啊，八千块眼睛不眨就转给我了，请杯拿铁都不肯？"

秦智蹙了下眉："你收她钱了？"

庄子莫名其妙地说："对啊，收了啊，之前不是谈好的吗？为什么不收？"

前面车子动了，秦智将油门一踩："你缺钱？"

庄子一愣："不是……那……"

"不是你叫我开八千的吗？"后半句话庄子只敢小声叨叨，因为他莫名感觉身边这位爷怒气不小，干脆下车找厕所方便。

一架客机从上空掠过，秦智落下车窗，抬头望去，不自觉将手腕上的手环取了下来搭在方向盘上，摩挲着那颗通绿的珠子，眼里的光有些暗沉。

夏璃坐在副驾驶，庆凉昨夜才下了一场雨，天气还算凉爽。司机没开空调落下窗户，收音机的电台放着周杰伦的一首老歌叫《轨迹》。她靠在椅背上，看着窗外。加油站的队伍排了老长，她侧头扫了一眼，一道笔挺利落的身影从她眼中划过，很快出现在倒车镜中越拉越远，耳边是低沉的歌声：

"如果说分手是苦痛的起点，那在终点之前我愿意再爱一遍，想要对你说的不敢说的爱，会不会有人可以明白……"

可最终，每个人都必须走向自己的轨迹。

她合上车窗彻底将那纷繁的思绪打断，手机适时响了，她侧头对司机说："麻烦关下歌。"

司机小哥关掉了电台，夏璃拿起手机接通电话。是吕总打来的，在确认了他们一行安全抵达庆凉后，吕总告诉她一个消息，在他们出发的那天公司接到通知，甲方那边需要新增极限测试，地点在塔玛干沙漠，此项测试结果会列入评标范围，他已经安排了一个负责人过去，但是芜荘总部目前只有夏璃一个人参与过之前的撒哈拉极限测试项目，为了确保测试流程顺利，吕总希望夏璃安排好投标事宜就立刻赶往塔玛干沙漠，测试时间是两天后。

夏璃挂了电话，随一群人去了酒店，将标书中需要替换的页面找出来，几人开了个小会确定更改内容。安排好一切后，夏璃直接订了张去库田的火车票，当晚就从庆凉动身。

老杨则要折返救援站等车修好开回去，所以两人一起到了庆凉火车站。老杨先将夏璃送进站台，她就穿了一件松垮的白色格纹衬衫，腰间扎了一道结，下身是黑色紧身裤，临时买了一个双肩旅行包，从裂开的行李箱里收拾了一些随身衣物。大大的旅行包压在她的肩膀上，让她看上去更加瘦弱纤细。

周围一同上站台的很多都是些蓄着胡子的大汉，还有挎着大包小包的少数民族，夏璃在人群中显得单薄清瘦。

老杨望着夏璃的背影，才恍悟她不过是个年纪轻轻的女人，比他女儿大不了几岁。看着她独自一人坐绿皮车挺进沙漠，老杨担忧地对她喊道："路上注意安全，上了火车睡觉时随身物品看好。"

夏璃回过头，扬起嘴角，对他挥了挥手让他不用送了，清瘦的身体仿佛蕴藏着一股强大的力量，转身背着背包很快就消失在人群中。

塔玛干沙漠地处南疆，在出发之前，张涛一行在酒店里讨论，夏璃一个女人独自去南疆多少让人有些担忧，几个年轻人越说越来劲，后来商量为了保险起见要不要派谁陪夏部长一起去，最后夏璃通通否决了。张涛和郝爽都参与了标书中的核心部分，明早投标，招标方请了技术人员过来，本来她留下来这些东西都会由她应付，林灵聆对技术方面并不清楚，她必须让这两个小伙子全部留下来应对明早的投标。

虽然她一个人上了路，但同事那些善意的提醒多少还是让她有些警惕。那一夜夏璃翻来覆去很难入眠，车厢里弥漫着让人窒息的体味和泡面的味道混杂在一起，没有空调，只有厢顶的风扇无力地转动着。

天还没亮，夏璃就已经背着背包跳下床铺找了个空位，望着窗外。凌晨几个站走走停停后，绿皮车上的人逐渐都变成了少数民族的面孔，窗外的景色也越来越荒凉。

终于在太阳初升时火车停了库田下面的一个县城，下了火车她已经收到测试基地的同事发来的定位，基地离这个小县城还有八十千米。

夏璃思忖了一下，与其叫车穿越荒凉的沙漠公路，不如直接租个车自己开过去。

她用手机搜索到离火车站最近的租车行，拦了个车过去。

这座小县城被戈壁滩包围，抬头望去，太阳也被掩上了一层灰蒙蒙的尘土，不像芜茌随处可见的绿化，风一吹，沙尘扑面而来打在脸上，似乎还能感受到细小的颗粒。

出租车穿梭在老城的街道，房屋高低错落，那别样的伊斯兰风格建筑像迷宫一样，只是到处都是灰蒙蒙一片。这里不像库田市区还能看到些汉族人，到了下面的县城，基本上全是少数民族。

车窗外不时掠过嬉笑打闹的孩子，笑容淳朴干净，让夏璃想到了自己的儿时。

她生长在水乡姑苏，长江中下游的一座小城，老房子的木窗推开便是一条安静的河流。她喜欢趴在窗边看着妈妈坐在河边拍打着衣服，夏天热了就和小伙伴一起跳进清澈的河里游泳，每次被妈妈逮到总要狠狠打她屁股。可她被打完就忘，第二天依然像孩子王一样带着一大帮小孩继续哄闹。

她的妈妈总是说她身体里流淌着巴西人的血液，纵使再怎么约束她，她依然不知道害怕，无拘无束。

那时她问妈妈什么是巴西，她妈妈告诉她那是一个国家，她爸爸的国家。

她问妈妈"爸爸为什么不要我们"，记忆中妈妈总是不敢去看她的眼睛，和她说她爸爸没有不要她们，他会回来的。

夏璃至今都不知道妈妈当时的话是在安慰她，还是在安慰自己。只是童年的记忆大概是她这一生当中最无忧无虑的时候，一直到她们离开了那座老房子。

3

出租车停了下来，司机一边说着蹩脚的普通话，一边用手比画着告诉夏璃她要找的地方就在巷子里，进去能看到牌子。

夏璃付了钱谢过他后，背着背包走入巷内。巷子很逼仄，偶有几个年轻小伙子骑着自行车，巷子里还蹲着一群年轻人，有的赤着上半身，手里啃着西瓜好奇地打量她。

她本就是混血面孔，在这地方倒也并不觉得突兀，只是茶黑色头发下深邃的五官和那白净细腻的皮肤，能让人一眼看出差别来。

巷子里的年轻人都以为她是外国人，笑着对她挥挥手跟她说："Hello（你好）."

有个穿着橙色 T 恤的二十几岁的维吾尔族小伙子回身拿了一块红通通的西瓜递给她，对她说："Eat，Eat."

突然周围一帮年轻男人全部围了上来，将本就逼仄的巷子全部堵住，这里的人普遍身材高大，浓眉蓄着胡子，看上去凶悍无比。

夏璃眉头一紧，拉了拉背包袋，退后一步，有些警惕地对他们说："谢谢，不用了。请问玉池租赁在哪儿？"

小伙子们听见她说着标准的汉语也有些吃惊，面面相觑过后，七嘴八舌说着一些她听不懂的语言。她只看见他们个个盯着她笑，这种感觉令她很不舒服。

忽然一个十几岁的小男孩上来就搂着她的包袋拼命扯，她心头一骇，抬手就推开那个男孩，身体重重向后靠去，将包抵着墙拿起手机就准备报警。

却在这时一个穿着橙色 T 恤的男人将小男孩护在身边，对她画着圈圈："家，一家。"

旁边的大男孩们看着她惊恐的表情似乎意识到什么，纷纷往后退去，睁着一双大眼安静地盯着她。

夏璃缓缓直起了身子，拿着手机看着那个橙色 T 恤的男人朝她走近一步，依然画了一个圈对她说："家。"然后指了指巷子深处便往里走去。

夏璃紧紧握着手机，转头看他，他走了几步后回头对夏璃招了招手，摆了个开车的手势，夏璃这下看懂了，他似乎要带她去找车行。

她低头快速输入 110，但是并没有拨通，一直将手机拿在手里跟着那个橙色 T 恤的男人向前走去。那个男人没再靠近她，往前走了几步，然后停下等等她，再走。

她回头望去，其他男孩追了上来，又开始嬉笑。不过有意思的是，她一回头，他们立马停了脚步立在原地对她笑，也不再跑上前，和她始终拉开一段距离。

一直到前面那个橙色 T 恤的男人停下脚步，指着一块有些破败的蓝色牌子，夏璃才看清了"玉池租赁"四个字。她回身望了望赶上来的男孩，突然意识到刚才那个十几岁的小男孩不是想抢她的包，而是看她听不懂拽着她想带她认路。

夏璃心里忽然升起一丝愧疚，回身去找刚才那个小男孩。只是他们穿得都差不多，夏璃不太确定是哪个，但他们都在对夏璃笑。那真诚质朴的笑容让夏璃心头揪了下，将 110 的拨打界面关了。

她转身进了大院，里面坐着几个男人。橙色 T 恤的男人和里面几人说了几句话，院子里的三四个男人站起身往门口看来。而夏璃整个人一惊，因为她一眼认出其中两个正是在火车上睡她对面上下铺的两个男人！

她刚落下的心脏再次提了起来，一种不太好的感觉萦绕着她，让她想离开这个地方。

然而那两个男人也认出了夏璃，其中一人和她打起招呼："你好，美女，又见面了。"

就在这时，里面屋子突然冲出来一个小女孩，扎着好多根小辫子，浓眉大眼，漂亮得很，咬着指头好奇地盯着夏璃，突然蹒跚着步子跑到夏璃面前，张开肉嘟嘟的小手臂抱着夏璃的腿，很亲昵的样子。

旁边人哄然大笑，夏璃的心突然被撞得一软，那股想转身走人的冲动也被压了下来。

和她同车的一个男人对小女孩喊道："阿依努尔，过来。"

小女孩抬起头，眨巴着眼，笑嘻嘻地望着夏璃。

夏璃的心仿佛被她可爱的笑容融化了，蹲下身就将胖嘟嘟的小女孩抱了起来，问那个男人："这里能租车吗？我想租辆车去塔玛干。"

两个男人听说她要一个人去塔玛干沙漠都有些惊讶。交谈中，他们得知夏璃是到这里工作的，而夏璃也了解到原来这两个和她同行的男人是双胞胎，一个叫艾山，一个叫玉山。他们有个妹妹嫁去了外地，他们此次是去参加妹妹的婚礼才回来。

在火车上两人就在打赌夏璃到底是不是外国人，哥哥让弟弟问她，弟弟让哥哥问，结果两人都不好意思，所以总是看着夏璃笑，倒是把夏璃弄得各种不自在。

后来艾山的老婆也过来了，是个很美的维吾尔族姑娘，也是阿依努尔的妈妈，而那个橙色 T 恤的年轻人是阿依努尔的舅舅。

他们全然忘了夏璃来租车这件事，只是觉得火车上匆匆碰见，还能重逢是缘分，要留夏璃进屋吃饭，不过夏璃赶时间婉拒了。

他们便把每辆车的价格报给了夏璃，最终夏璃选择了一辆价格适中的小汽车，兄弟俩问夏璃去塔玛干沙漠做什么工作。

她从背包里拿出名片夹，递给两位老板一张名片，点了点名片上的 LOGO（品牌名）对他们说，三年内，她会让这个地方遍地是沙漠越野。

两个男人拿起名片后微微一怔，突然对面前这个女人肃然起敬。

夏璃已经接过车钥匙打开门，阿依努尔的爸爸，那个叫艾山的男人突然叫住她："你去过首都吗？"

太阳逐渐升至高空，空气变得有些干燥，灰蒙蒙的阳光像层纱镀在夏璃的身上，她回过身对他说："我们单位在首都有点，去开过几次会。"

"首都很漂亮吧？我老婆的梦想就是去首都看升国旗，等阿依努尔大点后，我一定要带她们到首都看看。"

夏璃看向阿依努尔的老婆，那个维吾尔族女人腼腆地对她笑了笑。风沙吹起了她的头巾，她眼里盛着简单的快乐。

那一刻，夏璃突然深深地感受到一种博大的情怀，跨越民族和江河，遍地播撒在这片疆土，无论语言差异有多大，放下芥蒂，随处都是可爱的人。

人生路上本就处处充满风险，与其止步不前，不如走近一步才能看到完全不一样的风景。

她忽然感觉豁然开朗，将背包拿了下来，从里面翻出一个白色小巧的拍立得。那是从庆凉临走时，林灵聆塞进夏璃包里的，说她没去过沙漠，让夏璃拍几张好看的照片，回去她贴在办公桌上欣赏。

她蹲下身，对着阿依努尔说："对我笑下，我送你个礼物。"

小小的阿依努尔眨了眨眼，艾山用维吾尔族语对她说了句，阿依努尔立马扬起天真的笑容。

夏璃拍下一张照片甩了甩，成像出来后递给阿依努尔。阿依努尔接过照片，看见自己的样子开心地转起了圈圈。

临走时，艾山把他的联系方式给了夏璃，告诉她在这一带有事尽管找他，以后他们就是朋友了，他等着她把厉害的沙漠越野带来这块土地。

夏璃和他们握手道别。

车子从巷子开出去时，那群男孩还站在一起玩闹，夏璃开着车子路过他们落下车窗，对橙色 T 恤的男人挥了挥手："走了。"

那个男人再次回身拿了一块西瓜递给夏璃，她深灰色的眸子带起一丝笑意，伸手接过："热合买特，嚯西！"（维吾尔族语：谢谢，再会！）

而后她对他比了个圆圈："一家。"

她的睫毛洒下淡金的流光，看见一群男孩对着她笑，她还以微笑，奔向那条未知的沙漠公路。

第七章 / 沙漠重逢 ▾
测试前的试探。

1

夏璃将手机导航定位到基地地址，往车前一卡，便一路轰着油门上了沙漠公路。这条路南北贯穿塔里盆地，中午太阳升至高空，烈日灼烧着整片戈壁滩，透过玻璃看见公路上的尘沙像妖娆的烟雾腾升到空气中。

夏璃热得把腰间扎着的衬衫解开往副驾驶一扔，就穿了件茶色的背心，卡着大墨镜，一路将车子飙得飞快。道路两旁起伏的沙丘和大片的胡杨林落入她的眼中，壮美震撼。她微微勾起嘴角，打开音响，里面正好有一张 CD，放着一首十年前的老歌《像风一样自由》。

她手指不经意地跟着节奏敲打在方向盘上，忽然从倒视镜里看到一个黑点。不过几个节奏之间，那个黑点越靠越近，一辆黑色牧马人倏地从她旁边掠过，后面还跟了几辆越野车。夏璃落下车窗听着发动机和排气的声音，便清楚这几辆车都动过。

她来了兴致也猛地将油门踩到底朝他们追去，前面的牧马人车队似乎发觉了她，落下车窗对她招手，她单手伸出窗外搭在车窗上，对他们比了个大拇指。

几辆车上的人这时才看清，那辆白色小三厢汽车里坐着一个火辣的年轻女人，不自觉放缓车速等她。

夏璃一脚油门轰了上去，突然急打方向，车子猛然开下公路，在那些人还没反应过来时，又绕着他们一脚油门再次轰上公路，成功越到他们前面，右手依然搭在车窗外，向上的大拇指已经朝下。

那群人全部落下车窗，朝她大叫："美女牛啊！来比啊？"

夏璃对他们比了个剪刀手以示挑衅，后面几辆牧马人立马跃跃欲试。夏璃收回手，眼睛牢牢盯着两边倒视镜，她的破车不可能比得过他们，不过想要超她的车也没那么容易。

宽阔的公路可以同时并行三辆车，可夏璃就像能料到后面车子的转向一样，牧马人一想超车，她都能一打方向堵住它的路。

如此僵持十来分钟后，几辆牧马人都发出嚣张的咆哮，她开在最前面，就像一个冷静的对手，轻松扼住他们前行的道路。

不过没一会儿，后面的牧马人似乎商量好了，一辆牧马人忽然靠左行驶，又一辆牧马人开了上来，两辆并行，试图从两边分别包抄。

夏璃眼里透出一丝玩味的光来，松了松手腕，压低视线，眼里迸发出一道精光。就在两辆牧马人同时加速时，抓准时机就左右包抄，夏璃将车头直接歪了过来猛踩刹车，那辆白色小三厢汽车居然就这样在沙漠公路上来回漂移，排气管冒着嚣张的烟雾，看傻了后面几辆车。两辆牧马人清楚遇到高手了，便同时减速。

夏璃瞥了眼倒视镜，胜负已定，她将车子一打方向贴着右边让道。几辆牧马人相继从她身边掠过，纷纷落下车窗，对她比了个大拇指，很快就消失在这条公路的尽头。

夏璃本来以为这条荒凉的沙漠公路应该没什么车子，结果没想到一路上碰见不少越野车队，各种稀奇古怪的改装车都有，有些车顶还竖着旗子，倒让她一个人的驾驶路程显得不那么无聊。

下午时分，夏璃抵达测试基地。让她有些讶异的是，那片沙地上停了百来辆车子，光帐篷就密密麻麻搭了一片。

她将车子停下，打电话给众翔的同事。不一会儿，赵单翼的一个手下开着新款飓风来接她。

夏璃没想到吕总会派赵单翼过来，他是发展规划部老总，公关能力特别强，但人也比较难搞。

众翔底下三大品牌：辉伦、斯博亚和起帝。赵单翼和辉伦、斯博亚的品牌部长都很熟悉，但起帝成立不久，加上夏璃是做技术出身从外厂调来，在集团这里没有什么背景，之前有几次申请部门协助，赵单翼也只是派几个手下做支撑，从来没有亲自出马。

她清楚吕总这次为了起帝的项目，也算是自己下去施压了。

车子开到帐篷前停下，夏璃背着背包走进帐篷。众翔其余同事都在等她，赵单翼在最里面半躺着。

赵单翼四十来岁的年纪，圆滑世故，手上人脉资源优渥，在集团里连吕总这样的副总级别都会给他三分脸面，他自然不会把夏璃这个丫头片子放在眼里，也只是在她刚进来时对她点了下头，依然保持着半躺的姿势，都没有起来一下。

来的除了发展规划部的三个人，还有两个技术人员，他们问夏璃需不需要休息一会儿，她将背包往旁边地上一扔，席地往他们面前一坐："不用，直接开会吧。"

两个技术人员和夏璃汇报了一下极限测试的流程，会在明天一早进行分项测试，测试内容主要有平沙地测试、爬坡测试、坑洼测试等，场地已经准备好，他们今天早晨也练过了。后天这里会举办一场塔玛干沙漠拉力赛，甲方和拉力赛的主办方谈好，等拉力赛结束，他们会借用场地进行最终的拉力测试，如果不出意外，整个测试流程三天就能完成。

帐篷留了条细缝，就夏璃坐下来的这一会儿工夫周围飘了一层沙子，她站起身拍了拍裤子上的沙子，对赵单翼说："趁太阳还没落山，我想去看下测试场地，赵总不介意陪我走一趟吧。"

赵单翼已经在打盹，听见夏璃喊他，他推了推鼻梁上的眼镜侧过头。夏璃双手抱着胸，站在帐篷门口，不疾不徐地等他，见他没动，直接拿起车钥匙丢下一句："车上等你。"

她出了帐篷，远处的人越来越多，都是全国各地的沙漠拉力赛爱好者自发报名，有的甚至开了两三千米车来到塔玛干沙漠参加这场三年一度的拉力赛事。

赵单翼慢吞吞走出帐篷，刚想说他来开，夏璃已经拉开车门坐上驾驶座，赵单翼看了眼没说话，拉开副驾驶的门。

测试场地倒并不远，插了旗子做记号，老远就能看见。路上，赵单翼靠在椅背上，和夏璃说："关系我都疏通好了，来的四家，两家进口的、一家合资，价格上我们平均比人家低五万块一辆车，占了很大的优势。后面几天你只要确保车子测试结果别给我垫底，其他事情我来运作。"

夏璃喊他出来也是想掌握最直接的信息，赵单翼是个明白人，她干脆也挑明了说："卡斯达车身重，车体过长，遇到鸡窝坑和沙峰容易陷车，不利于坑洼测试；福瑞的那款帕拉佛从车身设计角度来看扭矩和车重只适合普通沙地穿越，爬坡会比较吃力；合资的猛迅没有限滑差速器，很难通过交叉轴测试；至于我们的起帝飓风动力不如这些进口车，拉力赛不占优势。

"你要我每项测试都保证不垫底，可是人无完人，车无完车，每辆车都有自己的短板，我从起帝第一辆车的生产开始就在辽省的厂参与了整个总装过程。"

她拍了拍飓风霸道的方向盘，昂起下巴："要想规避测试风险，除非让我亲测。"

赵单翼一愣："你亲测？开什么玩笑？我们技术人员上午已经走过了几个测试项目，没有问题。"

夏璃不以为然道："我要的是项目中标，不是流程走完就行。沙漠对驾驶员的技术要求极高，你们带的两个技术员有过沙漠驾驶经验？"

她斜了他一眼："不然你以为吕总让我来干吗的？"

赵单翼对于这个年纪轻轻的品牌部长很是火大，明天都正式测试了，今天一来就给他找事。他拿出手机就准备打给吕总："我告诉你小夏，吕总只说安排你过来协助，我是这次测试的总负责，我没接到任何让你参与测试的通知，更不可能换掉技术人员，瞎搞嘛这不是！除非你能拿出来吕总亲手签批的文件给我！"

话音刚落，夏璃猛地踩下油门转动方向盘就向着沙坡冲去。赵单翼吓得将手机一锁，赶忙扶着车顶把手喝道："你慢点！"

夏璃充耳不闻，爬上坡度陡峭的沙丘，扯着唇，看了眼赵单翼，轻飘飘地问了句："你准备好了吗？"

赵单翼还没明白过来夏璃什么意思，夏璃已经将挡位一换踩着油门就朝坡下冲去，却不是笔直而下，而是甩着方向在沙坡上急速冲刺！

远处的一行人齐齐停下脚步回头望去，就见沙坡上一辆黑色飓风跟疯了一样，在陡斜的沙坡上来回打转，看呆了一众人。

而车上的赵单翼整个人扒着车顶扶手，吓得脸色煞白，大喊大叫："夏部长！停下！你在干什么！我要汇报给吕总！啊……"

夏璃听着赵单翼从怒吼到吓得喊破了嗓子，扬起戏谑的笑，将车子直接开到沙坡下，而后猛地急转方向面对着沙坡停下。

赵单翼拉开车门就吐了个干净，夏璃跳下车不紧不慢地绕到赵单翼身边，拍了拍他的肩："赵总啊，吕总的亲批文件我没有，不过我可以很负责任地告诉你，他安排我大老远跑来这里，你要卡着不给我上，你就是那个——"

她昂起下巴，示意赵单翼往上看看，赵单翼吐得嘴唇发白，缓缓抬起头看见沙坡上被车轮碾出两个字母，"S"和"B"。

而他们身后一群挂着蓝牌子的人望着沙坡上的字母，都露出震惊的神情，通通望向那个站在沙土中英姿飒爽的女人。

有人认出赵单翼喊了他一声："赵总！"

赵单翼回过身，本来不大好看的脸色更是难看，夏璃挑了一眼问道："那些是什么人？"

赵单翼捂着胸口，喘着粗气说："你眼睛擦亮了，那些戴着蓝牌子的都是甲方的人，别得罪了。"

夏璃挑了挑眉，拍拍手上的沙子，再次抬眸时看见人群后面站着一个高挑醒目的男人。那锋利俊挺的轮廓让她一眼注意到，火红的夕阳如细碎的金子洒在他白色衬衫上，熠熠生辉。

他嘴角微微提着，隔着绵延的沙丘沉静地望着她。

2

夏璃一头长发在狂沙中飞扬，额上的汗水顺着脖颈流到背心里，黑色紧身长裤收紧在短靴中，利落狂野。她的眼神就这样在空气中和远处那个男人交叠，带着滚烫的温度。

赵单翼缓过气来，对夏璃说："我过去打个招呼。"

这次他们参与竞标的项目是成发集团和上面合搞的梦想沙漠基础设施服务项目，一旦中标，未来三到五年，将会先后提供大量越野车用于梦想沙漠项目开发、公路服务、基础设施服务等多种用途，也意味着这款越野车在塔玛干沙漠周围疆土都会得到全面覆盖，成为这里的标志性基础用车品牌。

成发集团背景雄厚，众翔从大领导到吕总都十分重视这次竞标，这将是起帝品牌在国内至关重要的翻身仗。

赵单翼率先朝成发一行人走去，夏璃跟在他后面，赵单翼走到人群面前笑着说："周总，郑经理，这么巧出来视察啊？"

成发的项目周总背着手笑道："刚和拉力赛主办方聊了一会儿，准备回去了。你们呢？"

赵单翼让过身子，夏璃正好走到人群前，他向成发一众人说道："我来介绍下，这位就是我们起帝品牌事业部的夏部长，刚刚才到。"

没想到周总一口叫出了她的名字："夏璃，对吧？我记得你，我们项目组很多跟你接触过的同事都对你印象很深刻啊，没想到你本人这么年轻漂亮。"

夏璃露出笑意，朝周总伸出手："哦？对我有什么印象？"

周总和她握了握，打趣道："说你很凶。"

周围同事发出一阵笑声。周总是个久经商场的狠角色，故意想试试夏璃，不过她没有丝毫窘态，也跟着笑道："难道不是在夸我工作态度严谨吗？"

简单的一句话便化解了周总的评价，丝毫没有察觉出气氛尴尬。

旁边的郑经理也朝夏璃伸出手："你好，我是负责这次测试流程的郑平洋，你们过来试车？"他问出这句话后，又瞥了眼沙坡上大大的字母。

夏璃顺着他的视线回道："我过来熟悉场地，明早好参加测试。"

此话一出，站在旁边的赵单翼怔了一下，张了张口，却又不好当着甲方的面发作，忽然觉得这个女人精明得很，抢先一步在周总和郑经理面前说明来意，让他进退两难。

郑经理跟夏璃聊了两句，回身对她介绍道："这些基本上都是明天参与测评的，我给你介绍个人。"说着回过头说道，"秦顾问，这位是起帝品牌负责人。"

夏璃侧眸对上那双黑亮有力的眼，他白色衬衫袖口松垮地挽起几道，腰间的黑色皮带将身段比例分割得完美至极，细碎的短发衬得他轮廓清晰英挺、干净克制，和几天前随性不羁的模样判若两人。

郑经理对夏璃说："我们正好有其他工作在这里开展，这两天顺便邀请秦顾问过来参与测试。"

夏璃落落大方地朝秦智走近一步，伸出手："你好，我是夏璃。"

秦智垂下视线扫了眼伸到面前的手，抬起头看着她的眸子被夕阳染成一片耀眼的浅灰色，迷离闪烁。

他将手从裤子口袋中抽了出来，握住这只纤窄的手，声音平静低沉："你好。"

却在夏璃准备抽回手时，面前的大手突然微不可察地收紧力道微微一拽，那沉稳的力道让她没有防备地跟跄了一下，往前跨了一步，抬眸看见他眼底的笑意，耳边浮起上次分别时他丢下的话："下次碰见，我不会再放过你。"

夏璃的心脏忽然没来由地跳动着，余晖将她的脸颊染红。可就是那么短短的一瞬秦智已经松开她，若无其事地走到另一边。

　　一群人打算回帐篷休息，临走时郑经理和赵单翼说，拉力赛那边今晚会举办狂欢派对，主办方邀请他们过去热闹热闹，他让赵单翼把他们那边的人一起喊过去玩一玩，赵单翼应下了。

　　回去的路上夏璃问赵单翼："那个秦顾问来这里做什么的？"

　　赵单翼说："他昨天才到的，不知道什么来头，年纪轻轻的派头倒挺大，我看成发几个领导今天一整天都跟他待在一起。"

　　夏璃蹙了下眉，斜了赵单翼一眼："那赵总不赶紧查查他？"

　　一句轻描淡写的话似有若无地点出赵单翼工作的疏漏，测试环节这种技术顾问往往能起到决定性的作用，更何况突然空降而来的，多半是甲方比较信任的合作伙伴。

　　赵单翼的脸色有些发紧，他不是没有意识到这个技术顾问有些棘手，实际上他一大早就试图找那个秦顾问攀谈。不过那男人根本不理他，他不仅没有问出个所以然来，反倒被对方问了一堆他答不上来的问题，碰了一鼻子灰，他现在最担心的就是对方会让他的工作横生枝节。

　　赵单翼脸上的汗越流越多了，本来计划中的工作突然插出一个顾问就算了，结果吕总又派了个女人来，搞得他更加头大。他向来不把起帝这个品牌部长放在眼里，毕竟一个年纪轻轻的女人从辽省厂基层调来集团总部，没干几年就带起帝这个新崛起的品牌，公司里多得是她的传闻，都说她是靠美色才能坐稳今天的位置，赵单翼自然对这种徒有外表的女人有些轻视。

　　只不过自从这个女人来了后，他突然就有种如坐针毡的感觉，心里便不大痛快。不过他是聪明人，甲方的郑经理早就跟他私下有来往，他中午和郑经理提了下秦顾问的事。郑经理告诉赵单翼，这个人他也不熟悉，是周总找来的，听说联系了半年多才肯答应过来，是个很牛的人，心高气傲，比较难沟通，让赵单翼不要急，他来想想办法。

　　所以刚才郑经理故意介绍夏璃和秦顾问认识，赵单翼立马明白过来郑经理的用意。生意场上，有时候男人不好沟通的事情，换女人上场往往能事半功倍。

他有意无意地对夏璃说："那个秦顾问我这边会打听他的来路，晚上我们过去，你有机会敬他几杯跟他聊聊。"

夏璃听出了赵单翼的意思，嘴角勾起一丝嘲弄，故意挑明了说道："赵总想要我怎么引诱他？"

赵单翼的面子有些挂不住，说话便也不大好听起来："夏部长，不是我说你，你这样的做法不按照流程来，万一明天的测试出了问题，上面追责下来，这个责任算谁的？"

夏璃不以为意地说："算我的。"

赵单翼有些怒意："简直就是胡搞。"

夏璃将车子停在帐篷前，漫不经心地问道："难道赵总还想感受一下我的车技？"

赵单翼脸色一白，不再继续这个话题，直接下车。

夏璃被分到了一个单人帐篷，门口插着写着她名字的名牌。她跑了一天有些累了，便回到帐篷休息。

没一会儿夜幕低垂，这片本来荒芜的沙漠今夜特别热闹，上百号人齐聚至此，各式各样的越野车围成了一个大圈，中间篝火直蹿天际，点燃一片黄沙。

赵单翼临出发前派手下一个小伙子跑去夏璃的帐篷前喊她，夏璃直接回绝："困，不去。"

赵单翼拿她一点办法都没有，结果自己带人到了那里，秦智身边坐着一个小姑娘，说是猛迅的人，一个劲地向秦顾问敬酒。看得赵单翼干着急，打了几个电话给夏璃，人家压根不接。

赵单翼发了条信息给她：今晚猛迅那边的女人要是进了秦顾问的帐篷，明天我们准备一起卷铺盖走人。

发完信息，赵单翼便满腔怒火，要不是这里条件艰苦，他本该带几个女下属过来。

夏璃看到赵单翼的信息压根就没当回事，然而刚放下手机，又一条信息弹了出来，是她让郝爽查的这次竞标单位人员背景。她快速浏览了一遍，找到了两个熟悉的名字，猛然坐了起来。

赵单翼正一筹莫展之际，没想到一抬头，那位部长大人不紧不慢地过来了。

夏璃看见赵单翼朝她招手，便往那儿走去，还没走到近前便看清了秦智身边坐着的女人，果不其然，是倪敏。

她眼里挑起一丝狠意，咄咄地盯着倪敏。

倪敏感觉到夏璃的目光，抬头一看，愣了一下，脸色就有点不大对劲。夏璃走到折叠桌前，对倪敏笑了下，那个笑容看得倪敏起了一层鸡皮疙瘩。

郑经理朝坐在秦智另一边的自己人使了个眼色，那人站起身说去拿酒，夏璃便毫无痕迹地往秦智旁边一坐。

不远处很多人站在车顶上跳舞，音乐声震耳欲聋，狂欢的激情打破了沙漠的黑夜，很多来自五湖四海的年轻人在一起尬舞，本来还不停找秦智说话的倪敏就跟身上扎了刺一样，突然扯着秦智的胳膊对他说："秦顾问啊，我们去凑凑热闹吧。"

夏璃侧眸盯着秦智，他抽回手，回头对上夏璃的视线，对倪敏说："不会跳。"

倪敏有些尴尬地笑了笑，夏璃直接越过桌子，拿了两瓶开过的啤酒，去后面那桌敬了敬周总和主办方。主办方领导一看是个美女，搬了个板凳过来让夏璃坐，她一坐下就没再回去过，搞得赵单翼十分被动。

不一会儿夏璃感觉有道视线落在后背上，她回过头，秦智夹着烟似有若无地睨着她。

她和周总打了声招呼，便放下酒往人多的地方走去，很快便从众人的视线中消失了。

赵单翼心里的火"噌噌"地冒，本来以为这个夏部长过来能发挥点作用，结果人都不知道跑哪儿去了，急得赵单翼直抓头。

秦智灭了烟站起身，倪敏立马问道："秦顾问，去哪儿啊？一起啊！"

秦智看了她一眼："去方便，要一起？"

倪敏不好意思地摆摆手。

秦智往人群外围走去，突然身后响起阵阵尖叫声，他停住脚步回过头，场地中央的大火猛地蹿高，将气氛推至高潮。火光跳跃在每个人的脸上，也跃进了他漆黑的眸中。

他突然转身朝人群中央走去。

周围全是狂欢的人们，哄闹跳舞，不时有陌生的男女拉着他一起欢呼，他双手放在裤子口袋里，来回穿梭张望，一张张陌生的面孔从他眼前掠过，仿若幻影。

他有些微醺地转过身，准备回去，却在这时身后突然传来一个口哨声。他转过头，看见那个女人坐在一辆黑色丰田上跷着腿对他笑。

他几步走过去，夏璃坐在车顶上撑着身子，有些戏谑地看着他："在找谁？"

秦智要笑不笑地抬起头："你说呢？"

夏璃慵懒地撑着手臂，浅灰色的眸子被火光染成漂亮的淡红色，饱满的嘴角微微勾着："我本来在帐篷里睡觉，领导非要让我出来诱惑你，你说怎么办？"

秦智睫毛低垂掩盖着眸里的光，轮廓深邃迷人："你想怎么诱惑？"

夏璃的笑在火光下忽明忽暗，像勾人的妖精。她微微坐直了身子，向他倾来："我诱惑你，测试能开后门吗？"

秦智眼里泛着淡淡的笑意："不能。"

夏璃伸了个懒腰，跳下车："那我还不如回去接着睡觉。"走了两步又缓缓回过头看着他，"喂，甲方爸爸，你能弄到水吗？"

秦智挑了挑眉梢："你要干吗？"

"洗澡。"

3

　　两人被震耳欲聋的音乐声包围，周围火光跳跃，秦智听说夏璃想洗澡，好笑地看着她："这里是沙漠。"

　　夏璃坐了一晚上的绿皮车，又流了一天的汗，头发里全是沙子。不过她也是随便说说，对秦智挥了挥手打算回去，刚转过身，就听见身后男人说道："只有一桶。"

　　他朝人群外走去，夏璃回头看了眼他的背影，跟上了他。

　　秦智走到自己的帐篷那儿，夏璃才发现他睡的帐篷离她不远。她没有进去，坐在门口的沙地上。不一会儿，秦智提了一桶纯净水出来，看见她脱了鞋子，把脚埋进沙子里，他将水往她旁边一放："这桶水恐怕不够你冲沙子。"

　　夏璃回身望着他："有洗发水吗？我就洗个头，给你留一半。"

　　他又回去拿了瓶洗发水递给她，出来时看见她已经将头发淋湿了，他直接开了盖子将洗发水挤到她头发上。夏璃弯着腰揉了揉，准备举起桶把泡沫冲掉，那桶水已经被人提了起来，很快她就感觉到头顶落下的水，刚冲干净，头顶落了块干毛巾直接盖住了她的脸。

　　她把毛巾揭开，秦智已经坐在另一边点燃一根烟，眼里带着浅淡的笑意看着她。

　　远处人声鼎沸，近处悠然静谧，漫天的星河布满天际，银白的月光照亮夏璃无瑕的轮廓。她走到他面前弯下腰，遮住他眼前的月光，将半干的毛巾往他脖子上一挂："谢了。"

　　潮湿香软的味道立即钻进秦智的鼻息，他没有动，看着面前的女人把头发撩到另一边，在他旁边坐下看着茫茫的夜空，问道："你现在做什么工作？"

　　秦智没说话，淡淡抽了口烟，侧头斜睨着她："你是以什么身份问我？"

　　夏璃双手撑在身后，声音空灵缥缈："有什么区别吗？"

　　秦智意味深长地说："区别在于，我该不该对你说实话。"

　　夏璃轻笑一声，回望着他："怎么，关心下老朋友的现状你也要防着我啊？"

　　秦智眼里噙着饶有兴致的光："你套话的方式比你们赵总要高明一点，只可惜，我们不是什么老朋友。"

　　夏璃撇了撇嘴："没意思。"说完，便站了起来，拍了拍腿上的沙子，"走了。"

　　秦智望着她的背影，茶色的背心露出两只胳膊，纤细却透着健康的线条，漂亮的腰线和黑色紧身裤包裹的翘臀在黑夜里透着张扬的性感。

　　他突然对着她说："喂，你套路其他客户的时候也这样？"

　　夏璃回过身，半干的鬈发微微垂着："哪样？"

　　秦智扯了扯脖子上的毛巾："这样。"

　　夏璃浓密的睫毛缓缓扇了下，露出懵懂的表情，歪着头："这样是哪样？"

　　秦智眯起眼睛，看着面前这个女人，一身棱角被打磨得更加魅惑狡猾，游刃有余。

　　夏璃余光瞥见倪敏朝这里走来，本来准备离开的脚步却缓缓收了回来，再次走回秦智面前弯下腰，眼睛晶亮地盯着他："我只对帅哥这样，猛迅偷我们标书的事，秦顾问管不管啊？"

　　秦智冷静地反问她："怎么管？证据呢？"

　　夏璃松了松眉心，也清楚这件事目前来看就是哑巴吃黄连。

　　她继而说道："明天的测试我不指望你能放水，不过希望你能扎紧自己的裤腰带，不要被别人牵着鼻子走，秦顾问。"

　　秦智低头半笑着，指间的烟默默燃烧。他抬起眸，眼里蕴含着细碎的光，声音像打磨在砂纸上，性感低浅："管这么宽，你是我老婆？"

　　浩瀚的沙海，无尽的苍穹，世界万物瞬间沉寂，夏璃的心跳顷刻间停了半拍，她离他很近，他眉眼轻挑，露出些许痞相，笑起来好看得像个妖孽。

　　夏璃脸上的表情敛了去，面色冷淡地说："我高攀不起，秦大少。"

　　说完，她转过身大步离去。倪敏也走到了近前，看见他们暧昧的姿势，正犹豫要不要上前，夏璃已经擦着她而过，散发清香的发丝撩过她的脸颊。倪敏僵了一下，听夏璃轻飘飘地落了句："晚安，小妹妹。"

第八章 / 前往村寨 ▾
一个苹果。

1

第二天，夏璃很早就起来了，将艾山车上的行车记录仪拆卸下来，安装在测试车后端角落一个不大起眼的地方，又调试了一下车前的行车记录仪，然后开始全车检查，两个技术人员也被她喊来帮忙。

赵单翼起来时，夏璃正蹲在地上测试轮胎，他走过去问她："你在搞什么？"

夏璃头也不抬地说："放气。"

她的身边堆着一堆工具，两个技术人员在她的指挥下做最后的确认。

她今天就穿了条牛仔热裤，盘腿坐在地上检查轮胎的每一个断面和胎冠。赵单翼蹲下身，对她说："夏部长啊，那个秦顾问我查出了点眉目。"

夏璃盯着气压表，短促地开了口："说。"

"当年他以全省第一的成绩进的南城大学，听说在校期间就是个很厉害的人物，很多大企业和他接洽过想挖他过去，但这人挺有傲骨的。目前南城大学经管类硕士研究生毕业，没有入职任何企业的记录，也不是成发的人。还打听到这个秦顾问家里有点背景，母亲叫林岩，你应该听过，从前火过一阵子，电影演员。父亲做外贸的，生意做得挺大，家里还有个妹妹是音乐家，这一家子都不简单。"

夏璃看着手机倒计时，将气门芯拧紧，淡淡地说："然后呢？"

"差不多就这么多吧。"

夏璃略微惊讶地抬头看着他："就这么多？那你查了等于没查。"

赵单翼这还是动用了在南城的老关系才能连秦顾问的家庭情况都打探清楚，却被面前的女人怼得面子有些挂不住。

夏璃屈腿站了起来，看着赵单翼："东海岸听过吗？"

赵单翼回道："略有耳闻，听说一般人进不去，那儿住的好像都是南方商业联盟的核心人物。"

"嗯，秦顾问来自东海岸。"

一句简单的话，像当头一棒敲在赵单翼的脑门上。"东海岸"这三个字对于赵单翼来说比较遥远，也只是这么多年在外摸爬滚打略有所耳闻，那里多得是百年世家和商业巨贾，随便一个走出来背后都牵扯着庞大的关系网，跺跺脚都能让南城商圈震一震。而南城风云变幻，波谲云诡，本就不是芜茳这种小地方能比的。

夏璃见赵单翼有些震惊，靠在车门上，扯掉手套，对他说："你连他背景都没摸清楚，你说你查的都是些什么？你知道南城首富端木家的人和他什么关系吗？你知道东海岸商会理事长又和他什么关系吗？这些都没查明白也就算了，你漏了最重要的一点，他是经管类硕士研究生毕业，成发的人却请他来做我们这次沙漠越野的测评技术顾问，这八竿子打不着的领域，难道赵总就没有疑问吗？"

赵单翼面色一僵，他并不清楚夏璃和秦智是旧识，只是惊讶于一个晚上的时间，这个夏部长居然把秦顾问的老底摸得这么清楚，着实让他也有些吃惊，随后问道："那成发的人到底请他来测评什么？"

夏璃回身将车门一拉："自东海岸出来的人背后水都很深，能给你摸到的不会是真实情况。管他来测评什么，兵来将挡、水来土掩，我都不怕，你慌什么？"

说完，她一步跨上车。

赵单翼直擦额头上的汗，心说你是不慌，出了娄子负责人是我。

　　夏璃将车子开到测试场地时，其他三个厂家也都到了。她下了车看见一个熟悉的背影，便大步朝他走过去，拍了拍他的背："孙工，又见面了。"

　　孙昊回过头看见夏璃，并没有多讶异，他听倪敏说过她来了测试基地。孙昊讪讪地朝她笑了下："我以为夏部长去陕省了。"

　　夏璃也勾起笑意："我也以为孙工去青海了。"

　　两人看着对方，露出礼貌疏离的淡笑，在外人看来就像老朋友打个招呼，只有彼此之间的较量和防备在暗潮汹涌。

　　郑经理过来说准备走第一个测试项，夏璃对孙昊低声说道："我和孙工一样，都在总装待过，难得遇到背景相似的还挺亲切。不过要是你们继续跟我玩阴的，我把丑话放在前面，我这人脾气暴，会做出什么事连我自己都不知道。"

　　她说完直起身子对孙昊伸出手，耀眼的金光洒在她深邃的轮廓上，她的笑容像致命的毒药，刺得孙昊心头发毛。

　　孙昊刚伸出手，还没碰到夏璃，夏璃已经将手抽回转身一背，走回车边。几步的距离让她感觉脚下的沙子很软，她低下头踩了踩，抬起头时正好对上秦智的目光。他卡着黑色墨镜，穿着白色紧身衣和工装裤站在一群甲方中间，高挑醒目。隔着墨镜夏璃看不清他的目光，不过他的嘴角浅浅地勾着，显然看见了她刚才手上的小动作。

　　她朝着他的方向踢了脚沙子，尘沙飞扬，阻隔了他的视线。夏璃随后上车，落下车窗，笑着对赵单翼说："赵总啊，上来做我的领航员吗？"

　　赵单翼一听脸都绿了，直摆手，夏璃嘴角浮着戏谑的笑意："你要不上来，回去报告中的测试流程部分你别指望我配合。"

　　赵单翼板着脸，拉开副驾驶的车门，不情不愿地上了车。夏璃关上车窗，对赵单翼说："知道甲方第一个测试是什么吗？"

　　赵单翼看着流程表，理所当然地说："平沙地穿越测试。"

　　夏璃撇了撇嘴："轮胎抓地测试。"

"何以见得？"

"拭目以待。"

果不其然，在郑经理宣布测试开始后，所有人都想以最快的速度穿越测试路线，有人开始加大油门，赵单翼却发现夏璃起步极慢，一点点地给油，方向盘左右来回拨动，起步方式非常奇怪。

就在他刚准备询问时，右边第一辆卡斯达的发动机突然发出一阵响声，车轮直接陷进沙里，此时，飓风已经在夏璃的操控下驶离出发点。她瞥了眼倒视镜，撇了下性感的嘴角："起一不起二，这辆车出局了。"

赵单翼问夏璃什么意思，夏璃告诉他，卡斯达车身本就重，油门稍微重了点在沙地里第一步没能起来，驾驶员没有经验加大油门起了第二步这是大忌，轮胎原地挖坑，车身只会越陷越深，这个所谓的"平沙地穿越测试"根本就是甲方在模糊测评内容，整个测评场地都选在松软的沙地上，考验的就是车身和轮胎对沙地的承受极限。

所以她从起步开始就用了点小技巧，以防飓风死在起跑线上。

果然，等他们的车子掉转回头时，那辆卡斯达还没能弄出来，还动用了好多人在那儿挖沙推车。

第二个测试项，爬坡。

赵单翼已经对爬坡有了心理阴影，还没开始就扒着车顶的扶手正襟危坐。夏璃瞥了他一眼，笑道："赵总啊，这项测试，我们飓风的动力不占优势，我勉强给你赢个第二回来吧。"说完，已经踩下油门。

全程夏璃眉宇紧锁，沙子越是松软阻力越大，必须保证上坡前的车速，精准地控制着油门，一丁点的迟疑和松懈便会让整个爬坡失败。

看着两旁的越野时而侧滑，时而抱死，赵单翼也感觉出来这项测试存在的风险性对技术的要求有多高。

赵单翼侧头看去，旁边的女人额头布上一层细密的汗珠，眉头紧紧拧着，神情冷静沉着，无形中散发出一种强大的气场，赵单翼吃了颗定心丸。

他收起对夏璃的偏见，开始重新审视身边这个年轻女人。让他没想到的是，正如夏璃前一天所说，爬坡测试项福瑞的帕拉佛几次都是垫底，而她平均测评真给他拿了个第二，猛迅那款合资车反而几次都跑在了前面，动力堪比卡斯达。

时间已经接近中午，烈日当头，沙尘在车轮的碾压下疯狂地撒着野。炙热的烘烤中，大地黄灿灿一片，夏璃通过最后一遍测试将飓风一停便下了车。

赵单翼的衬衫已经全部湿透，他也拉开车门走下副驾驶，感兴趣地问道："夏部长每次测试前干吗都要下车摸沙子啊？"

夏璃露出玩味的笑容："我在和它们打招呼啊，紧走沙慢走水，赵总相信沙和水都是活的吗？"

赵单翼知道夏璃又在胡说八道，吹胡子瞪眼地骂道："迷信。"

夏璃低头，舔着嘴唇笑了笑，突然发现逗这位赵总生气成了这荒凉沙漠中的乐事一桩。

夏璃前后检查了一番车子，她穿着火热的短裤和短靴，一双笔直的大长腿露在外面，头发扎了个高高的马尾。来到塔玛干两天她整个人黑了一圈，倒越发像性感的巴西女郎，整个测试场只有她一个女人。

大家搭起了棚子休整，有人朝远处望去，说了句："那个辣妹真够野啊！刚才硬是没跑过她，谁认识介绍一下呗。"

有人朝夏璃喊道："夏部长，过来休息了。"

夏璃对他们挥了下手，将车子锁上，朝棚子走去。

所有甲方测评人员和参加测试的厂家都窝在棚子里，夏璃刚走进去就有人朝她抛了瓶矿泉水。她抬手接过，顺着矿泉水飞来的方向看见穿着白色紧身 T 恤的男人抽着烟盯着她看。

不知道哪个起哄问了句："夏部长啊，有人问你有没有男朋友，想给你介绍对象。"

夏璃嘴角翘起狡黠的弧度，回道："好呀。"

周围的男人发出一阵哄笑声，坐在角落的秦智将烟嘴咬住，眼里透出丝丝凉意。

2

正午太阳炙烤下的沙漠太热，测试被迫暂停，所有人都转移到几个棚子下小憩，周围临时搭了几个帐篷，甲方有工作人员分发真空包装的熟食。沙漠条件艰苦，食物也有限，不可能像在外面那么肆无忌惮，特别来工作的多半是些大老爷们儿，沙漠耗人，更是整天感觉缺水缺粮，肠子寡得慌。

今天参与测试的就夏璃一个女人，大家照顾她，给了她单独一个帐篷，在最后面。她也不矫情，拿了她那份吃的就钻进帐篷，把帐篷上的小窗卷了起来通风。

夏璃分到的食物是一包肉肠、一包压缩饼干、一包榨菜，补充丢失的盐分。

她将肉肠吃了，依然感觉肚子空空的，跟没吃一样，又拆开压缩饼干。中午的沙漠本就燥热难耐，压缩饼干在口中莫名让她吃出了沙砾的味道，于是扔到了一边，又不好意思再去要吃的，便把背包放在身后当枕头，躺下半合着眼。刚有些睡意，忽而窗边掠过两道人影，她又睁开眼凑到窗前，看见竟然是秦智和周总。

这两人没走远，就与帐篷隔了一段距离停了下来说话，她依稀还能听见两人交谈的声音，但内容就不是很清楚了。

她眼珠子一转，掀开帐篷钻了出去，猫着腰偷偷绕到帐篷另一侧蹲在沙地上，这下听见了周总的声音："怎么样？你那边有考虑的厂家吗？"

不一会儿飘来一个清浅的嗓音："从企业背景结合上午的测试结果，目前看来大田的猛迅还可以。"

周总点点头："大田在国内扎根这么多年，相对而言比较靠谱，你自己考虑清楚，毕竟这后面是长期工作。"

"不急。"

夏璃听到这里，后面就没了声音。她窝着没动，竖起耳朵等了好一会儿也没再听见有人说话，正感觉奇怪，忽然面前压下一道黑影挡住了炽烈的日光。她猛然一怔，抬起头对上那双漆黑的眼，简单的白色紧身T恤勾勒出精瘦的身形，耀眼的光将他的轮廓镀上一层金。

他轻抿着唇瓣，居高临下地睨着她，语气调侃："夏部长躲在这儿听什么？"

夏璃只感觉脸颊、耳根烧得慌，有种被当场抓包的感觉。她干脆站起身，扫了眼周围想确认周总在不在，结果也不知道周总什么时候走的，压根没看见。

秦智看着她的模样，身姿慵懒，双手松散地抄在工装裤兜里，眼角微挑："看不出来夏部长也有心虚的时候。你也真够操心的，连试车都要亲自上阵，不是带了人来吗？这么拼干吗？"

夏璃冷淡地瞥了他一眼："要你管。"说完，就转身准备离开。

秦智从口袋里摸出一包肉条往她面前一横，挡住了她的去路："装身上，下午还不知道要搞到什么时候。"

夏璃没接，冷冰冰地看着他："不吃。"

秦智漫不经心地绕到她面前："那你想吃什么？"

她浅色的瞳孔里像被太阳照得冒出水汽，声音没有一丝温度，有些赌气地说："苹果。"

沙漠里，食物极易腐败，更不可能有水果。他低眸，目光在她脸上掠了一圈，将肉条微微抛起又稳稳接住，定定地看着她："你在跟我发脾气？"

夏璃别开眼。

她现在的确很火大，这个项目，要是那两家进口品牌中标也就算了，可要真让猛迅拿了去，那就跟吞了口苍蝇一样，偏偏刚才秦智还在周总面前提了猛迅。

碍于目前两人的身份，她只能憋着一腔怒火隐忍不发，偏偏面前这个男人要笑不笑地看着她，就跟戏猴一样嘴角弯着，让她紧了紧后牙槽，下巴的线条越绷越紧。

随后她一把夺过他手中的肉条转身就进了帐篷，虽然撞破这样的局面令她各种不痛快，但她坚决不跟食物作对。

下午的测评，有甲方的项目组测评人员坐在每辆车上进行测试记录，基本上都是些测试小项，通过多种沙地反应进行真实环境测试，观察发动机散热功能、油耗、驱动轮承受的扭矩、轮胎表现等。

夏璃上车前再次坐在滚烫的沙子上对四胎进行检查，此时温度达到三十多摄氏度，地表温度接近五十摄氏度，这种暴晒的环境，男人都受不了，其他公司带来的女同事都没有参与，整个测试场地只有夏璃一个女人比男人还淡定。

有人往她那儿看了眼，说道："起帝那个夏部长真是个女汉子啊！"

秦智也抬头朝远处看去。她拧着眉，专注认真，火辣的身材被太阳照得殷红透亮，就像沙漠中一道靓丽的风景线，让人无法挪开视线。

赵单翼边掀着衣服，边对她说："我说夏部长，你早晨不是检查过了吗？怎么一上车又要检查？快点抓紧时间，热死了！"

夏璃对他露出一个蔑视的神情，懒得搭理他，随后站起身利落地上了车。

赵单翼虽然之前对夏璃早有耳闻，但没有真正意义上接触过，两天相处下来，他算是发现了，这个女人谁也不在意，理不理你全凭心情，跟她共事就是煎熬，也不知道吕总是怎么能震住她的。

下午的测试烦琐枯燥，有时候为了看一个性能表现，甲方会要求同一个测试反复走好几遍，每辆车在各个测试项中或多或少都会出现些问题。在一项快速冲下沙丘的测试中，飓风的一个车轮忽然陷入松软的流沙中，让赵单翼捏了把冷汗，不过夏璃却很平静地调整扭矩让车辆摆脱困境。

整个测试过程，飓风出现了几次这种小插曲，连赵单翼这种技术外行都不得不承认，在沙漠这种地理条件下行驶，优秀的驾驶技术和丰富的经验太重要，对路况的判断力结合脚下的制动和给油根本就是一门学问。

　　飓风在夏璃的操控下发挥得四平八稳，只是让他们没想到的是，没有限滑差速器的猛迅竟然几次都通过了交叉轴测试项目。

　　测试结束，夏璃从车上下来，望了眼猛迅驾驶座上的孙昊，孙昊也正好侧过头对她露出一个意味深长的笑容。

　　第一天的测试全部结束，在回去的路上，赵单翼说得到郑经理那边的反馈，飓风今天表现不错，没有出现什么大的问题，综合测评仅比猛迅低一点。尽管如此，飓风的价格优势依然让赵单翼信心十足。

　　只不过夏璃却一路沉默不语。就按差速器这点来说，虽然猛迅配置上差了那么一点，但是今天的运气太好，在孙昊的操控下没有出现任何问题，自然也没有得到甲方的重视，偏离了夏璃之前的设想。如此一来，猛迅正因为配置上细微的落后导致整车价格比其他两家低，加上本身合资品牌多年的口碑，她的感觉并不好。

　　傍晚的时候，项目组那边的人在一起聊天，听旁边参加比赛车队里的哥们儿说离这里二十多千米有个村寨，就在塔玛干沙漠边缘，沿着塔玛河一路开过去就能找到，说以前是个与世隔绝的小村庄，靠塔玛河道里的鱼为食，现在已经是国家 4A 级旅游景点，民俗文化村寨，车队里的哥们昨天从那儿回来，说那里的烤肉一绝。

　　大家一听都有些骚动，反正第二天场地要举办拉力赛，没有测评工作，于是大家当即决定前往塔玛干沙漠边缘的那个村寨逛逛。

　　赵单翼也清楚夏璃这一整天累得不轻，车内太炙烤，其他厂家驾驶员都轮流上，夏璃一个人撑了一天，所以也没指望她能去，就临走时路过她帐篷前，跟她打了声招呼："夏部长啊，我们去前头的村寨逛逛啊，你要不想去就好好休息。"

　　结果没想到夏璃一把掀开帐篷，淡淡地问："还有哪些人去？"

　　赵单翼回道："大家都去吧，刚才项目组的人来喊的。"

　　夏璃挑了挑眉："谁说我不想去？"

　　赵单翼发现这位夏部长的心思他完全摸不透，昨晚喊她出来坐坐都不肯，今天累成这样还要跟他们出去逛，果真是女人心，海底针。他只能清清嗓子："那走吧。"

所有车子都停在了露营区外围，夏璃开了从艾山那儿租来的小车，带上两个技术人员到空地集合等其他人到齐。

忽然，一辆皮卡停到她车子旁边。她余光瞥见有人下了车，径直过来敲了敲她的车窗。她侧头看去，竟然是庄子。

刚落下车窗，庄子就弯下腰激动地说："小姐姐，又见面了，我智哥跟我说你在这里我还不信呢。这叫什么，有缘千里来相会啊，是不是？我们这个缘分，你要说不是月老安排的，红娘都要罢工。"

夏璃似笑非笑地看着他一身夸张的荧光绿 T 恤，胸前的小熊图案还发着光，一闪一闪的，跟个人形立牌一样。她嘴角微勾，说道："衣服不错。"

庄子一脸得意地说："是吧？我也觉得不错，智哥还说我，你说他是不是一点品位都没有，根本就不懂。沙漠里就要这样穿，万一遇上个沙尘暴啥的也容易被人发现不是？"

车上两个技术员都笑了，夏璃也弯起眼角："挺有想法。"说完，歪了下头，瞥向坐在皮卡驾驶座上的男人。

秦智单手搭在方向盘，也朝她看了一眼。

两人的视线猝不及防地撞了一下，而后秦智打开中央扶手箱，从里面拿了个东西，隔着两辆车的距离扔进她的车窗。夏璃抬手接住，低头看着掌心红通通的大苹果，莫名感觉心头一热。

她侧头望去，车厢里光线挺暗，他精致流畅的下巴微微昂着，眼神深沉中带着些许漫不经心，浓烈却独特的气场透过两扇车窗撞进夏璃的心中。她将苹果随意往身上擦了擦，咬了一口，那香甜多汁的味道沁人心脾，就像沙漠中寻寻觅觅的一汪甘泉，唤醒了那久远的心动。

庄子热切地说："味道怎么样？"

她睫毛掩着最后一抹晚霞，眼里的光淡淡的、懒懒的，像海水一样涌进那个男人的眼底："甜。"

可很快她的视线便被庄子弯下的腰挡住，他很是热情地说："正宗阿克苏冰糖心大苹果，下午我智哥让我顺道捎过来的，我一路上都没舍得吃，你要喜欢我那儿还有。不是我吹啊，就我买的这苹果你回去都吃不到。我要是卖给那些来打比赛的，五十块一个也有人买，你信不信……"

前面有人喊出发了，庄子还扒在夏璃车窗边叨叨，各种夸他的大苹果。夏璃干脆将苹果一咬叼在嘴上，从裤子口袋里摸出五十块钱，往他T恤的小熊耳朵上一塞，直接关了车窗，一脚油门轰走了。

庄子一脸蒙地拿着五十块钱，整张脸都要垮了，对着夏璃的车子喊道："不是，你给我钱干吗？"

说完，他又一脸无辜地回头看着车中的秦智："智哥，她……她给我钱干吗？"

秦智将车子发动，斜了他一眼。

庄子本意是想在夏璃面前渲染一下自己对她的殷勤，结果周围一圈人都看见他给人家姑娘一个苹果还收了人家五十块钱，无数道鄙视的目光投来，庄子委屈巴巴地上了车。

一共去了十来辆车子，排了长长的车队迎着夕阳出发，沙地被晚霞染成红色，远处大地犹如绚烂的纱巾随风舞动，妖娆神秘。

庄子捏着五十块钱犹豫了半天，忽然深吸一口气，侧过身子，对秦智说："智哥，我决定了！"

秦智淡然地问："决定什么？"

"待会儿一下车就向夏璃表白，我心动了。"

秦智从烟盒里摸出一根烟，往嘴上一抛稳稳叼住，看了眼他身前不停闪光的荧光绿小熊，眼里含着晦暗不明的光："祝你成功。"

3

落日时分，车子陆续抵达尔冇尔村寨。

过去这里住着一个遗失的部落，随着发展，如今原住村民已经越来越少，被后来的开发商弄成了比较有特色的旅游村寨。白天这里能看见沙漠河流形成的特色风景，然而他们抵达那里已是傍晚，所以直接绕过景区去了村寨里面。

在来这里之前，谁也没有料到，二十几千米之外黄沙漫天，荒芜苍凉，而二十多千米的这里仿若是另一片乐土，夜晚灯火通明，一座吊桥将村寨分为南北两端。

南边是星罗棋布的窄巷，矮房上雕刻着精致的彩色图案，蕴藏着深厚的汉文化风格，极具异域风情，没有哪门哪户的房子建得完全一样，小商小贩喧嚣热闹，烤肉味弥漫着整个村寨。

北面安静悠然，各种特色民宿，乐曲飘荡在如迷宫般的房子之间，仿若进入了西域古国，结庐在人境，而无车马喧。

夜晚的尔布尔村寨，来自全国各地的旅行团和背包客欢聚一堂，成了属于塔玛干沙漠中的不夜城。

秦智和庄子下车后，本来一同来的车队早走散了，大家只约定了一个集合回去的时间，便自由活动。

庄子一进村寨，心思完全不在街边那些稀奇古怪的摊位上，目光跟激光扫射仪一样到处瞄，奈何两人走了两条街完全没有看见夏璃的人影，倒是碰到了起帝的那两个技术员。询问之下，两人说一下车夏部长对他们挥挥手人就不见了。

庄子酝酿了一路的台词，恨不得把读书时写情书的功底都拿出来，一头热地缠着秦智帮他找人。

于是秦智硬是被他拖了一路，一直走到村寨的中心广场，那里全是卖小玩意儿的街道。秦智忽然用胳膊架着庄子把他整个人拽了回来，庄子被秦智勒得直叫："我去，智哥你干吗？"

回头看见秦智抬了抬下巴指着一个方向，庄子立马转头看去。隔着广场中心的木塔，他看见对面胡同口一个卖面纱的摊子前立着一个女人，火辣的牛仔热裤露出性感笔直的腿，白色紧身背心将玲珑有致的身材勾勒得野性十足，她弯着腰正在试一块红色的面纱，正是他们寻寻觅觅的夏部长。

庄子忽然感觉血气上涌，拉着秦智就大步过去。不过小几十步的距离，两人穿过广场中心跳舞的维吾尔族少女，再走到对面胡同口时，摊位前已经空无一人，仿佛一眨眼的工夫，那个女人便在他们眼前凭空消失了。

庄子那颗心被搞得忽上忽下的，他抓了抓头："明明刚刚还在的。"

庄子有些颓废地蹲在街边抽烟，秦智也点了一根烟蹲在他旁边，淡淡地说："你考虑过真找到她，表白后她会有什么反应？"

庄子抽了口烟："没想过，你觉得呢？"

秦智眯起眼："大概率她会让你比现在更不好受，夏部长那样的女人就像脱缰的野马，你连马都没骑过，就想征服脱了缰的，会不会目标定得有点高？不过你还是努力下吧，不努力就不知道什么叫绝望。"

不一会儿庄子就发现，同样是蹲在这个不起眼的犄角旮旯，他好歹还穿着发光的小熊，结果路过的妹子全都盯着秦智，搞得他心理极度不平衡。

烟快抽完，他忽然侧过头眯起眼，有些瘆人地盯着秦智："智哥啊，我说你好像劝了我一路了，怎么，你对夏部长也有意思？"

秦智咬了咬烟嘴，回过头，眸里暗沉的光剪碎了黑夜，而后慢慢将视线移向庄子身后："在那儿。"

庄子立马回头，看见夏璃蹲在不远处的街角在撸一只懒洋洋的野猫，嘴角勾着淡淡的笑意，好看的眸子在黑夜里像璀璨的琉璃。她抓着猫两只肥肥的小肉爪举起来玩，而后又放下小猫站起身往另一条胡同走去。

庄子一看她又要走了，赶忙就朝那里小跑。人头攒动之间，等他再到那儿时，小猫依然懒洋洋地躺着，但那个女人又不见了。

他气喘吁吁地回过头，秦智也丢了烟缓缓往这儿走。

庄子垂头丧气地扒着秦智的肩，秦智却感觉到身后一道滚烫的目光。他回过头，那个女人正靠在几步之遥的胡杨旁，拿着一碗酸奶不紧不慢地吃着，浑身透着一股悠闲劲儿，眼里盛着狡黠的笑意看着他们："找我啊？"

秦智缓缓眨了下眼，转过身对庄子说："我在对面等你。"

说完，他便离开了。

夏璃将目光落在庄子身上。

不知道是不是光线的原因，庄子看着这双在黑夜里泛着通亮的光的眼睛盯着他，就莫名一阵心虚。

他突然发觉他平时脸皮挺厚的，可真要对哪个姑娘表白就跟作弊被逮到揪去老师办公室一样，贼紧张。

一个大男人就这样扭扭捏捏走到了夏璃面前，她没有动，依然慢悠悠地吃着酸奶，等着他说话。

庄子回身看了看已经走远的秦智，挠了挠头说："那个，就是，我想找你说点事。"

他说完这句后，半天支支吾吾硬是一个字都没挤出来，路上酝酿的小情书忘得干干净净。

夏璃也不急，就这样等着他，直到她的酸奶吃完了，往旁边的垃圾桶里一抛，转过身说："一般像你这样吞吞吐吐的，不是借钱就是表白，你是哪种？"

庄子被她一句话说得更是难以启齿，顿时感觉面前这个女人久经沙场，一眼就能把他看得透透的。他结结巴巴地说："后、后面那种。"

夏璃低头淡笑了下，长长的睫毛打下一道阴影，随后抬起头朝庄子身后看去——秦智抱着胸站在路边，倪敏小跑几步到了他面前，笑着指着什么地方在跟他说话。

夏璃脸上的笑容淡了，目光沉静地说："我要是跟你兄弟睡过，你介意吗？"

庄子整个人一愣，有两秒都没反应过来夏璃话中的意思，整个脑袋都是蒙的。他看着夏璃清淡的目光，顺着她的视线回过头牢牢盯着秦智，震惊得半天说不出话。

倪敏正在跟秦智说那里有骆驼可以骑，她一个人不敢骑，让秦智陪她一起，还没说几句就看见庄子又回来了。

果不其然，如秦智之前所说，表白过后的庄子比表白之前更不好受了，整个人都有种灵魂飞出躯体的感觉。

不知道夏璃到底跟庄子说了什么，把他一个大好青年弄成这副鬼样，而那位始作俑者正慢悠悠地跟在庄子后面走了过来。

倪敏一看见夏璃，整个人都不好了，伸手就拽着秦智："我们去骑骆驼嘛，可以骑骆驼逛，那样又不累。"

秦智蹙了下眉，从她手间抽回手臂，此时夏璃正好走到他们面前，勾起嘴角："骆驼在哪儿？我也想骑，两个人可以便宜吗？我们正好四个人。"

倪敏憋着气指了指前面。

夏璃优哉游哉地朝那儿走去，走了几步后，还回过头对三人说了句："走啊，愣着发呆啊？"

倪敏不情不愿地跟上她。

秦智又看了庄子一眼，庄子整张脸都耷拉了下来，画风着实有些凄冷。秦智莫名其妙地问他："被拒绝了也不用把自己搞成这样吧？你拍电影啊？又不是失恋。"

庄子却突然抬起头，用一种很森冷的目光盯着秦智，看得秦智怵得慌。

秦智皱了下眉："她跟你说什么了？"

夏璃已经率先走到骆驼那儿，和老板讲了价钱，让老板便宜点，周旋了几句，老板见她长得漂亮，也爽快地答应了，于是夏璃直接把四个人的钱全付了。

庄子一直到快走到她们那儿时，才幽怨地盯着秦智："她说，她跟你睡过了。我说智哥啊，真看不出来你玩这么疯啊，这漫天黄沙的，你们够野的啊！"

"……"

本来倪敏还觉得这个夏部长挺大方的，直接把两匹骆驼的钱都付了，结果他们过来后，庄子问："怎么坐啊？"

夏璃直接说："钱我付的，搭档我先选，我害怕，找个身手好的跟我骑。"

她说"害怕"两个字说得一点害怕的感觉也没有，反而直直地盯着秦智。

倪敏这才幡然醒悟，她无形中又被这个女人摆了一道。

秦智眼里的光深邃幽然，和夏璃对视两秒，随后拍了拍庄子，然后走到夏璃身旁的骆驼前跨了上去将手伸给她。

两人坐稳后，骆驼缓缓站了起来，向着其中一条胡同走去。

倪敏看着他们的背影渐渐握起拳头，这个夏部长独来独往，对谁都不咸不淡的，让人根本摸不清脾性。姜还是老的辣，这个夏部长看中的东西，别人根本没有机会动手。可叔叔告诉她，要想快速进入大田的核心层，这个项目必须拿下，否则以她的资历熬上五年才有机会，到时候黄花菜都凉了！

庄子坐上骆驼，对她喊道："快点啊，磨叽啥，他们都走那么远了。"

倪敏白了他一眼，转身气冲冲地走了，压根没上骆驼。庄子骂骂咧咧："臭女人，我还不想跟你坐呢，拽什么！"

第九章 / 发生冲突 ▾
"我不会再信任何一个人！"

1

骆驼走得很慢，在热闹的窄巷间穿梭，夏璃坐在秦智身前，朝两边摊铺张望。夜风撩起她柔软的马尾，有一下没一下地拂到秦智的脖颈，撩拨得他痒痒的。

他的视线落在身前的女人身上，远处黄沙滚滚，近处异域风情，眼前是那个只会在他梦中出现的女人，这一切对他来说变得有些混乱、模糊。

他见她一直四处寻找，出声问她："在找什么？"

她侧过头对他说："你帮我看看有没有卖衣服的摊子，流了一天汗，这里又没水洗衣服，我要没换的了。"

夏璃说完，有些不自然地往前坐了坐："你离我远点，我好几天没洗澡了。"

秦智好笑地低下头："我闻闻。"

夏璃还没反应过来，身后的人已经低下头，呼吸在她颈窝一扫而过。她脸上爬上一层红晕幸好被夜幕遮住，有些尴尬地说："什么味道？"

身后的人没有立马回答，而是伸直长臂拉着驼绳，无形中将她环在身前，声音性感磁性地落在她头顶："甜味。"

夏璃垂下视线，眼里是闪烁不定的光，心头漫过一层酥麻的感受，陌生却悸动。

维吾尔族大叔牵着绳子，回身看了眼和夏璃说身体往后倾，抓紧驼绳。夏璃照做，抓紧了骆绳，往后倾的时候直接撞进秦智怀中，她本能地坐直。骆驼正好拐弯，她重心不稳晃了下，秦智收紧手臂，温热清浅地说："坐好，别乱动。"

夏璃不再动弹，难得乖顺，如此清晰地感受到身后男人有力的心跳和结实的胸膛，身体里像爬满了小蚂蚁，浑身躁得慌。

两人都不再说话，周围人声鼎沸，肉香四溢，两人都在感受着彼此呼吸的节奏，直到秦智对维吾尔族大叔说："就在这儿停吧，我们下。"

夏璃回过头，秦智抬眼告诉她："你不是要买衣服吗？"

夏璃这才顺着他的视线看见一个小摊子。

两人下了骆驼，朝摊子走去，门口挂些简单的 T 恤和沙滩短裤之类的。夏璃选了两套，反正没两天就回去了，差不多够用就行。她准备喊老板付钱，头一别看见里面是个很狭窄的店面，挂着一些少数民族的衣服。

夏璃来了兴致，往里走去。秦智跟在她身后，靠在窄门上，看着她挑选裙子。她扎着高高的马尾，露出漂亮修长的脖颈，单就这样看，根本判断不出她的年龄，秦智至今依然记得十九岁的她刚来东海岸时的场景。

在那些名门望族之间，她骑着摩托车冲破世俗的教条，我行我素，潇洒自如，也从此撞进他的心底。

很多年里，他都觉得这个女人的出现像一场梦。他下意识地抚摸手腕的珠子，对她说："你慢慢挑，我出去抽根烟。"

夏璃看着他站在门外的背影，高大安稳，纵使在这异域他乡，他似乎只是站在她身边，就莫名让她安心很多。

不一会儿秦智将烟灭了，身后的女人喊了他一声："喂。"

他闻声转过头，一抹殷红从他眼前掠过，轻柔的布料擦着他的双眼，落下时他看见了眼前穿着红色少数民族衣裙的女人。她放下了长发，深眉高鼻精致的五官配上正红色的维吾尔族舞裙，仿若这条裙子天生就该穿在她身上，那双如蒙了雾的眼睛美得惊心动魄，在这漫天的黑夜中如一团燃烧的火焰，灼了他的心脏。

她朝他转了一圈，裙摆飞扬间她的身姿晃了他的眼，她问他："好看吗？"

他嘴角掩着笑意："买吧。"

她转身准备去付钱，他忽然拉住她的手腕，一把将她再次拉到身前。他深邃的眉宇微微皱着，目光有些犀利地低头盯着她："如果我不是成发请来的人，你还会对我这样吗？"

她依然在对他笑，浅淡的眸子被月光照得清澈明亮，然而里面的光却深得让人无法触碰。她只是略微迟疑了几秒，便抬起头笑着说："不会。"

秦智的表情渐渐变冷，他松开她的手腕，侧头望向苍茫的天际，声音里透着一丝让夏璃读不懂的疲惫："谎话都不会说。"

夏璃彻底将笑意收了回去，低头碾了碾脚边的碎石："你不吃那套。"

秦智的下颌动了动，周身散发着看不见的火光和隐忍的情绪："就因为中午我对周总说的几句话，你才会主动靠近我。于桐，你就不怕玩出火来？"

"不要叫我于桐！"她眼里覆上一层寒意，从喉咙中低吼出声。

秦智一把扼住她的后脑，将她的脸禁锢在自己身前，目光似火地盯着她："你就是于桐，你以为躲着我，躲着整个东海岸就能摆脱掉你的名字？你为什么不回来？我说过，我可以养你，你不喜欢南城，我们就去你喜欢的城市，你为什么就不肯信我！"

人流像一道道魅影，朦胧不清。夏璃眼里浮上模糊的湿润，可她的倔强不允许她让眼泪掉下来。她努力克制声音里的颤抖，对他说："我曾经信我妈，信她说会带我去一个美好的新家，冬天不用被漏雨的屋顶冻醒，夏天不用被蚊子咬醒，可后来，我和我妈被继父打得不敢回那个家。

"我拿刀对着那个男人，他跪在我和我妈面前说一定好好对我们，我信了他。我妈病了后，他情愿把钱送给外面的女人也不肯给我妈看病。

"我妈临死都想再见一眼于家人，她没有其他遗愿，这么多年只想回趟家。我去了东海岸，我的姨夫答应我一定会为我做主，将我妈的灵位放入于家的墓园。我信了他，结果他对我做了什么？

"他的女儿毁了我的名声，他把我关在阁楼差点毁了我的全部，而我至亲的姨妈，她收留了我，我怕她伤心难过，情愿把这些肮脏的东西自己扛。可到后来我才知道，我在这个世上唯一的亲人在我遭受煎熬时，却睁只眼闭只眼，巴不得我怀上裴家的儿子，这就是她收留我的目的！

"你说，这些人哪个不是我的亲人，我信了他们，然后呢？我告诉你秦智，在这个世界上，我不会再信任何一个人！"

她在眼泪掉下来之前抬手擦干，转过身，夜色凄然，细碎的流沙被风吹进窄巷，流淌在脚下，蜿蜒如水，冰冷刺骨。

两人都不再说话，夏璃背对着他，良久，她感觉到身后的脚步进了店铺随后越走越远。她转过身，看见他大步离去的背影，很快便消失在这条胡同的尽头，她的心也随着他的离去一点点沉了下去。

她走进店铺问老板裙子多少钱，老板却笑着对她说："你男朋友付过钱了。"

夏璃微微一愣，转身出了店铺。她看了下时间，离集合还有一个小时，但是她已经没有什么心情再逛了，周围的环境只让她感觉闹腾得慌。

她身上的红裙很惹眼，路过的人都向她投来目光，只不过她眼神毫无温度，冰冷骇人，让人难以接近。

她漫无目的地走过吊桥，向着安静的北面村寨走去。周围的人流逐渐变少，除了悠扬的少数民族乐曲，条条巷子都透着悠闲的静谧。

不知道到底走了有多久，她看到一台自动贩卖机。她停在贩卖机前摸着零钱，却发现身上根本没有零钱。她叹了口气转过身，却忽然被人拽了一把，身体再次跌回贩卖机上，一块红色面纱落在她的眼前，边缘有一圈简洁的黑色绳边，正是她之前看过的那块面纱。

她抬眸望去，面纱后面是那双炯亮的眼，漆黑如墨，瞳中那点点亮光却灿若星辰。

秦智将面纱挂在她的脸上，俯下身，顷刻之间，她眼前一黑，隔着面纱唇瓣覆上一片柔软。

周围起了风，沙漠的夜失去了日光便温度骤降，丝丝寒冷吹拂着身体，只有唇瓣间的温热那么真实。他的目光像无尽的深渊吸走她的灵魂，将她封印在身后的贩卖机上，让她浑身僵硬无法动弹。

她的轮廓如新月生辉，长长的睫毛在那一瞬间轻轻颤动，似娇花散落，美颜旖旎。

不过短促的一个吻他便离开了她，继而握住她两只手按在贩卖机上，呼吸灼热地说："喂，记得那天我在机场说的话吗？再次遇见，我不会放过你。"

他按着她的手腕，掌心滚烫，浑身散发着精悍之气，让她动弹不了，身体被他的目光钉住，虚浮柔软。不过一个吻而已，却像一把坚硬的铁锤冲撞着她心底的大门，让她浑身发烫、心跳如鼓。

她没有挣扎，茶黑色的鬈发在月光下泛着柔软的光掩在她的颊边，那双浅灰色的眸像苍山之巅的星河，诱惑迷离。她慵懒的声线盖住了那波涛般的心跳声，抬眸直视着他的双眼："你想怎么对我呢，秦顾问？说来你也不是成发的人，测评期间和厂家代表不清不楚，你就不怕外面人怎么想你？"

秦智压着她的手腕，目光逼到她近前："少跟我耍嘴皮子，你看我什么时候怕过？你以为我当真不敢在测评期间动你？"

夏璃笑了，笑容藏在绯红的面纱后，半遮着脸，宛若神秘的西域姑娘，她的声音像月光一般丝滑拂向他的心间："可以啊，秦顾问这么年轻的小鲜肉，长得又帅，我不吃亏，反而，你碰了我，你的工作该怎么进行？"

灯影朦胧，星光迷离，两人之间空气骤停，不过短短一秒之间，秦智抬手揭掉了她的面纱。她丰满的唇斜斜地勾着，性感妖娆，灰色的眸里燃着一团火焰，充满较量。

他冷哼一声："你威胁我？"

　　说完，他直接压向她，俯身咬住她的耳朵。

　　他力道不小，酥麻的痛感猛然传进夏璃的心脏，让她浑身一缩，听见耳边男人喑哑的声音："你给我听清楚了，我最讨厌被人威胁。"

　　他毫不留情，似乎是让她记着他的话，那疼痛难忍的感觉使她下意识发出一声轻哼，却在寂静的夜里飘进他的大脑，让他忽然将她整个人拢进怀中，那带着惩罚的咬早已变成了细碎的吻。

　　夏璃浑身漫过一道电流，心间似蕴含着沸腾的水。北边的村寨人烟稀少，冷风肆意，那冰与火的刺激瞬间击垮了她的防备。他粗重的呼吸像炙热的蒸汽，她眼里渐渐燃着一片火焰，双腿打战，拼命扭动了两下，声音变冷："你要干什么？"

　　他大手突然探到她身后，托着她将她抱了起来，声音里透着戏谑的味道："我要干什么你不知道吗？"

　　夏璃的心被瞬间撩拨到嗓子眼，抬起双手颤抖地推了他一把："别闹了。"

　　他却纹丝不动，看着胸前的小手，嘲弄地低下头："我以为夏部长很能耍得开呢，没想到也不过是只纸老虎。"

　　夏璃抬起膝盖就朝秦智撞去，秦智放开她轻松一退躲开她的攻击，她紧紧握着拳头，唇紧抿着，转身就走。

　　贩卖机"咔嗒"一声，身后的男人叫住她："喂。"

　　她停下脚步倏地回头看他。

　　他工装裤下修长的腿随意交叠着，整个人慵懒邪性地靠在贩卖机上，一下又一下抛着手中的水，看着月光下一身红裙的她，远看像画中仙，近看却是扰人心智的妖精。

　　他勾了下嘴角，将水向她抛去，她抬手接住，仿佛瓶子上还有她掌心的温度，十分灼热。

　　却在这时秦智的手机响了，划破了夜的静谧。

　　他从裤子口袋里将手机拿出来接通，没说几句话，脸色就有点不大对劲："知道了，马上过去。"

　　夏璃拿着水盯着他，他抬起头，大步朝她走去夺过她手上的水，拧开瓶盖后又递给她。

　　夏璃略微蹙了下眉，观察着他的表情，他看着她手中的水："不是渴了吗？先喝水。"

　　夏璃抬起头喝了一大口，刚喝完便听见秦智说："喝好我们回去，那边出事了。"

　　夏璃一听这话，将瓶盖拧紧，转身就朝吊桥走去。秦智到底一米八几的身高，腿长步子快，疾走的速度，夏璃根本跟不上他。

　　也不知道到底出了什么事，她一急便小跑了几步跨上吊桥，结果吊桥在她的小跑下晃得厉害。她望了眼脚底的滚滚河水，扶住吊桥停下了步子。

　　秦智回过头看着她，摇了摇头，走回两步，将手伸给她。她瞥了眼，直接转过视线朝前走，秦智干脆一把攥住她的手腕："你跟我倔什么？我能吃了你？"

　　夏璃动了动手腕想挣脱他："我自己能走。"

　　秦智根本不理她，稳稳地拉着她往前走，低骂道："不可爱。"

　　夏璃朝他后脑勺瞪了一眼。

　　吊桥晃得厉害，他拉着她很快通过了桥。下桥后，他便松开她，对她说："人都在村寨广场那儿。"

　　2

　　于是两人穿街走巷绕回村寨中心，还没出胡同就听见吵骂声一片，老远就看见许多人聚集在一起，甚至有动手的架势。

　　秦智几步走到人群外围，这下夏璃看清了，是他们这里的人在和另一群人吵。

　　秦智喊了声："庄子。"

　　本来站在里面的庄子挤了出来，抹着头上的汗，秦智问他怎么回事。

　　庄子骂骂咧咧道："那女人嘴不好！"

夏璃站在后面，听见庄子说，倪敏后来不肯骑骆驼，一个人不知道逛到哪儿，被一个十来岁的小男孩撞了下，后来买东西的时候发现钱包不见了就回去找那个小孩，还真给她找到了，她劈头盖脸把人家孩子骂一顿叫他还钱包。小孩汉语不好，说了半天没说清，倪敏火大，上去就踢了小孩一脚，大概踢得不轻，小孩直接被她踢倒在地。

然后旁边逐渐围上来许多人，倪敏就指着那小孩说是小偷。那小孩家里人找来，询问之下，小孩说没有偷，反正到后来事情说不清楚，倪敏还认定那一家子人都是小偷，还说他们这个地方的人都是小偷。

这句话一出，直接上升到地域歧视，本来还在看热闹的人群中就有人出来怼倪敏，倪敏不依不饶地和他们吵了起来，气势汹汹地说要报警，逼人家交钱包。

尔布尔村寨这个地方是全国各大旅行社的定点景区，常年跑南疆线的导游和地接之间有个大群，平时大家路上出现点什么小状况都会在群里喊一声，路过的团会互相帮衬，挺团结。

后来一个二十几岁的年轻汉族导游看不下去了，让倪敏拿出小孩偷她钱包的证据，如果拿不出来倪敏就属于故意诬陷人，要报警行，那就报警抓她。

倪敏立马弹了起来，一个电话把他们公司的人和项目组的人全叫了过来。那个小伙子也不是个善茬，在群里吼了一声，结果整个村寨的导游、地接全部拥来，足足大几十号人聚集在村寨中心把他们的人围得死死的，说倪敏要是今天不跟那家人道歉，给小孩赔偿，今天就别想走出村寨。

夏璃和秦智都没走进去，只是站在人群外围。不过夏璃倒是透过人群看见赵单翼他们竟然也被围在了人群中间。她一个电话打给赵单翼，看见站在里面的赵单翼接起电话，她开口对他说："我在人群外，这种事情赵总少参与，最好带着我们的人出来，这是人家的地盘。"

赵单翼焦急地说："我也不想参与，现在是走不掉啊。刚才项目组有人也和对方吵起来了，我们这时候丢下项目组客户走也不好啊。"

就在这时，一个皮肤黝黑的年轻女导游冲到倪敏面前吼道："我告诉你，你今天不当着大家的面道歉，我第一个动手打你！"

倪敏当场就睖着一双眼睛，张狂地说："你算什么东西也敢打我？我看你们都是同伙，这个地方本身就有问题，欺负外来人。"

此话一出，夏璃只感觉头皮发麻。

果不其然，这句话瞬间就把周围一群导游激怒了，他们当中除了地接基本上都是汉人，皮肤黝黑的年轻女导游抓着倪敏的头发就要打她，后面同公司的人当然不好看着倪敏被打，一起上来拉那个女导游。后面其他导游看见女导游被一群男人拉扯，全都围了上来，电光石火之间，两方人瞬间就扭打到一起，本来载歌载舞的广场突然就变得混乱不堪。

夏璃只感觉身边人影一闪，秦智和庄子同时挤进人群，秦智躲过几拳就朝项目组的同事挤去，试图把他们拉出来。庄子就比较惨了，人家看他来拉架，以为是来帮倪敏的，直接给了他一拳。

场面越来越混乱，就连赵单翼都被几个彪形大汉围住。

天高地远，大漠孤烟，这里不与外界联通，村寨仅有的保安根本控制不住越来越混乱的场面，有人报了警，可库田到这里有六七十千米，没有人阻止那些导游的行为。周围的村寨人只是冷漠地看着，虽然没有村寨人对倪敏他们动手，但也没有人上前劝架。

他们靠这片疆土繁衍生息，这里是他们的家，他们赖以生存且神圣不容侵犯的土地，他们没有去谴责倪敏对他们的侮辱，但也绝对不会对她伸出援手！

夏璃急得咬破了唇，忽然想起一个人，艾山！

她赶忙从手机里迅速翻着几天前记下的号码拨了过去，那边半天没有接通，她的汗水顺着脸颊流下，心一点点冷了下去。就在电话快挂断时，那头传来了艾山的声音："你好夏璃，工作还顺利吗？"

夏璃急切地回道："不太顺利。你在尔布尔村寨有认识的熟人吗？我遇到了点麻烦，不是一点，恐怕是大麻烦。"

简单交流了几句，艾山让她不要着急，便匆匆挂了电话，一句交代的也没有。

夏璃盯着手机根本不知道艾山是什么意思，到底有没有办法，心里一点谱都没有。而广场的人越聚越多，夏璃已经完全看不见他们的人在哪儿！

她焦头烂额地背起背包就往人群里挤，然而就在这时，北胡同突然出现大批少数民族男人吼着滔天的叫声冲进广场，直接冲散了正在殴打的人群，将几个还在闹事的年轻人制伏在地。

这群男人个个身强体壮，散发着强大的威慑力，就像这片土地的王者，没人敢攻击他们。

一个上了年纪的白胡子老者缓缓走入人群，头上戴着多帕，身形较宽。

旁边人发出窸窸窣窣的声音，有汉人议论道："他们说是村主任来了。"

那个老者走入广场中央，直接走上木塔边的木架子上，旁边跟着好几个壮汉，他对着黑压压的一片人影喊道："谁是夏璃？"

所有人面面相觑，夏璃听见自己的名字猛地一怔，举起手："这里！"

众人回过头就看见一只高举的纤细胳膊，看不见人，大家陆续让出道，一个身着红裙的女人就这样昂首阔步挤入人群，径直走向木架。老者弯腰问了她一句话，她点点头。

老者对她招招手让她上来。

周围全是男子，个个浓眉大眼，身形高大，夏璃一颗心扑通扑通直跳，看见不远处的秦智朝她冲来，她快速地对他摇了摇头，大步跨上木架。

老者让出一个位置示意夏璃过来，夏璃走到老者身边。老者声音洪亮地用维吾尔族语说了一串话，顿时，台下发出一片议论声。那些人全都齐齐看向夏璃，眼里流出敬畏，看得夏璃完全在状况外，一头雾水。

她转过头问老者："请问，您刚才说了什么？"

老者看了眼旁边一个年轻小伙子，那个小伙子又用汉语说了一遍："这位是艾山的妹妹，来我们这里工作的，以后会给我们尔布尔带来更便利的交通运输，刚才那些人是她的同事，今天的事情是一场误会，希望各大旅行团能维持好秩序，保证人身安全。"

此话一出，原本个个怒气冲冲的导游全都用一种惊讶的眼神盯着夏璃。

而夏璃自己也微微一怔，她从租车行临走时，艾山把电话丢给她，让她在这里遇到任何事都可以找他，他们以后就是朋友了。当时夏璃根本没在意，也只当他是句客气话，万万没想到一个小租车行的老板居然影响力这么大，就连这些导游都好像听过他。

老者用不太流利的普通话对她说："你们可以走了，没事了。"

夏璃转身刚准备跳下木架，已经蹲下的身子突然又立了起来，秦智已经冲出人群，走到木架下，对她招手："下来。"

她对他动了动嘴："等等。"

而后她回身看了眼老者，再次走到木架中间望着黑压压的一片。

夜晚的塔玛干沙漠，墨蓝色的夜幕下，她从未见过如此皎洁干净的月光，明亮地照进她的心底，让她眼眶潮湿。她看着人群中那些头发凌乱、鼻青脸肿的同行者，忽然从内心深处升腾起一种难掩的情绪。她和艾山仅一面之缘，她送给他女儿一张照片，他便能救她于水深火热之中。

如此义气和承诺，让她想到倪敏的话便羞愧难当，再看着一村胸襟坦荡的村民，她的脚就跟灌了铅一样！

她哽了一下，而后朗声说道："我代表我的同事向所有村民致歉。"

她眼里的光像漫天的繁星，朦胧璀璨，扬起右手在空中画了个圈："我们是一家人。"

顿时，广场鸦雀无声，一种无声的情怀在空气中蔓延触碰每个华夏子女的内心深处。

她大声问了句："有谁知道那个小孩在哪儿？"

有人指着人群外围。

夏璃回身对老者微微鞠躬："谢谢。"而后拉着背包就跳下木架，径直朝人群外走去。

众人逐渐为夏璃让道，她看见了那个十几岁的小男孩窝在他妈妈怀里，维吾尔族女人坐在街边抱着儿子，那防备的眼神亦如她刚下火车来到这片疆土时，刺痛了夏璃的眼。

夏璃蹲下身，摸了摸男孩的头，小男孩看着并无大碍，只是被吓得不轻，缩着脖子有些害怕夏璃。

她收回手从包里抽出几张百元钞票塞进维吾尔族女人手中，对他们说了声"对不起"，便站起身。回头的刹那，秦智隔着人群遥遥望着她，那一瞬间，无数的情感在他胸腔爆发，他大步朝她走去想把她揉进怀中。

可很快两人之间的距离被人群阻隔，好多人走上前向夏璃询问艾山的近况，她被人群挤得寸步难行，都不知道被踩了多少脚，身上的红裙也被人拉扯着，急得四处张望寻找秦智的身影。

混乱中一只大手牵住了她，她回过头那双漆黑深邃的眼睛已经到了她面前，他低头，嘴角噙着玩味的笑意："在找谁？"

夏璃将手从他掌心挣脱，他干脆抬手搂住她的肩，将她整个人拉进怀中，低声警告道："别乱动，再被人挤散我可不找你了。"

他伸手将夏璃被人扯掉的衣裙往上拢了一下，把她整个人护在身前，挡着那些热情的村民，对她说："其他人已经先出去在村寨外面等我们。"

夏璃没再说话，任由他带着她一点点挤出人群，所有朝她伸过来的手都被秦智挡了回去，没人能再碰她一下。

一直到了挤出村寨中心人才逐渐少了些，夏璃动了动肩膀，从他怀中挣脱开，对他淡淡地说："谢了。"

秦智看着她浑身竖起的刺，心头就一阵躁动。他斜睨着她："夏部长挺有钱的啊，还知道替大田的厂家安抚那个小男孩，你就没想过万一他真偷了钱包……"

夏璃拉着包带，和他并肩朝村寨外走去，神情严肃："如果他真偷了钱包，我也不后悔给他钱。那些导游因为他们才出面的，我们这边多少无辜的人受了苦，今天事情闹这么大，如果真是他们拿了钱包，这几百块钱如果能换回他们的良知为什么不给？况且万一不是他们拿的呢？"

短短一番话让秦智陷入短暂的沉思。

快走到村寨大门时，他忽然侧头，看着她晶亮的眼睛，笑着说："其实现在看看，夏部长也挺可爱的。"

夏璃没好气地瞪了他一眼，大步跨出村寨。

其余人基本上都陆续集聚到停车的地方，倪敏刚才倒是被同行的男同事护着，没吃什么大苦头，只是第一次面对这么大的阵仗，自己也被吓得不轻，没有刚才那么嚣张的气焰，整个人有些沉闷地靠在引擎盖上。

大田那边跟她一道来的几个男同事就比较惨了，个个鼻青脸肿的，就连孙昊脸上都挂了彩。

秦智及时冲进去把项目组的几个人拉了出来，还好没受什么伤。不过庄子是最无辜的，莫名其妙挨了一拳，半边脸还是肿的，站在一边气鼓鼓的。

一群人的情绪都不太高涨。

秦智和夏璃朝他们走来，倪敏扫了他们一眼，头一别没吱声，不知道是生气还是没脸再说话。

大家看人差不多都出来了，于是打算出发往回走。就在这时忽然一个少数民族男人追了出来喊道："艾山的妹妹。"

闻声，夏璃回头。

那个男人一眼看见了她，朝她大步走来，将一个米色的名牌钱包交到她手中，告诉她这是刚才一个摊贩交给村主任的，说有个年轻女人付完钱，钱包没拿走落在那儿了。村主任怕他们着急，赶紧叫他跑出来送给他们。

男人笑着露出一口洁白的牙齿，淳朴亲切。夏璃接过钱包，对他道了谢，他便回了村寨。

夏璃回身望着身后的人，右手拿着钱包慢悠悠地敲打着左手掌心，眼神从众人脸上扫过，最后落在倪敏身上。

此时的倪敏就跟泄了气的皮球，整个人有点蔫蔫的，不敢去看夏璃的眼睛。

夏璃懒得朝她走去，直接隔空将钱包对准她砸去，冷冷地说："别忘了你今天能毫发无伤地走出这个村寨，都是那些你轻视的人救了你！"

倪敏被钱包砸中，疼得她捂着胸，愤恨地盯着夏璃，那双手在漆黑的夜里渐渐握成拳，隐在身侧。

夏璃利落地转身上车。

回去的路上庄子捂着脸几乎骂了一路，说自己今天出门没看皇历，那么多人，怎么就他这么倒霉挨了一拳，憋屈得很。

直到开回帐篷前，秦智听他聒噪了一路，将车子一停，挑眉看着他："我觉得你想开点，毕竟你这身衣服很难不被打。"说完，下了车。

庄子一愣过后，拽着自己胸前的发光小熊忽然一阵醍醐灌顶的感觉，顿感委屈得一塌糊涂，各种后悔买了这件衣服。

他拉开门，看见秦智没有回帐篷，反而朝另一个方向走去，便对秦智喊道："智哥，你去哪儿啊？"

"有点事。"

夏璃将车子停好，赵单翼推了推眼镜朝她走来，她回头看见他问了句："赵总刚才没事吧？"

"还好，那个秦顾问过来把人拉开了，不然我们可能也不好受，我看秦顾问好像有两下子。"

夏璃眼神微敛，打架吗？她只知道八年前他打架就没输过。她被一群小太妹带来的混混堵在东海岸后山，那些人砸了她的摩托车，他带着整个柔道馆的兄弟把那些人赶出红枫山，让那些人把眼睛擦亮，再敢动他的女人，哪只手碰她，他下谁哪只手。那群人吓得再也没踏足过红枫山。

后来他带着她去修车，老板说车修不好了，调侃他秦少这么有钱，还修什么车，直接换了。他执拗地拒绝了老板，他自己修。

那天傍晚，夕阳西下照进修车行，她浑身瘀青坐在地上看着他修车。

她对他说修不好就算了，他问她如果送她辆新的会不会要，她干脆地回，不会。

他说，那他就必须修好。

她陪他到半夜，修车行老板都下班了，把钥匙扔给他，让他走时锁门。两人窝在脏兮兮的修车行一起吃盒饭，他把盒子里的鸡腿夹给她，她又还给他，他直接拿起来塞进她嘴里，命令她："吃了。"

她一边啃着鸡腿，一边睨着他："喂，小弟弟，刚才挺威风的吗？不过谁是你的女人啊？"

她至今记得他的轮廓隐在半明半暗中，痞帅地朝她笑："会是的。"

3

夏璃垂下视线，踩了踩松软的沙子，心底拨动着一丝涟漪。赵单翼问她艾山是谁，她告诉他是个小租车行的老板。

不过赵单翼压根不信，以为夏部长又在跟他胡说八道。看刚才那个架势，结合夏部长平时的做事风格，他还指望她认识南疆这里的什么大佬，突然对她的态度恭敬了许多，感觉这女人不简单啊！

夏璃和他说了两句，两人便各自回帐篷休息了。

直到她走回帐篷前才看见一个男人立在她帐篷旁边，在手里的火星子忽闪之下，她看清了那道高大的身影。

秦智侧头望向她，将烟灭了。

夏璃几步走过去，把包扔进帐篷里，侧身问他："有事？"

他双臂抱着胸站在她帐篷口，低头看着她："后天的赛道测试，你们起帝谁上？"

夏璃将帐篷掀开，就坐在门口掀了红裙扔在里面，简单地回道："我。"

她将小皮靴脱了，把里面的沙子倒了出来。秦智若有所思地说："能不能不去？"

夏璃抬头看着他聚拢的眉峰，挑起一丝笑意："担心我？"

他没说话。

她继而回道："不能。"

秦智清楚面前的女人一旦决定的事，就是八匹马也不可能拉得回来。

她站起身面向他："还有其他事吗，秦顾问？"

他听出了赶客的意味，放下手臂，忽而又对她说道："你手机还有电吗？借我打个电话，我手机没电了。"

夏璃未多想，从身上拿出手机，解锁后递给他。

秦智按下一串号码，对她说："一会儿送来给你。"

他走到一边打电话，没一会儿身影便绕过其他帐篷不见了。

夏璃钻进帐篷快速换了身衣服，将东西收拾了一下。

帐篷外投下一道人影，秦智清了清嗓子，她掀开帐篷，他将手机递给她。

夏璃接过手机，又抬头看了他一眼，他躲开眼神对她说："回去了，早点睡。"

夏璃坐回帐篷，将手机插上充电宝没再管，直到躺下睡觉前才习惯性地打开手机刷下朋友圈。结果刚进微信，看见第一条记录是个陌生的账号，头像是一片海湾，名字叫"没人要的小奶狗"。

夏璃一愣，点进去看见只有一条信息记录，是对方微信转账的八千块钱，而她这里是已收钱的状态。她点进他的账号，发现他的微信名，单字一个"智"。

她猛地坐了起来，无语地扯了下嘴角。他居然拿着她的手机将钱退还给了她，可是把自己的备注改成这样是几个意思？

夏璃点进秦智的朋友圈。

他就没发过几条动态，只有几个转发的行业信息，最近的一条是昨天，一张漫天黄沙的照片，配字：众里寻她千百度，蓦然回首，那人依旧对我不屑一顾。

夏璃嘴角浮起笑意，退出朋友圈，忽然心头一阵柔软，对他发去了一个"炸弹"的表情。

而后她一直低头看着对话框，直到屏幕上显示"正在输入中"，她才莫名有些心跳加快，几秒后，那边回复：晚安。

配上一张被炸黑的表情包。

夏璃退出页面，进入那条"众里寻她千百度，蓦然回首，那人依旧对我不屑一顾"默默点了个赞，接着锁屏睡觉。

第二天是拉力赛事，项目组这里放假，很多人都跑去围观。

夏璃起了个大早，赶在拉力赛开始前找到了牧马人车队的老大哥们。那群老大哥一眼就认出了夏璃，她和他们侃了几句，说想随车参加比赛。

一般这种拉力赛除了领航员，比较忌讳车上坐人，毕竟会增加车重，特别在沙地行驶会加大难度。不过有了前两天的过招，几人都对夏璃特别感兴趣，有个小哥正好车上没人，大方地邀请夏璃上他的车。

于是一整天所有人都没有看见夏部长，直到拉力赛结束，才有人瞧见夏部长居然坐在参赛的越野车上，莫名都感觉这个女人可真神奇。

随车走了几遭，夏璃已经将路线和路况记熟，当天晚上没有出帐篷早早就睡了，那几乎是她到塔玛干以来睡得最早的一天。

第三天的时候，很多拉力赛选手陆续离开了，场地空了出来，最后一个测试项正式拉开序幕。拉力赛的路线从最松软的细沙地始发，穿越绵延起伏的山丘，再到满是粗砂、砾石的戈壁，最后沿着满是沙砾的塔玛河一路绕回来完成整个拉力赛路线。

由于这一路需要经历各种地形极其复杂的路况，所以也是最直接有效能看出各品牌越野车在极地的综合表现。

项目方建议每个厂家至少两人随车，毕竟不是专业的赛车手，万一遇上什么情况能实施应急处理。一大早各家技术员就对参与测试的车辆进行最后的确认，然后全部到棚子里开会，由甲方说明拉力赛路线和标识，然后请来主办方讲解路线，做安全培训。

培训快到一半时，夏璃提前出了棚子，来到飓风旁，上车前习惯性地检查四胎。秦智走进培训棚待了一会儿，快结束时出来抽烟，看见她靠在飓风车门上望着远处。她穿着昨晚才买的黑色 T 恤，袖子往肩膀卷了几道，下身一条热裤，在烈日下惹眼火辣。

只是她的表情有些凝重，眼神悠远地望着苍茫的黄沙，眉峰轻轻拧着。

他几步走到她面前，靠在她旁边："在看什么？"

她回过头盯着他，浅灰色的眸子里藏着幽深的光泽："你听见声音了吗？"

秦智夹着烟的手僵在半空，仔细辨认，随后摇了摇头："什么声音？"

夏璃笑了，眉头渐渐舒展，半开玩笑地看着远处没有尽头的黄沙："就是没有声音啊，今天特别安静。"

一句没头没脑的话，反而让秦智心里浮上一种奇怪的感觉。他对她说："待会儿路上开慢点，我们主要根据记录仪反馈的测评数据看车况，不是选比赛第一，保证安全。"

夏璃却斜斜地瞥着他，忽然夺过他手中的烟深吸一口，抬头将烟雾吐向灰茫茫的天空，声音里透着一丝苍凉："要是保证不了安全呢？"

秦智忽而拧起眉："必须保证。"

夏璃收回视线，侧头看着他笑，那双瞳孔像蒙上一层雾，迷离勾人："喂，'众里寻她千百度'是什么意思？你不会这么多年都在找我吧？"

秦智低下头，短碎的黑发立在头顶投下一片阴影，声音里埋着那经年累月的沉淀："我一直想问你一个问题。"

夏璃看见远处棚子走出的人群，将烟还回他的唇间，温凉的手指划过他的唇，语调里透着漫不经心的笑意："等我回来回答你。"

说完，她坐上车，关上门的刹那，笑容敛去，眼里迸发出强大的果敢，牢牢盯着沙天交接的地方，将那块红色的面罩默默戴上。

技术员上了副驾驶，将路线图锁定开始做准备工作，夏璃却突然侧过身子，对他说："我想单独进行拉力测试。"

技术员明显一愣："这不大合适吧，夏部长，况且……"

"去吧，和赵总说测试结果我一个人承担。"

技术员再三沟通，最后无法忤逆夏璃的决定，有些恍惚地被她撵下了车，又匆匆跑去找赵单翼汇报。

赵单翼打夏璃电话她根本不接，等赵单翼跑去拉力赛场地想找夏璃协调时，测试已经开始，夏璃驾驶的飓风也早已冲出起跑线再也看不见踪迹。

每辆车上坐在副驾驶的技术员一路上会利用车载无线电对讲机汇报测试进程和情况，夏璃的车上没有技术员，所以她那边一直迟迟没有反馈。

大约一个小时后，大地起了风，无边的黄沙被吹得模糊了视线，赛道周围的标志很快就朦胧难辨，黄沙被风卷起，像平地里冒出烟扑面而来，迷了所有人的眼。

项目组的专家进行紧急讨论，预测大概要起沙尘暴，通知所有厂家，车辆立即返程，测试中止。

其余三个厂家都给出反馈立即返回，唯独起帝飓风一直没有回应。不管是拨打夏璃的电话，还是通过对讲机呼叫她，飓风始终没有任何回馈。

测试基地出现骚动，有人被派去喊众翔的人赶紧过来。

秦智拽住一个人问道："出了什么事？"

那个同事匆匆回道："飓风失联了！"

刹那间，秦智只感觉一块巨石猛地砸向他的脑袋，夏璃临出发前那苍凉的眼神不停在他眼前晃动，黄沙弥漫，悲鸣滔天，他颤抖地拿出手机拨打她的号码，一遍又一遍，歇斯底里！

终于在第三次拨打时，电话意外被接通了，他快速对着电话那头问道："在哪里？有没有事？"

她没有立即回答他，似乎信号不好，他突然失控地吼道："说话！"

夏璃的声音才夹杂着呼啸的风传了过来："吼什么，我听见了。喂，小弟弟，你刚才不是说要问我什么问题吗？问吧，我现在回答你。"

　　秦智双眼猩红，紧紧握着手机，语气急促："你到底在哪儿？有没有回来？"

　　然而电话那头的女人却忽然正经道："别给我岔开话题，我只给你十秒钟，要是还不问以后都别指望我能回答你。"

　　他呼吸急喘，炙热地说："你爱过我吗？"

　　尘沙飞扬，天昏地暗，脚下滚烫的流沙似乎要将秦智吸进大地，彻底掩埋。他没有动，就这样握着手机。短暂的沉默过后，他听见她说："爱过。"

　　信号中断，无论他再怎么拨打，那头永远响彻着冰冷的声音"您拨打的电话暂时无法接通"。

　　秦智攥着手机就冲出测试基地，却迎面碰见最后回来的福瑞厂家。那人赶忙跳下车没了命地跑过来，抓着秦智，颤抖地喊道："飓风翻车，翻车了！我们赶到的时候大半个车身已经全部陷进沙地，我们尝试开过去了，风越来越大……"

　　秦智踉跄了一下，手机掉落，心跳都仿佛停了一拍。

第十章 / 踏火归来

"你回来了，我在。"

1

沙浪不停向前涌来，顷刻之间遮天蔽日，远处的旋风将黄沙卷起，犹如凄厉的魔鬼吞噬着大地。

身后项目组郑经理命令下去，所有人立刻将车子开回露营区，上车关好门窗，将大灯打开。

秦智猛地回头冲到郑经理面前对他说："飓风翻车了！夏部长还在里面！"

郑经理一怔，脸色煞白。

就在这时，狂风直接掀了他们临时搭建的棚子，棚顶瞬间被风吹到天际。

周围发出一片尖叫，所有工作人员连随身物品都顾不上，抱着头就四处蹿上车，周围的汽车掉头就往露营区开。

郑经理焦急地对秦智喊道："我立即报警请求救援！快上车！"

他拉着秦智就往后跑，秦智从他身后一把扼住他的脖子："等救援队赶来，她根本活不了！我要你现在就调派人手进行救援！"

秦智的大手死死掐着郑经理的脖子，带着摧毁万物的力量，那双眼里透着嗜血的光，呼吸粗重："她要有个三长两短，你休想能脱得了干系！"

郑经理浑身猛地哆嗦，被面前男人强大的气场震住，哑着嗓子说：

"先回去再找人！"

秦智狠狠松开郑经理，郑经理跑到越野车上，秦智拉开门坐了上去，车子很快回到露营区。项目这里的工作人员、主办方的人，还有一些参加拉力赛没走掉的选手全部聚集到露营区，周围一圈帐篷好些被风刮飞，大家将车子聚拢。

狂风将郑经理的衬衫衣角吹得飞了起来，他下了车便开始协调，从队伍中抽调了三个对场地路线比较熟悉的人，又跑去主办方那里，请他们帮忙询问有没有对沙漠地形较为熟悉的赛车手。

最终一个三十几岁的拉力赛车手愿意冒着风险驾驶车辆参与救援，但他需要确定救援位置。根据风向判断，风暴中心大致在西北方，如果从这里出发往北超过二十千米，他建议所有人放弃救援。

福瑞厂家的那个小伙子把先前记录的坐标拿了出来，他们快速碰了下头，发现失事地点距离露营区往北正好三十千米左右。

所有人面色都很难看，秦智一把夺过车钥匙："没时间了。"

他说完就朝越野车跑去，赛车手咬了咬牙："拼一拼吧！"

其余三个人一句话都没再商量，全部自发地跟了上去。

于是一行五人组成的临时救援小队即刻前往事发地点。那个赛车手有着丰富的沙漠驾驶经验，能够准确地判断地面结构，避开沙丘和容易塌陷的沙地。车窗紧闭，黄沙满天，秦智坐在副驾驶，始终盯着手中显示的坐标位置，面色阴沉得吓人。

大地陷入灰暗，苍茫的沙漠浩浩渺渺，车子在沙地里行驶如蝼蚁般渺小。

直到手机上的坐标和预估地点吻合，所有人的心都沉了下去，茫茫的沙地遮天蔽日，连车顶都看不见！

赛车手还没来得及阻止，秦智已经戴上面纱和眼镜拉开车门，细小的沙子拍打在他身上疼得似要刮走他一层皮，而他的心脏更是在狂风中被狠狠碾压，他不要命地朝苍茫的大地奔去。

身后的四人没人敢下车，急得在车里不停对他招手。风越来越大，仅仅几分钟后肉眼可及的沙墙出现在西北面，朝着这个方向滚滚而来。

坐在后排的一个男人率先看见，大叫一声："快走！"

而秦智的身影已经消失在几步之外，赛车手一咬牙打开车门就冲进狂风中，二话不说扯着秦智就往后拽，秦智一把挣脱他。

赛车手指着西北面，秦智猛然抬头的瞬间，身体犹如跌入冰窟，一种从心底升起的寒意一秒之间蹿遍全身！

在那一刻，巨大的绝望将他整个人击碎，那种撕心裂肺的感受让他完全失去理智。

再强大的人类在面对大自然顽强的摧残下都会变得不堪一击！

飞沙走石，狂风肆虐，赛车手不停拉扯着秦智，让秦智的理智又在短短两秒间迅速回笼。他回头看着一车子焦急的男人，转过身和赛车手一起迅速跑上车。汽车掉头便朝着营地狂奔，赛车手有经验地判断风向，和沙墙错开行驶。

当一车人好不容易抵达营地时，所有人都惊魂未定。郑经理迎着狂风跑出来问他们怎么样，赛车手紧紧抿着唇，拍拍他的肩，去找自己的同伴了。

其余人下车和郑经理说明了情况，而秦智始终一个人坐在副驾驶，双臂撑在车上，头埋在两臂之间，没人能看清他的表情。郑经理只是敲了敲车窗，问了他一声："你没事吧？"

他埋在双臂之间的头摇了摇，郑经理便也赶紧回到车中。窗外黄沙漫天，所有人车窗紧闭，等待这场浩瀚的沙尘暴赶紧过去。

不知道过了多久，风逐渐小了，风暴渐渐远去，黄沙遮挡的天空出现朦胧的暖红色夕阳，开始有人拉开车门下了车，陆陆续续越来越多的人走出车中，到最后所有人都聚集在营地中心。

这些都是来自五湖四海的人，大家来到塔玛干的目的各不相同，有来工作的，有来参加比赛的，甚至有陪朋友来玩的，可此时此刻都不分你我，有的只是劫后重生的喜悦。

所有人都将自己车上的食物和水拿出来分享，偌大的营地中央顿时欢闹一片，那种精神高度紧绷害怕后的松弛让所有人都抛开以往那些顾虑和拘谨、身份和级别，大家相拥庆祝。只有秦智依然坐在那辆越野车上，几个小时，仿若石化。

没人注意到他，仅仅一扇玻璃车窗之隔，仿佛将他隔离在另一个世界。他的脑中不停浮现那年夏天，她被裴家长女，她的表妹赶出裴家，破碎的肩带挂在肩膀上，整个光洁的后背白得如二月天里的大雪，露在世人的视线中。她双手捂着身前，浑身冰肌玉骨，美得让人震撼，可身上的伤却又那么触目惊心，一头紫发在黑夜被月光点燃，似妖冶的火焰。

整条街道，家家户户打开灯探头张望，却没有一个人上前，没有一个人帮她，无数的冷讽和唾弃如刀子划破在她光洁的肌肤上，所有人都用冷漠甚至戏谑的眼神看着她。

在所有人的眼里，这个女人年纪轻轻便不干不净，落得这个下场也是自食其果。在东海岸那个吃人的地方，没有人会把同情心送给一个不知廉耻的女人。

没有人相信她，没有一个人！

所有人都对那些谣言深信不疑，说她气死亲妈，说她十几岁便离家出走和街头混混住在一起。

他问她为什么不解释，那时的她不过二十岁，却活得通透明白。她只是很淡然地说："那岂不是让他们很失望，解释又有什么用，他们还会幻想出其他事情来满足自己的想象。你知道东海岸的人为什么都那样说我吗？因为我不甘心被他们同化，所以非友只能是敌。"

她是东海岸的异类，她和东海岸那些人都不一样，她的身上没有教条的束缚，没有虚伪的奉承，没有高傲的自大。

她活得洒脱不羁、随心所欲，她可以尽情挥霍她的青春，不被家族捆绑，不被利益驱使，所以她在东海岸注定是个异类。

东海岸是身份、财富、权力的象征，那里的人穷极一生都无法像她那样真正随性地活着，所以才会讨厌她，拼命想摧毁她。

那时的秦智便清楚她不属于东海岸，不属于那个地方！

可当年的他没有能力给她一片蓝天，她最终也没有相信他对她的承诺。可八年后的今天，他终于找到了她，却在得到那个答案的同时再次面临失去她。

他只感觉身体不停下陷，再下陷，掩埋在这片沙地再也无法呼吸……

这时，有个男人拼命地拍打秦智这边的车窗。

好几秒，秦智才缓缓抬起头。

窗外的男人猛地一怔，看见他双眼布满血丝，像炼狱的魔。

秦智那双骇人的眼睛让窗外的男人好几秒都没反应过来。秦智呆滞地盯着他看了一会儿，才认出他是项目方的一个同事。

秦智落下车窗，空洞地盯着他，那个男人呼吸急喘地说："发现了一个人！"

秦智的双眼瞬间覆上一层炯亮的光，大手伸出窗外死死抓着他："在哪儿？"

他指着前面："刚才有人在营区外看见有个人往这儿走，郑经理他们都过去了，让我赶紧来通知你。"

秦智推开车门，没再跟他废话一句就朝着他指的方向跑去。

影影绰绰的黄沙将大地和天际连接成茫茫一片，一个人在朝营地的方向走来，能见度太低，只能看见她身后朦胧的夕阳透过沙尘将大地染成通红一片，那个人就这样踏火归来！

一直到所有人都看清她张扬的长发在风中飞舞，不知道谁失声惊叫："夏部长！"

随着话音落下，所有人都朝那个女人跑去。

秦智就这样立在原地，灵魂仿佛蒸腾到空中，血红的眼睛一瞬不瞬地盯着她。

她左边膝盖下的血已经干涸，大片深红色的血流淌在整个裸露的腿上，触目惊心，脖颈以下的 T 恤被撕碎，从下巴一直往下随处可见血红一片，她正一瘸一拐往这里走来。

没人知道她是怎么活下来的，也没人知道她是如何带着一身伤找到回营地的路。

所有人听说那个失踪的女人回来，全都难以置信地朝那里拥。有人想上前扶她却被她一把打开，她眼里火光滔天，像荒蛮大地冲破而出的远古之兽，凶狠地扫视着围上来的人群，直到锁定了一个人。

她毫不留情地推开挡着她的人，蹒跚着走到倪敏面前，用尽身体中最后的勃发之力，抬起手臂狠狠一个耳光甩在倪敏的脸上，把倪敏整个人打翻在地，嘴角溢出血。

周围的人全部倒抽一口凉气，甚至有人惊叫了一声。就连周总这个见惯大场面的人都被夏璃这力道吓得不轻，难以置信地盯着她，震惊地喊道："夏部长，你这是干吗？"

夏璃瘸了一下，缓缓转过身，左手提起满是鲜血的行车记录仪就砸向周总。

在周总接住那个黑色记录仪的同时，夏璃眼前一黑向后倒去，倒在了身后男人的怀里。

2

就在夏璃将黑色记录仪抛给周总时，秦智正好冲到她身后。她步履摇晃了下，整个人向后栽倒，他当即伸出手臂将她圈在怀中，打横抱起她后，他转头就对郑经理吼道："找主办方！"

郑经理赶忙先去找主办方领导，拉力赛请的医疗团队还未撤离，两个医护人员原本今天离开，后遇上沙尘暴被暂时困在营地。

周围风沙依然很大，秦智将夏璃护在怀中抱着她就转身朝营地大步走去。

他低下头看着她，呼吸沉重地问："你怎么样？"

那一巴掌耗尽了她所有力气，再也无法站稳。她的脸颊破了好几道细小的伤口，嘴唇干裂，狼狈不堪，不过意识尚存。

她很困难地从短裤口袋里抽出那块红色面纱，缓缓抬起手，嘴角溢出苦笑："破了……"

　　秦智看着她手中那块被撕烂的红色面纱，依稀记得她临出发前将面纱系在了脸上，到底遭遇了什么样的磨难才能让这块本该出现在她脸上的面纱变成这样。

　　秦智怔怔地看着她，她蜷在他怀里，轻得仿若一片羽毛随时被风刮走。肉眼看去，她的身上没有一处完好的地方，那只手满是干掉的血渍，好似染红了手中的面纱。饶是这样，她依然紧紧攥着那块面纱带了回来。

　　那一瞬间，秦智看着怀中女人脆弱却又坚毅的模样，浓烈的情感在胸腔之间来回冲撞。他的下巴在她发丝间温柔地摩挲着，声音哽咽低沉地说："我再给你买，买好多，一天换一块！"

　　夏璃笑了，落下手的同时闭上了双眼，彻底陷入昏迷。

　　她做了一个很冗长的梦。梦里，她回到了那片水乡，她的妈妈于婉晴还是年轻时的模样，白天做完手工拿去卖了换钱，傍晚烧好饭菜总是站在那座老旧的拱桥上等她回家。

　　那时，她还在上小学，每天放学总会和一帮熊孩子四处玩耍，不到天黑不知道回家。

　　有一次夕阳落下，她浑身脏兮兮、膝盖流着血走回家，于婉晴焦急地跑遍每条巷子才找到她，问她怎么回事。

　　那是她第一次跟人打架，那些小孩骂她是怪物，所以眼睛会发光，还拿石头砸她。她倔着脾气不肯告诉于婉晴，她不愿意让妈妈知道那些人不堪入耳的字句。于婉晴看着她的倔样，气得拎着她回家打她。她一声不吭笔直地站着，泪水在眼眶里打转，却死死咬着嘴唇没有哭一声。

　　于婉晴每打她一下，自己颤抖得比她还厉害。最后她没有哭，于婉晴反而扔掉衣服架子抱着她流下眼泪，对她说："你要好好的，你一定要好好的，妈妈只有你了！"

　　她哽咽地问妈妈："为什么我长得和别人不一样？我讨厌我的眼睛！"

　　于婉晴只是抱着她泣不成声。

儿时的她并不懂妈妈的眼泪，她只知道自己是个异类，一个和所有同学长得都不一样的异类。有一段时间，她越来越迷茫，也就越来越叛逆，慢慢将自己的内心彻底封闭。明知道于婉晴会做好饭等她回家，她偏偏在外面玩到很晚才回去，饭菜早就凉了。那时夏璃曾不止一次对于婉晴说恨她，恨她把自己带到这个世界上。

直到于婉晴离开人世，她都没有为当年的不懂事向妈妈道歉。这个心结一直埋在她的内心深处，成了她对妈妈临终遗愿的执念。

在那个梦中，她再次回到了童年，重新背上书包走上那座老旧的拱桥，自行车穿梭的小巷和当年一样，时间很慢，河水很清，杨柳微拂，于婉晴依然穿着那条洗得有些泛白的红色格纹裙子站在拱桥另一头等她。

她没再像儿时一样躲起来故意气妈妈，而是一步步踏上拱桥，眼泪模糊了视线，她迈开步子朝妈妈跑去……

帐篷里，两个医生对夏璃进行了紧急救治。她有较严重的脱水现象，虚脱致昏迷，他们赶紧给她吊上葡萄糖，检查她身上的伤口，进行应急处理。

赵单翼一行人都被请到帐篷外，他问医生夏璃有没有大碍，两位医生暂时也无法给出明确的答复。脱水症严重会引起肾脏功能衰竭，由于沙地医疗设备简陋，只能进行简单的紧急救治，目前来看只希望她尽快苏醒。

赵单翼光看夏璃那一身血就吓得不轻，她万一真出了事，他作为此次测试工作的负责人也难辞其咎，于是他立马一个电话打回总部，直接将夏璃目前的情况报备给了吕总。吕总万万没想到夏璃会突然出事，电话里让赵单翼无论如何要保住她的命。

帐篷本就不大，外面围满了人，起帝的同事不停询问夏璃的状况。为了保证空气流通，两个医生让大家都疏散，这里有他们守着，有什么情况会去喊他们。

秦智把夏璃放下后，在医生给她输液时已经被劝到了外面。人多口杂，他无法一直陪着她，可他也并没有走远，站在帐篷后面几步之外的地方，一根接一根抽着烟。

直到后来他突然灭了烟，大步去找周总。项目组的人已经将夏璃扔给周总的行车记录仪画面调了出来，发现上午进行安全培训时，倪敏曾趁人少溜到飓风车后蹲下身不知道在搞什么，一会儿后又鬼鬼祟祟离开了。

周总请大田的厂家全部到场，当着所有大田同仁的面问倪敏到底对飓风做了什么。倪敏半边脸肿得老高，哭着说什么也没做，就看看车子，那梨花带雨的模样委屈至极。

秦智走到那里的时候，大田的同事还在帮着倪敏说话，由于视角受限，行车记录仪没有拍到她蹲下身以后的画面，并不能以此判断她一定干了什么。

秦智走入人群中，那双锋锐狠戾的黑眸像苍狼般凶险。那骇人的目光让倪敏很快就注意到他，哭声小了些，警惕地往后退了几步，背贴到身后的车门上。

秦智缓缓走到人群后面，那里有一张临时搭起的桌子，上面还散落着刚才大家拿出来的食物和水。他从那堆东西中拿起一把水果刀转了转，转过身盯着倪敏。

倪敏的眼神一直锁定在秦智身上，此时看见他手中的刀，眼里露出一抹恐惧之色。

秦智往人群中央走去，忽然冷冷地说了句："我来盘问吧。"

所有人都回头朝他看去，就见那把水果刀在他掌心游刃有余地晃动着，他浑身透着可怕的压抑，阴冷地对倪敏说："是你自己说实话，还是让我动手才肯说实话？"

倪敏眼睛陡然睁大，整个人都有些微微颤抖，嘴依然硬得很："我就是没做什么！"

话音刚落，甚至所有人都还没来得及阻止，秦智手中的刀已经朝着倪敏飞去，那速度就像一道劲风，带着摧毁的力量擦着倪敏的耳边，直接掀起她的发丝"叮"的一声打在她身后的车玻璃上。

倪敏大叫一声闭着眼，随后吓得双腿发软，整个人滑落到地上，所有人都出了一身冷汗。

秦智已经走出人群朝着倪敏走去，倪敏吓得浑身打战，看见秦智就像看见鬼一样，害怕得拔腿就跑。秦智拽着她的胳膊，将她再次摔在车前，从地上捡起那把刀，在她眼前晃动着："我再问你一遍，是你自己说实话，还是让我动手才肯说实话？"

此时的倪敏已经被吓得三魂七魄全飞了，大哭着说："我没干什么啊！我就往她的后胎扎了一针，我只以为她会开得慢点，没想到会翻车啊！"

旁边福瑞的技术员立马说道："你真是！轮胎气压不足屈曲过度，气密层橡胶会烧成黑斑和胎体剥离，持续高热会使橡胶融化，甚至爆胎，你知道这样做的危险性吗？"

在项目竞争中，所有竞争对手都巴不得逮到同行的错处，拼命地打压。福瑞技术员的一番话让所有人都面色凝重，倪敏已经将脸埋在膝盖间不敢再去看在场其他人。

秦智没有再待下去，至于成发要怎么处理这件事，他此时此刻没有心情了解，在他知道整件事的起因后便又立即返回帐篷。

众翔的人听说夏璃出事是人为造成的后，全都跑去参加紧急会议。

秦智钻进帐篷，只有一个医生还在收拾东西。他在夏璃身边坐了下来看着她，她眉头紧紧锁着，睫毛颤抖得厉害，手指也时不时抽搐着。

秦智将她的手紧紧攥在掌心，眼神始终没有离开她。

忽然听见一声极其微弱的声音似乎从夏璃的喉咙深处传来，他赶忙弯下腰凑了过去，半晌，他听见她又叫了一声："妈……"

秦智整颗心都揪了起来，他从来没有听夏璃提及过她的家人，只知道她妈很早就过世了，在他遇见她之前。

　　从他认识夏璃的第一天起，她始终是那样，对谁都淡淡的，仿佛这个世界上没有人能走进她的心底，然而此刻她昏迷不醒叫着妈妈时，又脆弱得让人心疼。

　　不知道她到底梦见了什么，忽然表情痛苦扭曲，喉咙里发出呜咽的声音。秦智低下头缓慢地顺着她头顶的发丝，在她耳边唤着她："夏璃，醒醒……"

　　他一遍又一遍地叫着她，她的呼吸越来越急促，一会儿后猛地睁开眼，空洞地瞪着，毫无生机。

　　渐渐地，秦智的面孔悬在了她的上方，闯进她的视线。

　　她在看见他的那一刻鼻尖一酸，她没有说一句话，可在那一瞬间他忽然感受到她内心深处的害怕，他俯身抱着她，对她说："没事了，你回来了，我在。"

　　3

　　帐篷里留下的那个年轻医生姓高，这里的人都叫他"高医生"，他听见秦智的说话声也赶忙凑了过来，发现夏璃醒了。

　　他立即开始对她进行检查，询问了她一些简单的问题。

　　秦智退到一旁，但始终攥着夏璃的手不曾松开。

　　高医生抬了下头，对秦智说："幸好她身体素质还不错，吊完这瓶水，观察一下，没什么问题就可以适当进食。"继而扫了眼秦智握着夏璃的手，出声询问，"你是她男朋友？"

　　秦智微愣了一秒，沉沉地"嗯"了一声。夏璃侧头看着秦智，他别开眼，她没说话，只是将手从他掌心抽了出来放在毯子下面。

　　后来众翔的同事都听说夏璃醒了，一起跑来看她。此时，夏璃已经感觉好多了，虽然气色有点差，浑身包着纱布，还在打点滴，但精神倒是慢慢恢复了些。

　　赵单翼一行问她怎么回来的，她只是轻描淡写地说车子侧翻后陷入流沙里，她只能破窗爬了出来，然后赶紧转移到风化岩层，爬上去背风寻找躲避点。

虽然只是只言片语，但听上去凶险万分。大家七嘴八舌抢着和夏璃说话，夏璃顿时就成了这片营地的重点保护对象。

帐篷里围了不少人，一开始秦智只是退到帐篷口，后来见人多他便起身出去了。夏璃半靠着，瞥了眼他的背影，垂下视线。

众翔的同事把她昏迷期间发生的事情告诉了她，当时两个同事也在场，看见秦智手中的刀子向倪敏飞去时，别说倪敏，连他们都被吓死了。不过还好最后倪敏招了，她的确对车胎动了手脚。赵单翼倒是一脸的幸灾乐祸，说这个项目大田估计要凉了。

而夏璃只是安静地听着，脸上没有多余的表情，没有吃惊，也没有愤慨。虽然她打倪敏的那一下着实是狠，就连在场的周总都被她凶悍的样子震住，但想到她险些丧命，没人会觉得她打得重。

后来周总和郑经理还亲自跑过来慰问，叫夏璃先养好身体，测评的事情不要操心，他们一定会对相关人员严肃调查做出相应处理，坚决保证测评结果的公正公平云云。

天色逐渐暗了下来，风停了，夜晚的塔玛干再次恢复宁静，夏璃俨然成了这片营地的传奇，大家闲来无事都在讨论她。毕竟一个女人独自躲避沙尘暴，还能摸清方向在茫茫的大漠徒步走了回来，简直就是奇迹。

有前一天跑拉力赛的车手说："她说利用岩层躲沙尘暴的？那我们这条赛道不就鬃山地那片戈壁有岩层吗？不过离她出事的地方挺远的啊，她是怎么走过去的？"

几个熟悉地形的赛车手在那儿讨论。

另一个赛车手说："关键那一带的岩层常年被风化，不好爬啊。"

旁边一个项目组的男同事插话道："差不多，看她一身伤，还不知道躲了多久。"

秦智侧头听着他们的交谈，若有所思。

高医生来替夏璃拔了针，告诉她体力不会那么快恢复，让她晚上好好休息。那些陪着她的同事也陆续跟她道了晚安，帐篷里安静下来。她慢慢坐了起来，打开手机的光将帐篷照亮。她的背包被扔在了另一边，她刚想站起身去拿包，忽然膝盖下面的伤口被拉扯着传来一阵钻心的疼痛，又让她跌坐了回去。

门口响起一个男人的声音："睡了吗？"

她的视线缓缓移向外面，那道高大的影子投在帐篷上，莫名让她有种很踏实的感觉。她轻声说："你能进来吗？"

秦智撩开了帐篷，夏璃撑着坐起身，手机放在她的身侧，光线有些弱，照得她脸上毫无血色，却也羸弱得让人心疼。

她指着帐篷角落说："帮我拿下包。"

秦智回身将脚边的背包递给她，然后在她身边屈腿坐下。

夏璃翻开背包，从里面拿出一个圆形的黑色折叠镜，然后凑到光亮的地方看了看脸，随后收起镜子，瞥了眼秦智，将耳边的碎发拨到了前面遮住脸颊。

看着她局促的样子，秦智不禁弯起嘴角："创可贴呢？给我。"

夏璃从背包夹层里拿出随身携带的创可贴递给他，他朝她凑近了些撕开，她却撇开了头："毁容了，别动我。"

他干脆抬手擒住她的下巴，将她的脸提到眼前，目光泛着揶揄的笑意："躲什么，我又不嫌弃你。"

她没再动，头发被秦智温柔地拨开，散在肩膀上像起伏的小瀑布，乌黑柔软。他离她很近，近到她能看见他眼底的血丝和短短的胡楂。不过一天时间，她从鬼门关闯了回来，他也犹如经历了炼狱般的折磨。

她看着他，神情淡淡的，懒懒道："喂，你和高医生胡说什么？谁是你女朋友？"

秦智光笑，也不说话，英挺的五官散发着成熟的味道。他的目光将夏璃包围住，让她紧绷的身体放松了些。

他贴好伤口后，才对她说："迟早会是的。"

夏璃看着他狂傲的模样，嗤笑出声："挺自信啊，小弟弟。"

秦智低着眸，嘴角弯出好看的弧度，清浅撩人，拨弄着夏璃的心弦。

帐篷外响起了庄子的声音："智哥，你出来拿吧。"

秦智起身出去了，没一会儿他拿了个保温杯和一个塑料袋进来。夏璃问他："庄子怎么不进来？"

秦智坐了下来，将保温杯递给她，半笑不笑地说："他不好意思。"

夏璃接过保温杯，挑起眉："有什么不好意思的？"

秦智意味深长地看着她："你说呢？你在村寨跟他说了什么你心里没数？他看见我单独在你帐篷里好意思进来？"

夏璃想到当时她和庄子说完那番话他那个表情就想笑。

她摇了摇头将保温杯打开，本来以为里面是水，结果却闻到一阵麦片的香味。她惊讶地抬起头："哪儿来的？"

"从老金花那儿要来的。"

夏璃倒是听过老金花，是甲方那里一个管物资的小领导，四十岁不到，脸上永远没有笑容，因为发夹上总有朵金花，所以项目基地的人都喊她"老金花"。但是就连项目组的同事都没人敢得罪她，平时找她申领个吃的喝的，都要看她脸色。

夏璃饶有兴致地问他："你牺牲色相啦？老金花还肯给你麦片？"

秦智张了张嘴，最后瞥了她一眼，淡然地说："我给了她一千块买了她一包。"

夏璃立马瞪着他："有病啊！"她立马把保温杯推给他。

秦智正拿着苹果漫不经心地削着，也没接她递过来的保温杯，只是说道："她没问我要钱，就是老跟我啰唆什么澳大利亚进口的，高钙、高营养，从家里带来的，自己都舍不得喝。我听得嫌烦，给了她一千块，她才肯闭嘴。"

夏璃面色并没有好转，秦智斜了她一眼，将苹果一放，接过保温杯就说："好，你不喝我拿去倒掉！"

说完，他当真站起身往外走，夏璃喊住他："给我。"

他噙着笑意转过身，再次将保温杯递给她："你一天没吃东西，又脱水，这里弄不到粥，我问了一圈才给你弄来点麦片，你就不能听话点？"

夏璃没说话，接过保温杯喝了几口，然后拉过包，从里面扯出钱包数了十张百元大钞拍在秦智面前。

秦智将手上的水果刀往大苹果上一插，低头看着身边的钞票，眸色暗了几分，继而抬起头有些邪性地睨着她："你非要跟我算这么清是吧？"

夏璃淡淡地说："我不吃嗟来之食。"

"我讹你了？"

她抱着保温杯，一本正经地说："你有钱是你的事，你高兴在这沙漠里建别墅我也没有任何看法，但不代表我就要心安理得地接受你的馈赠。我是觉得这麦片算得上天价了，不过我吃得起。"

秦智被她几句话气笑了，他拿起几张红通通的百元大钞晃了晃："是吗？吃得起还要预支工资？"

夏璃的脸瞬间白了，转头盯着他："你从哪儿听来的？"

秦智没说话，帐篷里的气氛有些冷。他随后将钱塞在地垫缝隙处，把削好的苹果递给她："你身体才恢复，我不想跟你吵架。"

夏璃看着面前的苹果，又抬头看了看他。他头撇向一边，被她给的几百块钱堵得慌，嘴唇紧紧抿着，下巴的线条冷硬地僵着。

夏璃接过苹果，声音软了几分："听说你下午到事发地找我了？还遇上沙墙了？不要命了？"

他将剩下的苹果放在她的包上面，故意不咸不淡地说："老朋友被困，我怎么也要把她的尸骨带回来。"

夏璃想伸腿蹬他，才动了下就疼得她"咝"的一声。

秦智瞪了她一眼："别乱动！"

她听话地乖乖不乱动了，只是啃着苹果调侃道："你不是说我们不是什么老朋友吗？"

秦智点点头，忽而又扯了下唇，眼里透着不羁的笑意："本来就不是老朋友，是老情人。"

　　夏璃一口苹果卡在喉咙里，秦智忽而又问道："刚才做梦了？我听见你喊你妈了。"

　　夏璃愣了一下，垂下眸，苦笑道："多少年没梦过她了，有时候想在梦里见见她也梦不到，刚才倒是梦到小时候住的老家了。我以为我早忘了那里的样子，但是梦里看见的和小时候一模一样，可能……那些东西一直在我记忆里吧。"

　　秦智修长双腿盘着，手撑在后面："你老家在哪儿？"

　　"苏城下面的莱茵县。"

　　"回去过吗？"

　　夏璃摇了摇头："出来就没再回去过，回去干吗？那里又没亲人了。"

　　她浅灰色的眸子布上一层幽暗的光，秦智坐直了身子，自顾自地念叨着："莱茵县，怎么叫这个名字？"

　　"从前是水乡，房子都是建在河道边，家家户户出门一个矮台阶就能通到河里。最宽的主干道是条河，我记得很小的时候我妈带我去县城都是坐船的，都说那条河是小莱茵河，后来那里就叫莱茵县了。不过现在好像开发成特色旅游水镇了。"

　　秦智沉静地听着，而后接道："听着挺有意思的，有机会带我去看看。"

　　夏璃抬头撞进他的眼底，他那句"有机会带我去看看"像一股暖流钻进她的心底，只是她面上依然毫无波澜地丢给他一句："自己没脚啊？"

　　未承想他觍着脸，笑说："没有。"

　　她把苹果吃完，擦了擦手，手背上掉了一层皮，她不小心碰到了，又猛地一缩。

　　秦智看着她那样都疼，干脆夺过湿纸巾拽过她的手绕过伤口帮她擦了擦。她又往回缩，这下秦智恼火了，把湿纸巾往她旁边一扔，压着她的身体就将她圈在臂弯间："我身上有病毒？"

她被他圈在狭小的空间内，他炙热的呼吸像滚烫的烙铁，在她毫无防备的情况下，他的大手穿过她的腰将她整个人提了起来，声音暗哑地响在她耳边："我知道你这口气咽不下去，我现在的身份如果要贸然找大田麻烦，成发那边的领导会不好做，不过……"

他停在她的面前扬着嘴角，眼里的光充满蛊惑，好看得让人挪不开视线，高挺的鼻子磨了磨她的鼻尖循循善诱地说："跟了我，我才有立场帮你出这口恶气，抛去这个顾问的身份不谈，毕竟……他们动的是我的人。"

夏璃眼里溢出笑意："我就知道秦顾问不是过来做顾问的，周总都得看你脸色，你和成发到底有什么大合作？"

秦智的脸冷了下去，眯起眼睛盯着她。

她对上他审视的目光，忽然抬起双手钩住他的脖子，押着修长的脖颈，凑到他颈窝，道："不过这不关我的事，我只是想知道你打算怎么帮我出这口气？"说话间，她的唇瓣似有若无地撩拨着他的颈项，仿佛还有香甜的气息钻进他的衣领，他垂眸看见她眼里的笑意便知道她是故意的。

她身上裹着纱布，有些病态的脆弱，却又散发出禁忌的美艳，微弱的光线、暧昧的距离，她唇边散发着才吃完苹果的甜味，让秦智有些失控。

他瞬间捉住她不安分的手按在地铺上，语气带着隐忍的狠劲："要不是看你一身伤折腾不起，你看我会不会放过你。"

夏璃收起笑意，眼眸里藏着很深的光，一瞬不瞬望着他："那我拭目以待你怎么为我出这口气了。"

秦智起身，将紊乱的呼吸收敛起来："早点睡。"

走到帐篷口时，夏璃将那沓钱抽出来对他说："钱你拿着。"

他回过头，若有所思地盯着她手中的钞票，突然意味深长地说："就当你欠我的，等我要你还的时候我会问你要。"

第十一章 / 暂时分离

青山绿水，江湖再见。

1

前一天的沙尘暴着实把大家吓得不轻，所以项目方临时决定缩小拉力测评范围，在原来的赛道路线上，仅保留了五分之一，跑完就立即返回，然后评估车辆性能和数据。

说来前一天沙尘遮天蔽日，犹如世界末日，第二天却风平浪静，烈日当空。为了避免在强紫外线下测评，所以测评时间提前到了清晨，上午的时候所有厂家的车辆就已经陆续返回。

夏璃受了伤，所以今天的测评由众翔的两个技术人员临时顶上。

夏璃听说他们回来了，打了个电话给其中一个技术员小张想问问情况。庄子来找夏璃时，她已经出了帐篷，正站在外面和小张说话。

她右腿裹着纱布，较显眼，不过气色比起前一天好了许多。庄子站在几步之外的地方没过去。

正好另一个技术员来喊小张去开会，说是项目方让所有厂家都参加。两个技术员走后，庄子才走上前，看了眼她的腿："怎么伤的？"

夏璃低头瞄了下："从岩层上滑下来跌的。"

庄子立马缩了缩肩膀："疼吧？"

夏璃无所谓地说："我骨头硬，也就一点皮外伤。"

庄子一米八的个子，本来就有点胖，还站在夏璃面前扭扭捏捏地说："那你可要注意了，你们女孩子的腿留个疤就不好了。"

夏璃有意逗他："你智哥说不嫌弃我。"

也不知道庄子脑中闪过什么画面，脸色立马就有些泛红，低着头，将手中的保温杯递给夏璃："给你，要我说那天测试就应该把我那件发光的 T 恤借给你穿，这不，真遇上沙尘暴了。"

夏璃接过保温杯："我谢谢你！"

打开后里面是香浓的麦片，她喝了口，温度刚刚好，随后问道："他呢？"

"智哥一大早去开会了，现在还没结束。"

结果到中午的时候，小张匆忙跑来找夏璃，气喘吁吁地问她："夏部长，这次项目的标书是你们部门做的吧？"

夏璃当时还在收拾东西，有些不明所以地应道："是的，怎么了？"

小张猛喘了口气，焦急地说："那你的腿能走吗？赶紧跟我过去一趟，大田那边说我们的数据造假！"

夏璃一听丢下东西就跟小张往营地中央走去，路上小张才断断续续跟她说，他们上午测试完毕后，秦顾问跟周总建议立即公布测评数据，并且把几天的综合测评向所有厂家公开，由甲方测评专家当场对比数据给出测评分析结果。他们项目方经过简短的交流后，周总决定采纳秦顾问的建议。

所以各个厂家的人都被通知去开会，结果大田那边看了众翔的测评数据后，一个工程师提出他们数据造假。

夏璃微微一愣，当即问身边这个技术员："那个工程师是不是叫孙昊？"

技术员立马回道："对对对，他们喊他'孙工'。"

夏璃勾起嘴角，抬起头，骄阳正好不偏不倚地将万丈光芒照进她的眼里，她突然心情颇好地对身边的技术员说："小张，你这辈子做过的最值得的事是什么？"

小张想了想回道："进众翔吧。"

夏璃讶异地侧过头看他，他憨憨地笑了笑："以前我在修理厂打工，私人老板，工作苦还拿不到钱，整天脏兮兮的，之前谈了个对象跟别人跑了，后来我一气之下辞了工作，面试好几轮被刷下来。我妈喊我回老家，我不服气硬是跑到厂里做临时工，熬了两年才转了正稳定下来，现在娶了老婆买了房，我庆幸当时坚持下来了。"

两人已经走到临时搭建的棚子外面，依稀还可以听见里面许多人讨论的声音，小张也是随口问了句："你呢夏部长，你做过的最值得的事是什么？"

夏璃突然停下脚步，侧头似笑非笑地看着他："受了这一身伤。"

说完，她掀开帘子，大步走了进去，徒留这个技术员一脸蒙地站在外面。

夏璃一掀帘子，棚内的光线亮了一下，讨论声戛然而止，所有人侧头朝她看来，对于她的出现都有些惊讶。

本来还在发难的孙昊推了推眼镜，面色有了细微的变化，但也仅仅在那一秒之间。赵单翼让那个技术员去请夏璃过来，不过他也清楚这个女人脾性阴晴不定的，平时都不理他，这下受了伤更难说，压根没想到她居然这么快就赶了过来，忙站起身拉了一把椅子放在自己旁边。

就连周总都有些关心地问道："夏部长怎么来了？你应该多休息休息啊。"

夏璃瞥了眼稳坐在周总旁边一副事不关己的秦智，两人的眼神短促地碰撞了一下，她勾着浅笑对周总说："躺着也不舒服，就过来看看，你们继续。"

然后她就当真坐在一边，半天没有吱声，就如她所说的一样，只是过来看看。

一开始大田那边的人还有些忌惮夏璃的突然出现，稍微收敛了一些。毕竟倪敏对她做的小动作让大田所有工作人员在她面前如坐针毡，不过后来他们发现，这个夏部长完全一副看客的姿态，来了半天一言不发，于是在孙昊一个眼神下，大田再次向起帝发难。

项目组专家们会根据测评数据当场分析测试环节的结果，所以一旦今天这锤敲下，基本上中标单位八九不离十了。

而飓风的确占了很大的价格优势，加上倪敏那件事一搞，虽然大田领导和周总通过电话，判定这是个人行为，大田坚决不会包庇袒护，但到底给甲方形成了不好的印象，目前想要扳回一城，就必须要从飓风本身找出致命的打击点。

几个技术员明里暗里说起帝这款飓风的真实测评数据和官方数据有误，存在数据造假行为，赵单翼也不是省油的灯，立即让大田交出他们认为造假的数据部分。

但真实情况是厂家公布的官方数据根本不可能如此细致，无法跟测评数据比对上，赵单翼咄咄逼人问对方哪里找的比对数据来诬陷他们数据造假。一个技术员说之前在网上看见过人家对飓风的测评，数据跟这次的结果不吻合。

赵单翼又让这个技术员翻出网上的测评结果，这个技术员假模假样地找了半天说找不到了。

期间夏璃一直半低着头，收敛起自己所有的气场，任由赵总大人发挥。

最后，孙昊坐直了身子，飘来一句不轻不重的话："既然我们这里有技术人员质疑飓风的参数，为了保证公平起见，当然也是为了保证后续项目的质量，我有一个小建议。"

直到这时夏璃才抬起头，眼里故意闪过一丝慌乱，而这细微的表情落入了孙昊眼中，让他底气更加足了些。

周总问他："孙工有什么建议？"

孙昊清了下嗓子说道："飓风的内测数据我们肯定提供不了，要提供也得起帝才能提供。不过与其现在让赵总他们拿出飓风的数据，我觉得最公正有效的方法就是联系庆凉那边。我们的标书早几天前就递交过去了，所以庆凉那里现在掌握了各个厂家提供的准确参数，只要一对比确认，谁也作不了假。"

如果等今天测评结果一拍案，即使后期和标书数据有出入，众翔通过后续公关手段也能将项目握在自己手中，所以大田必须要在今天这个测评结果出来前，当着所有厂家的面，将起帝拍死，才能让他们彻底与这个项目无缘。

标书上提供的数据和这次真实测评数据比对后，一旦超过一定范围值，那么大田扣下的这顶"数据造假"的帽子就算坐实了。

周总思忖了一下转头对赵单翼说："赵总的意见呢？"

此时的赵单翼已经被大田架到进退两难的境地，如果不同意，等于自己心虚了；如果同意，他毕竟不懂技术，没有参与标书，也不知道比对的结果会是怎样，心里一点谱都没有。

于是他回头看向夏璃，问道："夏部长觉得呢？"

夏璃蹙起眉，盯着赵单翼面前的矿泉水："这瓶水没人喝吧？"

赵单翼顺手递给她，她拧开瓶盖不紧不慢地喝着水。所有人都在等她表态，孙昊看着她故意拖延时间，镜片下的双眼闪过一道志在必得的精光。

却在这时，夏璃将矿泉水瓶盖拧上往桌上一放，直接对周总说："我也觉得孙工提的方案非常合理，我们这里完全没有意见。不过有一点，既然比对嘛，不能只比对我们一家，所有厂家都得参与，周总觉得呢？"

孙昊有些愣住。

夏璃的提议合情合理，甲方无法拒绝，于是项目组成员立即联系庆凉的同事，开始数据比对工作。

期间所有厂家都散了，夏璃也回了帐篷。赵单翼倒是急得中午都没吃东西，一个劲地问夏璃到底怎么说，心里有没有底。

夏璃见他急得像热锅上的蚂蚁一直在她帐篷前晃来晃去的，最后直接撩开帐篷，语气不善地说："我劝赵总还是去吃点东西补充体力，这沙漠不比外面，别搞得像我昨天一样。"

她凶巴巴的语气让赵单翼一点办法都没有，快傍晚的时候，项目组再次请所有厂家过去，正式宣布比对结果。

2

　　大家再次聚集在那个临时搭建的棚子下面。比起上午的会议，晚上显得正式了许多，周总坐在最前面，他的身旁一字排开，或站或坐了所有参与测评的专家，而他的身后也架起了投影幕布。

　　赵单翼的额上不停渗出汗珠，棚子里椅子并不多，考虑到夏璃是伤患，那些男同事把椅子让给了她。她倒是气定神闲地对孙昊笑了笑，孙昊习惯性地推了推眼镜。

　　她又扫视了一圈，最后落在周总身后在角落坐着的秦智身上。他穿着黑色翻领衫和牛仔裤，整个人简洁干练，却又让人不容小觑。他很快察觉到夏璃的视线，似有若无地朝她瞥来，嘴角不经意勾起一抹弧度，夏璃便清楚比对结果他已经知晓。

　　她收回视线若无其事地低下头，却在这时手机振动了一下，她掏出手机看见秦智给她发来一条信息：*结束后，我会找你履行承诺。*

　　她笑了下，没回，直接锁了手机。

　　周总说了几句开场白，然后直接让工作人员将整理出来的数据对比投影出来。

　　在真实的测评中，场地、驾驶人员，甚至天气情况的不同都有可能影响测评数据，所以在比对中项目方也给出了一个差值。

　　所有厂家提交的数据或多或少和真实测评有些差距，但也基本在差值范围内。

　　而让所有人大跌眼镜的是，起帝飓风在真实测评中的数据与标书中的数据误差近乎小于2。其他厂家均发出一阵交头接耳的声音，这种偏差率能控制在这么小的范围内简直让人难以置信。

　　然而更让人难以置信的是，原本发起这场质疑的大田猛迅偏差率竟然最高。一时间场内气氛立马来了个一百八十度对调，孙昊的表情当场垮了下去，而赵单翼擦了擦额头上的汗，当即挺起胸一副胜券在握的模样。

周总等大家讨论得差不多了后，压了压手示意大家安静，询问了下各个厂家还有什么疑问。因为两边的数据都是分开操作，由项目方直接汇总，最简单粗暴体现了车辆性能，大家都没再提出异议。周总还特地看向大田那边，单独问了下："大田这边呢？还有什么问题吗？"

技术员们望向孙昊，孙昊整个人都有点难以置信地盯着投影幕布，没有说话。

就在这时，一直坐着的夏璃突然站起身朗声说道："大田没有问题，但我有问题！"

一句话让场内所有人的目光都落在了她身上。

她悠悠地走到棚子中央，忽然转身面向孙昊，那双暗灰色的眼睛突然迸发出强大的气场压向对面那个男人，出声问道："孙工，你好，方便问你几个问题吗？"

孙昊一脸防备地盯着她，他紧张的时候总会推眼镜。在所有人视线的压迫下，他只能回应道："你问吧。"

夏璃仅穿了条热裤，一双笔直的长腿上，伤口还清晰可见。她双手一背，抬起下巴，睨着他："我和孙工是第几次见面？"

"不就每天测评时能见到。"

夏璃微微眨了下眼，歪着头，奇怪道："孙工干吗隐瞒我们在路上碰到的事？"

孙昊不再说话，唇抿了下，继而从容接道："我当时不知道你是起帝的人。"

夏璃不置可否地点点头："我也不知道孙工是大田的人。"

接着，她说："大田从中午开始就一直质疑我们的数据，还真是奇怪了。我做起帝品牌这两年里，关于品牌在网上的一系列动作我都会关注，飓风新款越野去年年初投放市场，除了异奇网和汽友之家进行过简单的平地性能测评，目前没有一个平台提供过极地测评和更为详细的测评数据。那么请问，大田的同行们是如何判断我们飓风的数据造假？"

一句句掷地有声的话回响在这片大漠，敲在每个人的心间。

孙昊没有说话，他旁边的一个技术员倒是插话道："我们也是从技术层面分析判断的。"

夏璃抬了下眸，横扫向他："分析？判断？你哪年入行的？在哪个车间干过？对我们飓风这么了解？我在冲压干了两年，总装干了将近四年，亲眼看着第一台飓风的诞生，我都不敢说光用眼睛看就能看出数据来！你们大田果真是藏龙卧虎！"

"真巧，我和我的同事们开车去庆凉投标的路上，在华岭北支加油站，油箱被人动过手脚，后来抛锚停在路边遭遇暴雨被迫转移到附近的农户家，在那里，我们的标书遭到盗窃。

"我们在……好心人的帮助下……"

她余光瞄了下秦智，他半低着头转动着手上的打火机，松垮地坐在角落，仿佛心不在焉，却在听夏璃说到"好心人"三个字时玩味地勾了下嘴角。

"抵达庆凉后，对标书中的关键参数进行了替换。我曾参与过撒哈拉极限测试项目，以我对飓风还有沙地的了解，结合原本我亲测过的数据内容，最终递交的标书中的参数是最接近飓风在塔玛干实地的性能表现。

"那么，问题来了……"

她背着手，飒爽的马尾在脑后一甩，倏然转身看着孙昊："孙工又是怎么知道我们丢失标书中的数据呢？"

最后这句话一出，在场的人上到周总，下到普通工作人员全都大跌眼镜地盯着大田的一众人等，在静谧了几秒后，"哗"的一声棚子内吵翻了天，各种质疑声扑面而来。

早在小张去帐篷喊夏璃过去，路上将情况告诉夏璃后，她就立刻明白这是一场多么缜密的布局。

这根本就是秦智亲手为她布的一场局，他撒网，她引线，为的就是把大田这条大鱼一网捕获。

他们都清楚起帝被盗窃的标书就在大田手里，只是商场如战场，没有证据、没有理由无法开战，即使他们几人都清楚标书失窃到底是怎么回事，也无法拿大田问罪，这也是倪敏嚣张的资本。

起初他们偷标书大约是想让起帝来不及参与投标，而过了第二天八点的投标时间，参标人就视为自动弃标。

没人能想到夏璃会给自己留一手，更让人想不到的是，她竟然会临时替换数据。这在实际投标中风险性太大，没有人会这么干。毕竟投标数据是经过反复测试得出的结论，就连经验非常丰富的技术员都不敢冒这种风险私自修改数据。只是他们千算万算，算漏了一点，他们的这个竞争对手从来都是反其道而行之。

所以只要项目倾向性倒向实评结果，一定会逼得大田自乱阵脚，拿出手中的底牌，一旦他们拿数据发难，那么剩下的只需要夏璃过来收线捉鱼即可。

他为她搭好了戏台子，唱戏，她会。

就在这时，赵单翼接到一个电话，脸色立马变了，连声应道："是。"然后不停对夏璃招手。

夏璃不明所以地走过去，听见赵单翼说："吕总刚刚到了！"

夏璃见到吕总的时候，他已经听赵单翼把刚才的事情汇报过了。吕总本来打算先和周总会个面，不过听说周总那边现在是焦头烂额，所以先找到了夏璃。

傍晚塔玛干的太阳依然当空照，空气中透着干裂的燥热，吕总嫌帐篷里待得闷，夏璃干脆提议带他在营区里逛逛。

今天拉力赛的人陆续都撤走了，他们这里的测评结束，明天过后也会相继离开。

吕总见她腿上还裹着纱布，让她也别走了，两人就找了个小沙丘坐了下来。

吕总将近六十的年纪，是众翔的副总，主管营销，底下三大品牌，辉伦、斯博亚和起帝。不过他岁数大了，近两年出差越来越少，夏璃没想到他这次会亲自到塔玛干来。

吕总有些泛白的头发在阳光的照耀下泛着金色，他语气责备地训斥着夏璃："别以为刚才威风了一把自己就立功了，我都听赵总说了，他一个难搞的人都说你难搞。你说你这脾气，叫你收敛收敛，跟你说了多少遍，处世有境界，做人知方圆。"

夏璃心不在焉地抓着一把沙子，再看着沙子从指缝中溜走，一副左耳进右耳出的模样。

吕总直接上手拍掉她手中的沙子，问道："我给你的那些管理书籍你看没看？"

夏璃拍了拍手："早看完了。"

吕总指了指她："你啊，做事我不担心，做人却老要我操心。你技术出身不懂管理，不擅长人与人之间的那一套，多看多学。我明年就退休了，我这个位置多少人惦记着，我为什么把起帝交给你，也是给你一个更高的起点。我问你，你知道我叫你无论如何给我拿下这个项目是为什么吗？"

夏璃伸直了双腿："知道，拿这个项目封住那些嚼我舌根的人。"

吕总语重心长地说："我是让你手上有点实力，给你增加手上的筹码，辉伦和斯博亚，一个做新能源，一个轿车普及率那么高，你手上有哪点能比过人家？"

夏璃歪着头，将脑后的马尾转了个圈围成了一个发包，用手腕上的黑色皮筋一绑，看着那轮不肯屈服的骄阳，眼里燃起一片火焰："放心老吕，你要是走了，你这个位置只能是我的！"

吕总被她气得吹胡子瞪眼："赵总在电话里把你说得都快一命呜呼了，我带人连夜赶飞机跑这么远来，看你现在活蹦乱跳的，早知道不来了！"

夏璃看着他笑。刚认识吕总那会儿，他还是挺意气风发的一个中年老头，这两年临近退休，有时候私下说话越发孩子气。

吕总见她还笑，瞪了她一眼："回去好好给我捋捋人际关系，像赵单翼这样的人以后你能用得上的。

"对了，你爸那边有消息了吗？"

3

提起父亲这个陌生的角色，纵使夏璃活了二十几个年头，依然有些茫然。她拨弄着手边的沙子，回道："盛子鸣查到了一个地址，在巴西的西北部，朗多尼亚。他让我先别急着联系，毕竟过去那么多年，还不知道消息靠不靠谱。他下个月放假抽空亲自过去一趟，如果确认是，再安排我们见面。"

盛子鸣，也就是郝爽他们口中的盛博士，是吕总发小的儿子，虽然从小看着长大，他的用意吕总闭着眼都能想到。

这么多年没见过面，那个男人现在什么状态未知，肯不肯认夏璃还难说，盛子鸣亲自过去一趟大概也想探探底，免得夏璃希望越大失望越大。毕竟要说起来，那个男人也算她在这个世上唯一的亲人了。

吕总侧头望着她微皱的眉，换了个口吻，像慈祥的长辈一样关心道："你和小盛的事到底怎么说？"

夏璃偏过头，目光淡然："他临走时不是和你说过吗？"

吕总叹了一声："是和我说过，他说整个众翔，你是看着最没上进心的一个，却也是野心最大的一个，所以他把起帝这个位置留给你出了国，还不是为了能够创造更好的条件回国后能给你想要的东西。"

夏璃玩味地看着吕总："我想要什么？"

吕总慢慢眯起眼睛，老神在在地说："那得问问你自己，你岁数不小了，小盛明年回国，有些事情该定下来了。"

夏璃有些烦躁地站起身，拍了拍身后的沙子："你与其操心这个，还不如把人给我落实落实，部门要发展就要人才，每次人事那边招来几个像样的人全都往辉伦和斯博亚送。既然要我把销量冲上去，你得给我几个营销方面的人啊，你倒是知道我是技术出身！"

吕总一听她又问他要人，头都大了，岔开话题跟她说："回去再谈这事，忘了告诉你，照顾彭飞的那个护工辞职了，受不了压力，说彭飞想尽一切办法要自杀，他干不下去了！"

夏璃猛然一惊，回过身："什么？护工什么时候辞职的？你怎么不告诉我？我给他的钱还少了？说辞职就辞职！"

吕总朝她摆摆手："你在外面出差我告诉你不也闹心吗？我说小夏，彭飞今天这个样子你也尽力了。"

夏璃双手叉着腰，望着半挂的落日，起伏绵延的黄沙与天相接，仿若根本没有尽头，就像她此时的心情，闷得找不到出口，被无边无际的黄沙淹没。

她倏地回头看着吕总："老吕啊，你到底来干吗的？别和我说来看我这套，你知道我死不了。"

吕总有些褶皱的双眼透出精明的笑意，无奈地摇了摇头："没大没小的。"继而说道，"我来跟周总周旋周旋，那个老东西赵单翼是搞不定的，这是我退休前为你出的最后一份力，你还不知道感恩？"

夏璃立马双手合十朝他鞠了一躬："感恩，感恩，那这里交给你了，我先回去了。"

说完，她当真就撒开步子大步往回走，把吕总震惊得都从沙地里差点弹了起来，对着她吼道："你回哪儿啊？你这伤！"

"去还车，然后回家。"

"……"

十分钟后，夏璃已经拎着之前收拾好的包直接甩在了从艾山那儿租来的小车上，然后从一辆备用飓风上下了一个行车记录仪带着一起上了路。

刚拐出营区的时候，巧了，正好碰见了倪敏小妹妹，那脸肿得比前一天更加惨不忍睹。这姑娘也不知道抽什么风，一个人站在大太阳下面各种自拍。

她是想着一定要把自己最惨的一面拍清楚了，回去找她叔叔告状，也能少挨点骂。

　　结果她拍得太认真了，全然没注意夏璃将车子停在她旁边，突然探出车窗凑到她脑袋边，对着镜头翻了个白眼。倪敏正好按下拍照键，被镜头中多出来的一个脑袋吓得大叫一声，差点把手机摔了。

　　回身看见夏璃又若无其事地坐回车中，她对着夏璃就骂道："神经病！"

　　夏璃看着她那样，心情颇好地说："你问问人家我们俩谁看着像神经病；自恋没关系，但你这个鬼样倒是开个美颜啊！"

　　倪敏被堵得一口气上不来，瞪着眼睛防备地盯着夏璃。夏璃已经优哉游哉卡上墨镜准备走人，踩下油门前，她忽然侧过头，嘴角一斜："上次在华岭那一巴掌我可记着的，我这人没什么优点，就是记仇，打在我身上的巴掌我都会加倍还回去，跟我斗，小妹妹，你还嫩了点，下次看见我记得绕道。"

　　说完，她嚣张地开着白色小车踏着沙土绝尘而去……

　　秦智第一次去找夏璃的时候，众翔的同事说大领导来了，夏璃在和领导谈事情，秦智便没去打扰。等日落时分他再去找她的时候，结果别人说她走了。

　　他差点以为自己听错了，掀开帐篷的刹那，他整张脸都黑了。帐篷里空空如也，夏璃的东西全部不见了。

　　他转过身，看见帐篷口贴了一张便利贴，上面写着几个大字：谢了小弟弟，青山绿水，江湖再见。

　　还几笔勾勒了一个坏笑的表情。

　　秦智撕下那张便利贴，眼里瞬间暗沉一片，将手中的便利贴握成一团。

　　庄子靠在皮卡上，椅背放得老低，双腿敲在车前，正悠闲地听着一首美国乡村音乐。他望着这大漠之上的落日，别有一番情怀，还准备看看自己有没有吟诗作对的天赋，打算即兴赋诗一首发到朋友圈装装样。

　　结果就看见秦智从老远的地方走来，那眼神、那劲头，只见秦智一把拉开车门往他旁边一坐，就扯掉他的耳机。

庄子一愣一愣的，坐直了身子："怎么了？你不是去找小姐姐了吗？"

秦智一巴掌拍在方向盘上："被她耍了！"

庄子一脸蒙："什么情况？"

秦智的舌尖在唇齿间裹了一圈，眉峰紧锁，眼里犹如刮起台风，骇人阴冷。

"她做事谨慎，但凡离开车辆，哪怕只是简单的午休，再上车前肯定会进行车辆检查，又怎么可能在拉力测试前没有发现轮胎有问题？"

庄子还是有点蒙地说："也许，倪敏扎得太小了，她没发现？"

"不可能。"秦智一口否决，几乎同时脸色煞白。

他想起了夏璃临出发前说的话，她问他有没有听见什么，随后又望着远处的茫茫黄沙莫名其妙地说今天特别安静。

她感觉到了，在出发前，她可能就感觉到要起沙尘暴了。

忽然一阵寒意从脚底蔓延至秦智全身，秦智低着头，喃喃地说："我让她保证安全，她当时反问我一句'要是保证不了呢'。她知道，她根本就知道那一脚油门踩出去一定会出事，这个疯女人！"

庄子抓了抓头，有一句没一句的，没听明白。

"智哥你什么意思？你是说夏璃出发前就知道车子被倪敏动了手脚，她故意让车子失事回来甩锅给倪敏？不可能啊，那她怎么敢保证自己一定能脱困，沙尘暴啊，大哥！"

秦智放在方向盘上的双手渐渐握紧："如果她事先知道路线呢？她去过撒哈拉，熟悉沙漠驾驶，拉力测试前一天，她随参赛车辆跑过场地，路线和地形早就刻在她脑中。她只要在沙尘暴来之前迅速找到一块流沙地，试图让车子侧翻，然后立即朝着记忆中选好的遮风地躲避就有可能完美地避开这场沙尘暴！

"你别忘了，那群赛车手是怎么说的，这条赛道只有鬐山地那片戈壁有岩层，离她出事的地点有一定距离，沙尘暴发生后她再走过去根本难以办到，但如果她在沙尘暴来袭前就动身呢？飓风从测试基地出发后就一直是失联的状态，她特地赶走了自己随车的技术员！

"这一切都说明了一点，那天上午她发现车子被大田动了手脚后，就打算以身涉险，把大田拖下水！"

庄子这下全听明白了，整个人就有种细思极恐的感觉，汗毛参起，一连串惊叹过后，他惊恐地叫道："这操作不要命了啊，这女人是要上天啊？大田偷了她标书，她为了把他们弄出项目连自己都搞，狠得很啊！这简直是做大事的人啊！"

秦智却声音低沉地说："恐怕她要的不只是让大田出局这么简单！"

庄子一身汗毛还在参着，转过头，一脸害怕地说："她不会还要去炸了大田吧？"

秦智眼里挑起一丝冷笑，很快凝结成细小的冰晶狠狠扎进他的心底。

他错了，她想算计的人根本就不是倪敏，而是他。他甚至怀疑她那一身伤，她脆弱的模样，她敞开心扉告诉他家里的事，这一切的一切都是为了让他出手帮她将大田压得翻不了身！

因为她猜到了他和周总另有合作，她也看清了整个测试基地只有他的话，周总会听，就连他对她的感情，她都拿捏得游刃有余。

他抬起头目光悠远，落日的余晖洒在天地交接的地方，仿若蒙上了一层纱，朦胧扭曲，让人看不清，就如她的笑，她的温柔，她的挑逗，她的那句"爱过"。

远处响起一阵吵闹声，好多人都往营地外跑去，庄子探头问道："你们干吗去？"

一个人喊道："海市蜃楼啊，快下来看！"

庄子激动地拽着秦智下车，跟着人群跑，很远的地方，一排伊斯兰风格的房子鳞次栉比，像一幅欢闹的集市图。秦智停下脚步，庄子发出一声赞叹："哇，跟真的一样，真壮观。"

他赶忙拿出手机拍着照，秦智只是沉静地望着那虚幻的场景，良久，悠悠说了句："这种幻境害死过多少在沙漠中迷路的人，但总有人前赴后继对这些虚幻的东西穷追不舍。"

说完，他忽然侧头看着庄子。

庄子被他盯得发怵，缓缓转过头："看啥？"

秦智嘴角扬起张狂的笑意，用劲拍了拍庄子："兄弟啊，我看这海市蜃楼不顺眼，你说怎么办？"

庄子眨了眨眼，没跟上他的脑回路："你要投资沙漠建设？"

却看见秦智已经转过身："回去。"

"回哪儿啊？回去干吗？"

秦智低头，打开手机，往后一抛："芜莊，打工。"

庄子接住手机，屏幕上显示一条招聘信息"众翔起帝品牌部招聘——营销专员"。

第十二章 / 新人入职 ▾
"我不挑食。"

1

夏璃一路将车子开回艾山的租车行时天色已黑，她告诉艾山行车记录仪给他换了个新的。艾山有些吃惊地问她这一身伤是怎么搞的，她轻描淡写地说遇上沙尘暴了。

就连艾山这个本地人都很震惊她一个女人竟然在沙漠中找到了回去的路，非要留她吃饭和她聊聊。

夏璃开了一路也饿了，索性在艾山家吃了个晚饭。艾山问她工作顺利吗，她笑着拍拍艾山说，多亏他，很顺利。

阿依努尔总是凑到夏璃身边，可看着她腿上有伤又不敢碰她。夏璃干脆一把将阿依努尔抱到腿上，拿出拍立得，和她合拍了两张，一张送给她，一张塞进自己包里。

艾山的老婆笑着问了夏璃一串问题，她没听明白看向艾山，他解释道："阿娜尔问你有没有孩子？"

夏璃看了看怀中的小肉团，眼里浮上柔软的光："会有的。"

稍晚些的时候，艾山将夏璃送去了火车站，路上的时候他告诉夏璃，他和玉山年轻时曾是南疆这一片的流浪歌手，那时候这片疆土还没有现在这么安逸，他们干过几次大事救了不少人。说到这里，他拉了拉衣领，夏璃看见他右肩胛处一个弹印疤，正好街边的巡逻队从他们车旁走过，艾山拉起衣领笑道："幸好阿依努尔出生后一切都好了。"

夏璃虽然不知道艾山曾经干过什么轰轰烈烈的大事，不过看着倒车镜里远去的巡逻队，想起那些听到艾山名字满眼敬意的村民，那来时紧绷的神经在再次回到火车站时松了下来。她舒畅地说："是啊，现在都好了。"

她和艾山告别，一直到要进检票口，她回头看去，艾山还站在门口朝她挥手。她隔空对艾山画了一个圈，艾山对她笑。

夏璃到了火车站里面，在长椅上睡了会儿，赶着半夜的火车。

临上车前，她手机上收到一条秦智发来的信息，内容为：我被你甩了两次。听过一句话吗？事不过三。你给我等着。

夏璃回了一个酷酷的表情，便上了火车。

那之后三个月，他们没有任何联系。

而当夏璃再次回归芜茫时，大风彻底刮向整个行业，"夏璃"这个名字迅速在汽车行业内打响。一个女人用命让一个项目翻盘，揭开大田丑陋的竞争嘴脸，如此劲爆的行业内幕，即使大田那边出动了最强的公关阵容，也根本堵不住悠悠众口。仅仅一个月的时间，事件便在同行之间迅速发酵，而"夏璃"这个名字也让很多人产生了极大的兴趣，被广泛讨论。

众翔园区内甚至连续三个月拉起了关于恭喜起帝飓风中标的横幅。

夏璃在沙漠的事迹通过赵单翼他们部门的包装渲染，在员工大会上被声情并茂地朗读了出来。

她被请上台时，身上的伤还清晰可见。她用一身伤换回了所有人对她最起码的尊重，在那一天，没人再用轻视的眼神去看待这个年轻女人。因为她用命打赢了这一仗，不仅赢回了项目，更是赢回了众翔在国产车领域的脸面。

一时间夏璃在整个众翔，上到核心管理层，下到各生产车间，无人不知，无人不晓。那段时间她走路都带风，就连跟着她混的那帮年轻人个个都拿了一笔丰厚的奖金。

也有越来越多的大客户开始找起帝接洽。

刚回芜莊的那阵子夏璃整天忙得恨不得有三头六臂，空余时就给人事那边的方总施压，目的只有一个，要人！

某天方总兴冲冲地告诉她，给她猎头来了一个背景很牛的人物，说了一堆有的没的。夏璃当时正在外面谈事情，直接打断他的话："你就告诉我人什么时候到岗？"

方总说："后天就来！"

距离方总说的后天往后一个月，夏璃都没见到这个他口中很牛的人，倒是陆陆续续来了几个号称有过营销背景的人物，感觉上是有些资历，但由于跨行业，带起来太耗精力，等于一张白纸。夏璃气得把人全部退了回去，亲自冲到吕副总办公室让他给说法。

吕总被她逼得没有办法，打电话给方总，让方总立马落实人手。这下方总在电话里拍着胸脯说，那个猎头来的人保证三天后准时入职，夏璃才作罢，走时还跟吕总撂下狠话："三天后我再见不到人，别怪我到时候直接去找姓方的给你丢人！"

吕总气得拍着桌子："怪不得盛小子吃不住你，一翻脸就要跳墙！"

夏璃哼了一声，大摇大摆出了副总裁办公室。

三天后，夏璃到了公司，问林灵聆新来的人有没有到，林灵聆说没有。见夏璃脸色不对，她赶忙打着圆场："可能先到人事那边办理入职手续，我待会儿问问。"

夏璃没有吱声，冷着脸进了办公室，喊张涛他们讨论了一会儿新一季度的目标方案。结束后已经上午十点多了，她出来走到林灵聆工位前敲了敲："人呢？"

林灵聆猛地站了起来，有些忐忑地汇报："方总那边说，反正今天人肯定到。"

夏璃深吸一口气，冷声道："准时入职，你真够准时的！"说完，踩着高跟鞋回了办公室。

林灵聆松了口气，真怕夏璃跑去掀方总的桌子，她知道她领导能干出这事。

结果到了中午的时候，林灵聆突然敲响了夏璃办公室的门。她正低着头对着乱七八糟的报表发愁，抬头看见林灵聆满脸古怪的表情，问道："你怎么了？"

林灵聆拿着一份材料，小心翼翼地放在夏璃面前，吞了下口水，道："夏……夏部长，人到了。"

夏璃扫了眼电脑上的时间，十一点五十分，沉着脸说："多大本事的人？一点时间观念都没有！把他喊进来，我来教他做人。"

林灵聆再次把那份材料往前推了推，道："要不，你先看看他的简历吧，在这儿。"

夏璃摆摆手："简历做得再漂亮，他这个人在我这儿已经出局了，我得让他走得明明白白。喊他进来。"

林灵聆自觉地翻开简历，往夏璃面前一推，夏璃低眸扫了眼，当看见简历上的名字时，愣是半天没反应过来，随后一下站起身："人呢？"

"小会议室。"

夏璃绕开桌子便大步朝着小会议室走去，猛地推开大门看见空空荡荡的会议室顶端坐着一个西装笔挺的男人，正背对着门望着落地窗外。听见开门的声音，他缓缓转了过来，短而碎的头发下是那双明亮有力的眼睛，像夜里的狼，充满让人无力抗拒的野性，他冷静的脸上突然露出一丝久违的浅笑，清隽优雅："又见面了，夏部长。"

夏璃穿着米白色的职业套裙，收起一身飒爽，气质高冷，却也温婉干练。她的高跟鞋在地板上轻踏出声响，将身后会议室的门关上，阻隔了外面人来人往的走廊。

偌大的会议室顿时安静得仿若能听见彼此的呼吸，夏璃扬了扬手中的简历，"唰"地扔在会议桌上："你玩我呢？"

简历顺着会议桌滑到顶头，秦智伸出修长的指节轻轻一按，漫不经心地抬起眸，盯着会议桌另一端的夏璃，声音慵懒："怎么，赏口饭都不给？"

夏璃气得侧过头，而后恶狠狠地盯着他，说："你需要我赏饭？"

秦智垂下眸，将被她握皱的简历抚平，眉宇间隐着一抹凝重："我家破产了。"

会议室的换气扇呼呼地吹着风，正午的太阳被乌云遮住，室内暗了下来，夏璃有些难以置信地说："什么？破产？"

秦智耸了耸肩，站起身，修长的腿一步步迈向她，在她面前停住，将简历再次放在她身侧。夏璃就靠在会议桌上，他伸出两只手臂将她圈在会议桌边。男人的影子将那仅有的光线遮挡住，低下头一瞬不瞬地盯着她柔光若腻的脸庞："我已经办过入职手续了，你们方总生怕我跑了，说要是我在你这里干得不开心，可以向他申请调到辉伦或者斯博亚那边。虽然家道中落，但你也清楚我身边的资源。你真不要我的话，我去了辉伦、斯博亚，你还有活路吗？我的小姐姐？"

说着他抬手撩起她耳边的一缕发丝在手指间转动着。

夏璃一双灰色的眼瞳闪着不确定的光，她已经完全无法判断他哪句话真，哪句话假。她压根就不相信他家破产的事，可又找不到任何理由让这位大少爷屈尊跑来起帝。

她一把打开他的手，咄咄逼人地问道："你到底来干吗的？"

秦智有些无辜地揉了揉手背："打工挣钱啊，如果你硬要问我打工挣钱干吗，我也不介意告诉你娶老婆生孩子。"

他理所当然地瞥了眼会议桌里面，夏璃顺着他的视线看见了一个黑色行李箱，敢情他连家都搬过来了！

夏璃气得一把推开秦智就往外走，秦智却反身靠在会议桌边，懒散不羁地说："喂，这就走了？我还没吃饭，饿。"

夏璃回身看着他笑得一脸得意忘形，知道自己摊上事了。

2

夏璃站在会议室门口，回身看着秦智，短短半分钟她已经将所有利害关系在脑中过了一遍。这些年她没再回过东海岸，除了获悉商界一些大的风云变幻，例如东海岸商会的理事长已经易主，成了秦智的妹夫；例如原来东海岸上山区最大几个家族近几年也在局势动荡中遭受波及，其他事情她一概不知。

站在她面前的这个男人背后的水到底有多深，她无从打探，而他突然决定来众翔的目的也值得玩味。

但她没有理由跟他闹翻，特别在他挑明，如果她拒绝，他会立马站到她对立面的前提下。

秦智不紧不慢，噙着志在必得的淡笑看着她，给她思考的时间。他清楚对付这个女人不能感情用事，她不会跟任何人谈人情，对待像蛇一般的冷血动物，打的就是七寸，所以他甩出的诱饵能直接掐住她的"七寸"。

果不其然，夏璃快速权衡利弊后，忽然挑起一丝浅浅的笑意。既然他想到起帝，可以，她倒要看看这位秦大少到底是玩她，还是另有目的。

"我这里没有什么山珍海味招待你，只有园区食堂。"

秦智缓缓立起身子，朝会议室门口走来，眼里透着转瞬即逝的揶揄："我不挑食。"

所有职能部门都在众翔总部两座办公大楼，位于南大门处两座高耸并联的大楼内，后面是芜茳总厂的各生产车间。

整个园区里有南北两大食堂，此时夏璃和秦智并肩向园区内的南食堂走去，路过的人不时停下脚步喊她一声："夏部长好。"

她微点头，不少人都将目光好奇地投向她身边的男人。他双手背在身后，个高腿长，剑眉星目，一身深黑色笔挺的西装将他修长的身形勾勒得内敛优雅，加上他与生俱来的清贵气质，莫名就成了园区里一道亮眼的风景线。偏偏这人嘴角还挂着清浅的笑意，惹得不少姑娘偷偷摸摸对他笑。

夏璃穿着米白色的套裙，远远看去这一黑一白倒是十分惹眼。

他挨她很近，手臂不时摩挲到她，她往右靠了靠，他又若无其事地往她那儿贴了几分，直到她停下脚步，语气不善地说："靠过去点，别离我那么近。"

秦智有些惊讶地左右看看："怎么，咱们单位走路还有距离规定？"

夏璃偏头看着他："喂，你要是因为上次那件事不痛快，出了园区我可以陪你慢慢玩，但你别跑到我工作的地方整我！"

他一副没事人一样，双手抄进裤子口袋里，凑近了一步，嘴角扬着笑意："我什么时候搞你了？"

那句意味深长的话让夏璃顿时要发飙，但秦智已经赶在她发飙前往旁边退了一步，催促道："快点，肚子饿死了。"

夏璃将他领到食堂。

中午十二点多正是食堂用餐高峰，一进去秦智就叹道："这么多人啊？"

夏璃已经径自去拿餐盘："嫌人多你可以向后转径直走出园区买最近的机票回南城。"

秦智冷冷地瞥了她一眼，夺过她手中的餐盘："我就喜欢人多，吃得香。"

夏璃"哧"了一声，回身又拿了一个餐盘跟他说："排队。"

秦智没有异议，跟着她站到了队伍最后。

一条长长的打饭队伍已经排到了门口，整个食堂都有些燥热难耐。

秦智望了眼队伍前面，出声问她："你每天吃饭都要排半天的队啊？"

夏璃回道："不是，我一般不来这里吃。"

正好这时，后面又拥进来一拨人，穿着厂服，秦智分辨不出来是哪个车间的，这帮人一进来就有说有笑地往前挤。不知道谁看见了夏璃，一群年轻男人一阵窃窃私语："就她，就她，夏部长。"

"她怎么会到这儿啊？"

"腰真细……"

秦智就站在他们身前，自然把他们那些轻佻的议论听进了耳里。他望着前面的女人，刚才还回头和他说话，这下只是安静地站着，一言不发。

秦智往前走了一步，用身体挡住了身后一群男人的视线。夏璃感觉到一股强大的气场，像堵墙挡在她的身后，让她发凉的后背感觉到一丝温暖。

打完饭，两人找了个空桌坐下。

秦智望了望周围对她说："你在众翔是红人啊，我看一路上到处有人盯着你看，混得不错嘛。"

夏璃只是用筷子捣着餐盘里的饭没接话，秦智伸头瞥了眼她的盘子里："吃素？怎么，致力于往尼姑的路线发展？"

夏璃抬头不咸不淡地看了他一眼："家里破产是怎么回事？你们家还能破产？"

秦智嘴边划过一丝笑意："是我脸上写了'钱'字，还是我看着就是人中龙凤，该有钱？我跟你说正经的，我真是来打工的，全身家当都带来了，你作为领导难道不应该解决下员工的住宿问题？"

夏璃冷笑一声。

秦智用筷子把盘子里的大肉圆夹成两半，非常大方地夹了一半给她："看在我之前花一千块给你喝麦片的份上，现在我遇到难处了，你要是见死不救，良心上过得去吗？"

夏璃干脆回道："可以啊，我帮你解决，北边的员工宿舍应该还有空的床铺，条件简陋，就怕住惯豪宅的你嫌弃。"

秦智眯起眼睛，这时他们旁边又坐下来几人，两人就止了话题。旁边的人不时投来目光盯着他们，秦智感觉到视线，抬起头正好撞上一个女的。那女人立马问他："你才来的？之前没见过你，起帝的吗？"

夏璃抬起头，然而秦智已经在她说话前抢先回道："今天第一天上班。"而后眼里浮上挑衅的光，把夏璃想说的话硬生生堵了回去。

她低着头吃得很快，而后拿起餐盘，对秦智说："我去洗手间。"

她把餐盘放在回收处，便往里面的过道走去。

她刚离开，旁边的人立马对秦智说："听说你们领导经常压榨手底下的人，凶得很。"

秦智淡淡地瞥了说话之人一眼："是吗？我就喜欢被压榨。"

一句话堵得旁边几人无话可说。

秦智等了夏璃一会儿，见她没回来，便起身去找她。

刚拐到过道就看见几个男人在垃圾桶那儿抽烟，正是刚才排在他身后的厂工，几个男人眉飞色舞地说："肯定的啊，还用想，年纪轻轻爬到部长的位置，还是从外厂调过来的，不靠美色领导能给她一路开绿灯？"

另一个男人笑着说："听说她脾气大得很，连集团的人都敢得罪，八成早勾搭上吕总了，背后靠山硬着呢。"

"不会吧，吕总那么老，我之前老听你们说都没见过她，刚才一看那身段，哪个男人能受得了。要我，我也愿意啊！"

旁边人笑骂道："你算了吧，下辈子！"

那个小年轻啐道："等我哪天爬上去做个领导，我让她跪下给我唱《征服》！你们看吧！"

秦智放缓了脚步，瞥了眼走廊尽头，一抹米白色身影一晃而过，又缩了回去。

他微蹙了下眉，停住脚步，从口袋里摸出一根烟，点燃，猛抽了一口，而后悠悠地抬起头，香烟在中指和拇指之间狠狠一弹，火星子一闪正好砸在了那个小年轻的脑门上。

年轻男人一怔，回头就骂道："谁不长眼睛？"

秦智单手抄在裤子口袋中，另一只手懒散不羁地解开西装扣子，紧绷的胸肌将衬衫绷得充满力量。他眼里的煞气一目了然，带着凶残的狼光，看得那个年轻人打了个寒战。

旁边几人立即认了出来，这个男人正是刚才和夏部长一起吃饭的男人，忙拉着这个年轻人赶紧从后门溜了。

他们走后，秦智大步往走廊尽头走去，刚拐过弯，就看见夏璃靠在墙壁上，身体紧紧贴着墙，双手放在身侧，眼眸微抬看着他。

那一刻，他心里莫名被狠狠撞了一下。

他也不知道自己的声音为什么变得柔和起来，对她说："他们走了。"

夏璃只是很平静地抬起那双深邃绝美的眼睛望着他，嘴角挂着讽刺的笑："现在你知道我在众翔混得怎么样了吧？"

秦智垂下眸看着她放在身边的拳头，紧了紧牙根："嗯，混得是不怎么样，不过我向来喜欢挑战有难度的东西。"

夏璃的手机突然响了，她接起电话往走廊那头缓缓走了几步，简短交流了几句后，她忽然回头盯着秦智，他只是立在一边安静地等着她。

她挂了电话，突然饶有兴致地说："喂，不是想到我们部门吗？晚上给你个表现的机会，拿下那个客户，我这里的大门立刻向你敞开。"

秦智挑了挑眉，嘴角微扬。

结果一下午夏璃都没有看见他的人，他美其名曰去后勤那里申请宿舍，一直申请到快下班才回来。

郝爽已经将车子开到楼下，夏璃拿着外套准备出门，才正好碰上这位姗姗来迟的秦大少爷。他西装外套搭在手臂上，衬衫解开两个扣子，有些随性地迎着夕阳往他们这里走。

3

夏璃看见秦智后脸色已经有些不对劲了，她拉开车门上了车，林灵聆赶忙朝秦智小跑两步问他："智哥，你去哪儿了？"

秦智随意地说："逛逛。"

林灵聆紧张地瞥了眼车内："你可别惹夏部长了，今天要见'黄世仁'，夏部长的心情已经够不好的了。对了，你能喝酒吧？"

秦智耸了耸肩："不能。"

林灵聆一愣，随后拉开后面那辆车的车门，示意秦智先上车。她虽然不知道这位怎么会突然跑到起帝来上班，但他的简历，她倒是仔仔细细看了。

　　一看吓了一跳，她还是第一次遇上真的学霸，他在大学本科和研究生期间参与过的项目就多达十几个，基本上都是以顾问的角色参与其中，而且她看了下合作单位的背景，都是大企业。

　　最让她佩服得五体投地的是，他的履历中曾经发表的论文，有一篇是谈微积分在经济学中的实例应用，她就好奇翻了一下他附件中的成绩单。当看到他的微积分和统计学成绩近乎满分后，她顿时有种学霸在身边的惶恐感，要知道"微积分"曾是林灵聆学习生涯中最大的"敌人"，没有之一。

　　两辆车往约定好的饭店开去。

　　上了车后，秦智淡淡地问了句："怎么还有人叫'黄世仁'？"

　　林灵聆跟他解释这是他们私下对黄总的"尊称"，这个客户是夏部长刚上任没多久谈下的，当时合同条款并没有很完善，导致被这个黄总钻了空子，拖了一百多万尾款到现在迟迟不给，已经拖了两年了，每年起帝营销总监那边都要陪吃陪喝，才能挤个十几万回来。

　　集团每年年终总结上，这个客户都是起帝的一笔"黑历史"。这次夏部长从南疆回来后，这个黄总竟然主动联系他们谈尾款的事，前提是要亲自和夏部长谈。夏璃向来爱憎分明，对于这种无赖自然是气不打一处来。

　　秦智没说话，满脸轻松地看向窗外。

　　车子停在饭店门口，门童拉开了后座的车门。夏璃踏着高跟鞋下车，米白色的一步裙将她的身材展现得淋漓尽致，一双笔直的腿露在外面，曲线优美。

　　她回眸看了眼身后那辆车，秦智长腿阔步下了车。她淡淡瞥了他一眼，率先走入这家高档饭店内，一行人跟在她身后，气场全开，秦智不紧不慢地落在最后。

　　进了包间，黄总那边的人已经到了。桌上坐了不少姑娘，妆化得很浓，包间的两个角落各站了两个高大的男人。

林灵聆仅扫了一眼便低骂了声："糟了。"

这句不轻不重的话正好落在站在最后的秦智耳中，他睨了她一眼："哪里糟了？"

林灵聆往后退了一步，压低声音："看这个黄总带了这么多妹子，我们这里的人一进来，这些妹子就在我们这边的男人身上扫视。待会儿一开席，她们肯定就会把你们缠住，到时候就剩我一个女的陪着夏部长，不出意料我肯定是最先被灌醉的那一个。黄总握夏部长手的时候掌心向下，从心理学角度分析他有控制对方的企图，再看包间两边站着的男人看着就能打，所以，今天这个局黄总的目的很明显，就是夏部长。"

秦智有些讶异地看着林灵聆，林灵聆冲他笑了笑："他们都喊我'小神婆'，其实我就是喜欢分析人的表情和行为心理。"

秦智笑了笑没当一回事，然而当他们的人一走到桌边后，那些原本坐着的妹子果不其然都站了起来，陪坐到各个男同事身边。

林灵聆朝秦智递去一个"我说得对吧"的眼神，秦智抿唇不语。

秦智坐在餐桌的另一端，黑色西装外套微微敞着。

开席后，张涛他们陆续向那位黄总敬酒。

黄总光头，有些富态，笑呵呵地应了第一杯酒。所有人当中只有秦智没有碰酒杯，也没有说话。即使他如此低调，但与生俱来的气场和从容不迫的神态，一看就不像初出茅庐的社会新人，那沉稳的姿态让黄总也不禁多瞥了他一眼。而从秦智一坐下来，那几个妹子都抢着往他身边坐，不停找他说话。他从头到尾都噙着淡笑，高兴起来应一句，要么干脆不回，虽然他表情温和，但莫名给人一种冰冷的感觉。

夏璃已经跟他使了好几个眼神，让他敬酒，可他压根和没看见一样，自顾自地夹着面前的菜。

几杯酒下肚后，黄总的话也多了起来，跟夏璃解释道："这笔款我早申请了，但公司有流程，上半年才在镇河那儿搞了个地产项目，贷款还没下来。"

却没想到坐在对面一直一言不发的秦智忽然不咸不淡地开了口：

"上半年镇河北部只有一个地产项目，是绿成集团运作的，贷款早批下来了，不知道黄总说的是哪个地产项目？"

黄总脸色一白，抬起头重新打量了一番坐在对面的年轻男人。他单手搭在餐桌上，淡定自若。

黄总咳了一声说道："我们的项目又不在北部，在南面。"

秦智眼里挑起一丝玩味的光："南面？那就有意思了，黄总是不怎么关注财经新闻，还是不太关注城市规划？南面去年就被上面拍板准备打造镇河新的金融商圈，包括周边的医疗、教育配套设施。看来黄总的生意做得很大，都和上面牵上线了？那区区百来万应收款应该眼睛不眨就能还上。"

夏璃低下头，嘴边浮起一丝笑意，拿起酒杯适时打着圆场唱着白脸："黄总现在生意越做越大，我们也替你高兴。"

黄总面子上有些挂不住，端起酒杯，问了句："那位是？"

夏璃偏头看着靠在椅背上姿态松散的秦智，对黄总说道："负责营销的一个同事。"

黄总收回视线，却忽然握住夏璃的手："不行，这夏部长怎么能喝得比我少这么多。"

他略肥的手掌刚要摩挲着夏璃白嫩的手，她不经意收了回来，眼里依然挂着笑意："那我再倒点。"

黄总摆摆手："我匀给你一点就行。"说完，身子又凑了过来，把自己酒杯里的酒往夏璃杯子里倒，手便不自觉搭在她腿上。

夏璃微蹙了下眉，这时忽然一道人影压了下来，大手重重按在黄总的肩膀上，一股强大的力量带着他的手臂被迫从夏璃腿上移开。

黄总莫名其妙抬起头，秦智依然噙着让人捉摸不透的浅笑，一只手按着他的肩膀，另一手绕过夏璃将她面前的那杯白酒举了起来："我好像还没敬黄总，不如我先和黄总喝了这杯。"

黄总给一个妹子使了个眼色，那个女人立马跑过来拉秦智："我陪你喝。"

　　秦智将手臂从那个女人手中抽了出来，弯下腰，手掌忽然发力，黄总右肩膀的骨头都要在他手掌间捏碎，桌上却没一个人能感觉出来。

　　秦智弯下腰，眼里的冷笑带着一股无形的震慑。黄总心里有点发怵，拿起酒杯跟他喝了这一杯。

　　而另一边，林灵聆被几个人不停劝酒，秦智在走回座位的时候，路过林灵聆身边，拍了拍她："我手机丢车上了，你帮我去看看。"

　　林灵聆抬起头看着他，他眯了下眼，林灵聆立马意会，站起身和夏璃打了声招呼。见夏璃点点头，她便赶忙出了包间。

　　黄总的心思昭然若揭，但夏璃也是个狡猾的主，一顿饭下来虽然酒喝了不少，但基本上没让他占到什么便宜。

　　饭局结束后，一群人出了包间，其他人都喝了不少，电梯口乱哄哄的，那位黄总和夏璃落在最后，还在谈着一些汽车性能上面的事。

　　一群人拥进电梯，不知道谁突然在里面按了关门键，夏璃心头一紧，电梯门突然就在她几步之遥的前方关上了。

　　与此同时，她的腰上多了一只手，黄总笑眯眯地说："夏部长要是不急着回去，到我那儿坐坐啊？"

　　夏璃就势回过身，让开他的手臂，笑着抚了抚额："喝得有点多，改天吧。"

　　黄总跟夏璃周旋了一晚上，此时也失去了耐心，上来就抓住夏璃的手，压低声音说："得了吧，你在众翔的口碑我略知一二，都这时候了跟我装还有意思吗？应收款还想不想要了？"

　　刚从洗手间回来的秦智见不远处的走廊里，黄总拉着夏璃低声说话。

　　秦智眉峰一凛，几步走上前，笑着扒着黄总的肩，另一只手已经将他拉着夏璃的手臂强行拽了过来，语气轻松地说："黄总就不用送了，我们先走了。"

　　黄总见到手的鸭子就要飞了，回头瞪了眼自己带来的两个男人。

　　就在那两个男人刚抬脚往这里走时，秦智眼里忽然浮上一层冰冷的寒光，握着黄总的那只手臂在掌心一拧，只听见"嘎嗒"一声。

夏璃立马喊道："秦智，住手！"

然而秦智眼里已经布满凶光，拉着黄总挡在身前接住一个男人的一拳，抬脚就蹬向另一个男人。

不过几秒之间，他已经和那两个男人打了起来。

夏璃脑袋一炸，只有一个念头：完了！今年应收款又要不回来了！

她站在旁边，焦急地对着秦智喊："够了！我叫你住手！"

混乱中，秦智压制住一个男人，另一只手又去防御另一个男人的攻击。

不过转瞬即逝的想法，夏璃跳起来，对准黄总的后脑勺就拍了他一掌，顿时，整个走廊一片安静。

第十三章 / 一段过往

"祝你早日被人收留。"

1

在拍下去的瞬间，夏璃嘴里大喊："你住手，你不能打黄总！"说完，又给了黄总一拳。

奈何黄总头铁，晃荡了一下就打算回过身看看是谁拍的。夏璃又抬起腿，把他肥胖的身躯踢倒在地，还滚了半圈，滚得黄总晕头转向，还没爬起来，秦智已经拉着夏璃转身就跑。

走廊另一头迎面而来一群保安，秦智推开安全通道的门就扯着夏璃往楼下狂奔。保安队长指着几个人就吼道："去安全通道找人！"

秦智听见了上面的脚步声，带着夏璃下了两层就直接推开安全通道的门来到三楼。三楼正好在举办婚礼，三四十桌宾客气氛热闹，司仪在前面一遍又一遍地喊："还有哪对情侣上来，赢现金大奖！"

秦智拉着夏璃直接冲进婚宴，司仪正好在四处寻找，看见秦智和夏璃往里挤，瞬间高呼："前面的小朋友都让一让，请这对情侣上台，我们还差一对游戏就开始了。"

夏璃脚步一顿，秦智回身看了眼身后，保安们已经冲出安全通道在婚宴外面徘徊。他拉着夏璃大步跨上舞台，旁边正好还有一对情侣站起身，司仪高呼游戏开始。

夏璃莫名其妙道："你要干吗？"

秦智扯唇朝她一笑："赢大奖啊。"

夏璃刚准备回头，秦智拉了她一把："人过来了，别往后看。"

他就势把西装外套脱了往夏璃身上一挂，她莫名其妙地问："干吗？"

他揉了揉她的脑袋，把她扯上舞台："伪装啊！反正他们也没看清我们。"

司仪走到舞台前，让工作人员把所有男人身上拴满气球，女的不许用手，可以用身体其他部位挤爆起球，规定时间内第一个全部挤爆的队伍获胜。

秦智一把拉过夏璃，居高临下地对她说："他们进来了。"

夏璃余光一扫，果然看见几个保安走入宴会厅，但没敢大肆找人，只是在宾客区域扫视了一圈。

秦智的声音从头顶落了下来："专心。"

夏璃收回视线。

主持人刚宣布游戏开始，其他情侣都非常积极地参与，只有他们俩相对站着。秦智伸手推了下夏璃的背，夏璃身体向前倒去，他环住她，眼里溢出细碎的光打在她的脸上。

他用劲把她的身体往怀中一压，胸前的气球应声爆炸。

夏璃抬头瞪了他一眼："别急，我待会儿慢慢找你算账！"说完，扯起他的手臂抱住使劲一压，"砰"的一声。

秦智似乎感觉手臂撞上什么柔软，他眼眸下垂，然而夏璃已经利落地绕到他身后。

其他队伍有的女的挺害怕的，闭着眼，都是男的在那儿激动地大喊："你挤啊，用劲啊，怕什么！"

结果他们这里，秦智只是负手而立地站着，嘴角噙着一派淡然的笑意，而他对面的那个女人面对爆炸的气球表情近乎淡漠。

他们最后一个动手的，却是最快挤爆气球的，台下的宾客全部站起身为他们加油。

夏璃低头看见最后一个气球在秦智的鞋子上，她眼里浮上一层笑意，没什么感情地说了句："不好意思了。"说完，她一抬高跟鞋，一脚就踩了下去，"砰"的一声。

台下宾客瞬间高呼大笑，本来夏璃以为是因为他们这组率先完成了，结果却听见底下人大叫："还有一个，还有一个！"

她莫名其妙抬起头，发现不知道什么时候，秦智的嘴上叼着一个气球，正似笑非笑地看着她。

司仪这时也走了过来，对着话筒喊道："这对就剩最后一个气球了，注意不能用手！"

底下人全部在起哄。

夏璃斜斜地吹了下颊边的碎发，眼里迸发出一股光，大有拼了的架势。

她抓住秦智的手臂，酝酿了一下，踮起脚就往气球撞去。却在这时秦智突然松掉了叼着的气球，眼睁睁看着她的脸庞撞了上来，碰上了他的唇。他眼里的笑意更加深了些，夏璃难以置信地睁大双眼，他漆黑的眼弯了起来，那浅浅的卧蚕透着迷人的弧度。在她迅速离开他的唇时，他再次贴了上来噙住了她，轻易撬开她的唇齿，攻略着那香软的地方。她只感觉脑袋一片空白，身体瞬间跌入他的怀中，耳边的欢叫声和哄闹声都那么不真实，无数细小的鼓点打在她的心头，让她被动而僵硬。

秦智松开她，低头看着她涨红的脸，将她拉进怀中，语气轻柔地说："是你先亲我的，我只是不喜欢吃亏。"说完，若无其事地松开她。

夏璃发誓要不是人多，她现在一定一脚上去了。

结果他们没有赢得红包大奖，但赢了个二等奖，司仪给了他们一个堪比人高的娃娃。秦智一手抱着娃娃，一手牵着夏璃继续闯进安全通道，从饭店的偏门顺着婚宴散去的人流大摇大摆走了出去。

饭店门口莫名多了好多保安都在四处张望，的确有人朝他们这里看来，不过只是看了眼秦智手中比较显眼的大娃娃。

就在他们快要走出饭店时，不知道谁喊了句："好像是那两个人！"

秦智瞬间拉着夏璃就大喊："跑！"

然后夏璃就莫名其妙被他扯着跑了几条街道，一直跑到一处小广场上，身后再也没有人影追上来，两人才扶着一边的喷泉池停了下来。

广场上还有些老人跳着广场舞，小孩骑着滑板车，小城市的节奏缓慢又舒适。夏璃气喘吁吁地推了秦智一把："你跑什么？"

秦智解开白色衬衫领口的几颗扣子，理所当然地回道："不跑我们还得留下配合处理，说不定还要赔他钱，你想赔钱？"

夏璃摇了摇头："倒是不想，可你跑就有用了？"

秦智松开袖扣，随意挽了几道，一脸轻松地说："先过了今晚。"

说完，他瞥见夏璃光着的脚："你鞋子呢？"

夏璃缩了缩脚趾："蹬了啊，不然怎么跟上你跑这么快！"

秦智笑着单手环过她的腰，将她提了起来，放在身后的喷泉池边，两人的距离骤然拉近。想到刚才那个有些恶作剧的吻，夏璃撇开头，躲开了他灼热的视线。

秦智看着她脸上难得露出的小女人姿态，顿觉有点意思，故意凑近她问道："喂，夏部长，一个吻不用回味这么长时间吧，不是做游戏吗？"

夏璃立马抬手打他："谁回味了！我告诉你，以前不谈，现在我们俩的身份，你对领导得有最起码的尊重！"

他清俊的脸上露出一丝疑惑："尊重？和你？"说完，他笑了下，笑得妖孽。

夏璃被他噎得胸口发闷："我遇上你就没好事，刚才我圆两句不就过去了，大庭广众他又不可能真拿我怎么样！你这样搞把关系彻底弄僵，先不说我们要承担什么后果，以后应收款这事谈都没有余地！"

秦智半蹲着，提起她的脚踝："我看你刚才也挺来劲的。"

夏璃敏感地往后缩了下，他抬眸看她，额头上挤出几道性感的褶皱，胸前松垮的衬衫领口露出若隐若现的胸膛，在半暗的光线下迷人蛊惑。

他好笑地望着她："你有没有想过为什么众翔那么多人老在背后议论你？"说完，再次提起她的脚踝，拍了拍她脚底的灰尘，自顾自地说，"就因为你缺个正儿八经的男人堵住悠悠众口。"

　　远处广场舞的音乐越来越劲爆，大妈们跳得酣畅淋漓。夏璃饶有兴致地弯着腰，月光打在她长长的睫毛上，她眼尾勾起一抹笑意："谢谢你，提的意见真有建设性！"

　　秦智将她两只脚放下，要笑不笑地说："不客气。"

　　随后他说："要应收款不是你们这个要法，定期招待他大吃大喝，好言好语陪着，供得跟皇帝一样他就给钱了？要是有人这样对我，我也不给！"说完，他漆黑的眸子压下一道探究的光，"你啊，身边还真没几个能用得上的人。"

　　他低眸看见她脚边破了一道口子，问："疼吗？"

　　夏璃将脚缩了回去："没感觉。"

　　他回身弯下腰："铁做的女人，上来。"

　　于是秦智背着夏璃，夏璃背着大娃娃，他的脚步走得平稳有力，却并不着急，对身后的女人说："明天要是公司问起来，你就说是我动的手，反正他又没看见你打他。"

　　夏璃冷笑一声："打了就打了，我怕什么承担责任，又不是小孩了，再说……我早想打他了！"

　　秦智的语气中却透着笑意："你就按我说的做，所有事情都往我身上推，听懂没有？反正我是刚来的，这个锅即使想往你头上压，你上面还有个方总。"

　　瞬间，夏璃感觉浑身透出一丝凉意，顿时就有种醍醐灌顶的感觉。

　　秦智今天中午才入职，虽然人事将人交给了夏璃，但原则上没有经历过任何入职培训，起帝对这个新入职的人员也不了解，发生了这样殴打客户的事件，虽然夏璃可能会被问责，但人事那边也逃不了干系。

　　她来起帝两年多的时间，一直得不到人力资源那边的支持，每次要人，不是些应届生，就是调来一些背景比较薄弱的同事。她本身就不擅长部门管理和品牌发展，如此一来更是发展受限。

　　而秦智仅仅来了这么短的时间，就一眼看出了她的短板，还有人事部门和起帝这边微妙的关系，让夏璃忽然对这个比她小三岁的男人肃然起敬。

2

一直走到马路边，夏璃从秦智背上跳了下来，拦了辆车，然后把大娃娃塞给他，将身上的西装脱了扔还给他。

秦智把西装往肩上一搭，眼角下撇："你就走了？"

夏璃扒着车门，嘴角勾起一丝笑意："你去哪儿？"

秦智把大娃娃往背上一背："带着它流浪，顺便看看街边有没有小姐姐愿意收留我。"

夏璃拨弄了一下长发，跨进出租车："祝你早日被人收留。秦少，好心提醒你，工业园唯一的五星级酒店叫开罗，打车过去十五分钟，晚安。"

说完，她对他挥了挥手，而后毫不留情地带上车门。

出租车开出好远，她回头看去，还看见一人一娃站在路边。

虽然那天晚上夏璃睡了个好觉，但果不其然，第二天一大早吕总的电话就追来了，语气不善地让她到了公司就去找他。

夏璃脚上贴着创可贴踩着高跟鞋，马尾绑得高高的，一身黑色长袖连身裙就这样推开吕总办公室的门。

吕总还没发话，她抢先一步将简历往吕总桌子上一扔，拉开椅子就骂道："这就是方总给我找的人？他刚入职我带他去饭局，直接把客户给我打了。今天方总要不给我个说法，这笔应收款以后挂人事部！"

夏璃态度强硬，吕总把原本准备训斥她的话硬生生给吞了回去，搞得一大早吕总本来是找她问责，结果怕她当真去人事部大闹，只能好言把她先劝走。他今天会找方总好好谈谈，了解一下新入职员工的情况。

夏璃回到部门第一件事就是找秦智，结果林灵聆告诉她智哥请假了，夏璃问他请什么假。

林灵聆看着夏璃的表情，忐忑地告诉她："智哥说，要是你问起来，就让我告诉你，他妹生孩子……"

"……"

结果秦智一周没有再出现过，而打客户这件事公司没有再找夏璃麻烦。但夏璃有事没事就往几个领导的办公室一坐，找领导喝喝茶谈谈人生谈谈理想，所以在这一周里，反倒人事方总被几个大领导轮番约谈。以前资源倾斜，领导们睁只眼闭只眼，这次毕竟是出了事，那位黄总亲自找到众翔，所以公司大领导们都引起了重视。

在这一周里，夏璃仅发了一条信息问秦智：什么时候回来？

直到那天下班后，他才回了一条：想我了？

然而令谁都没想到的是，一周后黄总突然主动联系起帝，说要还钱。下午的时候，财务那边已经收到了这笔拖欠了两年多的应收款。

夏璃知道这件事的时候，和所有人一样惊讶。不过仅仅几秒之后，她便想起了一个人。她拿起手机拨通了秦智的电话，那边很快接通了，她对着电话里问道："你在哪儿？"

电话里的男人传来一道清冽的嗓音："在你身后。"

夏璃拿着手机猛然回头，秦智就靠在走廊尽头，简单的卡其色风衣将他身形拉得颀长有型。他挂了电话，立起身子，一步步向她走来，在她面前站定，低眸看着她："我能正式入职吗？我的部长大人？"

他黑亮有力的眸子里是璀璨夺目的流光，藏着星辉般广阔的天空。夏璃微微昂起下巴，颇冷地说："欢迎来到起帝，不过，你记住你是来工作的，不是来找对象的。"

秦智垂眸浅笑，随后点了点头。夏璃便转过身往自己办公室走，却听见身后男人低低地说了句："来找老婆的。"

她脚步一顿，回头瞪着他，后者已经若无其事地往公共办公区域走去。

仅仅一天时间，这位在众翔赫赫有名的"黄世仁"被一个新入职的员工搞定的事情便传遍整个公司，很多部门开始打听这位新员工的来历。

而彼时，方总已经被各位领导上过思想教育课，并拟定了新的合理化用人分配制度。秦智给出的一周正好打了个时间差，为起帝整个事业部日后争取有利的人力资源。

当晚，起帝品牌这里举办了新员工欢迎聚会，到了下班时间，林灵聆来通知夏璃，包间订好了，就在工业区内的日式料理店。

夏璃让他们先去，她迟点到。

一直到身后落地窗的天色渐渐变暗，她还毫无知觉。不知道过了多久，她办公室的门被人敲了两下，她抬起头，看见秦智抱着胸靠在门口，眸色沉静地注视着眉宇紧皱的她。不知道他在那儿看了多久，而后淡淡地开了口："夏部长就这么不欢迎我，一个聚会都不肯去？"

夏璃瞥了眼电脑上的时间："再给我十分钟。"

秦智放下双手，朝她走来，绕过她的办公桌，一只手撑在椅背上，另一只手按在桌上，盯着她的电脑看了几秒，忽然就笑了，抬眸问道："你平时都是这样核查数据的？"

夏璃抬眸："干吗？"

秦智摇了摇头，夺过她手中的鼠标："这么多门店你打算看到什么时候？你要是拜我为师，我可以帮你平均节省三分之一的工作时间。"

说完，他直接登录了自己的云盘，下载了一个数据整合的软件。

夏璃以前从技术转到起帝，她上任的第一天吕总就告诉她，她有比所有管理层都具备的优势，那就是对产品的深入了解。这是她无法取代的宝贵财富，也有最根本的劣势，就是她的管理技能需要从零开始学习。

就例如学会看各个 4S 店每个月提交上来的各项数据汇总，她就费了很大的精力。

可此时此刻鼠标在这个男人手中轻易摆弄了一下，所有数据竟然全部导入到这个软件中。秦智见夏璃眼睛都不眨一下全神贯注地盯着电脑，突然停住鼠标对她说："手给我。"

夏璃不明所以地伸出手，他握着她的手腕把她的手放在鼠标上，然后带着她移到了一个键轻轻一点，顿时，电脑上自动生成了各项数据汇总对比表格，可以一目了然全国所有门店的营销数据，就跟变魔术一样。

她看了看屏幕，又看了看面前淡定自若的男人。他靠在桌子上，嘴角微微翘起："现在可以走了吗？"

夏璃将电脑一合。

两人下了办公大楼，夏璃饶有兴致地说："你应该来当我助理。"

秦智双手背在身后，淡然地笑着："你请不起我，也不会请我。"

夏璃斜睨着他："怎么说？"

电梯门打开，他扶着门，转头对她露出淡笑："连个月度数据都这么防着我，你放心把我放在身边？"

他虽然看似在笑，但是笑意并不达眼底。刚才报表生成出来，夏璃当即合了电脑，虽然她做得很自然，没有任何破绽，但她的防备没有逃过他的眼睛。

短短两秒之间，两人眼中噙着短暂的较量，似乎都在试图打探对方心底那道防线。

不过转瞬即逝，夏璃已经踏出电梯，两人就像什么事都没发生一般走去停车场。夏璃按亮了自己的车子，还是老款起帝出的一个轴距很小的代步车，市价也就几万块钱。

夏璃没什么表情地对他说："不好意思了秦少，将就着坐。"

秦智却无所谓地拉开副驾驶的门："夏部长就是爱岗敬业，座驾也选用自家品牌。"

夏璃愣了下，简短地回道："只是内部有补贴，我拿得便宜。"

"……"

两人上了车开往定好的日料店，秦智一米八几的个子坐在这辆逼仄的小车内，头都快顶到车顶，腿也屈着，整个人有点不自在地动了动。

夏璃斜了他一眼忍住笑意："第一次坐这种车吧？"

他干咳了一声，瞥向窗外没说话。

他们赶去日料店的时候，包间里的长条桌边坐了不少人，一进去，就听见有人喊夏璃："哟嚯，小姐姐来了！"

她顿步一看，居然是好久不见的庄子，更让她大跌眼镜的是，庄子居然穿着一件非常亮眼的橙色众翔厂服。

有人给夏璃和秦智让了位置，她几步走到里面，坐了下去。秦智和她隔着几个人，张涛拍了几下手示意大家安静下来，让夏部长说几句话。

夏璃端起面前的清茶说道："我今天开车就不喝酒了，废话不多说，我代表整个起帝品牌事业部欢迎新同事。"

秦智还没端起茶杯，坐在对面的庄子倒是毫不客气地举起手臂，笑呵呵地说："哎呀，夏部长太客气了，我一定参加明年的成人高考，争取早日进入你们部门。"

所有人都看向庄子，满脸写着问号，都在想这哥们儿哪里冒出来的。

夏璃自顾自地喝了口茶，看着他身上总装总厂的厂服没吱声，转而一脸探究地盯着秦智，而后者拿着茶杯，嘴角噙着令人捉摸不透的笑意，宛若一个漫不经心的闲客。

今天的主角是秦智，大家轮番找他敬酒，他来者不拒，好脾气地全部应下了。

夏璃对庄子招了招手，他移坐到了她旁边。夏璃嘴角浮起笑意，拎了拎他身上的厂服："怎么回事？"

庄子有些委屈地说："我也想进你们部门，他们不让我进啊，说要本科以上学历。你说就哥这一身本事还要学历啊，你们这样会错失人才的我告诉你，一点都不合理，你说对不对，夏部长？"

夏璃半笑不笑地说："所以你现在去了总装？"

庄子无可奈何地说："我只是暂时的，我庄大宝能屈能伸，当上车间主任指日可待。"

夏璃还没接话，手机突然响了。她接通电话后，忽然脸色大变，匆匆挂了电话，和郝爽说："彭飞出事了，我要过去一趟。"

3

夏璃走得很匆忙，坐下来没多久就离开了，包间内再次恢复热闹，绝大多数同事对于彭飞这个名字都很陌生，领导一走，气氛自然又热络起来。

有人见郝爽拧着眉，就多问了句："爽啊，彭飞是谁？"

郝爽喝了口清酒，面色红润地叹了一口气："说实话，我也没见过，但我知道他是起帝最老的一批员工。"

众人听说是起帝的人，再联想夏部长如此紧张的神情，纷纷来了兴致，就连被几个同事劝酒的秦智都掀起眼帘看着郝爽。

郝爽见大家想听故事，酒一喝也就八卦起来。事情就发生在他从辽省厂调来芜茌前，他由于手续问题被总部卡着耽误了一段时间，所以错过了那次长达一个月的出差工作。听说那次是夏璃带着当时起帝的几个最早的员工横跨五省，考察洽谈全国门店经销的事。

在抵达沧城的时候，飞机晚点，落了地已是半夜一点多，一行四人就在机场附近的旅馆住下了，谁也没想到就是那天晚上出了事。

当时三个男同事，彭飞是最年轻的，但逻辑条理非常强，曾经参与制定过斯博亚的门店管理体系。

其中一个男同事大概打呼厉害，彭飞几个晚上没有睡好。开好房间后，夏璃临时决定让彭飞睡到她那边，让他必须保证充足的睡眠，因为第二天要去谈判的对象是个做了很多年的经销商。

可是他们抵达时太晚，那家旅馆已经没有多余的房间，于是夏璃又临时到隔壁的旅馆开了一间房。

临近天亮的时候，她突然接到同事的电话说彭飞出事了。

等她跑到隔壁旅馆冲进彭飞的房间时，彭飞浑身是血翻着白眼口吐白沫不停抽搐。

没人知道那晚到底在他身上发生了什么可怕的事，他被送去医院后，医生发现他身上多处严重刀伤，伤及内脏，只能将左肾脏摘除。

后来警方通过视频监控发现是三个蒙面的男人撬开了房间，但奇怪的是他们没有盗窃任何财物。

彭飞自从手术过后整个人陷入重度抑郁中，精神状态越发不稳定，无法提供任何有用的信息，所以至今那三个人也没有落网。

他当时的女友本准备和他结婚，在陪着做完手术完也离开了他，一年后嫁给了他以前的发小，他的抑郁程度也越来越严重。

而旅馆赔付的钱和当年众翔拿出的一笔治疗费用在几次手术中相继耗光。

当时起帝最老的一批员工在经历了那次事件后，都受到不小的打击，相继调岗或者离职。夏璃便是在那样的情况下，用自己的工资和积蓄将彭飞从医院转到疗养院，为他请了看护二十四小时照料他，才把他从几次自尽边缘救了回来。

也是在那样人仰马翻、弹尽粮绝的情况下，她亲自带领最初一批毫无经验的年轻人闯成了今天的模样。

郝爽说完又仰头喝了一杯清酒，先前欢闹的气氛忽然沉静下来，一时间大家都很安静。

郝爽苦笑道："我有时候挺庆幸的，庆幸当时自己的手续没下来，没参加那次出差；也挺内疚的，内疚夏部长最难的时候我没在她身边。我过来的时候听前辈说，那次出差的几个人都患上了不同程度的抑郁，男人经历了那个场面都如此，真不知道夏部长是怎么挺过来的。"

大家都默默举起酒杯喊道："走一个！"

包间里平日里偷偷说夏璃的同事们，此时都沉默了。

而秦智却摸起手边的烟出了包间，走出日料店，站在路边望着苍茫漆黑的夜吞云吐雾。一根烟燃尽，他拿出手机打给郝爽问了疗养院的地址。

漆黑的夜像无尽的河流，这条熟悉的小路夏璃不知道开了多少次，可每走一次她心头的阴霾便会更重一些，明明开着窗户，却有一种空气稀薄的窒息感。

她赶到疗养院的时候，梁医生告诉她虽然房间里已经没有任何可以让彭飞伤害到自己的东西，连墙壁都装上软垫，但彭飞显然一心求死，自从上次拒绝进食后，这段时间只能靠输液。但这边护士刚转身，那边他就扒针，今天晚上第一次出现攻击护士的现象。

夏璃听了十分震惊，梁医生很严肃地告诉她，现在喊她过来就是通知她，他们院已经无法再对他进行看护，顶多给她一周的时间，必须办理出院。

夏璃低着头，仿若一块巨石压在心口，堵住所有气流，如一头困兽，尝尽了所有办法依然找不到出口。半分钟后，她抬起头说："我想先去看看他。"

梁医生有些担忧地瞥了她一眼，最后松了口："尽量不要待太长时间。"

夜晚的疗养院熄灯很早，昏暗的走廊两边是无数的小门，每一扇门后藏着不同的故事，平静而压抑。

虽然听过彭飞这件事的人，大多都说彭飞疯了，得了精神病，但夏璃清楚，他没有疯，他的精神也没有问题，只是他丧失了对生的希望，把自己彻底关在封闭的世界，走不出，也不愿意走出来。

高跟鞋踏在冰凉的地砖上，来到209号房间，护士帮夏璃把门打开，告诉她："进去吧，门开着，你有事叫我。"

夏璃点点头踏入房间，一股还未散去的血腥味便弥漫而来。房间里光线很暗，没有开灯，那个清瘦的男人坐在床边，双手交叠在膝盖上低着头，听见声音后抬头看了夏璃一眼。栏杆焊死的窗户外，惨白的月光照亮他脸上那道丑陋的疤，依稀还可以看见他原本清秀的容貌，只是此时瘦骨嶙峋的样子多少有些瘆人。

夏璃抬手准备摸向灯的开关，却听见他突然呵斥了一声："不要开！不要开，不要开……"

他低下头呢喃着。

夏璃的手顿住收回，慢慢一步步走到床前，借着月光似乎还能看见地上没有完全清理干净的血渍和他手背上包裹着的纱布。

她在他身旁坐下，伸直腿，叹了一声。

彭飞的声音压在喉咙里，良久才闷闷地传来："他们是不是打算以后把我绑起来？"

夏璃侧眸看着他，他有些略长的头发盖住脸，肩膀微微颤抖。夏璃喉咙哽了一下，左手搭在他的肩上："咱不折腾了好不好？"

彭飞却突然瞥了眼门口留着细缝的门，猛地甩开夏璃的手，情绪彻底失控！

秦智赶到的时候，看见走廊里围了很多人，房间里发生了激烈争吵，有护工试图往里冲，突然一个熟悉的女人对外吼了一声："一个都不要进来！"

秦智个子高，他透过人群看见夏璃转身就从地上拉起一个瘦弱的男人，对着他上去就一拳，把男人打得摇摇晃晃。她脱掉大衣往旁边一扔，琥珀色的双眸仿若燃起大火，牢牢盯着那个男人："你以为我好过吗？我钱多还是时间多？我非要管着你？你死了一了百了，活着的人怎么办？好，你想死，可以，我成全你！"

她从地上的背包里翻出一把折叠剪刀打开，塞进他的手里，一把拽着他的衣领指着自己的喉咙："往这儿刺，从今以后再也不会有人管你死活！"

门外一阵呼叫声，秦智推开身前的人往里挤，夏璃看也没看一眼地吼道："都不许进来！"

彭飞的瞳孔骤然放大，脸上慢慢出现难以置信，甚至恐惧扭曲的神色。夏璃眼里透着狠意，抬起头，喉咙对准锋利的尖刃，喉结微微滚动之间，那把冰凉的剪刀贴在了她的皮肤上，仿佛稍稍用力就能割破她的喉咙。

她眼里却迸发出一股压倒性的气势，对彭飞再次吼道："你不是会攻击人吗？你刺啊！"

彭飞身体猛地一抖，握着剪刀的手不停发颤，眼睛瞪得很大，恐怖得像一具骷髅。

那短短的一秒像一个世纪那么漫长，所有人的呼吸都停滞了。夏璃眼里噙着泪，终于控制不住地滑落在脆弱的脸庞上，带着绝望的呼吸："这里不能留你了，你让我以后怎么办？"

彭飞跟跄了一下，手上的剪刀在她的喉咙间不停颤抖。

　　夏璃闭上眼，眼泪悉数滑落。

　　秦智冲进屋子，抬腿就踢掉了彭飞手中的剪刀，彭飞整个人也向后倒去。与此同时，夏璃身体一软，秦智接住了她的瞬间，才发现她手心里全是汗，浑身冰冷。

　　然后医生给彭飞打了镇静剂。

　　秦智捡起包和大衣，将夏璃包裹住，她坐在外面冰冷的长椅上。

　　院方和秦智聊了会儿，等秦智从医生办公室出来后，夏璃脸上已经看不出泪痕，只是整个人像被抽走灵魂一样，迷茫无助。

　　秦智第一次看见这样的夏璃，纵使当年她被整个东海岸的人唾弃诋毁，她的脸上也从未出现过这种神色。

　　他走过去，对她说："可以走了。"

　　夏璃抬起头，有些空洞地看着他，随后站起身安静地跟在他身后下了楼。

　　一直到出了疗养院，她才抬起头看着那轮残月，悠悠地吐出一口气说："你怎么来了？"

　　秦智看着她立体的侧脸，她凶悍起来比爷们儿还狠，此时又淡淡懒懒的，有一种莫名的温柔。他收回视线，说了句："被灌了不少酒，找个借口溜了。"

　　夏璃忽而侧头看向他，玩味地说："还能不能喝？继续啊？"

　　秦智耸了耸肩。

　　于是两人找到一家清吧，点了不少酒。

　　昏暗的光线，慵懒的音乐，暧昧的男女，让清吧的夜晚旖旎迷醉。

　　夏璃开了酒就直接灌了一瓶，喝得又急又猛，"砰"地将空酒瓶砸在桌上，下巴指着秦智："你呢？"

　　秦智扯了扯嘴角，也灌了一瓶，夏璃才满意地翘起嘴角，忽然凑过去对他说："知道我喜欢你什么吗？就是你这股跟我一样不怕死的劲头！"

　　秦智眼里噙着淡淡的笑意，拿了一瓶拍在她面前，似笑非笑地说："你还是第一次向我表白，我受着了。"

夏璃哼笑了一声："得了吧，少跟我谈情情爱爱的。"

秦智举起酒瓶，与她碰了一下，喝了一大口，放下酒瓶，神色微凛："算我多句嘴，其实你没有义务对他负责，毕竟是意外，况且，对于他这种比较脆弱的人来说，也许死了也是一种解脱。"

夏璃没说话，分了几口将那瓶啤酒干了。她有些热地扯开衬衫扣子，将头发拨弄到了一边，嗤笑道："你知道些什么？你以为他被捅了几刀少个肾就寻死觅活的？"

秦智转着面前的空酒瓶不置可否，夏璃拿了第三瓶灌下一口："他和我多少有些像吧，他没见过他妈，他自记事起他爸就给他找了个后妈，后妈又生了个儿子，他自然在家里不好过。他爸在他上大学时走的，他就出来再也没回去过。他可以说没有什么亲人，他来起帝第一天，我就跟他说以后大家就是兄弟姐妹，有肉一起吃，有酒一起喝，有血一起流。

"有些事情谁也不知道，例如他那晚的遭遇，他到现在都不肯开口，也不肯指认凶手，他在刻意隐瞒什么。他回来后对他女友打骂不止，各种污言秽语。你没有办法想象那是从一个文质彬彬的男人口中说出，他女友被他骂走了，他也彻底崩了，你说这是为什么？"

秦智蹙起眉，看着她又灌了一口酒下肚才接着说："那间房原本应该是我住的，如果那天我不把房间让给他，出事的那个人就应该是我。所有人都说那是意外，我一开始也这么认为，直到四个月后我出差住的旅馆再次被人作案。那次我命大半夜肚子疼跑出去买卫生巾躲过一劫，你让我怎么相信彭飞那次是意外？拼了老命我也不会让他死，我一定要搞清楚真相！"

她眼里仿若覆上一层雾，在霓虹灯下迷离闪烁，那是她喝的第六瓶啤酒了，秦智按住了她的手腕："够了。"

夏璃却甩开他的手，摇摇晃晃地站起身往洗手间的方向走。她白色顺滑的衬衫在灯光下若隐若现，慢慢消失在他的视野。

他点燃一根烟，看着一桌的空酒瓶，烟燃到一半突然被他掐灭，朝着洗手间走去。

第十四章 / 放下防备

踏实的夜晚。

1

清吧建在三楼，洗手间外的走廊有个日式的布帘子，撩开往里走，昏暗的光线下是一个可以看见外面的小过道。不过一块布帘之隔，里面音乐缭绕，把酒言欢，外面小雨淅沥，清冷的街道不时掠过车辆，匆忙带起一阵水花。

秦智的脚步却停在走廊边，看着顶头那个穿着单薄衬衫的女人蹲在角落抱着膝盖。她很安静，没有发出一丁点声音，可那剧烈颤抖的肩膀暴露了她此时的脆弱。

这是秦智第一次看见这样的夏璃，仿佛认识她以来，她就是个刀枪不入的女人。他记得她二十岁那年，浑身是伤却神情淡漠的样子，他想，大概这个世界上没有什么能打垮这个女人。

可是，她终究是个女人，她不是没有脆弱的时候，只是她从不在人前展示。

秦智一步步走向夏璃。

似乎是听见了他的脚步声，她原本剧烈颤抖的肩膀渐渐平息下来，只是依然没有抬起头。

秦智直接弯下腰，将她从地上扯了起来，突如其来的动作没有给她任何时间抹去脸上的泪痕，那凄美的面容便这么毫无防备地落入秦智的眼中，琉璃般闪动的眸子像易碎的玻璃。

　　秦智感觉心脏揪了一下，语气沉沉地说："没想到你也会躲起来哭啊？我以为你是钢筋水泥做的。"

　　夏璃抬起手朝他胸前打去："要你管。"只是拳头砸在秦智胸口软绵绵的，像小猫挠人一样。

　　他伸手握住她的手，俯下身子看着她脸上还挂的泪痕："你醉了，手都使不上劲还跟我嘴硬，你也不怕把我惹毛？"

　　夏璃用劲地从他掌心挣脱，抹掉脸上的泪，冷笑一声，随后身体有些软绵绵地搭着他："少用这套吓唬我，有个小鲜肉送上门，怎么我也不吃亏，还有，我没醉……"

　　然后秦智眼睁睁看着她重心不稳开始瞎晃悠，他无奈地摇摇头，伸手将她肩膀揽住："回家吧，不早了。"

　　夏璃平时酒量还是可以的，可大约是今晚心情太糟糕，酒喝得过急，所以状态很差。等秦智拦了出租车，夏璃迷迷糊糊报了个地址后就闭上了眼。

　　司机将车子开到一个老旧的小区，小区里面逼仄，出租车开不进去，看上去大概是九十年代初的老房子。小区没有保安也没有物业，门口的垃圾堆都乱糟糟的。下了车，秦智扶着夏璃，看了看周围有些不确定地问："你住这儿？"

　　夏璃半合着眼，将手臂从他手中抽了出来："寒舍简陋，就不请你上去了，你回去吧。"说完，便踩着高跟鞋摇摇晃晃往小区里面走。

　　秦智没有动，看着她的背影，天上还下着小雨，她敞开的大衣被冷风吹往两边，远处一楼棋牌室门口乱哄哄的，几个男人蹲在那儿抽烟，对着夏璃吹口哨。

　　秦智将双手从兜里抽了出来，几步走到她身边，侧头睨着她："我渴了，去你家喝杯水。"

　　远处吹口哨的几个男人闭了嘴。

　　夏璃没再拒绝，秦智便跟着她上了三楼。楼道扶手上一层灰，到处贴着小广告。倒是夏璃打开门后，不大的单间被收拾得很整齐，没有丝毫小女生的痕迹，基本上是冷色调和金属色，简单，透着距离感，就像她这个人一样。

夏璃脱掉高跟鞋，头也没回地对他说："冰箱里有水，自便。"

秦智走到冰箱边，里面的饮料、矿泉水摆放有序，他随手拿了瓶矿泉水，反身靠在冰箱上，拧开瓶盖。

夏璃脱了大衣，白色衬衫被微微淋湿，她似乎有些头疼，揉了揉脑袋偏头看他，正好瞥见他拿着矿泉水的手腕上那条属于她的手环。

她出声问他："那个打算什么时候还我？"

秦智漫不经心地拧上瓶盖，将矿泉水往旁边的台面上一放转头看着她，而后低眸将手腕上戴了八年的手环取了下来，缓缓绕在食指尖："是该物归原主了，你来拿。"

夏璃赤着脚走向他，他的目光从她精致的五官移向漂亮的锁骨，再到匀称的腿，最后落在纤细的脚踝上，轻盈细嫩，让他不禁想到在塔玛干她将双脚埋在沙地里的画面，漫天繁星落在她头顶，却在她面前黯然失色。

秦智嘴角勾起浅笑，那双赤着的小脚已经走到了他的面前。在夏璃伸出手的同时，秦智忽然将手环往掌心一握，反身就将她抵在冰箱上，眼里透着性感的邪笑："但你得有本事拿！"

夏璃顿时感觉被耍了，抬起膝盖就去撞他。然而秦智头都没低，就准确无误地抓住她抬起的膝盖将她的腿架在自己腰间。

他居高临下地看着她，正好可以窥见她衬衫领口的风景，如此暧昧的姿势让他占尽便宜，夏璃大骂出口："浑蛋！"

秦智不怒反笑，只是笑容里多了些挑衅："你再骂一句试试。"

"浑……"

第二个字还没出来，她的唇已经被霸道地封住。那火热的气息瞬间席卷她的唇舌，熟悉的酒精开启原始的记忆，悸动的心被瞬间点燃，她脑袋里一片混乱，可身体却在几秒之间缴械投降。她试图推开他，却感觉到自己的双手在发颤，软绵不堪。

他握住她膝盖的手已经顺着往下，将她的裙摆掀了起来："你果然醉了。"

"我没醉。"三个字从她喉咙里发出，声音软得连她自己都感到羞耻。

秦智笑着将她的衬衫扯到肩头："你要没醉不会给我这样吻。"说完，收起全部笑意，黑亮的眼里透出深邃的光，牢牢望进她的眼底，"于桐，别再跟我犟了，有意思吗？你开口我就低头。"

夏璃按住身前那只手，喘着粗气："我要是不开呢？"

他握着她腿的手猛地将她提了起来，狠狠按在冰箱上："我也低！"

他炙热浓烈的气息完全将夏璃覆盖住，她的眼神游走在清醒和迷离之间，声音轻哑地问："为什么？"

他低下头，抵住她的额，呼吸狂热紊乱："你走后我知道了你姨夫对你做的事，我去找他算账，他差点把我送进大牢。就因为八年前我把命给了你，我不管你在我之后有过多少段感情，但你第一个男人是我，最后一个男人也只能是我！"

当年所有人都说她十几岁就离家出走和男人住在一起，说她和继父有不正当的关系。

她从第一天出现在东海岸，就骑着重机一头红发，妖冶却冰冷。他没想过那些传闻哪些真哪些假，但他也根本没有想到所有人口中那个如此不堪的姑娘，竟然将自己的清白之身交给了他。

他永远也不会忘记那个混乱的夜晚，当发现是她的第一次，他愧疚得肠子都要悔青了，发誓下一次一定温柔待她。可是第二天清晨，她就从此消失在他的世界，连一句道别都没有！

而这一次，他等了八年。八年的时间早已把当年那些愧疚和懊恼幻化成无休止地侵略，占有，夏璃死死咬着唇，那种痛苦和迷醉的表情交织在她的眼里，让他几近失控。

直到空气再次恢复安静，她的身体才滑落到地上，秦智将她抱了起来，她的发丝全被汗湿了。他知道她的意识还在抗拒他，他故意在她耳边说："喂，行不行啊？就这样你还想找小鲜肉？"

夏璃似乎终于被他玩世不恭的语气刺激了一下，整个人松懈了一些任由他抱着。他就搞不懂了，其他女人喜欢听甜言蜜语、海誓山盟，这位主却不得跟你把彼此的身份撇了干净才会放下防备。

但不管此时用什么法子，她算是乖乖在他怀里被他抱去了浴室。

也许最后的防线被面前的男人攻破了，她卸下了往日的疏离，酒的后劲上来，整个人又难受又疼，乖顺得像一只猫任由他摆弄。

秦智从来没有见过她如此柔顺的一面，忍不住嘴角上扬地帮她洗头。

她身材很好，没有多余的脂肪，甚至可以看见轻微的马甲线。秦智再次看见了那个熟悉的蛇形文身，在她的后腰。

他低头抚摸着那妖冶的文身图案，看着她精致性感的蝴蝶骨，忍不住从身后将她揽进怀中，咬着她的耳朵声音喑哑："怎么想起来文的？"

夏璃眼睛依旧没有睁开，淡淡地说："我妈死那年，盛子鸣帮我文的。"

秦智的身体突然僵住，她妈死那年，盛子鸣，盛博士？

那个男人竟然出现在她认识他之前！

2

浴室很小，水汽将小小的空间变得朦胧隐约。夏璃拿着毛巾站在角落，大概怕沾到花洒的水所以贴在门边。

她有一双温润优美的长腿，曲线迷人，长发拨到一边微微荡漾间，那浅色的眸子像迷雾中的天使。

十二月的天，浴室没有装浴霸，她站在门边冻得瑟瑟发抖。秦智拿浴巾将她裹了起来，然后把她拉了出去。

他不用问也知道房间在哪儿，这么小的地方也只有一间房看着像卧室，他直接把瑟瑟发抖的她抱上了床，拉过了被子。

被子是浅灰色的，和她的眼睛一样透着淡淡的味道。床很小，大概为了空出位置摆放衣橱，所以房间只靠墙放了一张单人床。秦智个高腿长，往上一躺几乎占了大半个床，他有些不自在地动了动，干脆将贴在墙边的她扯进怀中。

她大概真的醉了，闭着眼很安静，任由他抱着。可他却睡不着，甚至有些燥热。

他大手又开始不安分地绕着她的头发，问她："喂，你后来一直和那个男的在一起？"

夏璃还是没动，秦智低头看着她，她长长的睫毛耷拉着，像个安静的洋娃娃。他手欠地拽了一下，她瞬间睁眼，恶狠狠地瞪着他。他讪讪地收了手，听见她说："你是不是觉得我身边一直不缺男人？"

秦智撇了撇嘴，忽而又挑起一丝笑意："以前我不知道，反正现在你应该很久没有过男人了。"

他眼睁睁看着一向冰冷淡漠的夏璃脸颊瞬间爬满一片绯红，实在忍不住大笑出声，原来看着平时那个拽拽的女人窘迫的样子，是如此愉悦的事情啊。

他在她唇上轻啄了一下，凑到她耳边低柔地说："那次，我很后悔，应该对你温柔一点。"

夏璃别开视线背了过去，冷冷地丢下一句："你刚才也没多温柔。"

说到那段过往，现在夏璃回想起来还真的是个并不太愉快的经历。

她至今没有忘记他父亲对她说的话："你看，他从小就在这片阳光下长大，他连二十岁都没到，未来一片光明，你忍心将这片阳光从他生命中夺走吗？"

她不忍心，因为他是整个东海岸唯一对她好的人，在所有人将石子扔向她时，是他护在她的身前，她没有理由，没有任何借口拖他下水。

可她不甘心啊，她不甘心就这样离开，她不甘心承受整个东海岸的巴掌，却无力反击，她更不想就这样不明不白地走了！

正因为秦智从来没有问过她一句真相，所以她才更想把自己的清白告诉他。

那晚，她也喝了点酒，也许是故意壮胆吧，那是她这辈子做过的最疯狂的事，因为她知道第二天太阳升起后，她再也不会留在那个地方。

194

每每想到那晚，那种青涩的痛还是如此清晰，可他吻她的时候却那么虔诚、仔细、小心，她从未感受过被人珍惜对待。

她在他臂弯中逐渐沉沦，甚至有些迷恋，她第一次有了种依靠的感觉。

他对她说要在市中心给她租个房子，就在尧舜路一带，等过了那阵子风头，他就搬出去照顾她。

他说等他大学毕业，她要是不喜欢南城，他们就去她喜欢的城市买房结婚，再生一窝小崽子。

有那么几分钟，她真的沉浸在他为她编织的未来中，她甚至看见他之后玉树临风的样子。可当第二天太阳升起后，她依然被现实打垮。

理智让她明白，他是东海岸的天之骄子，他生来就身披铠甲该在那个圈子闯出一片自己的天地，她没有理由将他从峰巅拉下来。

她也无法为了一个男人放弃自己要的东西，而她要的东西，注定会和他的利益背道而驰，她不想与他为敌。

所以，这么多年她没有再回去过。

秦智从身后抱着夏璃，声音清浅好听地落在她头顶的发丝间："你总跟我拧着干，让我怎么对你温柔？口是心非的女人，这么多年你就没想过我？"

"没有。"冷冰冰的两个字。

秦智强行将她扳了过来，望着她如水的眸，眼里噙着半点带笑的冷意："你说没有就没有吧，那你的心自己留好，我要你的人就行了。"说完，掀开被子。

夏璃轻呼一声："喂！"

他淡淡地挑起眉："嗯，我会温柔。"

她在他的操控下无处藏身，只能全部缴械投降，压抑的声音终于断断续续从喉咙深处挤了出来。秦智嘴角上扬，终于清楚地看见了她的柔情，她脸颊上的潮红，她眼里为他流露的迷离。

她对他说："你当年不该为了我得罪裴家人。"

他回："不后悔。"

她人生中有两个夜晚睡得最踏实，一个是小时候她妈妈告诉她，她们要搬去新家，冬天不会冷醒，夏天不会热醒，也不用担心会有小偷钻进家里了，她幻想着新的环境，安然地睡去。

还有一夜就是今晚，在秦智怀里。

早上的闹钟依然到点响了，夏璃睁开眼看着苍白的天花板。和以往的每一个早晨一样，天花板上有一块漆掉了，她总是习惯性地盯着那个地方看十几秒，把自己还在沉睡的思绪拉回现实。

可是今天又有些不同，例如她头特别疼，例如整个房间多了一种不属于她的气息。

她瞬间朝侧面看去，房间空无一人，仿若一场梦。她刚准备撑坐起身，身体传来的酸软真实地告诉了她昨晚发生的一切。

不过她是个极为自律的人，忍着不适，揉着头骂了句："浑蛋！"便下了床。

这几乎是她进社会后唯一一次翻船，栽在了一个比自己小三岁的弟弟身上。

她找了衣服匆匆套上，进了洗手间，一边漱口，一边翻手机，却发现半个小时前她收到了一条短信，正是那个家伙发来的，内容是：**领导，我请半天假。**

她就搞不懂了，他怎么还好意思请假？

她洗漱完，和往常一样从冰箱里拿了保鲜的食材，快速炒了两个菜，装进饭盒，出门上班。

上午的工作依然很繁忙，她和下面的市场部碰了个头，今年压下去的任务很重，上午梳理了一下目前手上正在跟的一些项目，已经到了中午。

秦智回公司绕了一圈，大家都在午休，他走到林灵聆的工位前，她正在低着头使劲地啃着辣条。

他敲了敲桌面，把林灵聆吓了一跳。她拍着小心脏，喊道："哎哟，智哥你能不能不要整天神出鬼没的？"

秦智扫了眼夏璃办公室："她平时中午在哪儿吃饭？"

林灵聆抬起手指了指上面。

秦智转身往外走，丢下一句："少吃点，小心变胖。"

林灵聆握起拳头对他挥了挥。

夏璃坐在天台的长椅上，快速浏览了一遍今天的新闻，然后将手机放在一边。他刚打开饭盒，天台的门被推开了。她侧头看去，秦智穿着黑色皮衣，笔直的黑裤，显然已经换了一身衣服，清爽利落地朝她走来，往她旁边一坐，和她挨得很近。

昨晚断断续续的画面再次钻进夏璃的脑中，让她莫名有种羞耻感。

不过某人倒很自然，凑过来看了看她手中的饭盒问道："自己做的啊？"

"不然呢？"

他摸了摸肚子："我也没吃。"

"没你的份。"

秦智毫不客气地直接将饭盒夺了过来吃了一口。

她看着他，他性感的喉结微微滚动，侧面看去轮廓立体有型。她见过他的妈妈林岩，是个大美人，她想他遗传了他父母的优良基因。

想到父母，不知道为什么她突然对他脱口而出："我找到我爸了。"

秦智侧过头，停顿了两秒，问道："他在哪儿？"

"在巴西，一个多月前确定的，我不知道该不该去见他。"

秦智很自然地喂了一勺到夏璃嘴边，夏璃有些别扭地张了口。秦智看着她柔顺的模样，忽然心情不错地说："要我陪吗？"

她没说话，阳光照在身上，很暖，她眯起眼睛，伸了个懒腰。

他嘴角微微扬着，将她的长发拨弄到另一边，凑过去问了句："还疼不疼？"

一句话让夏璃的脸瞬间涨红，秦智挂着逗弄的笑意："我是说你宿醉，头还疼不疼？"

她偏过脸没搭理他，却在这时，她的电话响了。她拿出手机发现是吕总的助理打来的，通知她参加管理层会议。

她挂了电话对秦智说："饭给你吃了，我要去开会。"说完，站起身踩着短靴走到天台口。

秦智忽然叫住她："喂，我们现在什么关系？"

夏璃的双手放在米白色的大衣口袋里，丰姿绰约，那头长发被阳光照得染上一层漂亮的光晕，连同面庞都被照亮，她意味深长地笑着："我想想。"

198

第十五章 / 失之交臂
可以改变整个行业的新技术。

1

夏璃带着郝爽参加会议，三大品牌事业部的部长齐齐到场，这是一个长达一下午的会议，主要是讨论明年上半年的工作目标。

虽然是一次例行的工作会议，但是谁都能感觉到一股看不见的硝烟味。

吕总还有半年就要退休了，所以今天定下的工作目标将成为接替这把交椅的关键。

辉伦、斯博亚基本上根据当年的业绩制定的计划相对保守，凭他们在众翔多年的工作表现，只要这半年内不出什么大错，基本上都有机会竞争副总这个位置。

然而当起帝的计划表投放出来后，所有人都惊呆了。夏璃几乎是在今年的销售数据上翻了一倍，而这仅是半年内的目标，也就是她需要在未来的半年内完成今年两倍的销售额。这已经不是挑战了，在所有人看来就是天方夜谭！

底下坐着的领导都在窃窃私语。

坐在顶端的吕总倒是拿起钢笔在他那本泛黄的笔记本上记录下了几个数据，然后眼里挂着意味深长的笑意。

斯博亚的秦部长立马发出质疑："夏部长，你这个目标定得有点高啊，你忘了我们自去年开始都是事业部合伙人制了？"

事业部合伙人制是众翔去年新改革的措施，意味着目标完成率直接和绩效挂钩，采用了一种非常精细和复杂的薪酬结算办法。

如果目标完成，整个事业部全年的薪酬都会非常可观，反之，则是全员"吃土"，这样控制各个事业部在制定目标合理合规性上做出了很大的约束。

所以今年其他两个事业部报出的目标都比较保守，然而夏璃报出的这个数据完全就像没改制前，为了充门面夸下的海口，秦部长好心提醒她现在的薪酬改制。

谁料夏璃只是淡淡地从笔记本电脑后面抬起头看了他一眼："秦部长怎么看出来我目标定高了？"

坐在一边辉伦的安部长也按捺不住插了一句嘴："最基本的问题，你给的这个数据是漂亮，但是业绩怎么拆分？"

夏璃嘴边翘起一丝笑意，缓缓靠在椅背上。白色大衣挂在她身后的椅子上，她只着一件黑色的高领针织，身材匀称，气场沉稳。

面对两大部长同时提出的疑问，她并没有丝毫慌乱，只是把面前的笔记本往下卡了一点，迎向众人的目光："起帝前两年的门店在全国范围内一直处于开发和培养阶段，我也一直在和各个经销商磨合学习，但今年各地的经销门店已经逐步走向正轨。新的门店管理办法已经在十月份的时候确定，十一月份发布，这个月试运行，下个月正式启动。这些门店明年将会火力全开，这部分保守估计可以占比总业绩的50%。我手上有一份已经确定的起帝全国巡展名录和试驾活动明细，通过活动方面争取可以达到10%的业绩。目前策划那边也在和现在关注度比较高的大型真人秀节目接洽植入广告，基本上也谈到了尾声，加上其他的广告带动按照我们做的效果评估，大概可以拉动10%的业绩。"

她打开电脑将已经谈成的广告案例投放了出来。

秦部长嘴角立马跳动了一下，这个广告位他之前也接触过，但是没能进入候选环节，他不知道夏璃是怎么拿到手的。

想到上次沙漠越野项目在竞争如此激烈的情况下，她居然也能将局面扭转，秦部长忽然感觉到一股无形的压力，出声问道："还有 30%夏部长没有谈到。"

夏璃嘴角一弯，异彩的瞳孔泛着让人难以窥见的狡黠："秦部长，蛋糕就这么大，我要把分蛋糕的方法都告诉你，我们的人岂不是要饿死？我会把整个的目标计划发给吕总，有人就不怕没有业绩，这 30% 我们的营销部会自行消化。"

一句话回得秦部长当场脸色就黑了下来，左右看了看，语气也有些不善："夏部长做事还真是随性，30% 这么大的比重就让你的员工自由发挥了。"

他也没给夏璃留面子，当场暗讽她管理方法有问题。

谁料夏璃彻底将电脑一关，昂起下巴，用鼻孔睨着他："秦部长不信任自己的手下，但是我信任。"

吕总手上的钢笔适时敲了敲会议桌，打断了他们的针锋相对。夏璃侧头看了吕总一眼，正好接收到他严厉的目光，她低下头没再说话。

这两年吕总虽然不怎么插手底下细枝末节的事，但众翔的情况他心里有本账，辉伦是做新能源的，精准市场和其他两个品牌有一定差异性，而自从众翔诞生了新的起帝品牌，秦部长那里明面上没有任何情绪，私底下小动作不断。比如人事方面、资源方面都有干涉，他在众翔是老人，人脉和关系网早已渗透。

有时候吕总想想，幸亏当初把这个初生牛犊不怕虎的女人放到这个位置，换作任何一个人，肯定都会有所顾忌，反而会被各方面限制，很难在这种被打压的环境下将起帝做出来。

倒是辉伦的安部长笑嘻嘻的，一副"你好我好大家好"的姿态。不过夏璃清楚，这个胖子巴不得她和秦部长斗得越凶越好。

会议结束，吕总让夏璃留一下。

所有人陆陆续续出了会议室，只有郝爽留了下来。吕总抬起头看见他还在，抬了下手，夏璃让郝爽在外面等她。

　　本来夏璃以为吕总留她下来肯定也是要说她制定的目标不合理云云。

　　偌大的会议室，吕总坐在顶端，他逆着光，鬓角的斑白似乎又多了些，他虽算不上老，但多年身在其位操劳过度早已耗尽他的心力。

　　五年前，盛子鸣第一次带夏璃见他，他就挺喜欢这个女孩。他曾经也是做技术的，从厂里一路做上来，和她聊了几句，他惊讶地发现这个女孩对技术很钻。夏璃身上那股不服输、天不怕地不怕的劲头和他年轻时很像，便给了她一个机会。

　　他将用了好几年的笔记本合了起来，抬头看向夏璃，忽然说道："知道上次我让你亲自带去庆凉交给孙部长的是什么东西吗？"

　　夏璃不清楚吕总怎么突然跟她谈起这个，一路上为了那个重得要死的箱子，他们也够折腾的，她摇摇头表示不知。

　　吕总叹了一声："不重要了。我花了将近十年的精力联系德国那边的生产商合力研究的这款传感器，现在已经被国内的 TWS 技术取代了。小夏啊，未来的汽车行业注定会被智能传感器主宰，谁拥有了这项 TWS 技术就等于统治了整个汽车行业。"

　　夏璃有些不解吕总为什么突然留她下来跟她说这些，然而接下来的一席话却像一把铁锤彻底将她的理智击碎。

　　吕总告诉她，这项技术目前掌握在国内一家叫驰威电子的公司手中，这家传感器公司是六年前成立的，短短几年时间已经拥有独立且大规模的生产线，近几年涉足汽车领域。

　　目前 TWS 技术正在寻找合适的汽车厂家准备进入测试环节，一旦确定合作商，意味着这个汽车品牌有可能会成为国内技术领跑者。

　　而吕总通过一些比较隐秘的关系了解到，该项技术的开发者于几个月前，亲自前往塔玛干沙漠考察合作厂家。

　　说到这里，吕总顿了一下，抬眼看着夏璃的表情，声音浑厚地问："我想你应该能猜到那个开发者的身份了吧？"

　　仿佛一瞬之间，塔玛干的燥热难耐再次侵袭而来，猛地打开了夏璃的记忆，她如此清晰地记得那个中午，秦智和周总绕到帐篷后面，周总问他有没有考虑的厂家。

想到这里，她皱起眉，脸上出现些许疑惑。

吕总不疾不徐地告诉她，他花了不少精力跟进 TWS 技术的动向，目前了解到驰威电子已经在和大田接洽，确认测试的厂家应该就是大田。

顿时，夏璃脸色一片惨白，她记得当时秦智回答周总的话，他说："从企业背景结合上午的测试结果，目前看来大田的猛迅还可以。"

她一直以为秦智是说沙漠越野项目中标的事情，万万没想到他所谓的特邀顾问，根本就是不动声色地来挑选 TWS 技术的投放厂家。

夏璃此时只感觉脑袋有些蒙蒙的，会议室的暖气虽然开着，但她依然感觉每一个毛孔都在张着，寒意透过毛孔钻进心底。

整个塔玛干的测试，为了拿到项目，她拼尽全力，可今天吕总却告诉她，在她拿到项目的同时，却和一项可以改变整个行业的新型科技失之交臂。这种感觉犹如被人拉到高空再狠狠推下去一般，让夏璃整个人有些木然。

吕总拿起手边的茶杯喝了一口茶，神色颇为玩味地放下杯子："本来我们众翔，就品牌而言没有什么竞争优势，我虽然也想争取，但是有心无力。

"上次黄总那个事让我注意到这个人，我找人去查了下他，很有意思，结果让我很震惊，TWS 技术的开发者居然突然空降我们起帝。"

夏璃垂下视线，手脚冰冷。

吕总很平静地告诉她："TWS 技术的成熟运用，意味着这个人背后有非常厉害的团队，甚至在国内传感器行业都是处于领先地位。至于他和驰威电子的关系，我想你也心里有数了。去年几个实力雄厚的合资企业为了争取这个技术的测试权打得头破血流，本来他的手指向哪里，哪里就能变成金矿。

"只可惜，两个月前驰威电子已经和大田签署了未来五年的战略合作关系，这个人在此时突然悄无声息地来到我们起帝，用意不明，你打算怎么办？"

夏璃双手交叠放在桌上，低头看着深色的会议桌，身体犹如在快速降落，突然一种失重的感觉包围着她。

她从来不相信秦智来起帝当真是为了打工，她试图打探过他的目的，他说，他家破产了，他说无家可归，他甚至对她说是来找老婆的。

昨晚的温柔和激烈仿佛还萦绕着她，她在昨晚闭上眼之前差点就信了他的话，信了他来芜茌是为了她。

可是八年，早已把当年那个青涩的少年变成了一个成熟睿智的男人。成年人的世界里哪有那么多儿女情长，"利"字当头的社会，情爱又算得上什么！

她无法忽视在吕总告诉她这一切后，那让她怀疑的东西一个个浮了上来。

她问过他和成发合作什么。

她问过他现在在做什么。

她问过他为什么来起帝。

他没有告诉过她真相，从来都没有。

种种疑点串联起来，夏璃忽然感觉满心寒意，为什么会这么巧？华岭北支那么荒芜的地方他们能碰见？

郝爽告诉他们，她是起帝品牌事业部部长，她记得倒车镜中的他看了她一眼，可他却将所有心思隐藏得滴水不漏。

从他们第一次碰见，这一切都像是一场有预谋的偶遇！

现在回想起来，一个八年未见的男人，就因为他手上戴着一个她当年留下的手环，她差点把自己的心再次掏了出去。

夏璃瞬间闭上双眼，一股无形的大火差点将她整个人原地点燃！

她不是一个感情用事的人，她从来不会被男人的糖衣炮弹所打倒，却栽在了他的手上。

她无法想象如果不是吕总通过黄总的事件对秦智起疑，留了一手查了他，他继续待在起帝，待在她身边到底要干吗？

忽然，他的脸浮现在她面前。滂沱大雨下，他眼里净是凛冽的寒意，大手穿过她的后脑将她拉到眼前。那时，她清楚地看见他眼中的恨意，他对她说："我为你撑起一片天的时候，你拿什么报答我了？你就是个没有心的女人！"

夏璃双手捂着脸，她不想让吕总看见她痛苦矛盾的样子。

秦智仇恨的双眼和温柔的神情在她脑中不停重叠，她已经分不清这个男人突然来到她身边是想报复她，让她一无所有，还是另有目的。

各种混乱交织在一起，让她越发看不清他。

吕总的钢笔轻磕在桌上，缓缓说道："我给你两个建议，你自己考虑一下。第一个呢，安全起见，这个人最好不要留，如果你确定，我可以让人事那边随便找个由头把他弄走。这样对你来说，没有损失，也没有什么获利。

"还有一个建议，你可以留着这个人，他毕竟是整个行业抢破头都要争取的人，但前提是你要清楚驰威和大田那边已经合作，所以留下他就是留下一枚定时炸弹。你或许能从他身上获得想象不到的资源，但同样存在的风险是，他也有可能从你身上得到他想要的东西。

"刚才的会议你也看到了，秦部长那边下半年不出预料应该会全面打压你，所以这个人你要用得好说不定能翻盘，但是一不小心，你就有可能面临内忧外患的局面，搬起石头砸自己的脚。

"情况我给你分析清楚了，怎么决定你自己看着办，我毕竟也在这儿待不了几个月了。"

几秒之间，夏璃整个人像静止了一样，巨大的压力像座山压向她，她手上掌握的是整个起帝未来的命运。

窗外的太阳不知道什么时候已经慢慢西斜，大片光晕透过会议室的玻璃将她整个人染红。那短短的思想挣扎终于让她缓缓放下双手，将手边的会议材料和电脑简单收拾了一下，抬起头目光沉静地注视着吕总："你也知道，我喜欢飙车，这本来就是一项不怕死的运动。"

吕总淡淡地笑了笑，合上茶杯盖子："看来你已经决定了。"

　　夏璃不置可否地站起身。

　　吕总清楚她不再说话是心里已经有了盘算，她虽然有时候做事鲁莽不计后果，但他知道这个年轻女人并不是没有城府和能力。

　　夏璃套上大衣，拿上电脑，刚准备离开，忽然转过身对吕总说："对了老吕，总装总厂那边刚来的一个叫庄大宝的新人，可以查查。"

　　吕总点了点头。

　　夏璃便拿着东西准备离开，刚走到会议室门口，身后的吕总却忽然说了句："我要没记错，你在东海岸待过一年，以前认识他吗？"

　　夏璃脚步微顿，停了几秒转过身，眼神平静无波："不熟。"

　　"我先走了。"说完，她拉开门大步走了出去。出了大楼，她迎着西边的落日，静静地站了一会儿。

　　园区很安静，大楼里很多人都下班了，有风轻轻拂过她的脸颊，她眼里那抹暗淡的光摇摇欲坠。

　　不过她从小就明白一个道理，所有肮脏不堪都能被黑暗掩盖住，看着多宁静啊，可惜第二天太阳照样得升起来，所有东西只能归位。

　　2

　　郝爽已经将夏璃的车子开了过来，她绕到驾驶座，拍了拍车门："问下秦智人在哪儿？"

　　郝爽打了个电话回去，问了几句挂掉后，对夏璃说："下班了。"

　　夏璃示意郝爽下车，郝爽从驾驶座下来，有些诧异地问她："不回起帝了？"

　　夏璃将电脑往车上一扔，对他说："你直接下班吧，我还有点事。"

　　她将车子开往宿舍区，车窗被她落了下来，耳边刮过凛冽的风让她忆起了很多久远的事。

　　那时候她还不叫夏璃，她跟着妈妈姓于，叫于桐。

　　每年班级的贫困补助名额总是落在她头上，那时的她并不觉得这是件好事，反而在漫长的岁月里因为"贫困"两个字总是让她抬不起头。

例如同学去买磁带不会喊上她，下课去小卖部也不会喊她，因为全班都知道她家里贫困。

她问妈妈为什么她们家里这么穷，她小时候也这样吗？

她妈妈摇了摇头，告诉了她一个关于妈妈自己的故事。

妈妈说自己出生在一座很大的四合院里，四合院周围都是气派的房子，家的后院有池塘，里面有很多鱼，有假山还有凉亭，家里也有很多人，每天晚上吃饭总是一大家子在一起。在她的描述下，于桐对大门大户的家族有了浅显的概念。

那是于桐第一次从妈妈口中听到于家，一个在她眼中有些不太真实的大家族。

妈妈告诉于桐，于家是做汽车的，她的爷爷在二十世纪八十年代正式签署了合营合同，于是这家合资企业在二十世纪八十年代的大浪潮中应运而生，成了最早一批合资汽车品牌。

到后来，她妈妈总会在路上指着某个标志告诉她，那就是于家企业生产的汽车，所以从小她就认识了那个标志，并清楚地记得它的名字，大田汽车。

在于桐看来于家再有钱，于家人身份再怎么高贵，跟她们都没有半毛钱关系。可妈妈从小在于家长大，一言一行从教条中走来，带着与生俱来的约束。

于婉晴说她是于家的女儿，虽然现在生活窘迫，但她骨子里流淌着于家的血液，她们不会穷一辈子。

直到妈妈离开人世，于家人这个身份也并没有给她的生活带来半点色彩，所以她妈妈越是活得严谨规矩，她越是和妈妈背道而驰。

她永远也不会忘记她去求于家人让她母亲入于家墓园时他们的嘴脸，他们说她是野种，说她母亲不配做于家人。

所以那个标志她记得越发清晰！

她不计一切后果利用秦智将大田动标的丑陋嘴脸揭开，要的不只是让大田出局这么简单，更是为了搞臭它。

　　大田也的确因为这件事在行业内遭到各方质疑和议论，但她所做的这一切却因为秦智一念之间的选择全盘推翻。

　　在开去宿舍的路上，夏璃的心口就像堵着一块石头，一种压抑到快要爆炸的感觉让她将油门狠狠踩下。

　　宿舍门口一群男人坐在一起打牌，远处两旁种着白杨树的小道上一辆白色小车朝这里轰来。一辆起帝小车开出了赛车的架势，发动机叫嚣的声音让一群男人回头看去。

　　夏璃一个急转弯将车子停下。宿舍区门口来来往往，很多人投来视线，夏璃踏着黑色短靴下了车，一双长腿在白色大衣的包裹下笔直细长，利落飒爽。

　　有人认出了夏璃，对她叫道："夏部长！"

　　她转过头轻点了下，便看向那群围在一起打牌的男人。她要找的人正坐在最里面，嘴上叼着烟拿着一副牌，正挑眉似笑非笑地盯着她，她往前走了几步，绕到引擎盖靠在车前抱胸看着他。

　　秦智灭了手边的烟，收回视线继续出牌，她也不急，只是站在车前安静地等着他。

　　四个人打牌，周围最起码围了五六个男人，有的手上抱着饭，有的拿着茶杯，七嘴八舌的。众翔宿舍环境算不上多好，上头说要出新，费用一年都没批下来，绝大多数人都搬去附近小区跟人合租，住在这儿的多数都是些最基层的厂工。

　　秦智往这些男人中间一坐，清冷矜贵的气质明显格格不入，不过他丝毫不介意，让夏璃感到意外，短短时间他竟然能和这些跟他出身截然不同的厂工混到一起。

　　庄子从后面一间宿舍探出头，穿着秋衣，露出一口洁白的牙齿，对夏璃晃了晃手，夏璃朝他笑了下，算打了招呼。

　　一局牌结束，秦智起身，拍了拍旁边一个小伙子让他接位。

　　不远处的几个厂妹似乎从夏璃来之前就守在那儿，看秦智起身，几个厂妹推着其中一个姑娘，直接把姑娘推到了秦智面前，差点撞到他。

秦智侧过身子让了下，那个姑娘看上去很小，却特地化了妆，有些小孩扮成熟的模样。秦智抬了下眸，问她："有事？"

后面几个厂妹挤眉弄眼的，那个姑娘扭扭捏捏地说："你……有没有空？一起去食堂吃饭？"

夏璃就站在几步开外的地方，姑娘的话自然落入了她耳中。秦智双手抄在黑裤口袋里，瞥了眼夏璃，她挂着浅淡的笑意看着他，不疾不徐。

秦智右手从口袋里拿了出来握成拳放在唇边，干咳了一声，下巴微扬指着前方："我领导在对面等我谈话。"

几个厂妹这时才转过头惊讶地看着夏璃，没想到那边站着的漂亮女人竟然是他的领导。

姑娘红着脸，手足无措地让了一步，秦智便迈开步子朝夏璃走去。刚踏出一步，那个姑娘深吸一口气，像是酝酿了很久终于鼓足勇气对着秦智的背影喊道："智哥，我能不能做你女朋友？"

瞬间旁边围观的几个厂妹和宿舍门口打牌的小伙子们全都一愣，不知道谁叫了声，所有人都跟着起哄，就连庄子有些肥胖的身体都差点从窗户挤出来强势围观。

秦智动作一顿，没有回头而是直直地看着夏璃。夏璃低下头，黑色短靴在地上踢着石子，似乎并不打算参与这场突如其来的告白。

秦智回过身，看着那个紧张得都快要哭了的厂妹，平淡直白地说："我要问下我领导。"

没有人想到秦智会这么回答，别说那个姑娘，就连旁边一众围观群众都一脸蒙，只有庄子一个人傻乐，一副看热闹不嫌事大的模样。

夏璃低着头，嘴边扬起一丝弧度，看见一双白色运动鞋走到她面前，她抬起头。他只穿了件灰色卫衣，一条笔直的黑色长裤，身形挺拔，五官英挺，短而碎的头发衬得他轮廓干净流畅，虽然快二十七八的年纪，穿着休闲衣的时候依然有种少年清俊的帅气。

她别开视线，若无其事地说："我只管你工作，不管你个人情感，这种事不需要问我。"

秦智嘴角挑起笑意: "那你这时候过来找我干吗? 我还没吃。"

夏璃转过视线看着他: "所以呢?"

他有些不规矩地靠近一步, 似乎再走一步他就能将她圈在引擎盖上。夏璃眼神冷了下来, 对他的侵略性做出警告。

他用只有他们才能听见的声音, 低浅地说: "想吃你……做的饭, 上瘾了。"

夏璃抬起膝盖, 不动声色地顶了他一下。他识相地退后一步, 听见她没什么温度地说: "昨天的事, 希望不要影响我们以后的工作, 毕竟是意外, 下不为例。"

秦智眯起眼睛将她仔细打量了一番, 扯起嘴角冷讽道: "夏部长真现实啊, 睡完我就打算把我踹了?"

夏璃压下声音低嗤道: "明明是你趁我喝醉乘虚而入!"

秦智俊逸料峭地扯着唇: "你没叫啊?"

四个字把天聊死了, 两人一个看向左边, 一个看向右边, 明明周围人来人往, 他们之间的气氛却安静得诡异。

十几秒过后, 秦智回过头, 低声说: "这就是你想完后的关系?"

夏璃唇边噙着淡淡的笑意, 眼尾上挑, 在夕阳下仿若染上一层绚烂的桃花, 醉人心神, 懒散随意: "玩玩而已, 你不会还指望我对你负责吧?"

红霞烧了半边天, 似梦似真。

白杨乱了满枝丫, 若即若离。

秦智紧了紧牙根, 有那么一瞬间他眼里闪过一道难以捕捉的光, 稍纵即逝, 唇边便挂上不羁的味道: "好! 夏部长果真洒脱。"

夏璃踩着短靴踏了两步, 对他说: "我来是告诉你一声, 明天早晨营销部会议, 任何人不许缺席!"

秦智没说话, 只是冷冷地盯着她。

夏璃没再看他, 转身上车。他没动, 依然站在车前。她抬眼看着他,隔着一层玻璃，一个凉薄，一个生寒。

夏璃毫不客气地轰了下油门车子朝他笔直地撞去，却在差点要碰上他时猛地刹车。车牌甚至擦着他黑色的裤子，他没有移动分毫，连眼睛都没有眨一下，只是沉寂地盯着车中的她。

轮胎在地上发出摩擦声，很多人朝他们看来。夏璃面无表情地倒车，直接将车子倒出去一打方向，快速消失在那排白杨树后。

秦智看着汽车消失的方向，摸出一根烟默默点燃，又狠狠嘬了一口。

都说女人善变，也变得太快了，中午喂她饭，她还乖顺得很，半天时间，态度来了个一百八十度大转弯。

其他人倒是未在意，但庄子火急火燎地穿着一身秋衣秋裤就跑出宿舍，搭着秦智："我怎么感觉夏部长跟吃了火药一样啊？车子都要给她开成飞机了！你们吵架啦？"

秦智又狠狠嘬了下烟嘴："鬼知道。"

3

第二天早晨的营销部会议，夏璃身着灰色职业套装出现在会议室，微阔的通勤裤拉得她双腿笔直修长，透着干练和一丝让人难以靠近的距离感。

她虽然五官精致，长相妩媚中带着股野性，但或许遗传了她父亲的巴西血统，她不笑时浓眉下那双深邃的灰色眸子，总给人一种凶悍的冷艳。

她几步走到会议室台前，环顾了一下底下坐着的七八个人，并没有看到秦智。

她让郝爽把PPT打出来，没有等他，会议直接开始，将接下来半年的营销任务分解完毕后，所有人脸上都露出凝重的神色，这几乎是难以完成的任务。

但夏璃既然当着众翔其他品牌的领导人面敢把目标报出去，便已经是断了自己的后路，她清楚这半年如果冲不下来，以后她在众翔也不可能有立足之地。

所有人抱怨连连，压力山大。底下坐着的，几乎都是品牌事业部下面营销前端有着最少几年营销经验的从业者。

就在大家交头接耳的时候，会议室门口悄无声息地溜进来一个人，秦智穿着一身休闲衣，往最后排的角落一坐。

夏璃不动声色地瞥了他一眼，敲了敲桌子："安静下，我想问一个问题，你们当中有哪些人是完全没有房贷、车贷，物质基础已经达到自己的理想状态的？现在可以向我提交离职申请。"

瞬间，整个会议室鸦雀无声。

夏璃端坐在会议室顶端，一股冰冷的气场蔓延开来。所有人面面相觑，只有秦智，一坐下来便低头刷着手机，一脸平淡。

夏璃见没人出声，干脆将PPT一关，站起身双手撑在会议桌上，身体向前微倾，眼里迸发出一股狠意："既然在座的各位物质基础都没有达到理想状态，那我现在给你们的就是人生中一次彻底翻盘的机会。这个月底，所有人都拿一份营销方案给我，我能给你们提供的保证是，只要你们需要我，我不怕找到公司最大的领导，也给你们提供全方位的技术、资源支撑。我不管你们用什么方法，只要你们能达成方案，明年的今天你们想要的房子、车子我都能帮你们实现。

"如果大家像现在一样丧气，半年后，我和你们一起卷铺盖走人！"

所有人都震惊地看着夏璃，她只是缓缓直起身子，干练的身形逆着光，仿若无数的光源照射在她背后戛然而止，使她周身散发万丈光芒。

她没有错过任何一个人的神情，也清楚地看见每个人的脸上，从焦虑、担忧、烦躁，到振奋、激动、热血！

每个出来工作的人都渴望能升职加薪，赚到更多的钱改善生活，但不是每个人都有一次半年的机会来造就自己的人生，这听上去虽然有些缥缈，却似乎给每个人打了一剂"强心针"！

会议临结束前，夏璃说道："既然没有人向我提交离职申请，我就默认大家对我提出的任务全部认可。不过有个事情要跟大家说一下，还在试用期的员工三个月内不出成绩直接去人事部办理手续离开起帝。"

此话一出，所有人都默默转头看向坐在角落的秦智。虽然之前人事安排过来几个营销专员，但待了几天夏璃发现他们跨行业完全用不起来后，直接将人弄走了。目前营销部只有秦智一个还处于试用期内的员工，显然夏璃这句话是针对秦智的。

他似乎是感觉到大家投来的目光，才后知后觉地抬起头，锁了手机，一副淡然的表情迎上夏璃警告的目光，旋即嘴边竟然挂起一丝意味深长的笑意。

夏璃将电脑一收，直接说道："散会！"便大步离开会议室。

张涛临走时，还拍了拍秦智的肩，有些同情地看了他一眼，大意让他保重。

秦智倒是跷着腿，一派无所谓的姿态，直到林灵聆进会议室收拾时，看见他还坐在里面，有些诧异地问："智哥啊，不是会结束了吗？你怎么还在这儿啊？"

秦智这才缓缓抬头盯着林灵聆，冷不丁地问了她一句："你不是说对心理学有研究吗？人格分裂还有得治吗？"

林灵聆有些诧异地问："谁分裂了？"

秦智冷笑一声，站了起来，往会议室外走，同时丢下一句："我请假。"

自打那天以后，整个起帝都跟突然打了鸡血一样，其他部门到了十二月份都等着发年终奖回家过年，就连生产车间那边都挂上了大红灯笼，有种过年倒计时的节奏。偏偏起帝内部，文稿满天飞，到了元旦前夕，一大半人还在外地出差。

难得的是，几乎所有人都提前将计划交给了夏璃，唯独始终没有收到秦智的邮件。

而在这一个月里，所有人看见秦智的次数一只手都能数得过来。

当然也有给秦智穿小鞋的，有意无意跑到夏璃面前提到秦智缺勤的问题。夏璃只是淡淡地说知道了，便再无下文，也没人见夏璃找秦智谈过话。

这一个月内两人唯一一次有交集是某天车辆管理部老大亲自致电夏璃办公室，说他们部门一个同事的车子挡了大老总的车位，这位大老总不是别人，而是众翔集团董事长李福瑞。

夏璃听闻后十分震惊，李董一个月只来总部几天，为了他停车方便，大楼正门特地为他留了一个专属车位，谁都知道那是李董的车位，即使平时他不来公司，也不会有人敢挡他的车位，这是众翔总部心照不宣的规定。

夏璃挂了电话就伸头往窗户外面看，这不看还好，一看之下果真一辆红色的玛莎拉蒂横停在李董车位的斜侧面，将李董的车位挡了一半车身，而李董的车子只能挤在车位外面。

她旋即出了办公室，大步走到公共办公区域，一眼看见了腿跷在桌子上正在打游戏的秦智，他大衣脱了放在一边，就穿了件宽松的米色毛衣，那玩世不恭的坐姿完全就不像是正儿八经来上班的。

夏璃站在走廊里盯着秦智，整个办公区域瞬间鸦雀无声。林灵聆不停发出"哟哟哟"的声音提醒秦智，奈何他打得太入神，全然没在意周围的气温正在骤降。直到张涛握了一个纸团朝他砸去，他才后知后觉地抬起头，对上夏璃那双冷到极致的眸子。

他没动还保持着那个姿势，淡然地问了句："夏部长找我？"

夏璃踩着高跟鞋，穿着长裤，离他几步之遥，冷冷地说："楼下的车子是你的吧？挪走。"

秦智放下手机，饶有兴致地看着她。这几乎是一个月来她第一次主动找他，他盯着她看了几秒，从身上掏出一把车钥匙往空中一抛，稳稳落在夏璃身旁的办公桌上，继而再次低下头开始打游戏。

这副操作看傻了所有人，大家都屏住呼吸大气也不敢喘。夏璃没有发飙，只是低头拿起车钥匙扔给郝爽，对他说："去挪车。"

这时所有人才看清那是一把玛莎拉蒂的钥匙，秦智入职虽然有一段时间，但由于他神龙见首不见尾，来了公司基本上也都是睡觉、打游戏，就是必须参加的会议，他也总是迟到早退，态度极其不端正。没有人把他放在眼里，甚至很多人背地里议论这个人的工作态度绝对撑不到过年，夏部长准开了他。

但此时大家看着那把车钥匙，顿时理解了他如此肆意妄为的工作态度，原来"家里有矿"啊！

然而十分钟后，郝爽满头大汗地跑了上来，夏璃正站在走廊和人说话，问他挪好了没。

郝爽有些心惊地说："夏部长，我不敢挪，你去看看。"

夏璃直接走到落地窗边往下看，这辆玛莎停得非常艺术，正好卡在花台和护栏边上，挡住了李董的半个车位，要想挪出来只能往前开，然而郝爽移了一点后发现前面的距离小到左右两边几乎只有半根手指的距离，根本无法通行，要么直接撞上花台，要么撞上李董的车子，完全堵在里面。

不管是撞花台还是撞李董的车子，郝爽都不敢。折腾了半天，他又乖乖上来了，弱弱地建议道："要不……联系李董那边挪下车子？不然出不去。"

夏璃冷冷地看着他："你听过有员工让董事长挪车位的？"说完，回头看了眼秦智。

他身后就是窗户，正好一局游戏打完他回头往下看了眼，随后朝夏璃耸了下肩，一副看戏的姿态。

夏璃收回视线，一把夺过郝爽手中的车钥匙就下了电梯。

她一走，好多人都离开工位全部跑到窗户边上，亲眼看见夏璃打开车门上了车，秦智也放下手机转过身看着楼下。

林灵聆紧张得手心冒汗："这不可能出得去吧！万一撞到怎么办？"

一众同事也觉得紧张，班都不上了，全跑来围观。

郝爽看得干着急，干脆说道："我下去帮夏部长看着距离！"

话音刚落，在大家都认为夏璃会慢慢把车子一点点移出来时，她已经找准角度油门一轰，没有片刻犹豫，把车子直接开了出来，不过眨眼的工夫，所有人都一副难以置信的模样，那几乎已经达到了极限距离。

郝爽拍着秦智的肩，松了口气，说："吓死我了，我刚才愣是不敢踩油门，你这车要是修起来要不少钱吧？"

刚说完，旁边不知道谁喊了声："夏部长在干吗？"

只见原本已经安全开出来的车突然在原地急速转了一把方向，跑车特有的轰鸣声吸引了这栋大楼其他楼层正在办公的人的注意力，好多人都朝窗外看去。

就见车子朝着大楼侧面的围墙毫无征兆地突然加速，车头直直朝着围墙撞去。"砰"的一声，伴随着林灵聆惊吓的尖叫声，整个办公区域寂静一片，或者说整个大楼都寂静一片，就连门口保安亭的小伙子们都傻了！

夏璃飒爽地拉开车门朝楼上望了眼，那淡然却透着寒意的眼神仿佛透过厚重的玻璃递给楼上那个正在看着她的男人。

整整一分钟，所有人才反应过来，全部齐刷刷地盯着秦智，林灵聆胆战心惊地问："智、智哥，这个车很贵吧？"

秦智漆黑的眸子牢牢注视着楼下的女人，嘴角不易察觉地勾起一丝弧度："限量版。"

几分钟后，外面电梯"叮"的一声，所有人以最快的速度全部归位，假装忙碌，整个办公区只能听见夏璃冰冷的高跟鞋声从外面踏了进来。她直接将车钥匙甩给郝爽，面无表情地说："联系拖车。"转头挑衅地看着秦智。

他撇了撇嘴，似笑非笑地靠在椅背上，对她竖起了大拇指。

第十六章 / 长夜漫漫 ▾
"你休想再从我身边逃走。"

1

夏璃刚进办公室，所有人都齐刷刷地抬起头，却在这时秦智一蹬桌子，缓缓从椅子上站了起来，不疾不徐地朝她办公室走去。

众人的视线全都落在秦智身上，他单手抄在黑色休闲裤口袋，宽阔的肩膀将米色针织衫完全撑了起来。虽然他很少露面，但身形高大，长相英气逼人，莫名给人一种不太好惹的感觉。此时所有人屏息凝神，暗道不妙。

郝爽见状赶忙来到走廊，拦在秦智面前劝道："那个，智哥消消气，你别冲动！"

秦智低眸看着他，没什么温度地扯了下嘴角："你以为我要找她算账？就算我要找，你能拦得住我？"

在华岭房顶坍塌时，秦智的身手郝爽见识过，他愣了一下，没敢硬拦。秦智已经漫不经心地绕过他，不轻不重地丢下一句："我不打女人。"

然后众人眼睁睁看着他敲了两下夏璃办公室的门，随后直接开门而入，身影消失在门后。

夏璃正站在资料柜前翻找之前的会展材料，听见声音回头看了一眼。秦智正好走了进来，她不诧异，收回视线继续找着资料，语气平淡地说："自己找地方坐。"便没再搭理他。

修长的食指划过目录，停在自己想要的文件夹前，夏璃快速将文件抽了出来，却听见身后的脚步声越来越近。等她回过身时，秦智已经逼近到她身后，忽然伸出双手将她圈在资料柜上。她不得不承认他身材很好，衣品也不错，穿什么都像衣服架子，略微宽松的米色毛衣让他看上去少了些往日的锋利，却简洁俊逸，少年感十足。

夏璃下意识用文件夹挡在身前，秦智低眸扫了眼她这个极具防备的姿势，嘴角微斜："那么贵的车子夏部长说撞就撞了，还真是把我当自己人。"

夏璃伸出食指推了下他，说："退后。"食指触碰上他的胸膛，结实有力，带着温热的力量传到夏璃的指尖。

他纹丝不动，她倒是不自然地收回手，别开视线，说道："你挡的是董事长的车位，如果你不清楚，我今天明确地告诉你。

"另外，你有钱把所有豪车都买回家也是你的事，但这里是众翔总部，你待的地方是起帝汽车，我不要求你一定要开起帝上班，但请你以后不要开这么高调的跑车来公司给我打脸。"

秦智松开手，立起身子睨着她，浓密的睫毛下那双黑色的眼睛透着温凉的光，好看迷人，却又有些无辜的意味："我哪儿来的钱买车？不过是问这边一个朋友借辆车代步，我已经让他尽量找辆不怎么开的车子给我了。"

夏璃一愣，将文件夹扔在桌子上，回头瞪着他："你说什么？你没钱买车？"

秦智靠在资料柜上，理所当然地说："我上个月干了几天你们就发给我几百块，你心里没数？"

夏璃转过身抹了一把头发，皱起眉，秦智在她身后淡淡地说："我这个朋友虽然车多，不过脾气不好。正好今天晚上有个局，既然夏部长有胆量撞了车，总得给我朋友一个交代。"

夏璃倏地转过身盯着他。

秦智只是抱着胸靠在资料柜上，有些邪性地问道："怎么，敢做不敢当？"

218

夏璃唇边滑过一丝冷意："几点？"

秦智要笑不笑地直起身子，往门口走去："八点。"走到门口，忽然转过身，挑起眉，"对了，我没车，你记得来宿舍接我。"说完，拉开门走了出去。

郝爽还紧张地守在门口，他拍了拍郝爽的头说了声："乖。"便大摇大摆直接旷工了，弄得一众人等均是一脸迷惑。

晚上八点不到，夏璃将车子开去宿舍门口，发了一条微信给秦智：出来。

过了几分钟，秦智才磨磨蹭蹭走了出来。

他比起白天多套了件黑色大衣，颀长的身影在冬夜里多了一重沉稳。上了夏璃的小车，他整个人就像蜷着一样，手脚都没地方搁的模样，然后报了个地址，夏璃将车子开了过去。

她已经回去换掉了职业装，穿着黑色紧身裤和短款马丁靴，外加一件夹棉的短机车服。

秦智发现夏璃只有工作的时候才会穿得比较成熟，也许是伪装自己的一种方式。

车子开到一处比较隐蔽的私人会所，门口停了一排豪车。

秦智似乎对这里熟门熟路，他一进大厅就有经理亲自迎了上来，殷勤地说："严少他们在楼上老地方，606，让您来了直接上去。"

秦智点点头回过身，看见夏璃双手放在机车服口袋里，抬头看着那盏过于奢华的水晶灯。灯片反射的光照在她象牙白的皮肤上，折射出星星点点的光，艳而不俗。

他对她喊了声："喂，上去了。"说完，自然而然将手伸给她。

她垂下视线望了他一眼，伸出右手朝他掌心打了一巴掌，又自顾自地将手收进口袋往电梯走。

秦智也不恼，和旁边的经理闲聊了几句。

经理把他们送到606门口就离开了。秦智刚准备推门而入，忽然回过头认真地问了句："车子的事你打算怎么跟我朋友讲？"

夏璃掀起眼帘看着他一副无所谓的姿态："要钱没有，要命一条，放心，你朋友要怎么对我，我都会拖你一起，毕竟车子是你开去的。"

秦智眼尾勾起些许深意，指了指她，语气中带着少有的压迫："进去不要多话，待在我身边。"随后推开门。

一门之隔的里面别有洞天，欧式豪华的风格，已经聚了不少男女，还有旋转楼梯通向楼上，音乐声震耳欲聋，随处是鲜花和气球，正在开派对。

秦智一进去，不少人就在喊他，扯着嗓子问他怎么这么晚才到，随后才看见他身后跟着一个女人。就连夏璃也感觉出来大家在看见她时，气氛明显变得有些怪异。

她确定不认识这些人，她来芜茳虽然有两年多了，但这里的圈子她从来没有接触过。

秦智被一个男人拉到沙发上，一坐下去那个男人就搂着他不知道在说什么。周围一些女人盯着夏璃窃窃私语，她们身上都是大牌，衣着妆容精致，大概整个场合只有夏璃穿得跟逛大街一样随意。她杵在原地，简单环顾了下四周，虽然她不知道为什么那么多人在看她，不过她没少经历过这种情况，早就练就了强大的心理素质，淡定地迎上那群富家女的眼神。或许是她深邃的眉眼太过犀利和强势，那些出身不凡的女人反而被她盯得有些不自在，纷纷别开视线。

秦智还在被旁边的哥们儿扒着说话，他侧过头朝夏璃招了下手："过来。"

夏璃几步走过去，秦智让给她一个位置，她也不扭捏，在他身边坐了下来。

刚坐下没多久，一个穿着浅粉色抹胸长纱裙的姑娘就走了过来，她身后还跟了几个闺密。她直接走到秦智面前，将手中的香槟递给他，从闺密手中又接过一杯，对秦智说："你来这么晚？我还以为你不来了呢。"

　　秦智噙着淡淡的笑意，将香槟换到左手，右手搭在夏璃靠着的沙发靠背上，对面前的女人抬起香槟，随意道："不好意思，来得急没带什么礼物。"

　　穿浅粉色纱裙的女人叫严艾妮，今天的主角，一个月前撂下狠话，生日当天必须把南城秦少拿下，这件事在芜茳尽人皆知。严尧旭怕自家妹妹甩出去的话下不来台，那天聚会看秦智打车过来，特地提出让秦智到他那儿拿辆车代步。既然给了他一辆车，毕竟欠着一个人情，请他来参加严艾妮的生日宴，他也不好拒绝。

　　只是谁都没想到这位南城炙手可热的秦大少今天的确来了，却带了另外一个女人，当场让严艾妮的面子有些挂不住。严艾妮对秦智说："要不是我哥你不会来吧？"

　　本来还挺热闹的派对，因为她这句话，周围几步开外的地方所有人都安静下来。

　　秦智扬起手中的香槟一饮而尽，将空酒杯往旁边茶几上一放，淡淡地对她说："生日快乐。"

　　秦智面色冷淡，那双黑亮的眼眸里已经透出些许不耐烦。

　　后面的闺密拉了拉严艾妮，示意她算了，不要搞得太难看。严艾妮看都没看夏璃一眼，将香槟喝光，转身离开。

　　她一走，跷着腿的夏璃便漫不经心地侧过头："招呼不打就拉我来挡箭，你还真不客气。"

　　秦智要笑不笑地看着她，漆黑的眸色透出些许玩味："她哥就是借我车的那个哥们儿，我保证你这趟来得不后悔。"

　　秦智的手臂还搭在夏璃身后的靠背上，凑过去说话的样子在外人看来或多或少有些暧昧。

　　说完，他便站起身，对她说："我们上去。"

　　夏璃刚站起来，他回过身忽然抬起手伸到她的领口，将她的机车服拉链一拉："外套脱了，上面热。"

　　如此亲昵的动作，在他做来却又自然无比。他低头看见夏璃闪躲的目光，将外套交给服务生的同时，倾身到她耳边："不客气，领导。"说完，将自己的大衣也脱了，然后带着夏璃上楼。

夏璃里面也只穿了一件黑色的紧身针织衫，加上黑裤、马丁靴，和这一屋子人的打扮格格不入。

她压低声音，对秦智冷声说道："你不会早说来什么场合？我穿的都是啥？"

秦智侧眸上下扫了她一眼，紧身裤将她的长腿拉伸得十分漂亮，包裹着饱满的翘臀，配上她混血的面孔，自然而然散发出一种野性的性感。秦智嘴角微扬："我跟今天的主人公不熟，你就这样挺好。"

显然他的话已经把夏璃自动带入成他的女人，夏璃当然听得出来，默默伸出手掐了一把他的腰。他头都没回，笑着攥住她的手，她扭动了几下，他稍稍用力根本不给她缩回的机会。

2

二楼有人在玩桌球和游戏，认识秦智的都跟他打着招呼。秦智拉着夏璃走到最里面，是个牌局，已经有四个男人坐在那儿打麻将，周围有几个女人。

秦智一进去，严尧旭就笑道："哟，秦少姗姗来迟，动静倒不小。"

一句话已经表明虽然他在楼上打牌，但楼下的事情也已经听说了，随后几个男人都不约而同看向夏璃。

秦智来了芜茳后，严尧旭他们和他聚过几次，但还是第一次看见秦智带女人出来，不免对夏璃多看几眼，想看看能入得了秦少眼的到底是什么样的女人。

这种贴上"秦智"标签的打量让夏璃眼神颇冷，感觉莫名被身边男人坑了一把。

严尧旭不动声色地拍拍旁边那人："老五，起开，给秦少玩两把。"

这个叫老五的男人搂着旁边的女人站起身，对秦智说："你打，我下楼喝两杯。"

秦智走到牌桌面前，问了句："打多大的？"

严尧旭拿着面前一把黄色的圆形筹码晃荡，秦智扫了眼，忽然回身将夏璃拉到身前，把她按在座位上："我就不打了，她跟你们玩几把。"

夏璃回过头瞪着他，她的麻将技术只停留在游戏麻将，这怎么打啊！

然而秦智却始终噙着淡然的笑意，拉了个板凳坐在她边上，还刻意拍了拍她，半开玩笑地说："好好打，别把我的老底输出去。"

他一会儿说他没钱，一会儿又拉着她来打这么大的牌，她现在已经不确定待会儿她真输光了，他会不会把她押在这儿。

由于夏璃的加入，四圈重新开始，三个男人就她一个女的，几个男人边打边闲聊着，严尧旭问秦智最近忙什么，也不过来聚聚，秦智淡淡地说："忙着搬砖。"

另一个头发梳得锃亮的男人笑道："少跟兄弟几个哭穷，绿成集团那边几个融资项目听说你也参与了，搞来不少钱吧？"

夏璃想到上次约"黄世仁"黄总吃饭，秦智连绿成的放款周期都掌握得一清二楚，微微一怔，回头看他。他没接话，脸上看不出情绪，声音清冽地对夏璃说："专心。"

她收回视线，继续整理手上的牌，秦智才继而说道："听风就是雨啊，老曹，从哪儿打听的小道消息？你要真认识绿成的人，我不介意你帮我介绍下。我现在都要问严少借车开了。对了，说到车，严少啊，你那辆车被我一个女同事撞了。"

严尧旭眼皮都没抬，慢悠悠地说了句："十个女司机十一个菜。"

夏璃抬起头，眼里的光有些冷意。秦智搭在她椅背上的手指挠了挠她的背，她没说话垂下视线继续看牌。

严尧旭接着说道"不过秦智，你对那个女同事有没有意思？你要有，这事就算了；要没有，那我得找这姑娘了。"

秦智抬起头，对严尧旭说："没意思我会把车钥匙扔出去？"

夏璃听着两人的对话，甩手一张"二条"就拍在桌子上。

未承想对面的严尧旭将牌一倒，和了，随即对夏璃挑起一丝笑意：

"炮放得不错。"

一句轻佻的话让夏璃的眼神冷了几分，她回过头问秦智："怎么算？"

秦智很淡定地报了个数字。

夏璃感觉心都在滴血，她捏了捏眉心，感觉脑壳疼，却在这时一直搭在她椅背上的大手，又开始手欠地拽着她拖下来的辫子有一下没一下地绕着圈圈。

那轻柔的力道拽得她头皮痒痒的，像无声的安抚，让她紧皱的眉心放松了一些，专心看着自己的牌面。

夏璃刚准备打一张，忽然感觉头皮一痛，身后的男人不易察觉地拽了下她，夏璃很有默契地手指微顿，将本来准备抽出来的牌又放了回去。秦智把她的辫子往左一拽绕了三圈，她从左边抽出第三张打掉，牌桌上的其他三位都是老手，眼睛一扫下家跟了一趟牌。

转了一轮过来，夏璃又摸了一张，手指碰到一张"四条"上面。秦智又拽了一下她的辫子，右绕两圈。夏璃已经完全看不懂了，他为什么要让自己拆牌打。她犹豫了一瞬，还是听了他的，将右边第二张牌扔了出去。下家跟了一张牌后，对面的严尧旭紧接着也打了一张熟牌。

夏璃还没反应过来，又感觉头皮一紧，她回头瞪了他一眼，低声斥道："还没到我打，拽上瘾了？"

秦智黑亮的眸子却蕴含着淡淡的笑意："你和牌了。"

夏璃赶忙回过头说："等等。"

上家停下摸牌的姿势，她愣是把所有牌又捋一遍，才发现自己好像真和牌了。关键她的牌摆得乱七八糟的，连她自己都在蒙圈中，秦智是怎么能看出来的？

她这边牌一倒，对面的严尧旭就啧啧道："秦少，看不出来你带了个会打的过来啊，吊牌这套玩得挺溜啊！"

夏璃经严尧旭的提醒才看出来，她和的这张牌是前两轮秦智让她打出去的，下家一直在跟这趟牌，对面自然认为这趟牌安全，没想到秦智反过来让她占的就是这张。严尧旭甩给她筹码，瞬间回了本，夏璃收了筹码回头看了秦智一眼。

秦智看着她忍不住上扬的嘴角，眼里露出些许宠溺的光，清浅撩人，倒让夏璃蓦地怦然心动。

秦智从小身边都是这些人，自然吃喝玩乐都样样精通。

于是一圈牌下来，众人都看出了点有意思的地方，平日里总是单刀赴会的秦少，对姑娘不冷不热的，今天却全程都坐在这个女人身后，还姿势暧昧地弄着她的头发和旁边人闲聊，俨然一副陪媳妇出来消遣的姿态。

而他带来的这个女人就厉害了，一圈下来先是输了几把，几人没把她当回事，结果突然翻盘，后面大杀四方，四圈还没结束，两家已经给她席卷，面前的筹码堆成小山。

严尧旭来了兴致，抬头多看了夏璃几眼，模样长得还真是没话说，虽然这个场子里不缺美女，不过对面这个女人身上有种森冷的气场，由内而外压了出来，和一般富家千金的那种高傲还不一样，她有意无意抬头扫向他的眼神总给他一种"王之蔑视"的感觉。严尧旭便开口问了她一句："你是混血儿？"

"哈搓搓，我是你老汉儿。"（重庆话：傻子，我是你爸爸。）

夏璃经常全国各地出差，几句方言说得地道有腔调，逗得一屋子人大笑，就连严尧旭也觉得这姑娘有点意思，全然没察觉自己被骂。

只有夏璃身后的秦智低垂着视线掩住眼里的笑意。

不免有人对夏璃的身份感到好奇，能来这个场合的，基本上都是家里有底子的，他们也理所当然认为夏璃有点来路，想到能入秦少眼的八成背景也不一般。

于是旁边那个头发梳得锃亮的男人便打探道："姑娘，你家里做什么的啊？"

瞬间，秦智的表情冷了下去，他清楚这个问题对夏璃来说有多敏感，刚准备出声，夏璃却抢先一步淡定回道："你是想问我是哪家的富二代？

不好意思，我不是。"

说完，她看了眼上家打出的牌，嘴边露出狡黠的笑意，将牌一倒，对他伸出手："我是富一代。"

那霸气全开的气场唬得面前几个男人都一愣，瞬间有点摸不清这个女人，本来以为她只是秦智带出来耍的女伴之类的，现在看来这个女人有点东西。

于是四人又来了一圈，刚开牌的时候，正好一个好久没见的朋友拉秦智到旁边喝一杯，于是夏璃就自由发挥起来。等二十分钟后秦智再回到她身边的时候，看见她已经输得惨不忍睹。她回身看了他一眼，眼里难得浮上一丝求助的意味。秦智不动声色地靠在椅背上，从那时起夏璃开始翻身。

头发锃亮的男人打趣道："秦少一坐过来，妹子手气就好，邪了门了。"

秦智修长的手指缠着夏璃的头发，意味深长地说："她离不开我。"

五个字喂得众人一嘴狗粮，夏璃倒是伸手去捏他，他一把攥住她白嫩的手在掌心摩挲了两下。那粗粝的触感像砂纸磨过心脏，夏璃的耳根浮上一片火热，局促地抽回手。

第二圈结束时间已经不早了，楼下开始切蛋糕，整个场子都嗨了起来，秦智也被兄弟拉着说话。夏璃站在人群外面，对秦智指了指洗手间，他点点头。

夏璃出来的时候正好过了十二点，楼下音乐震天，她往人群中走去，突然感觉被几个人挤到里面，还没反应过来，原本在哄闹的姑娘中有好几个齐齐把蛋糕砸向她。

夏璃本就穿着一身黑，顿时满头满脸的蛋糕，惨不忍睹。那几个姑娘砸完便退到旁边笑着拿出手机拍她，周围一阵戏谑的笑声。

秦智本来在和兄弟说话，听见场中央一阵哄闹转头看去，顿时放下酒杯冲进去，将被人围住的夏璃拽进怀里，回头就对几个举着手机的人吼道："滚！"

他环着夏璃挡住其他人凑热闹的视线，夏璃的眼睛却透过他的臂弯在场中扫视，最终落在那位粉红色纱裙的"小公主"身上，对方正冷眼看着她，嘴角泛着轻蔑的笑。

夏璃收回视线，抬头问了秦智一句："我要砸了这个场子，对你有影响吗？"

秦智略微迟疑了一瞬，随后淡漠地说："大不了以后不和这帮人来往。"

夏璃从他怀中直起身子，二话不说回身径直走向蛋糕台，捧起那个还剩两层的蛋糕，顿时，刚才砸她的几个姑娘吓得跑去后面。然而夏璃并没有走向她们，转身直接几步走到严艾妮面前，抬手就将蛋糕劈头盖脸地盖了上去！

一连串行云流水的动作，吓得所有人都一脸蒙，没人会想到夏璃竟然直接将蛋糕盖在今天的主人公脸上。

伴随着严艾妮一声惊叫，整个场子顿时诡异得安静，蛋糕托盘应声掉地。奶油糊了严艾妮一脸，她抓狂地大叫："你砸我干吗？"

夏璃斜了眼严艾妮那几个满脸惊恐的闺密，冰冷刺骨地丢给她一句："你当我瞎啊？"说完，便果断转身再也没搭理她一句。

身后严艾妮大哭出声，整个派对都炸开了锅。

秦智将两人的外套一拿，直接带着夏璃离开。

3

出了会所，两人都喝了酒，没开车，会所外面是条街道，很多夜宵店生意爆满。夏璃一身蛋糕忒惹人注目，秦智干脆用自己的大衣将她裹住，去旁边超市买了矿泉水和纸巾，把她拉到角落，将纸沾湿替她擦着头发上的奶油。

他嘴角始终噙着笑意，街角半暗的光将他的轮廓描绘得精致迷人，几近无可挑剔，偏偏他嘴角微斜的样子又透着些许不羁和挠人的味道，让人心跳莫名加快。

她望着他，问道："笑什么？"

他的声音像沉沉的沙子落在皮肤上，轻轻的、痒痒的："痛快了？"

夏璃低头嘴角弯起，再到后来笑容渐渐放大。

皎洁的月光，温柔的夜色，静谧的街角，两人毫无顾忌地笑着，时光仿若瞬间回到当年，他带她找到那些砸她摩托车的家伙，问她打算怎么做。她毫不留情地说："全弄了！"

两人把所有车轮都爆了，被刚从网吧里面出来的家伙发现了，喊了一帮兄弟追了他们四五条街，一直到秦智托着夏璃爬上平房的屋顶，眼睁睁看着一群人从他们面前越跑越远，两人气喘吁吁却酣畅淋漓地大笑。她推着他，他挠她痒，两人在房顶闹腾起来，他把她压在身下，她眸色里是他从未见过的柔软，他吻上了她，她没有躲。

那是他的初吻，也是她的。

寂静的街角，两人突然安静下来，似乎同时想到那年的屋顶，逐渐收起笑容。

时间真是一件神奇的东西，她刚烈的性子这么多年都没有变，他喜欢她这份天不怕地不怕的果敢，她沦陷在他纵容狂热的眼神中。

可有些东西终究是变了味，例如当年那份纯真、无条件的信任、不顾一切的热血，终究是被利益和立场所捆绑。

秦智扔掉纸巾，又拿了张干净的纸巾替她擦着脸上的奶油，手却忽然停在了她的唇边。她抬眸望着他，眼里细小的流光柔软纯净，扫过他的心尖，他声音有些低哑地说："你嘴边还有。"

夏璃只感觉到眼前一黑，他高大的身影完全将街角的光线遮挡住，唇舌的缠绕像一把大火，将她的身体点燃。她本能地扭动，却被他单手禁锢在怀里。秦智能感觉到怀中的女人从反抗到柔软，他喜欢她被征服的模样，浑身绵软得仿若能捏出水来。

夏璃的意志在他的吻中一点点沉沦，却感觉掌心被他塞了一把东西。他松开她，她第一时间低头去看掌心抓着的东西，竟然是一大把钱。

她有些诧异地抬起头望着他，他已经松开她，若无其事地说："你赢的。"

夏璃拿着那把钱没有动，她想起秦智那句"保证你这趟来得不后悔"。

他对她了如指掌，他赢的钱她不会要，但他有法子让她心安理得地拿钱。

说完，秦智已经双手抄在裤子口袋里，优哉游哉地往外走。夏璃望着他被路灯拉得修长的背影，掌心有些灼热。他走远几步，漫不经心地回过头，嘴角微扬："喂，宿舍关门了，我回不去。"

夏璃看着他那副无赖的样子，笑而不语，缓缓走向他不紧不慢地说："走回去？"

秦智低眸睨了她一眼："看来夏部长明天也打算旷工？"

这条街离夏璃住的地方不算近，但是再远的地方他们也走过，年少时，骑着摩托车去郊区山上跑比赛。那会儿他们不熟，夏璃刚转去景仁高中，一个是全校最出名的叛逆少女，一个是每次考试都秒掉所有人的天才学霸。

他们各自站在对立的伙伴中，淡淡地打量着彼此，无声地较量着。比赛开始后，随着赛道的复杂，选手们渐渐拉开距离，山道连续急转刺激着所有人的肾上腺素。夏璃甩掉一辆辆摩托车遥遥领先，最后只有秦智死死咬着她，他望着那个女人的背影，看着她身下的摩托车擦着悬崖边而过，给了他一种前所未有的震撼。他身在东海岸，见惯了那些娇贵惜命的富家千金，第一次看见一个女人胆子这么大！

他们喜欢这种追逐的游戏，从年少懵懂时，狂风从耳边呼啸而过，飞逝的青春，流淌的岁月，他追逐着她，超越她，横在她的面前强行将她拦下，她吃惊地看着他眼里散发着征服的狼光，在夜空里格外明亮。

她狡黠一笑，打着方向就从山道边的石子路开了上去，他侧头看着这个不肯服输的女人也跟了上去。结果就是两人车胎都废了，从山道的另一头一起走回东海岸。那是个漫长的盛夏夜晚，极低的气压让两人浑身黏腻，走到半道下起了暴雨，他们跑进电话亭，狭窄逼仄的空间对于完全陌生的少男少女而言有些窒息。他靠在一边盯着她，她看着外面雨帘一滴滴滑落，在玻璃雾气上画了一只活灵活现的鸟。

后来天空中闪过雷电，从很远的地方像天际龟裂，如此清晰的闪电落在他们眼中，他看见她收了手转过来看着他，眼里的光不停闪动。那时他才知道，这个女人也有怕的东西。

他只是淡淡地说了句："没事，我在。"

时隔多年，他们再次漫步在夜的街头，已经没了年少时青涩的无惧，反而变得有些试探和防备。

说到旷工，夏璃便没好气地说："一个月累计旷工十五天，自动解除劳动关系，你这个月旷工多少天了？"

秦智将衣服给她了，只穿了件米色的毛衣，倒并没有缩着，反而有些慵懒地回："我会尽量控制在十四天。"

一句话噎得夏璃差点对他爆粗，她裹着他的大衣冷冷地说："即使这样，你过完年没有任何成绩依然请你做好离开的准备。"

他却毫不在意地说："急什么。"

说完，他倒是问她："彭飞怎么说？"

提起彭飞，夏璃脸上又浮起一丝隐忧："我和院长谈过了，他最迟给我宽限到过年前。"

说完，她有些奇怪地看着街边一家小吃店，门口挂着自制冰激凌的荧光招牌，夏璃停下脚步说了句："这么晚了还有卖的啊？"

秦智顺着她的视线看去，回头问她："你想吃？"

她只是看着他笑，眼睛弯成月牙状，不说话。

秦智便落下一句："等着。"

说完，大步朝店里走去，等他托着冰激凌出来的时候，寂静的街道早已空无一人，只有他站在街头，大冬天的夜里，外套没了，还捧着个冰激凌，画风凄惨。

他看了看对面玻璃门上自己的倒影，气得骂了句："臭女人！"然后一口把冰激凌吞了。

第二天夏璃就收到了秦智的假条，理由是：妹妹生小孩。

她要没记错他妹几个月前不是才生的小孩吗？

但夏璃没有过多精力去了解秦智的行踪，因为接下来起帝发生了两件大事，几乎是在一夜之间，原本分管所有经销门店的团队，领导带头提交离职申请，后面几个对门店管理流程熟悉的老员工也相继提交离职报告。这突如其来的变故打了夏璃一个措手不及。

一月份新的门店管理办法正式启动，她押了50%的业绩在全国门店上，却在这个节骨眼几乎职能部门走了一半，群龙无首，剩下的几个员工也明显有些散漫和无措。

本来夏璃一个头两个大，广告部那边又出了事，原本一月份在南部地区一年一度的车展，起帝突然被取消名额。

南部都是经济大省，每年最大的两个展会，一个在沪市，一个在杭城，沪市的那个他们没有争取上，所以杭城的这个他们很早就做了准备，却突然发生这样的意外。

整整三天时间，起帝内部气压降到最低，出现在夏璃三米开外的人都能感觉到一股森冷的寒意。所有人都埋头做事，大气也不敢喘，就连林灵聆都收起了钟爱的辣条，淘宝也不逛了。

一时间起帝内部刮起一阵旋风，人人自危。而连续三天，夏璃加班到半夜，这几乎是自彭飞那次事件之后，起帝遇到过的最大的一次危机。

好不容易到了周五的晚上，她一到家便倒在沙发上。家里没有开灯，她思绪一片混乱，她几乎已经三天没有合过眼，不是不想睡，而是人累到极致，闭上眼满脑子源源不断的问题，怕一睡着思绪就短了路，越是紧绷压力越大，反而更加睡不着。

这时，她的手机忽然响了。她这几天听见手机铃声都会下意识地心颤，有气无力地拿起手机接通，习惯性地说："你好。"

电话那头的男人似乎轻吐出一口气，声音散漫慵懒："在家啊？"

夏璃愣了一秒，轻挑起嘴角，揉了揉眉心："怎么，你妹孩子生过了？"

他在电话里低低地笑了下，对她说："我在厂里。"

她淡淡地"哦"了一声。

他清冽好听的声音传了过来："那天吃了冰激凌，现在发烧了，食堂的饭不想吃。"

距离他买冰激凌的那个晚上已经过去了一周，他扯谎扯得如此正大光明，竟让夏璃疲惫的脸上露出一丝笑意："挂了。"

"你确定不过来？我发烧的时候脑子特清楚，不想让我帮你分析下现状？"

说完，他干咳了一声："别人请我去当顾问按小时计费还要看我脸色，你做顿饭就解决了，我发着烧从南城赶回来，真不管我啊？"

他最后几个字语气低浅，夏璃手指划过水杯边缘，心头某处柔软了一下。黑暗中，她没动，依然握着手机，呼吸频率有些紊乱。

秦智轻叹了声，丢下一句："行吧，夏部长的心向来是石头做的。"

挂了电话，夏璃看了下时间，八点了，她也没吃。

4

一个小时后，夏璃的小车停在了那排宿舍区外面，发了条信息给秦智：【到了。】

那边很快回了条：1036。

夏璃犹豫了一瞬，还是拉开车门，提着两个保温桶走到宿舍门口。宿舍区这里背靠山，有些荒凉，飕飕的冷意顺着夏璃的大衣摆钻了进去。门口一个人都没有，她缩了缩肩膀找到1036。

铁门已经留了一道缝，里面透出微弱的黄色光线，她推开门往里看了眼。宿舍里很安静，和她想象中不太一样，直到响起一道声音："进来。"

她这才看见躺在里面下铺的秦智，他钻在被窝里，她乍看之下竟然没发觉他。

宿舍左右两边各一个上下铺，但此时只有秦智一人。她进来后，秦智的眼神落在她手中的保温桶上，嘴角翘起一丝笑意。

夏璃将保温桶放在两组床中间过道的小木桌上，问他："就你一个人？"

秦智侧过身子看着她，短而碎的头发在半暗的光线下竖立着，总给人一种不可一世的傲然。他回道："一个周末出去浪了，还有个庄子，话多到我嫌吵，让他走了。"

夏璃没有换衣服，还穿着白天上班时的那一套，卡其色的双排扣大衣，漂亮的小腿露在外面，踩了一双黑色长靴，一种冰冷难以接近的感觉。

只是走近了，秦智才看清她憔悴的神情，连黑眼圈都熬了出来。他撇了下嘴，问她："几个晚上没睡好了？"

夏璃低着头将保温桶打开，把里面的菜一个个拿出来没吱声。他看着她脸上布满的阴霾，身子撑了起来："看来你的确离不开我。"

夏璃转过头，没什么温度地看着他，脱了大衣放在一边，对他说："起来吃。"

秦智没动，眼尾往下撇着，露出一副病入膏肓的表情："没劲起来。"

夏璃眯起眼睛，几步绕到他面前，弯下腰伸手摸了摸他的额，确认他是不是又在撒谎。

结果滚烫的温度立马传入她的掌心。她略微蹙了下眉，却突然感觉腰上一紧，她的身体毫无征兆地跌倒在他胸前，他长臂绕过她的腰际将她整个圈在怀中，大手一伸直接掀开被子将她包裹住。她身上还残留着从室外带来的寒气，却忽然融化在他滚烫的胸前，他暖和的温度让她有些发寒的身体也变得热热的，被子里是他熟悉的气息，一种让她无力抗拒的温度。

她想挣扎着起来，身体却被他圈得死死的。他低下眸，饶有兴致地问："你跑这趟是紧张我，还是紧张工作？"

夏璃迟疑了一秒，便就是那一秒的工夫，秦智眼里的光冷了下去，抢在她前面淡淡地说："算了，我不想知道。你要从我这里得到解决方案，总得把我伺候好了吧。起不来，喂我。"

夏璃抬头瞪着他，他眼里噙着笑意，像细碎的流光，摄人心魄。

夏璃信了那句他发烧时脑子特清楚的话！

她扯了扯嘴角，对他说："你要不介意的话，我这辈子只给我儿子喂饭。"

秦智的脸色冷了下来，掀了被子推开她："铁石心肠的女人。"随即慢悠悠地坐了起来。

夏璃的身体被他焐热，比刚进来暖和许多。她带了两份饭菜，给他的那份稍微清淡一些，结果秦智非常自觉地到她食盒里夹菜，就差直接把她那份抢过去了。

夏璃将食盒一扔，侧头瞪着他："你自己没有？"

秦智眼里挂着似笑非笑的光："我就喜欢吃你的。"

夏璃也不吃了，干脆把自己的食盒往他面前一推，跑到他对面的床铺准备坐着，还没坐下去，秦智慢悠悠地丢了一句："庄子自从搬进来，我就没见他洗过澡。"

一句话硬是让夏璃那准备坐下去的身体又给弹了起来，秦智要笑不笑地拍了拍自己的床铺，夏璃只有再绕到他床尾，厂宿舍冬冷夏热，让人缩手缩脚。

秦智斜了她一眼，对她说："鞋子脱了盖被子。"

她没动，他好笑地看着她："我都病成这样了，还能吃了你不成？"

他拉过被子扔给她，顺带扔给她一个枕头靠着。她也不矫情，将被子裹在身上，被窝里被他焐热的温度让她感觉好受了些。

她问他："你吃药了吗？"

他低着头，碎发掩住他眸里的光，他声音里带着一丝难以察觉的揶揄："还没，药才到。"

夏璃抄起枕头就砸向他，他头也不抬地接住，放下筷子起身，再次将枕头给她垫在背后，挑起眉梢，对她说："长夜漫漫，你想跟我耍我们有得是时间，不过关于你的睡眠问题，我得先给你解决了。"

秦智将吃完的餐盒一盖，放到一边空出的小桌子上，转而看着夏璃带来的电脑，问道："展会定金你们交了吗？"

夏璃点点头："早打过去了，昨天退回来的。"

"之前签订的合同和展方发给你们的通知书给我看下。"

夏璃看了他一眼："你确定现在的状态能看？"

秦智将木桌拉到床边，盘腿坐在床上斜睨着她。他穿着一身浅灰色的运动装，短碎的头发加上他好看的骨相，有些漫画感的不真实。也许是这里的夜太静，他的浅笑竟然一时让夏璃恍了神。

他见夏璃没动，又丢了句："脑子好使的人不容易烧坏，快点。"

夏璃回身将电脑抽了出来，放在木桌上打开，分别调出合同和展方前天发过来的邮件说明。

秦智单腿屈着，眉峰轻拧，翻看着合同条款和说明书，之后将两份内容转换成文档，快速做着标记。

大约二十分钟的时间，夏璃只是裹着被子靠在他身后的墙上看着他操作，没有打扰，只是发现他的表情似乎越来越凝重的样子。一会儿过后他停下鼠标，对她说："过来。"

夏璃身子往前挪，脚不小心碰到了他，他愣了下回头看她："怎么这么冰？"

夏璃有些不自然地将脚缩回被子里："天生体寒，焐不热。"

秦智嘲弄地说："我看不是体寒是冷血，还有焐不热的话，我不信这个邪。"说完，从被窝里捉住她一双脚握在掌心。

夏璃有些急了，对他吼了句："松开！"

秦智没再开玩笑，而是有些严肃地说："还要不要工作了？"

他没有笑容的时候，眼尾总是挂着一丝难以抗拒的威严。

夏璃没再动，秦智盘着腿，把她冰凉的脚放在双腿圈成的小窝之间。见她不动了，他拉过被子盖住她的小腿，才指着电脑上的说明书："我看了下，展方罗列的这些不符合要求的驳回项，通篇在玩文字游戏，这东西一看就是请专业人士特地弄的，所以你到底得罪了谁？"

夏璃看着秦智标红的部分，再次仔细扫过，的确只要是秦智标出来的地方多读几遍便会发现都存在歧义，竟一时让她哑口无言。

秦智看了她一眼，点开合同："这件事我们待会儿再谈，回到合同本身。按照他们给出的说明，可以完美避开合同条目中第九条第二项的违约免责声明，我们回到原始合同，在第十二条这里对免责情况做出了一定的阐述，所以根据说明书列举的驳回项，我给你标出了你现在需要准备的材料。"

秦智带着夏璃把合同从头到尾过了一遍。虽然这份商务合同夏璃签署之前已经仔细看过，但让她震惊的是，经过秦智的分析，她才察觉出一份简单的合同中间竟然藏着这么多猫腻和空子，甚至有的条款前面看似完美无瑕利于甲方，后面某个附加项进行一两句不经意的补充，整份合同的约束力立马变了一个方向。

夏璃没有系统研究过商务合同条款方面的东西，秦智解释得越深，她越发有种思路开阔的感觉。

她发觉秦智脑子转得非常快，从说明书中迅速找出可以推敲的部分，结合合同中他标出的东西让她把目前的一些资质和材料准备好，按照他的思路拟写一份初稿，把所有东西调出来打包，给他过一遍，下周一上班，让夏璃找众翔法务部碰个面，直接和对方硬碰硬。

虽然在秦智的指导下，夏璃有了些头绪，但很快面色再次一片死灰："即使能判定他们违约，但展会时间在下周二，如果展方背后人的目的就是为了让起帝无法参会呢？那他们的目的已经达到了，我们所有宣传几个月前就已经发出去了，耗费那么多人力、财力，出了这样的事，最终损失的还是我们。对方在展会前几天把通知书发给我们，打的就是让我们无力回天的时间战！"

秦智却有些慵懒地向后一仰，双手撑在床上："横竖这个展会咱们是参加不了，所以你就打算放过那些人？"

"当然不！"夏璃撸起袖子，气势汹汹。

秦智将手伸到被子里拍了拍她的脚："那还不快搞？"

或许是秦智发着烧的缘故，有些烫，半个多小时，夏璃冰凉的脚被他夹在腿弯里，竟然真的焐热了，她把双脚收了回去。

秦智转而靠在床头，将弯了半个多小时有些麻掉的腿伸直，低低地说了句："你的心要跟脚一样能焐得热就好了。"

夏璃侧过头问他："你说什么？"

秦智双手撑在脑后，半眯着眼，嘴角微弯，道："说你今天晚上别走了。"

夏璃直接不搭理他，开始坐在电脑面前整理材料。秦智闭着眼躺了一会儿，才慢悠悠地说："这个节骨眼上，连年终奖都不要了，直接辞职走人，还正巧是你今年重点抓的门店管理，对方打算掐死你的命脉。"

夏璃重重点了几下鼠标："是谁我大概心里有数，但没有证据。"

"没有证据就找证据，找不到证据就弄点证据出来。"

夏璃的手顿住，侧头看着他："什么意思？"

秦智却忽然睁开眼，漆黑的眸子透着清明的光，甚至有些锐利地射向她："你进众翔的目的到底是什么？"

夏璃脸色漠然，回过视线，两人目光相撞，空气中蔓延着无声的电光石火，似乎都在试图窥探对方的心底。

良久，她出声回道："坐上吕总的位置。"

秦智垂下眸，不易察觉地扯了下嘴角，他清楚，她没有对他说实话。

室内恢复静谧一片，宿舍窗户不是很密封，寒风似乎还能透过细缝溜进来，窗帘摇曳，温度骤降。他似乎是思忖了片刻，呼吸有些沉稳地说："坐上那个位置后呢？"

两人之间再次陷入沉默，他一点点打入她的心底，但她早已习惯性地筑起高墙，不允许任何人窥探。她神情冰冷地说："那是我的事。"

秦智低低地笑了下："听说之前的试用员工迟到几次就被你砍了，你能把我留到今天，看来是打算像上次在塔玛干一样榨取我的利用价值，欲擒故纵那套我上过你一次当，不会再上第二次。要想我帮你打赢这场仗，我们先谈好条件。"

到这时候夏璃已经完全明白，刚才所谓的合同梳理只是他抛给她的甜头，而真正的砝码，他不会轻易交给她。

她干脆松开鼠标，靠在床尾。

两人中间隔着一人的距离，一个在床头一个在床尾，夏璃也进一步试探着他："和我谈条件？我也来跟你捋一捋，秦少当真跟绿成集团没有合作吗？怕是不止绿成集团一家吧，你入职用了三个月的时间，一拖再拖，入职后三天两头请假，看来事业做得很大，根本无暇分身。

"以秦少的能力，屈尊在我这破厂房宿舍，图的又是什么？

"你要跟我谈条件，我又凭什么信任你最后不会摆我一道。既然是合作，总要打开天窗说亮话。"

秦智没有笑，甚至目光有些冰冷地看着她："你说我图什么？"

夏璃漫不经心地看了看自己掌心的纹路，极其冷淡地说："我不是十八岁，别和我来这套。"

秦智点点头："好，我帮你渡过这关，起帝二把手的位置给我。"

夏璃的心跳漏了半拍，到这一刻她已经完全无法分辨这个男人心思到底有多深，要说他欲擒故纵，他表现得更像一个情场老手，却突然开口问她要二把手的位置。

如果吕总查的消息没有问题，驰威电子已经私下和大田达成合作，五年的战略合作意味着他手上握着的技术会全面在大田汽车投放，可这时他提出的要求，让夏璃突然浑身竖起防备。

秦智看着她像只炸毛的刺猬，有些好笑地说："怎么，是不敢，还是不舍得？"

他漆黑的眼就像一把摄人心魄的刀子，让夏璃此时的顾忌和担忧无处遁形。她需要渡过这个难关，手底下那么多兄弟姐妹还指望着她，这不是她一个人的战斗，一个决定的偏差便会全军覆没。

摆在她面前的是滚滚长江即将淹没而来，而秦智就是横在长江上唯一那座可以带着她通过的桥。只是这座桥上布满荆棘，她敢不敢带着兄弟姐妹闯?

　　答案是，她别无选择。

　　短暂的抉择过后，夏璃再次坐回电脑前："你睡会儿吧，我弄好喊你。"

　　秦智嘴角微弯，闭上眼。

　　5
　　夏璃将初稿思路整理出来已经半夜，她轻喊了声："好了。"
　　却发现秦智没有动静，她回过头碰了碰他："喂。"
　　秦智喉咙里咕哝了一下，却依然没有起来。
　　这时夏璃才再次凑到他面前摸了摸他的额头，温度烫得让她收回手。她赶忙下了床冲进洗手间，直接端了一盆水回来，推开电脑将盆放在小桌子上，掀了被子拉开他的衣服给他擦拭着身体。
　　秦智眼皮子很重，一直紧紧闭着眼，可似乎睡得并不是很安稳。他能感觉到夏璃的动作，有些无力地抬起手抓住她的手腕，似乎是想阻止她。
　　夏璃脾气上来了，直接把他的手按在一边，凶道："别乱动！"
　　她撩开他的灰色运动上衣，他身上的温度也烫得吓人，那一块块腹肌像滚烫的烙铁。她将毛巾蘸湿擦过他的身体，他眼睛都没有睁开，任由她摆弄。
　　夏璃擦好拉过被子给他盖上，想了想又拿着他的手指解锁了他的手机，找到庄子的电话打了过去。庄子深更半夜接到秦智的电话还有些嬉皮笑脸地说："哟，智哥，这么晚还能惦记我？"
　　"嗯哼。"夏璃清了清嗓子。
　　庄子一听声音不对，立马闭了嘴。
　　"他发烧了，我找发烧药。"
　　庄子听说秦智居然发烧了，在电话那头各种惋惜，然后将放药的地方告诉夏璃。

夏璃将手机放在耳边找到了退烧药，一边拿水，一边将电话挂了，正好回到通话记录的页面。她无意识扫了眼，最近的一次通话在她来宿舍半个小时前，对方备注的是"大田汽车雷总"。

有那么一刻，她看着床上的男人真恨不得把手中的退烧药给扔了！

可吕总反复告诫过她，不要把脸撕破了。毕竟他调查秦智的这些事也是暗地里，别人没有拿到明面上来运作，就是揭开这件事也无法对峙，反而会给起帝以后的发展断了一条路。

所以夏璃只能和秦智打心理仗，可这场仗难就难在他们曾经认识，这其中掺杂着亦真亦假的感情，反而更难看得清。

她锁了手机，走到他面前，对他说："吃药。"

秦智没动，侧了下身子，她托着他的脖子把药给他灌了下去，喂了他一口水，他就势拉着她，含糊地说："别走。"

夏璃的手腕被他拉住，她回过头弯下腰，对他说："你现在的状态恐怕谈不了工作，明天再说吧。"

他却并没有松开手，虽然闭着眼，看似有气无力的样子，但也不知道为什么手劲还能这么大，攥着她竟让她无力挣脱。

他往里挪了一点，直接将夏璃扯倒在他身边，抱着她就没再松开，轻吐出两个字："我冷。"

那低浅的声音像有魔力一样，让夏璃本来想挣脱的身体停止了所有动作。

他们身下只有很薄的一层床褥，就连被子也很薄，小小的宿舍像冰窖。夏璃抬头看他，他睫毛浓密，贴在眼皮上，眉毛也很黑，每次皱眉都给人凶巴巴的感觉。夏璃记得以前在景仁高中，很多女生喜欢他，却根本不敢靠近。

她大概是唯一一个不怕他的女生，在学校第一次碰见，他的摩托车挡住她的道，她刚准备一脚踹上去，被人拉住告诉她这个车不能碰。

正巧他和一帮兄弟朝她走来，看见了她的动作，她回头问他这车是你的？他没说话，旁边人替他点了点头，她上去一脚就踹开了，对他冰冷地说：“下次停车看着停。”

　　所有人都以为她要倒大霉了，但是他没有找她麻烦，反而第二天又停在了她的旁边。

　　从前年少，他们什么都没有，如今她混成了起帝部长，他背后的水深不可测，可看着这个环境和身下硬邦邦的小床，夏璃还是不禁说道："我们两个为什么要睡在这种地方挨冻？"

　　秦智没有睁开眼，嘴角却清浅地勾起：“问你自己，为什么不让我去你那儿？”

　　他有些发寒，将怀中的她拢了拢，紧紧抱在胸口，声音低低地落在她发丝间："其实你不用这么累，可以从我这里得到最快的捷径，你知道我要的是什么。"

　　她低下头，沉默良久，才说了句："你烧糊涂了。"

　　他忽然将她扯到枕头边，侧头看着她："为什么不肯跟我？"

　　夏璃抬眼看着他，他的眼睛半睁着，眼皮子有些沉重，浓密的睫毛耷拉着，真像只没人要的小奶狗。夏璃无法拒绝他现在这副可怜的模样，笑着抬手抚上他的侧脸，温度烫烫的，暖了她冰凉的掌心。

　　她的表情是从未有过的认真："我如果愿意放下所有东西，那年我就不会离开你。秦智，你清楚应该娶什么样的女人对你有利，我不是那个合适的人选，也永远不可能甘愿做你背后的女人，我们没有未来。"

　　他垂下眼帘，将头埋在她的颈窝："那就谈现在吧。"

　　随即她便感觉到被窝里的大手将她的腰猛地下拉，他睁开眼，她看见他迷醉的眸子透着淡淡的怒意，她推了他一下："你还在发烧！"

　　"收回我刚才的话，我反悔了。"

　　说完，她甚至没有任何反抗的机会，铺天盖地的吻几乎让她窒息，她只感觉身体被一股滚烫的热浪笼罩，她的大脑停止运转。

　　他笑着咬住她的耳朵："只要我没死，你休想再从我身边逃走。"

　　最后夏璃的意识终于越来越迷糊，连她自己都不知道是怎么睡着的，但正如秦智所说，她的睡眠问题，他给解决了。

　　等夏璃一觉醒来已经快到早晨了，她起床钻进狭窄的浴室冲了个澡，看见自己被他弄得一身印记，忽然气不打一处来。

　　出来后她摸了摸他的额，烧退了，看见他一身指甲印，顿感心理平衡了些，套上大衣天没亮就离开了。

　　秦智是被一阵烟味弄醒的，他睁开眼身边早已空无一人，侧头看见庄子就坐在他对面，正聚精会神地盯着他感慨："夏部长真野啊！"

　　秦智揉了揉头："你回来时她走了没？"

　　庄子一脸同情地看着他："我八点回来人家夏部长连影子都没了，智哥啊，我怎么感觉你被人占便宜了？"

　　秦智抄起手边的手机就向庄子砸了过去，庄子笑着接住，听见他冷冷地说："联系黄主任，喊他晚上出来。"

第十七章 / 参加车展
"你以后有得是时间弥补我。"

1

夏璃回去以后将整理好的东西发给了秦智，但等了一天始终没有等到他的回复。晚上的时候，夏璃打了个电话过去，好家伙，直接关机了，听见电话那头冰冷机械的声音，她忽然有些恼火。

她又给庄子打了一个，结果庄子电话一接通，那边就是嘈杂的声音，一听就是在哪个夜场。她和庄子说找不到秦智人，庄子倒是大大咧咧地说："智哥，和我在一块儿呢，你找他？等下，他在另一边跟人喝酒。"

夏璃直接挂了电话，果真，男人靠得住，母猪能上树。

庄子找到秦智的时候听见电话里一阵忙音，有些莫名其妙地对他说："智哥，你领导好像找你来着，但是又挂了。"

秦智抬了下眼，淡淡地说："知道了。"

夏璃临睡觉前还看了眼手机，一直到半夜秦智却没有给她回过一个电话，要不是那一身印记，她真要怀疑昨晚自己累糊涂出现幻觉了。

直到星期天的晚上，她意外收到了一份秦智发来的邮件。她好好研究了一番，一个小时后，她关了电脑，难得睡了一个好觉。

但没想到上午的时候她突然接到一个电话，沪市那边原本他们没有争取上的展销会主办方竟然主动邀请起帝参加。夏璃挂了电话，足足在座位上缓了五分钟，一个电话打给秦智。

那头倒是很快接通了，声音听上去还很愉悦的样子："你想我了？"

夏璃开门见山地问："沪市展会的事情是你接洽的？"

秦智在电话里有些拽拽地说："免得下次见面你说我占你便宜，不用谢。"

夏璃握着手机，心里仿若刮起大风，却依然吹不散那股热流。她问他："你在哪儿？"

他声音愉悦地说："我还有四天可以旷工，抓紧时间利用一下。"

"什么时候回来？"

电话那头没有立即回答，夏璃似乎还能感觉到他温热的呼吸就贴在耳畔。顿了一瞬，他才回道："你想我的时候，我就回来了。"

挂了电话，她走出办公室。所有人还在忙碌，她站定了几秒，突然拍了两下掌，整个职场一片安静，众人全部看向她。这一刻，她只感觉前几天丧失的斗志在这一瞬间全部死灰复燃，心里腾起一丝野性的战斗欲，看着所有人："我们有活干了！"

接下来的一周时间，申请经费、宣传准备、做活动方案、安排人员，虽然时间非常紧凑，但夏璃亲自把关，一直到展会开始都没有再出什么岔子。

这是起帝成立以来第一次参加沪市这个为期三天的大型展会，夏璃很重视，带着营销团队提前两天抵达沪市，亲自指导展位布置，安排试驾车辆，确定最终的活动方案。

倒是会展正式开始的第一天，她将所有管理工作全交给了手底下的营销部老大，自己穿了身便装，戴着一顶黑色鸭舌帽游走在各个展位。

起帝成立两年多时间，并没有参加过规模如此大的展会，她这次来还有一个很重要的目的，学习经验！

会展方在开始前举办了盛大的开幕仪式，夏璃绕到门口的时候正好在举办剪彩仪式，主持人请展方领导上台剪彩。

夏璃手上拿着广告宣传页，在后排找了个位置坐了下来，几个中年男人被请上了台。主持人刚准备说话，其中一个领导摆了个暂停手势，对前排一个男人招了下手，似乎在喊他上台。人太多，夏璃只看见那个男人隐约的后脑勺，似乎是摇了摇头，并没有起身。

那个领导干脆几步走到台边，对那个男人说了几句话，前排男人起身拉了下西装朝台上走去。夏璃隐在鸭舌帽下的双眸一紧，忽然感觉这个背影竟有些似曾相识。

男人长腿阔步，穿着一身矜贵的深灰色西装沉稳地走上台。几个领导热情地把他让到中间，在他转过身的刹那，夏璃看清了他的容貌，瞳孔骤然放大。

虽然距离隔得挺远的，但夏璃还是看清了那个男人的容貌，正是合理利用每一天旷工机会的秦大少爷。

最近部门里关于他有了这么一段传闻，说他是总部集团哪家亲戚塞到起帝来混日子的，大家也都默认了这么一个"关系户"的存在，不再跑到夏璃面前嚼他舌根。

倒是夏璃这几天一直在关注他的动向，结果连续一个星期他都没来公司，办公桌上干净得连支笔都没有。她就搞不懂了，这人怎么突然跑到台上剪起彩来了。

台上站着的除了展会领导，还邀请了一些高端汽车品牌的负责人，起帝当然还不够格，所以夏璃只能坐在下面，然而这位比她职位还低的"关系户"直接站在中间位置剪彩，很好！

夏璃扶了扶鸭舌帽，礼仪小姐为台上的人送上剪刀。秦智很绅士地接过，似乎是朝夏璃这个方向看了眼，但是人太多，只那么匆匆一眼，他便再也没有朝她的方向看来。

那一身西装挺括有型，他本就高大，架子好看，穿着正装往那儿一站气宇轩昂。

夏璃从很远的地方看着他，一时间有些恍惚。她意识到这样的秦智才真正活在他的世界里，站在他该站的位置。他可以轻易和那些她够不到的老总打成一片，甚至轻易得到别人的重视和巴结，而她只能从底层一步步爬到今天这个不尴不尬的位置。

她低下头将鸭舌帽往下压了压，看见他随那些老总一起往内场走去，她也站起身从场边绕开，跟了上去。

自从那天收到他的邮件后，她还有一些事情需要向他确认，却再也没有见过他的人。后面她忙着会展的事情也没有联系他，现在好不容易看到他人，鬼知道他待会儿又会不会跑到其他地方去。

夏璃远远地看见秦智在人群中，和旁边一些领导边视察展位，边攀谈着些什么。那些领导旁边围的全是一些挂着蓝牌子的工作人员，还有专门的摄像组跟着，夏璃根本靠近不了，才跟到会展中心大门后面，就被排队进去的群众给挤得水泄不通。

等她拿着工作证从偏门绕进去后，人早跟丢了！

她转身走到没人的角落，拿出手机，给秦智编辑了一条短信：*我在展会上，看见你了，抽空见一面。*

夏璃刚打完准备按下发送键，却隐约察觉身边压下一道黑影，手机突然被人夺过，她迅速转身，却感觉腰上一紧，直接被身后的男人按在怀中。他举起她的手机，嘴角勾着一丝笑意："这么想见我？"

手机屏幕上还亮着那句"抽空见一面"的话，骤然拉近的距离，让夏璃的心还悬在半空没有落下来。她发现自从在华岭和他再次相遇后，每次见面他总有本事让她一颗心七上八下的。

秦智摸了摸她的手，依然冰凉一片，于是攥在掌心，眼里透着笑意："喂，你找我的样子像迷路的小孩，怕我丢了？"

她压下眼皮瞪着他，本以为他压根没有看到自己，没想到她的一举一动他尽收眼底。

他垂了下视线，倾身到她耳边："放心，我丢不了。"

那痒痒的气息撩得夏璃身体漫过一阵无声的电流，她干脆靠在身后的墙上睨着他："你怎么会在这儿？"

他锁了手机将其放进她的上衣口袋里："想你了。"

简单的三个字，让夏璃脸上一阵燥热，长长卷曲的睫毛掩着眼里动人的光。

她冷冷地说："还能不能好好说话了？"

他低头看着她，她戴着鸭舌帽，穿着白色卫衣，编了两个小辫子，像个漂亮清爽的小女孩。他抬手将她的鸭舌帽往旁边一卡："夏部长这又是什么打扮？"转而侧头看见她塞在裤子口袋别家的宣传单页，不禁翘起嘴角，"原来是微服私访。"

"你呢？假请够了没？打算什么时候回岗？"

秦智张开双臂，耸耸肩："随时。"

夏璃便直起身子，踩着短帮靴，掉头走人："和我巡店。这几天再翘班，你就不要来了。"

秦智单手插在西裤口袋里，侧眸看着她的背影。她下身一条短裙，比例完美，笔直修长的腿收在短靴里，那模样让他抿了下唇。

夏璃见身后没有动静，停下脚步，回过头淡淡地看他："我说的话你放心上了吗？"

他几步朝她走来，伸手将她往怀里一搂："把你放心上了。"

夏璃打了下他的手："规矩点。"

他纹丝不动："规矩不了，夏部长不是要微服私访吗？那总得装装样子，就我们俩这身打扮，基本上可以理解为你钓了个冤大头，带来车展买车，这个剧本夏部长觉得怎么样？"

夏璃斜了他一眼："秦少这么想被人当冤大头？"

秦智直接带她走进人群，低下头笑道："别人要对我说这句话早住院了。"

2

夏璃本来想往后走，先去看看几个同等级品牌的展会情况，结果秦智直接带着她到了前面几个高端品牌，对她说："眼光放长远点，先从这些品牌考察，你怎么知道起帝以后做不过他们？"

夏璃沉思了一瞬："这和我的信心没关系，背景口碑、技术实力放在这儿，再过十年也打不过。"

秦智却不屑一顾，直接将她拉进展厅。面前的是耳熟能详的 D 级车，中产阶级以上身份的象征，夏璃停下脚步环视了一圈展厅布置，光面积就是他们起帝的三倍。秦智回过身看着她："你得把心再放大点。"

璀璨的聚光灯打在他立体的五官上，他坚定黝黑的眸子射进她的眼中。那时的夏璃并不知道这句话能影响着她的未来，甚至整个起帝的命运。

她只是被他拉进展厅。

大概看秦智一身衣着矜贵体面，立马有销售顾问迎了上来。秦智像模像样地带着夏璃上了一辆高档轿车内，感受了一下内饰结构，然后跟随销售顾问坐下，照例问了一些基本的问题，了解这里的展厅活动，和一些方案流程。

拿了宣传册，从那里出来的时候，展厅已经被围得水泄不通，他们回头才看见，原来对面另一家请了很有名气的车模，一开场就吸引了所有人的目光，好多人听闻后全都举着手机往这里走。

秦智问她："想看吗？"

夏璃说："看看吧。"

"好。"

于是秦智直接将夏璃圈在怀里挡住周围人流的拥挤，为她找到一个可以观看的地方。

那辆锃亮的 B 牌新款跑车前果真站着一个颇有话题性的嫩模，就连夏璃这种不大关注娱乐圈的人也对她略知一二。

她有些自嘲地偏头对秦智说："我之前和同行吃饭打听过她的价格，她一个人的出场费抵得上我们这次全部的活动经费。不过你看看这周围的人流量，贵有贵的道理。"

秦智没说话，她看似平静的眼里却波涛汹涌。

良久，她转过身，对他说："走吧，人太多了。"

"不想看了？"

夏璃淡淡地丢下一句："想看，等以后我有这个实力了，请来起帝慢慢看！"

秦智望着她的背影，笑着跟了上去。

两人往另一边走去，出了这片区域人稍微少了些，夏璃才说道："人员我已经暂时控制了，按照你说的用《劳动法》压了他们一个月，但你要知道，这一个月留岗他们几乎产生不了任何效益，我却仍然要发他们工资，一毛也少不了。"

秦智和她并肩走着，缓缓开了口："一个月时间够我替你揪出背后那个人了，不过这次集体离职的事情应该给你敲响警钟，这绝不是一次偶然性事件。

"你调来这里时间不长，但据我这段时间的观察，厂里对你的议论倒是不少。如果没有人为煽动，怎么连生产车间的工人都这么关注你？"

夏璃低着头，双眸隐在鸭舌帽里："你怎么就确定我不是别人口中说的那样？"

秦智直接将她的鸭舌帽一掀，好笑地看着她："我亲你一下腿都软，你要真是那种女人，我只能说众翔的领导也太弱了。"说完，他将鸭舌帽适时卡在她头顶挡住她横扫过来的视线。

说来也是奇怪，高端品牌汽车那里围的全是人，他们真正走到豪车区，反而人稀稀拉拉的，大多数人只是站在外围拍拍照，很少有人进去和销售顾问攀谈，有种只敢远观不敢亵玩焉。

不过夏璃倒是来了兴趣，大概也只有每年的沪市车展能看到这么全的豪车品牌和一些概念车。

夏璃回头看了眼远处一辆红色的迈牌 SUV，正好秦智手机响了，他对她说："你先看，我接个电话。"

他走到一边说了几句话，回头的时候看见夏璃已经走到那辆车前，感兴趣地打量着。秦智便转过身一边讲着电话，一边看着她。

大概是职业病犯了，她看车不看内饰，反而蹲下身看底盘。旁边的销售顾问觉得这个姑娘举止奇怪，便走上前问她有什么需要。

夏璃抬起头看了他一眼，站起身才对他说："能打开引擎盖给我看看吗？"

销售顾问不动声色地打量了她一番，拒绝得还算有礼貌："这款车4.0T的V8双涡轮引擎，最大输出起步560马力，您感兴趣可以去那里领一份我们的宣传资料。"

夏璃的眼神没有移开过车子："不用看了，我知道这款车是9AT手动变速箱，全时四驱空气悬挂，但是我想看看线路材料和部件布局。"

销售顾问脸上的笑容有些僵硬："不好意思这款车还没正式上线，这次车展是首次亮相，整个车展只有这一辆。"

夏璃皱了皱眉："你的意思是，你们开个车展，连发动机都不给人看？展的就是个外壳？"

秦智见夏璃表情不对，对电话里说了声："我有事，晚点联系。"便挂了电话。

等他走近了才听见那位销售顾问对夏璃说："钥匙在我们经理手中。"虽然他还算礼貌，但语气中能听出一些不耐烦。

秦智已经走到他身后，淡淡地问了句："那怎么样才能拿到钥匙？"

销售顾问回过头，有些诧异地看了看面前这个衣着体面的男人，一身高档的手工西装衬得他低调奢华。销售顾问问："你们一起的？"

秦智稳步走到夏璃旁边，伸手将她揽到自己身边，抬头问他："这辆车多少钱？"

销售顾问回道："我们这次会展首次亮相定价是两百一十五万，但是整个车展只有这一辆，所以暂时不支持试驾，而且……"

"签合同吧。"秦智打断了他。

销售顾问和夏璃同时怔住，她瞬间抬头看着他，他目光清浅温柔："我正好缺辆车。"

秦智被请去签合同的时候，销售顾问已经申请到钥匙把引擎盖为夏璃打开。那边经理亲自接待秦智，和他协商这辆迈速需要参加展出，三天后会展结束才能领车，问秦智同不同意。

秦智倒是心不在焉地拿着笔直接大字一签，抬头望着远处的女人，半个身子都要伸进车前盖了。

经理见他签得爽快，又是递名片又是套近乎。秦智接过名片随意放进西装口袋里就起身朝夏璃走去，她倒是研究得入神，两条辫子都要拖到车里了，秦智伸手帮她把头发拿到脑后。夏璃起身问他："弄好了？"

他弯了下嘴角："好了。"

经理亲自把他们送出展厅。

今天开展第一天，很多从全国各地慕名而来的爱车人士齐聚一堂，过道上几乎满满当当，秦智始终牢牢攥着夏璃，她不自然地抽了抽手，秦智有些不爽地侧头睨着她："老实点，人多！"

夏璃倒是挑着眼，嘲弄道："秦少家不是破产了吗？买个两百多万的车眼睛都不带眨一下，你还有多少事是糊弄我的？"

秦智瞥了她一眼，半晌才说了句："家里的事没糊弄你。"

一句不明不白的话倒勾起了夏璃脑中一些久远的回忆，例如在那个巷口，她第一次遇见满身是伤的他，听见那些人骂他。

夏璃从小就没有父亲，她习惯了生活中这个角色的缺失，虽然儿时也羡慕过别人，但时间长了也就习惯了。

所以她无法想象，当他知道一个和自己生活在一起十几年的男人，突然和自己毫无血缘关系对他来说是怎样一种打击。她只知道在她转来景仁后，她很少看见他放学回家，明明他成绩那么优异，却整天和一帮狐朋狗友混。

有些时候夏璃觉得他们还挺像的，他没有回去找家人对峙，就这样一直把这个秘密埋在心里。就例如她搬去姨妈家以后的遭遇，她也没有告诉过任何一个人。

她清楚裴先生那不单纯的眼神，也清楚自己那个表妹在背地里散播的谣言，只是那时她对姨妈的感激让她不愿捅破这层纸。

她开始出去打工，每天放学都要骑车去很远的市中心。她想赚钱，赚到更多的钱可以不用依靠姨妈,这样就不用整天对着那个所谓的姨夫,也不用再忍受裴家两个女儿对她的排挤。

她记得,不管她回来多晚,路过东海岸半山腰时,总能看见秦智半躺在摩托车上,偶尔身旁会放瓶喝的。她每次都会看他一眼,然后快速骑走。在不知道多少次路过他后,他终于将摩托车一横挡住了她的路对她说:"一起喝?"

他们坐在半山腰的山边上看着上山区的方向,那里住着整个东海岸身份最尊贵的三户人家,她的姨妈就嫁给了身世显赫的裴家。可那个人人向往的地方,对她来说却像个无形的牢笼,让她每天睁开眼就呼吸沉重。

再到后来,她习惯每天路过半山腰都停下来,有时候和他喝罐饮料,或者有时候两人什么话也不说,只是这样无声地坐着,漫山红枫,火红如海。

也是在那时,他们知道了彼此的秘密。

他知道她放学要去很远的地方打零工,她的梦想是能快点攒够钱离开东海岸。

她知道他和爸爸的关系越来越僵,他不愿意回家,对未来一片迷茫,他的梦想是有朝一日离开东海岸。

所以在秦智那句"家里的事没糊弄你"后,夏璃沉默了一瞬问道:"你和你爸关系还好吗?"

秦智倒是笑了笑:"本来还能维持表面的和谐,你走那年我彻底和他闹翻了,大学就搬出去了。"

虽然只是只言片语,可夏璃听得出来这些年他和家里人关系并没有缓和。

她要没记错秦智家里好像是搞外贸生意的,如果他真的涉足传感器行业,只能说明他后来没有接手家里的生意。

她的手又恰巧碰到他戴在手腕上的那颗珠子,她低头看着手环,而他看着她:"内疚了?"

夏璃没说话，收回视线看向一边，却感觉他攥着她的力道紧了紧，说："没关系，你以后有得是时间弥补我。"

夏璃直接不搭理他，挣脱开他的手，走进另一家展位。

正好有人喊了声秦智，碰巧遇上那群展会领导，非要拉他去吃饭。他回头望着远处的夏璃，她在人群中转过头看他，没有挽留。

他收回视线，一眨眼的工夫，已经被几个领导拉走了。

一会儿后，夏璃接到了他的电话，他有些无奈地说："领导，我又要请假了。"

"看出来了。"

他笑着说："你们晚上住哪个酒店？我过去和你们会合。"

"我们住一般的商务酒店，你别过来了，给我们省点经费。"

他低骂了句："就知道跟我抠门。"

夏璃嘴角微弯，挂了电话。

3

三天展会很忙碌，最后一天的时候，夏璃去沪市门店开完会回去，秦智已经出现在起帝的展位，也不知道从哪儿找的工作服，全然没有那天穿着笔挺华贵西装的样子，头发松散，反而有些清俊随意。

她瞥了他一眼，他靠在里面和同事说话。旁边的营销经理走过来对夏璃说："夏部长，今天早晨秦智突然过来了。"

秦智听到自己的名字回过头来，正好看见才从外面进来的夏璃。她也换了一身衣服，穿着黑色的连衣裙，踩着高跟鞋。两人无声地对视了一眼，夏璃便到后场去商量调整最后一天的工作方案。

其他人见夏璃看了他一眼没有任何反应，也不敢多嘴。按照夏部长之前的做事风格，这样随性的工作态度早就被她骂上天了，现在连夏部长都骂不了的人，只能坐实秦智的身份很不一般。

一直到下午的时候，展区里的人又逐渐多了起来。经理安排两个人站在展区外面发广告单做接待。

　　几个年轻同事说秦智颜值高，非推着他出去，往他手上放了一堆宣传单，反正也不指望他能卖得出车子，所以给他一项比较简单的工作。

　　秦智低头看着手中的宣传单页，无语地走到展区外面。

　　果不其然，他个高腿长，长得英俊，往那儿一站，来来往往的人都会看他一眼。人家发传单都要弯腰堆笑，生怕别人对自己伸出拒绝的手，他倒好，脸上一点笑容没有，跟个人形立牌一样拿着一堆单页，不少年轻小姑娘却自动围上来问他："这个可以给我一份吗？"

　　他手一伸，别人"自助服务"，不少小姑娘还趁机碰一下他的手，揩个油，弄得他发个传单还黑着一张脸。

　　也有大胆的姑娘拿完传单问他："能跟你合照吗？"

　　他眼底没什么温度，就那样笔直地站着，姑娘也很奔放，直接上手搂着他的腰，让闺密帮她拍。秦智轻皱了下眉，回过头，正好看见夏璃坐在里面的接待区对着他笑，见他转过视线，还对他鼓励地点点头。

　　秦智无语，在心里呐喊，把我当什么了！

　　姑娘照完，她闺密也要照，秦智这次侧了下身子，淡淡地说了句："买车吗？"

　　两个姑娘愣了一下，然而让所有人都没想到的是，其中一个姑娘说："好啊！"

　　秦智身后的一众销售顾问都愣了，他的第一单居然就这么轻轻松松地完成了，真是个"看脸"的时代。

　　起帝的展位靠后，加上又是新品牌，知名度各方面都不如对面的老品牌，所以签单量一直很低。吕总倒是打了个电话来询问展会情况，夏璃绕到后面安静的地方大致汇报了下工作。

　　等她挂了电话再绕到前场的时候，突然发现展位有些吵闹，接待区坐了几个男的，不知道发生了什么事。

　　十几分钟前，这几个男的逛到他们这里，走进来往接待区一坐，指定让秦智接待。一个同事跑去前面和秦智说，他回头看了眼几人，眼睛

254

沉了下来。

同事见他脸色不好，说要么帮他回了，说他在忙，他却直接走到这群人面前。旁边有同事给这几人送了茶，结果这几人一坐下来就打游戏，动静弄得很大，把秦智晾在旁边。

夏璃看了眼几人，衣着、手表、车钥匙看着一副富二代的打扮，这种不缺钱的主不可能来买起帝汽车，所以只有一个可能，来找事的。

夏璃刚了解完情况，便听见秦智对他们说："董公子不买车，是来蹭无线网的？"

那个被他喊作"董公子"的男人抬起头，脸上挂着轻蔑的冷笑："哟，我没看错吧，这不是秦智吗？你们看看他是不是当年景仁那个牛得很的秦智啊？听说他离开南城出去混了，我以为混得多厉害呢，怎么现在跑来卖车了？"

旁边一群男人哄笑起来。董少站起身，走到秦智面前，拍了拍他，说："好多年没见了，要不是这次来沪市还碰不上了。当年你在景仁多风光啊，听说你爸生意上也出问题了，真是风水轮流转啊！"

秦智眼里藏着冰冷锋利的光，臂膀的肌肉全部紧绷起来，却又很快挤出一抹不达眼底的笑意看着他："你要买不起车就给我滚。"

一句话把座位上的几个男人给激得站了起来，指着秦智就骂道："你别给我们狂，也不看看你都沦落到什么境地了！景仁当年就出了你这么一个人才，我都替你丢人。"

夏璃推开一个同事就打算过去，秦智余光瞄到她，转了个身挡住她，没给她过来。他沉静地盯着几人："我倒想看看我沦落到什么境地了？还是那句话，买不起车就给我滚！"

一个男人上去就气势汹汹要打架的样子，被董少一把拦住。展位其他同事全都围了过来，准备拉架。气氛一触即发，就连有些不明真相的路人都朝这里看来。

董少将那个怒气冲冲的兄弟拉住按回沙发上，自己往几人中间一坐，抬头阴毒地看着秦智："车子，我可以买，只要你给我们服务到位了，我不仅买，我还可以集中采购一批。"说完，就把面前的茶水一推，抬起头对他说，"茶凉了，重新泡！"

夏璃碰了秦智一下就准备往前走，被他一把攥住将她不动声色地往后推了一下。他对着董少指了指监控："展位有摄像头，董少要是不兑现，我不介意将你说的话发给老朋友们。"

旁边有同事上去帮忙收拾杯子，董少直接将桌子一踢，茶水、茶杯散落一地："让他来！有一个人帮他，单子我立马签给对面！"

秦智面无波澜地走上前收拾残局，茶叶污渍顺着桌角滴落到地上。没有人再敢上前帮忙，只能眼睁睁地看着他蹲下身将地上的茶叶收拾干净。

那群人脸上挂着嘲讽的笑意，看着秦智一杯杯泡着茶，一共五杯茶重新端到他们面前，董少伸了下手说："太远了，够不到。"

秦智拿起茶水递到董少面前，董少抬眼看了下秦智，手刚碰到茶杯忽然向上一掀，一整杯滚烫的茶水就朝着秦智身上砸去！

当滚烫的茶水砸向秦智的那一刻，所有人瞬间都忘了呼吸，周围发出一声惊呼。董少露出阴冷的笑意，十分夸张地说了句："哎哟，不好意思啊，手没拿稳。"

旁边几个男人也发出毫不掩饰的笑声，展会暖气很足，秦智就穿了一件很薄的起帝工作服，滚烫的茶水就这么透了进去，他没有丝毫躲闪和退缩，就这样在众人的视线中缓缓直起身子。

他垂着眼，没人能看清他眼里的神色，只见他低头看了看身上那大片茶渍，伸手抚了抚，继而抬头露出一种让人捉摸不透的冷笑。看着是在笑，但眼里的光却骇人森冷，让旁人不禁打了个寒战，就连董少也收起笑，定定地看着他。

然而他没有任何反击，甚至没有再多说一句，只是态度冷淡地问："董少合同能签了？"

董倾平也是个要面子的主，这么多人围着，他没有出尔反尔的道理，当场阔气地购了五十辆飓风。虽然飓风的价格和进口车不能比，但五十辆也是大几百万的订单了，顿时让店里炸开了锅。好多同事面面相觑过后一脸喜色，气氛一下子高涨不少，许多人都在忙着弄签单，本来都准备落幕的展位，一下子又忙碌起来。

秦智拉了把椅子，往董倾平对面一坐，亲自和他过合同。

虽然所有人都因为这突如其来的大单跟打了鸡血一样，但夏璃的面色却并不好。她扫了眼秦智那身潮着的衣服还穿在身上，胸前的茶渍格外明显，但整个人看不出一丝狼狈，从容地和董倾平周旋。

夏璃转身往内场走去，心里翻江倒海。

景仁高中，她去了东海岸后，裴家将她转去的学校。她在那里复读了一年高三，这所富二代云集的私立贵族学校，数东海岸出来的孩子最为高不可攀，不管是老师还是其他学生，对于这帮孩子都会有所忌惮，他们的背后是盘根错节、无法撼动的强大关系网。

从前秦智在学校，对董倾平这样的人看都不会多看一眼。像他这样背景的人也根本不够格能打入东海岸那帮男人之中，如今却因为秦智身上那件工作服对秦智各种戏弄。

如果她今天不是坐在这个位置，如果她的身后不是跟着这么一帮等着会展结束吃饭的人，她一定会抄起水瓶砸向那个姓董的。但此时此刻她不可能再上前让秦智这身茶被白泼，可也不想再看见秦智若无其事地周旋在那群人中间，所以她情愿离开。

合同签完，秦智起身将他们送到展位门口。董少还十分嘚瑟地在秦智面前显摆自己有多豪，说秦智要是在众翔混不下去可以跟他干，景仁出来的人都知道秦智身手好，让秦智给他做保镖，开三倍工资。

秦智脸上挂着阴晴不定的笑意，指着前面那个出口："这边快关了，你就从那个出口走吧，那边比较适合你，毕竟这么多年没见了，你在那条路上一步一个脚印走来，从来没走偏过也不容易，慢走不送了。"

一群人不明所以地离开了，走远了董倾平还有些没明白过来，问旁边的兄弟："刚才秦智的话什么意思？我在什么路上没走偏过？"

几人正好走到出口那儿，旁边那人停下脚步，抬起头看着那个大大的2号出口的"2"字，才有些后知后觉地说："我怎么感觉，我们被骂了？"

展会里已经开始放散场音乐，会展圆满落幕，最后一笔大单终于完成了预期的计划，所有人都松了口气，约着晚上一定要出去胡吃海喝一顿庆祝。

大家都在收拾场地，夏璃从里面忙出来的时候一直没看到秦智，问了一个同事才知道他去抽烟了。

她顺着洗手间一直找到外场的过道，才看见他靠在后门外面的墙上，工作服已经换了下来，穿着工装裤和黑色皮衣，有些散漫不羁，手里夹着一根缓缓燃烧的香烟，却并没有放在唇边，而是微微蹙着眉看着远处落日的余晖，眉宇间隐着淡淡的情绪，挥之不去。

夏璃的心紧了一下，刚准备朝秦智走去，一个保洁阿姨从他旁边路过，没看见他穿工作服以为是来看车展的，就对他说了句："烟头别乱扔，我们要下班了。"

秦智这才收回视线看了过来，看见走廊里正朝他走来的夏璃。保洁阿姨拿着拖把嘀咕着："现在小伙子烟瘾一个比一个大，也不怕没姑娘喜欢。"

她正好路过夏璃身边，这句话便一字不落地钻进她的耳里。她脚步顿住，侧了下身子说："那你大概没听过一句话，真正喜欢他的姑娘，他抽的就是鞭炮也照样喜欢！"

保洁阿姨一愣，拿着拖把匆忙走远了。

秦智勾起嘴角，眉间的那抹情绪终于缓缓散去。

寂静的走廊，只有两人无声地对视，夏璃穿着高跟鞋一步步朝他走去，直到在他面前站定。

她抬头望着他，什么话也没说，抬手拉开他的皮衣拉链，想检查他胸口的烫伤情况，手却被他一把攥住，握在掌心动弹不得。他低下头，噙着有些玩世不恭的笑意："原来你这么喜欢我啊，我还是第一次听说。"

夏璃面无表情，没有半点心思跟他开玩笑，她清楚他越是云淡风轻，越是掩饰。

她从他掌心挣脱开来，再次抬手要去拉他的衣服："给我看看！"

秦智却毫无征兆地将她压进怀中紧紧抱着她，不让她动弹半分，声音低浅地落在她头顶："我没事。市场竞争哪有那么多原则可讲，要想冲业绩有时候就得不择手段，这点破事还不至于让我怎么样。另外，我够转正了吧？"

夏璃将脸埋在他的胸口，鼻尖一酸，终于明白过来他是故意的。从董倾平一进展位，他就打算放那帮人的血，所以他一直拦着她，不给她上前。不管他们刚才对他做什么，他都会受着，因为起帝需要这笔订单回去交差。

夏璃推开他，夺过他手中的香烟，狠狠抽了一口，踮起脚，吻上他的唇，将所有烟雾渡给他，而后转身往过道里走，顺便把烟蒂掐灭在垃圾桶上，对他说："收工。"

秦智靠在墙壁上，唇上还残留着柔软的温度。他眼神微眯，将烟雾吸进再缓缓吐出，回头喊了她一声："喂。"

夏璃踩出的高跟鞋声戛然而止，她转过身看着他。

大片余晖将他镀成金红色，周身像燃着火焰，他漫不经心地从口袋里拿出一把车钥匙绕住食指。夏璃看清了是那辆迈速的车钥匙，听见他的声音从远处传来："想不想试试？"

第十八章 / 相亲对象

"你一直在等我？"

1

展会结束后，大伙定在一家火锅店聚餐，人比较多，只能分头打车到火锅店集合。

夏璃最后一个离开，将所有东西都检查了一遍，出了展会天已经半黑，隐约的路灯下停着那辆红色的迈速 SUV。

她拉开车门坐了上去，秦智已经将车子发动，侧头看了她一眼："为什么看中这辆车？"

夏璃熟门熟路地调节着功能表回道："这是第一辆 SUV 搭载 4.0T 和 V8 引擎，听说是目前自动驾驶黑科技做得最纯熟的一款车。"

秦智立马将模式调为自动驾驶，用语音命令车子开出展会。

夏璃谨慎地观察路况和显示仪上的提示标识，秦智单手搭在车窗边，车子开了两条街，都能顺利避开障碍物，按照交通指示灯开得四平八稳。

开了没多久秦智的眼神就一直紧紧盯着倒视镜，随后眉峰越拧越深。

忽然他转过头对夏璃问道："你之前说这辆车的最大功率飙到多少？"

"350kw，峰值扭矩 620Nm，官方给出的数据。"

"坐好，我们试试看！"

秦智说完立马对车辆下达指令，然而汽车给出的反馈却是此路段为限速路段，无法完成指令。

秦智撇了下嘴："这个黑科技智能化模式单一，无法满足在各种情况下的需求，难道命都没了我还得注意限速？差评。"

说完，他立马将模式调为手动，突然加大油门。车子毫无征兆地加速，夏璃只感觉一股强烈的推背感，车子迅速在车辆之间穿梭。

她立即感觉到不对劲，转头去看后面，果然本来跟着他们的几辆车也突然加了速，发动机的叫嚣声响彻整条街道。

夏璃莫名其妙地问："怎么回事？"

秦智只是一言不发，紧紧拧着眉，调节挡位突然将车子倒退，方向一打猛地拐向一条狭窄的巷子。夏璃回头看去，其他车辆穿过巷子开了过去，但有一辆车从后面追了上来，目测那辆车上坐了三四个男的。

她眉头一皱，问道："这些人为什么要追我们？"

秦智瞥了眼倒车镜，加大马力将车子冲出巷口，急转向右边街道，匆匆说道："从出了会展中心就一直跟着我们，可能是董倾平喊的人，想整我。"

夏璃心一提，骂了声："那男的有病啊。"

秦智眼眸暗沉，牢牢盯着前方："我打过他。他问低年级小孩要钱，被我教训过，鼻梁断了。"

会展中心虽然在郊区，但交通状况并没有多好，没开出多远，前面车辆行驶缓慢，眼看追着他们的车子又绕了回来。后面的车子也越逼越近，目测前后大概四五辆车包抄而来，只有一条路可以冲过去，还遇到交通堵塞。

秦智将车子猛地一打方向停在路边，迅速解开夏璃的安全带，探过身子把副驾驶的车门打开对她说："你住哪个酒店？现在能告诉我了吗？"

"顺富路上的帛锦商务酒店。你要干吗？"

夏璃看见他眼里突然流出一丝凶险而邪性的笑意，像苍野的狼，呼吸低沉地对她说："回去等我，等不到我记得报丧！"

说完，他招呼都不打，一把将夏璃推下车，关上车门，猛地掉头开回那条巷子，迅速消失不见……

　　夏璃只看见那些原本追着他们的车子也迅速掉头朝着巷子追去，不过一眨眼的工夫，街道上已经听不见那些跑车叫嚣的声音，她一颗心还在疯狂地跳动不止。

　　她没有去火锅店，而是直接回了帛锦酒店，悬着的心始终没有落下。她推开窗户，看着熙熙攘攘的街道淹没在夜色中，第一次产生一种无比恐惧的感觉，就像那年妈妈离开她，那种无助的慌乱渐渐将她吞噬。

　　她清楚地意识到，即使秦智再能打，但是面对那么多有备而来的人，又是在外地，他不一定能顺利逃脱。

　　夏璃满手心都是汗，她摸索到手机，直接一个电话打到起帝人事部，要求方总立马把总装庄大宝的号码调给她。十几分钟后，方总将号码发到夏璃手机上。

　　她立马一个电话打给庄子，庄子还在芜茫，接到夏璃的电话也很吃惊，她对他说："秦智出事了。"

　　庄子只匆匆了解了一下情况便挂了电话，在那之后夏璃连庄子的电话也打不通了，她直接报了警。

　　帛锦商务酒店坐落在一条商业街的后街，街道上有一些饭店和店铺，过了十一点相继打烊，原本人流不止的街道渐渐归于安静。

　　不知道什么时候天空中飘起了雪花，夏璃站在窗边，高挑纤细的身影融入黑夜中。雪花贴在玻璃上，她的手渐渐握紧一拳打在玻璃上，那温度让雪花迅速融化。

　　到了两点以后，连饭店也逐渐关门。地面铺上了一层薄薄的积雪，整条街道除了路灯忽闪，连车辆都越来越少，整座城都进入睡眠模式，她没有收到关于秦智的任何消息。

　　夏璃走到镜子前看着里面的自己，面色苍白得可怕，眼前浮起多年前的画面。她坐在红枫后山的悬崖边，崖边的碎石顺着泥土掉落下去，其他人朝她喊当心。

只有秦智意味深长地说："她天不怕地不怕。"

她看向他问道："那你怕什么？"

秦智立在她身后不远处，有些张狂地回道："巧了，我也什么都不怕。"

她嘴角微斜，双手一撑身子就往悬崖下倾去。秦智眼底猛然发紧，冲上前一把勒住她的脖子就把她的身体拖了回来，整张脸瞬间阴云密布，苍白得可怕。

八年多过去了，她现在才看懂那个表情，他怕失去她，就像此时此刻的她！

一道车前灯的亮光从楼下划过，光线从窗户溜了进来反射到镜子里，顿时唤醒了还站在镜子前的女人。

夏璃快速跑到窗户边向下看去，莹白的雪地里那辆红色的SUV就这样从门口的大院驶了进来。

夏璃突然感觉所有血气全部向上涌，紧绷了一晚上的神经突然断了。她转过身就冲出房间，跑进电梯穿过大厅径直冲了出去。

红色车子刚停好，男人拉开车门从车上下来，看见从门口冲出来的她时，有些微怔。夏璃的脚步停在酒店门口，就这样隔着茫茫的雪地，牢牢望着他，瞬间红了眼圈。

他的工装靴踏在雪地上发出"嘎吱"的声音，他走到车头，那身黑色皮衣上落了一层薄薄的雪，就如从苍茫之巅踏雪归来，浑身包裹着肃杀的气息，却在抬眼的瞬间，那身煞气化为清俊的笑容向她张开双臂！

夏璃只感觉脑袋一热，顾不得脚上穿着的拖鞋就跑下台阶朝他飞奔。他一把接住她狠狠揉进怀里，抱着她带离地面转了个圈直接将她打横抱起，声音愉悦而低浅地说："外套不穿就跑下来？不怕生病啊！"

夏璃将脸埋在秦智的颈窝，秦智直接将她抱进电梯，进了她住的房间。门一关，他就将她放在地毯上翻身把她抵在墙上。火热的吻像大海一样汹涌而来将她彻底淹没，她抬手挂在他的脖子上，修长的双腿缠在他的腰间，拉开他的皮衣扔在一边。他问她："你一直在等我？"

她声音哽咽："等着给你报丧。"

他扯开她背后的连衣裙拉链，毫不客气地往下一拽，雪白晶莹的肌肤像窗外的皑皑白雪。她掀掉了他里面的衣物，借着窗外微弱的光线，她看清了他的胸前，一大片通红的通作，她的心猛然一揪。然而秦智没

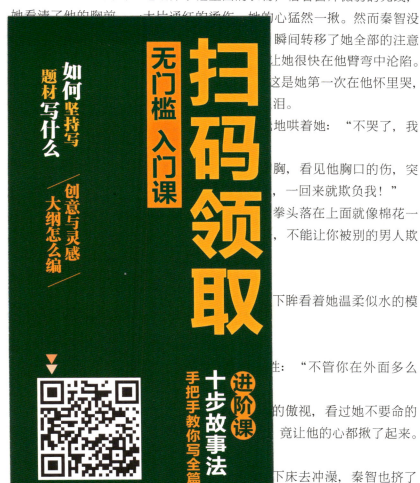

瞬间转移了她全部的注意上她很快在他臂弯中沦陷。这是她第一次在他怀里哭，泪。

地哄着她："不哭了，我

胸，看见他胸口的伤，突，一回来就欺负我！"

拳头落在上面就像棉花一，不能让你被别的男人欺

下眸看着她温柔似水的模

生："不管你在外面多么

的傲视，看过她不要命的竟让他的心都揪了起来。

下床去冲澡，秦智也挤了来的？"

诸住了，他们把他带到一

个场子里，一群人就想对他动手。他已经做好视死如归的打算，后来那个场子的老板接到风声，从外面赶回来，不巧的是，那个老板是庄子的一个小老哥。

说完，他已经走到她背后，炙热的气息压向她的后背："你联系的庄子？怕守活寡啊？放心，我舍不得让你守寡。"

"秦智！你再跟我胡说八道，请你出去！"

他弄了点沐浴露涂抹在她身上："你离不开我。"他说这句话的语气倒是越来越自信。

温热的手掌覆在夏璃的皮肤上，让她不禁战栗着，她转移话题说道："没想到庄子在沪市认识人。"

秦智笑道："他就是沪市人，听过'强龙斗不过地头蛇'吗？"

"那你怎么这么晚才回来？"

秦智却云淡风轻地说："难得被这么多人围追堵截，我要不陪他们多玩一会儿，他们还真忘了自己的身份。"

至于具体把他们怎么了，秦智没有对夏璃说。可夏璃清楚他对待这种人从来不会手软，今天他所受的耻辱也一定会加倍讨回来。

她不再问他，而是身体完全松懈下来，这才发现，真累啊！

忙了一天，还提心吊胆了一整晚，又被他折腾一顿，她容易吗？

秦智感觉到她身体变得柔软无力，光滑的触感浮过他的指尖，撩拨着他的呼吸再次变得沉重。他将她抱进怀中，对她说："喂，宿舍太冷了。"

夏璃闭着眼"嗯"了一声。

"伙食又不好，你看我才来众翔几个月都瘦了五六斤。"

她又轻轻"嗯"了一声。

"我觉得为了保证我们的身心健康，非常有必要住在一起。"

夏璃缓缓睁开眼，潮潮的水汽蒙上了她的睫毛。她转过身，那诱人而蛊惑的画面呈现在他眼前，她周身散发着腾腾的热气，迷蒙的眼睛像大雾中似真似幻的仙，美得不可方物。

　　她抬起双手环住他的脖颈，与他坦诚相待地看着彼此："我从东海岸离开的那年，你爸告诉我在你们搬去之前，他特地在你家大厅留了一面落地窗可以看向院子里。这样冬天的时候，你和你妹可以坐在地毯上晒着太阳玩着玩具，你妈也能坐在那里织织毛线，他问我忍心夺走那片阳光吗？我没有任何立场，因为我的自私让你们一家人背负骂名。

　　"如果有一天我必须向一个男人妥协，我会和他站在同一高度，我生来没有你这么优渥的背景，想赶上你，我可能要花十年的时间，甚至二十年。

　　"在那之前我不会踏进你家的门，也不会光明正大地站在你身边。如果以后我真的决定和你走下去，前提是一定让你的家人心甘情愿接受我，凭我自己的本事走进你们那片阳光下，可是十年，你能等得起吗？"

　　秦智终于缓缓舒出一口气，随后将她紧紧搂住，声音温柔缱绻中又带着丝张狂不羁："十年吗？那是有点长，不过我会让这个时间成倍缩短！"

　　2

　　在回到芜茳后，原本混吃等死的这位关系户突然就成了内部讨论的焦点，短短一天内他签下大单的事情就传开了。

　　在夏璃回来的第一天，吕总就请她过去了一趟，倒并没有问她秦智的事，而是告诉了她另一件事。

　　他找人查了一下庄子，庄子原名庄大宝，沪市人，单亲家庭，高中辍学在家，但目前为止，手上已经有了几个小型传感器技术发明的专利。

　　如果之前只是怀疑秦智和驰威电子的关系，这一调查几乎就已经佐证了他的身份，否则他不会平白无故和庄子这样背景的人接触。

　　临走时，吕总意味深长地对夏璃说："小夏啊，我知道你留着他的用意，但人心是最贪婪的东西，他能成就你，也能毁了你，你得掌握好这个度。"

　　夏璃没有眨眼，甚至没有丝毫感情，只是就这样直视着吕总："现阶段我需要他。"

吕总没再多说什么，只点了点头。

她刚回到起帝，发现后勤部老大袁姐在等她，林灵聆对她挤眉弄眼了半天。

夏璃看了袁姐一眼基本已经知道对方来找她的目的，她放下东西让林灵聆请袁部长来她办公室。

路过走廊的时候，正好撞见从外面进来的秦智，他一身雾霾蓝的大衣，戴着一条深咖色的围巾。不得不说，他衣品很好，这种很难驾驭的大衣穿到他身上那么妥帖。

夏璃只是淡淡扫了他一眼，便走进办公室。

林灵聆把袁部长请了进去，出来的时候，秦智正好靠在饮水机旁边，拿着水杯漫不经心喝着咖啡，随口问了句："丫头，那人一早来找夏部长干吗？"

林灵聆四处看了看，闪动着八卦的眼神走了回来，压低声音说："八成又是来给夏部长说媒的。"

这个袁部长算是众翔最老的一批员工，干了将近二十年，主管后勤这块，人倒是非常热心，第一眼看见夏璃就看中她的样貌，到处打听她有没有对象，还要把自己的大侄子介绍给她。

夏璃在总部人脉并不广，所以袁部长的热心，夏璃没有完全回绝，对于这种关系的维系她深谙此道，一来二去和这位袁大姐越来越熟悉。

秦智瞥了眼水杯里的波纹，不经意地问道："她经常给夏部长介绍对象？"

林灵聆神秘兮兮地说："可不是嘛，之前介绍一个男的我们都说好看又多金，条件真的很好，可是夏部长连去都不肯去，还说那种家庭的她不要。

"袁部长介绍过好几个，夏部长唯一赴约的，是一个跃腾汽车的车间班长，虽然没相成功，不过夏部长和他加了微信，成了朋友。

"所以我们悄悄地说，夏部长以前是不是被有钱人伤过啊，不然怎么这样呢？"

秦智低着头，搅动着杯中的咖啡，表情晦暗不明。

一会儿过后，夏璃亲自将袁部长送了出来。袁部长一脸笑意地对她说："那时间就这么说定了，你晚上千万别忘了。"

夏璃点点头："记下了。"

袁部长才放心地走了。

夏璃回过身，径直走回办公室，看见秦智靠在她办公室的门上，目光暗沉地盯着她。她往后看了眼确定没人后，问他："有事？"

秦智侧了下身子让出大门，夏璃的眼神从他脸上收回，将门打开，走进办公室回身关门。秦智却一巴掌抵住门探身进来将门带上，敞开大衣把她直接裹到怀里，靠在门上低眸看着她："你晚上要去？"

夏璃抬起头，似笑非笑地"嗯"了一声。

秦智侧过头动了动下颌，紧绷的线条冷硬锋利，随后再次低下头眼神压迫向她："不准。"

夏璃瘦窄的身体完全被他圈在怀中，她歪了下头，有些不悦地皱起眉："袁部长和我谈到我们部门一个叫秦智的新员工缺勤的问题，我总得卖她一个面子，才能让她睁只眼闭只眼。"

秦智被她一句话堵得要心肌梗死了，抬手握着她巴掌大的小脸，说："意思你为了我晚上要和别的男人吃饭？"

夏璃一双如雾的眼睛眯了起来，往他另一只掌心塞了把家门钥匙："在家等我，我吃个饭就回去。"

秦智松开她，抬手看着那把崭新的家门钥匙，嘴角终于挑起一丝不易察觉的弧度。夏璃已经转身绕回办公桌前，低着头忙碌着说道："现在是工作时间。"

秦智将钥匙往大衣口袋里一扔，意味深长地看了她一眼，拉开门走了出去。

夏璃很少会在晚上八点前下班，但今天其他人却意外地发现才过了五点半，夏部长就拎着包走出办公室。她几步走到林灵聆面前，敲了两下桌子，林灵聆抬头看见她化着精致的妆容，一时间有些微愣。

夏璃对她说："我先走了。"

林灵聆点了点头，对她做了个"加油"的手势。她抬眸看见秦智的座位上空无一人，林灵聆顺着她的视线望去，随后说道："智哥说有事要先走。"

"理由？"

林灵聆还没说话，夏璃转身丢下一句半调侃的话："嗯，他妹生孩子。"

夏璃驾车开到袁部长给她的地址，是芜茳市中心一家很有格调的饭店，每个单独的包间都有一个半透精致的彩绘帘子，可以看见外面的过道。

夏璃走到约定的包间门口，服务生为她撩开帘子。她看见里面已经坐了一个男人，黑色羽绒服搭在旁边的椅子上。男人岁数不大，也就三十左右，穿着一身名牌，笑起来一脸精明。

一抹讶异闪过夏璃灰色的瞳孔，很快又消失不见，她几步走到桌前朝对面的男人伸出手："没想到是宁汽的小陶总。"

男人抿唇笑着伸手握住夏璃："原来你认识我。"

夏璃和他简单地握了下手很快收回，别有深意地说："想不认识很难。"

这位小陶总花名在外，二十来岁从国外留学回来后，就正式进入宁汽集团。宁汽集团是国内最早一批做汽车的企业，实力雄厚。他上任就是总经理的职位，他的父亲是宁汽现任董事长，所以外界称他为"小陶总"。

要说这位小陶总最先让同行所熟知的并不是他的背景，而是他的花边新闻，他身边常出现的是娱乐圈和模特圈的美女，久而久之上遍各大娱乐新闻，那时大家才关注到这位二世祖原来背靠宁汽。

有别于一般花名在外的二世祖，这位爷还是有些真才实学的，二十岁之前一直不知道自己家里有钱，曾经也是个积极向上的大好青年，学习成绩优异。

一直到他老爹送他出国他才突然发觉，家里底子原来这么厚，之后整个人就突然放飞了。

在夏璃说出那句意味深长的话后，他自己反倒笑了，对夏璃摆了个请的手势。

包间内温度很高，夏璃坐下前顺手脱掉裙摆式的黑色大衣，小陶总倒是很自然地绕到她身后为她拉了一下大衣。夏璃淡淡地说了声："谢谢。"

小陶总到底是百花丛中过，对付女人很有一套，将夏璃的大衣放在一边，顺便扫了眼她裙摆下纤细的脚脖子，摸了下鼻子绕回对面。

很快便走菜了，都是一些高档精致的海鲜料理。小陶总出手阔绰，开席前就带了见面礼，从身边拿了一个奢侈品的袋子放在桌上："第一次见面，准备了点小礼物，希望你喜欢。"

夏璃漫不经心地瞥了眼，将面前的酒杯推开，换过茶杯，面色平静地说："小陶总怎么想起来相亲？要是我没记错，坊间传闻小陶总是不婚主义者，再说，小陶总要真玩够了想上岸，还需要相亲？"

男人看着她漂亮的手指抚在茶杯边缘，眼里溢出笑意。她开门见山一点也不扭捏的姿态倒是让他有些讶异，却又在意料之中。

他靠在椅背上，单手搭在桌上，对她说："别'小陶总'了，这里没外人，喊我陶伟吧，之前约过你，夏部长太难约，我只有想点办法才能见到你。"

夏璃垂着视线，在脑中过了一遍。秦智一拿下大单，袁部长就过来找她谈缺勤问题，吃准她现在不可能放走秦智，所以一定会来吃这顿饭，等于变相为小陶总搭了线。

都是在大企业摸爬滚打多年的人精，自然知道怎么样才能达到目的，袁部长能在这个位置坐这么多年，当然也不可能是表面看上去这么热心无害的大姐。

夏璃很快明白过来,轻笑了下:"不好意思,之前刚从塔玛干回来,积累了太多工作,最近的确比较忙,无暇分身。不过小陶总找我恐怕不会是相亲这种事吧?"

陶伟感兴趣地盯着她。美女他接触过不少,不过一坐下来气场就如此沉稳、言辞如此犀利的美女,他见得并不多。

包间装潢得有些融合中国古典元素,头顶的木质宫灯精美细致,彩绘下的光线照在夏璃的脸上,她的轮廓在泛黄的光线下柔美中带着丝难以靠近的疏离,或许她生来有副漂亮的混血面孔,不化妆五官就已经很好看,稍微上点淡妆整个人便散发着一种高级感。

陶伟饶有兴致地开了口:"我是说过不会轻易结婚这种话,那是因为我觉得没有女人能入得了我的眼,更没有哪个女人有这个本事能留在我身边。

"这次成发集团的招标项目,我也听到了一些风声,像夏部长这样用两年时间就能带领起帝拿下这种规模的标,你待在众翔有些屈才了。"

夏璃已经听出了些许意思,拿起筷子看了眼陶伟。他头发全部梳到后面,虽然长相算不上好看,但举手投足之间倒也有些高不可攀的气派。

他摆了下手示意夏璃动筷子,夏璃也不客气一边吃着东西,一边问他:"小陶总有什么高见?"

陶伟见她来了兴趣,立马为她"画大饼":"夏部长是爽快人,我也不跟你说虚的。你知道我到宁汽没几年,我家老头岁数大了,往长远看,有些规划他也弄不动了。我打算下半年成立一个新的品牌,从技术到外观再到后期推广投放会投入大量的资金扶持,我需要一个懂技术也懂品牌运作的合伙人。"

夏璃埋头吃着东西,随口问道:"为什么选我?小陶总想要名单我倒是可以推荐给你几个。"

陶伟摇了摇头,笑着端起酒杯晃了晃,眼里噙着意味颇深的笑意:"这个品牌对宁汽或者对我个人而言都是一个重要的里程碑,我不会轻易找'外人'合作。放眼整个行业,也只有夏部长这样能力和长相都让我看中的人。我今天来不是邀请你加入宁汽，是以一个相亲对象的身份希望和你有进一步的发展，不管在生活还是事业上。

"宁汽在国内的实力即便算不上第一，也绝对够格称得上第二，只要你点头，未来能得到的东西是你在众翔熬一辈子也无法拥有的。"

他转着手上的酒杯，势在必得地盯着夏璃，她低头缓缓吃了口小甜虾，放下筷子轻轻拭了拭嘴角，昂起修长的脖颈，抬手将那个袋子推还到小陶总面前，微笑道："牌子是好牌子，只不过不一定适合每个人。谢谢小陶总今天的招待，改天去众翔，我一定好好接待你。"

说完，她站起身拿上大衣拎起包，径直走向门口。

陶伟双手撑在桌子上，看着那个大牌的手袋，还是第一次遇到有女人拒绝他的东西。他微微皱起眉，瞥向门口："不急着给我答复，听说你们吕总的位置要换人了，我给你几个月的时间。"

夏璃脚步顿住，陶伟也站起身走向她，从她手中接过她的大衣对她说："送你出去。"

夏璃不好再拒绝。

两人沿着过道进入电梯再下到一楼，饭店的大厅很大，富丽堂皇的大理石地面亮得反光。夏璃的高跟鞋踩在上面有些打滑，陶伟自然而然扶住她的腰，夏璃让了下说："没事。"

结果侧身时重心一偏，陶伟就势抓住她的手臂，正在这时远处有人喊了声："小陶总。"

他们同时抬头望去，饭店门口站了一帮才从楼上包间下来的男人，然而就是这么抬头一瞥，夏璃看见了那些人中一双漆黑的眸子正在紧紧盯着她。

3

夏璃没想到秦智提早走也是有饭局，芜荘本就是个小城市，有名的饭店也就这么几家，虽说如此，但夏璃还是很诧异能正巧碰见他。

秦智站在几个男人身后背着手盯着她，随后将视线落在陶伟抓着她的手上，她不动声色地抽回。

对面几个男人已经朝他们走来，很远就对陶伟伸出手："哟，小陶总怎么来了芜茳，也不知会一声？"

陶伟站着没动，缓缓伸出一只手。

秦智落在最后慢悠悠地跟了上来，也许是他的眸光太过犀利，陶伟的视线很快穿过几人注意到他，略微顿了下："秦智？"

似乎对于秦智出现在芜茳这个小地方有些奇怪。

秦智对他不咸不淡地点了下头，便将目光落在他手臂间挂着的大衣上。这件衣服夏璃穿了一整天，秦智当然一眼认出衣服的主人是谁。

陶伟也发觉到秦智的视线，很自然地抖开大衣为身旁的佳人披上。

大衣刚搭到夏璃的肩上，她立马双手接过，虽然陶伟只是一个不经意的动作，但面前几人眼睛一扫便看出了点意思，便都默默打量着夏璃。

陶伟皮笑肉不笑，一副不太熟的样子和几人打了声招呼："还有事，先走了。"

几个男人也有眼力见，很快让开说道："好，小陶总要是这几天不走我们聚聚。"

陶伟点点头，往前走了几步，对秦智笑了笑，这下倒换了副笑容，不再是应付的笑意，而是颇有几分熟悉感："什么时候回南城？"

秦智的态度却令人有些捉摸不透，让人感觉不出来跟他熟还是不熟，只是简单地搭了句："暂时不回。"

陶伟倒感兴趣地问道："忙什么？"

秦智嘴角没有温度地勾了下："忙着终身大事。"

夏璃已经将大衣套上，提起包扫了秦智一眼，又低下头看着鞋尖，微皱了下眉。

陶伟今天找她的目的，的确出乎她的预料。如果抛开个人感情不谈，几个月后她拿不下吕总的位置，众翔她肯定待不下去，宁汽的确是她完美的退路。

只不过此时的气氛着实有些尴尬，连她经历过再棘手的商务谈判场合，也没有感觉像现在这么不自在。

陶伟只是拍了拍秦智的肩，对他说："回头聚。"说完，扫了眼夏璃示意她可以走了。

夏璃的高跟鞋踏在地砖上发出清脆的回响，她抬起头直视着秦智的眼睛，总算是松了口气，打算出去后上车再打电话给他。

可让她没想到的是她刚路过秦智身边，突然感觉手腕一紧。她低头看去，秦智的大手毫不避讳地攥着她的手腕，不轻不重地落了句："我也结束了，一起回家。"

陶伟就在夏璃前面，听见这句话有些难以置信地回过头盯着秦智攥着她的手腕。身后一帮老头子那是看得一脸蒙，这反转的剧情让几个大男人各种凌乱，一个都没敢吱声。

随后陶伟抬眼看向夏璃，似乎想在她脸上看出些什么。而秦智也没有任何要松手的意思，就这样光明正大地攥着她。

两个男人都在等着夏璃的反应，她却低着头看着秦智的手，袖口手环上的那颗珠子好似还若隐若现。她长长的睫毛扇动了一下，最终没有将手从秦智掌心抽走，就这样任由他握着。

陶伟到底是风月场上的老手，短短时间已经看明白了，脸上再次恢复了那毫无破绽的假笑，抬起头对秦智说："你兄弟端木翊前段时间打电话给我，问国内唯一一辆 Centenario 是不是在我这儿，多少钱才能让给他，我直接拒掉了。

"我看中的东西从不会让给别人，就像那辆超跑，不管哪个开过，我都会不择手段弄到手。"

说完，他竖起两根手指放在脑边，对夏璃轻轻一挥："今晚和你聊得很开心，相信我们很快会再见面。"

陶伟的司机将车子开到门口，他上了车，对夏璃不明所以地笑了下，关上车窗。

秦智侧过头，目光暗沉地注视着她。

夏璃偏过视线，耸耸肩："到了才知道是他。"

"他找你谈什么？"

夏璃张了张嘴，瞥了他一眼，随口答道："就相亲啊，不然呢？回去吧，冷死了。"

说完，她已经下了台阶，却并没有感觉到身后有脚步声。

她走下最后一级台阶后，回头看着秦智，他依然立在刚才那个地方没有动，只是目光比刚才更暗了些，语气低沉地冷笑道："你是觉得我很好糊弄，还是你早晨给我的这把钥匙只是权宜之计？"

两人隔着五级台阶，饭店门口的液晶屏滚动的光线投在两人之间，像无尽璀璨的银河，绚烂且遥远。夏璃抬起头，露出一丝难以看透的笑意，反问道："我为什么要对你用权宜之计？"

她将问题再次抛给了他。

两人都牢牢注视着对方，仿佛就隔着一层窗户纸，捅破便是天各一方。

这时，夏璃的手机响了，适时缓解了两人之间一触即发的气氛。她匆匆说了几句，表情有些凝重地说："好，我马上过去。"

随后她挂了电话，抬头看着秦智："本来打算明天去接彭飞，疗养院那边说护工家里临时有事，怕他一个人待着会出事，让我最好今晚去接他。"

秦智没说什么，走下楼梯："我和你一起去。"

两人赶到疗养院，彭飞已经换上了自己的衣服，一个大包放在床上，看见夏璃匆匆赶过来，抬头看了她一眼，便拎着包走向她。

夏璃简单办了一下手续就带着彭飞出院了。一路上，彭飞还算老实，裹着厚厚的羽绒服。大概是他太瘦的缘故，羽绒服穿在他身上松松垮垮的，他还把连衣的帽子也卡头上了，就露出一张清秀的脸。彭飞天生娃娃脸，看着就一副邻家小弟弟的模样，一个人坐在后座，头靠在窗户上发呆，也不知道在想什么。

秦智坐在副驾驶，有意无意地观察着他。他似乎是感觉到秦智的目光，也回过头跟秦智对视。

一个饱受打击，生无可恋的人；一个内心强大，波澜不惊的人。

谁也没有先躲开视线，就这样在倒车镜中平静地看着对方，却没有一个人说话。

起初夏璃还没感觉到不对劲，等她开了两条街，在等红灯的空当，看见两人还在空洞地对视，终于忍不住笑出了声："你们有病啊？"

这时彭飞才语调平缓地问了句："他是谁？"

绿灯行驶，夏璃接了句："起帝新来的同事，营销部的，秦智。"

彭飞很淡地"哦"了一声，就将头再次转向窗外。

到了夏璃家，彭飞将大包往沙发旁边一扔。虽然夏璃和秦智之间的气氛还很紧张，但突然两人中间多了个彭飞，有些事情只能暂时闭口不谈。

夏璃第一时间冲进厨房把菜刀、剪刀什么的一起收了起来，又不放心，干脆把叉子也锁了起来。

折腾了老半天，当她出去的时候，看见秦智跷着腿在打游戏，彭飞抱着抱枕坐在他旁边看得津津有味，让夏璃突然感觉自己忙活半天像个傻子。

她绕到两人面前，对他们说："要不，你俩晚上睡房间，我睡沙发？"

秦智："你床那么小要我和他睡？"

彭飞："我不和别人睡。"

两人同时说道。

夏璃盯他们看了几秒，叉着腰，吼道："你们一个睡床，一个睡沙发，我打地铺行了吧？"

两人没有任何意见，继续低头，一个打游戏，一个看游戏。

夏璃气得踹开门拿被子打地铺。

等她换好睡衣从浴室出来后，秦智已经躺在地铺上，彭飞睡在沙发上勾着头盯着他的手机。

她顶着湿漉漉的头发走到两人面前，秦智对着房间抬了抬下巴，随后继续低头打游戏。

夏璃也不跟他们客气，转身就往房间走，走到门口想想还是不放心彭飞，他都有本事逼走几个看护，就怕他情绪一上来又做出什么极端的事。

她转过身喊了声："秦智，那个……"

本想让秦智夜里注意点彭飞的动静，看见彭飞和他同时看来，她一时也不大好说什么，却听见秦智突然对她说："知道了。"

夏璃点点头没再说什么，进房带上门。

她夜里睡得有些不大安稳，起来了两次，第一次是半夜十二点多，似乎听见门外两人的说话声，她特地开了个门缝，听见秦智对彭飞说："你自己买个手机注册个账号。"

"没钱。"

"你没钱长手长脚干吗的？难道一直住在一个女人家里？"

"你还不是住在女人家里？"

"……"

夏璃无语地关上门，一个多小时后再开门，外面已经没有了动静。

第十九章 / 要变天了 ▾
起风了。

1

第二天闹铃像往常一样响了，夏璃按掉后走出房间。客厅很安静，两个男人起得比她还早，和昨晚的情况不一样，今早两人出奇地沉默。

她梳洗完出来，看见桌子上放了三个碗，两个大碗是空着的，只有一个碗里有满满的面条。

夏璃拉开椅子感觉这两个男人还是有点让她省心的地方，然而刚吃了一口就感觉不对劲。彭飞坐在沙发上神色古怪地盯着她，另一位靠在窗户边抽着烟，眉宇紧锁地将目光定格在她身上。

夏璃扫了他们一眼，又很淡定地将一碗面吃完。两人依然保持着那个姿势，房间内静得仿若一根针掉地都能听得见。夏璃的手机振动了一下，她低头点开手机，当看见林灵聆给她推送的内容后，顿时脸色煞白，猛地一拍桌子站起身。

手机上还定格在昨晚陶伟扶着夏璃的画面，短短几个小时，关于小陶总又有新宠的消息就传遍各大网络。

夏璃抬起头关掉手机，绕过桌子径直走进房间将门带上。秦智也已经把烟掐灭，直接推门而入。

夏璃刚脱掉睡衣，准备换衣服，回身看了他一眼，背过身去从衣柜里拿出长裤和毛衣。秦智大步走过去，将她手上的衣服夺过往床上一扔，

手臂一揽。她光洁的背狠狠撞在他的胸口，听见他声音讽刺地说："我
觍着脸跟一帮土财主谈合作，你和他共进晚餐到了世人皆知的地步，你
在逼我为了你四面树敌，你猜我会怎么做？"

夏璃狠狠挣扎了一下，身体却被他强有力的手臂完全禁锢，他反手
捏住她的下巴，逼着她看着穿衣镜中的自己。

她的脸被秦智捏得有些扭曲，甚至疼痛，抬起手臂毫不客气地用手
肘狠狠攻击他的腹部。秦智嘴唇紧绷了一下，浑身肌肉没有丝毫松懈，
嘴角挂起冷意。

她看着镜子中的他，脸色阴沉，仿若窗外山雨欲来的天气，冷声命
令道："放开！"

他嘴角冷硬的弧度放大了些，夏璃再次对镜子中的他说："放
开我！"

秦智纹丝不动，夏璃毫不犹豫，低头咬住他的手臂。秦智闷哼了一声，
身前的女人却丝毫没有松口的意思，像一头原始的野兽，透着张牙舞爪
的野性。

秦智手臂微动，瞬间抽回，一排鲜红的血印触目惊心，他低眸看了眼，
骂了句："你……"

夏璃已经迅速转过身，双手猛然发力，狠狠将他往后一推。他高大
的身体砸在衣柜上发出"砰"的一声，衣柜摇晃。屋外的彭飞听见动静，
猛地从沙发上站了起来，盯着房门。

夏璃已经一步走向秦智，顺手抄起床头的笔就对准他的喉结："你
给我听好了，出了这扇门，我们没有任何关系，你休想对我的生活指手
画脚。我也不准你动陶伟，我的事，我自己会解决！"

秦智眼眸下垂，看着那尖锐的笔，性感的喉结微微滚动，笔尖在他
喉结上留下一道浅浅的痕迹。

夏璃皱起眉，他脸颊锋利的轮廓紧绷如刀，高耸的眉骨投下一片浓
如墨的阴影。他忽然抬手握住夏璃的腰，力道一紧翻身便将她压在衣柜
上。夏璃手中的笔不知道什么时候已经落入他的手中，她难以置信地盯

着他手指间缓慢转动的笔，突然心跳加快，甚至不知道他是怎样在如此快速的情况下反客为主。

然而就在她盯着笔的同时，那支笔忽然停止转动毫无征兆地朝她脖子靠近。

夏璃双眼一闭，连呼吸都断了。

一切不过眨眼的工夫，甚至她都能感觉到一阵强烈的劲风朝她袭来，却忽然静止。她猛地睁开眼，那双漆黑的眸子就在她近前，他带着戏谑的语气对她说："要是我非要插手呢？"

夏璃胸口起伏不定，呼吸急喘地说："昨晚就是一场鸿门宴。"

她和秦智一起离开的画面没有被报道出来，偏偏陶伟给夏璃披衣服的画面倒是仅用了几个小时就传遍了整个网络。

夏璃不傻，看见照片已经反应过来自己被阴了，陶伟根本不在乎她给出的答复，因为不管她拒绝还是答应，她都被他盯上了！

秦智弯下腰，将她的身体圈进怀中，呼吸滚烫地眯起眼："他到底要什么？"

夏璃的身体完全被他掌控，重心不稳，心脏忽上忽下，轻轻喘着气，看着面前的男人："断了我在众翔的路，让我投奔他。"

她的瞳孔不断收缩，浅灰色的眸子在晨曦朦胧的光线下，透着妖冶的艳丽。秦智脸上突然出现一丝冷笑，俯身噙住她的唇，狠狠一吻，将她的身体猛地拉了起来："穿衣服，我替你还他一份大礼。"

说完，他拉开门"砰"地又将门关上，抬起头对上杵在门口抱着拖把棍子，双眼瞪得老大，还在犹豫要不要冲进去的彭飞。

气氛一时有些尴尬，但彭飞很快注意到他手臂上还在流血的牙印，指着他的手臂，结结巴巴地问："你、你们？"

秦智只是淡淡地对他说："有什么大惊小怪的，打是情骂是爱没听过？她对我用情至深，你既然住在这儿就得习惯，习惯不了赶紧赚钱滚！"

彭飞自从看见秦智手机上的内容，已经一早上都处于震惊中，此时看见秦智从夏璃房间走出来的模样，更是整个人都不好了。

秦智对彭飞说："准备下，跟我们一起去起帝。"

彭飞听见起帝的名字下意识嘴唇泛白，秦智回头看见他的神色，微微挑眉。彭飞垂下眼神，丢掉拖把，说："不去。"

秦智慢悠悠地走到彭飞身边，彭飞刚准备重新坐回沙发上，被秦智一脚再次踢站了起来："你要不想被我扛上车，就给我乖乖穿外套走人！"

看见彭飞还杵着没动，他回头就对彭飞吼道："快点！"

彭飞吓得一哆嗦，伸手拿外套。

本来夏璃还准备了一番台词，劝说彭飞今天跟她一起上班，没想到她从房间出来的时候，两个男人已经穿好外套在等她。

三人来到公司，一进大门所有人的视线都落在夏璃身上。短短一早上如此劲爆的新闻已经传遍了起帝每个角落，只是小陶总的身份太敏感，没人敢当面问夏璃，甚至都忽略了一直跟着她的清瘦男人。

目前起帝的员工都是后转调来或者新招的，没人认识彭飞。

吕总倒是直接一个电话打过来让夏璃给他一个解释。夏璃只是在电话里笑了下："放心老吕，你走之前我不会背叛众翔让你难做。"

吕总气得直接挂了电话。

而秦智一到公司就不见了踪影，一直到下午开门店管理会议时，他才姗姗来迟。

当时正讨论到一月份门店管理办法正式运行后出现的一些问题，这些问题可大可小，偏偏原先制定管理条例的那帮老东西处于临离职的状态，剩下的一帮年轻人是从营销部借调的，三棍子打不出一个响，夏璃问了一圈没有一个人能提出什么可行性的方案。

夏璃怕彭飞一个人待着突然犯病，所以要求这一整天彭飞必须寸步不离地跟着自己。于是她开会，彭飞就一个人坐在会议室的角落低着头。

秦智进来的时候，会议室的气氛僵持不下，夏璃干脆停了会议，就这样冷冷地盯着他的身影从门口一直淡定地走到后排的位置，从容地拉开椅子。

她将手上的笔往会议桌上一扔，发出一声沉闷的响声。所有人都眼观鼻鼻观心，会议室霎时间寂静无声。

秦智刚准备坐下去的身子顿住，抬头看着夏璃冰冷的眼神，漫不经心地瞥了眼营销经理。

营销杨经理是个三十来岁的胖子，赶忙对夏璃解释道："哦，那个夏部长，忘了跟你报备了，秦智是我批准可以迟点来参会的，他上午签了一笔单子，如果不出意外这单可以直接完成我们接下来三个月的部门业绩指标，所以需要及时跟进。"

夏璃停顿了两秒，转而将视线压向秦智，他嘴角挑起要笑不笑的弧度大摇大摆地坐了下去，顺带往椅背上一靠，双手搭在把手上，漆黑的眸子迎上夏璃的双眼，不甘示弱。

大概整个部门也只有他敢用这种挑衅的目光盯着夏部长。

夏璃迅速收回视线，敲了敲身后的投影幕布："你们刚才只是把问题换个思路阐述了一遍，我不要听问题，我要听解决方案，方案懂不懂？"

这帮小年轻陆续低下头，整个会议室只有坐在她正对面的那位坐姿像大爷一样的男人在盯着她笑。她越是恼火，他越是云淡风轻。夏璃再次将视线横扫过去，秦智削薄的嘴唇微微翘起，就像一个事不关己的旁观者。

夏璃也毫不留情，直接对他说："看来你知道？那你说说看。"

秦智瞥了眼她身后的投影幕布，双手交叠在桌面，高大的身体也缓缓压向会议桌，声音里透着些轻松和从容："术业有专攻，这个我还真没接触过。不过，这间会议室里肯定有人能给你提供解决方案。"

夏璃眉梢微抬，秦智转头看向一直坐在角落默默无闻的彭飞。夏璃顺着他的视线也将目光落在彭飞身上，随后皱起眉。

彭飞似乎感觉到大家的视线，终于抬起头眼神空洞地环视了一圈，那原本清秀的五官，由于过分消瘦，甚至有些皮包骨的瘆人感。

他刚说出两个字："我不……"

　　秦智已经将椅子往后一滑，不知道在他耳边低语了一句什么。彭飞突然一脸紧张害怕地盯着秦智，秦智嘴角微勾，彭飞猛吞了下口水，看向投影上滚动的数据。

　　会议室里突然出奇地安静，营销经理刚准备打断这种诡异的寂静，夏璃朝他抬了下手示意他别说话，于是整个会议室的人都安静地等着角落里那个不起眼的男人开口。

　　足足十几分钟后，他才将视线从投幕中收回看着夏璃。

　　夏璃对他点了下头，他舔了舔嘴唇，似乎有些紧张，又有些不自在，断断续续地说："会出现这样的情况，本质问题可能是，财务没有参与经营，所以提高了……提高了门店经营的风险，有可能……目前临时担任门店的财务人员并不了解行业经营，甚至经营中各个项目的细分和作用，所以4S店的管理者不会让财务人员接触经营，中间存在断带。也许一开始运行这种模式不会出现太大的问题，长此以往肯定会存在风险漏洞。

　　"还有就是人员的培训，我没有在这套流程中看到，缺少了这个环节也是直接导致非销售岗位对经营流程空白的状态。如果因为门店分布广无法参与集中培训，从经费考虑，内部可以成立培训体系，到下面对每个门店进行定期的集体培训，减少人员在来回途中的风险……"

　　一开始彭飞声音很小，说得结结巴巴的，说几句还谨慎地看着夏璃的脸色。在看见夏璃对他点头后，他的胆子越来越大，说到后面也越来越流畅。

　　所有人都有些难以置信地转过头重新打量这个瘦弱的男人，他大概讲了有十几分钟，把这套运行机制的问题连头带尾都说了一通。

　　说完，他又有些不自在地瞥了眼秦智。秦智撑着脑袋垂着视线，似乎有些心不在焉的样子。

　　会议室鸦雀无声，彭飞已经在医院和疗养院躺了快两年的时间，曾经他多次徘徊在生死边缘，事业、工作、未来早已在他的生命中渐行渐远，他没想过有一天自己还会有勇气踏进众翔的大门。

这样的场合对他来说变得陌生而遥远。

整个过程夏璃只是定定地看着彭飞，看着他从那个懦弱者变得渐渐脸上有了光彩，仿佛一进入自己的专业领域他就像变了一个人，让夏璃恍惚看见她初识彭飞时的样子。

她抬起手拍了两下，所有人都相继跟着鼓起掌，整个会议室掌声雷动，没有人能在十几分钟里把一整套机制分析得如此透彻。就像是个规则的制定者，站在至高的位置一眼就能看出所有漏洞。

彭飞怔怔地看着大家，耳膜随着掌声不停震动，眼神越来越恍惚。秦智没有鼓掌，只是转着手中的笔，嘴角勾起清浅的弧度。

夏璃放下双手，环顾四周："问题人家分析透彻了，方案也都给到你们了，谁牵头来做这件事？"

会议桌上的人面面相觑，虽然刚才听彭飞说得头头是道，但真的要下手整改，却有种不知道从哪儿下手的无措感。

夏璃看向杨经理，他立马有些心虚地说："我主要手上还有两个项目要带，秦智这边才谈的这个单子接下来两个月肯定要亲自跟进，精力上实在是……"

夏璃垂下视线，她的人，他们的能力她很清楚，在场的人的确没有一个有能力干这件事。

却忽然听见一直默不作声的秦智说了句："夏部长在愁什么？不是已经有人选了吗？"

夏璃抬起头，看着他眼里的深意，突然明白过来他指的是谁，有些吃惊地瞪着他，无声地将眼神递了过去。

彭飞昨天才出院，半个月前还要死要活，精神状态堪忧，甚至夏璃都不敢让他离开自己的视线范围。

加上近两年他自我折磨，导致他患有贫血症，随时会晕厥、易怒、筋疲力尽，甚至无法忍受半点寒冷。

这样的他如何带领现在这个四分五裂、人员都是东拼西凑的部门！

秦智读懂了夏璃的目光，只是微微侧了下头，动了动嘴唇，没有发出声音地递给她几个字：你有得选吗？

夏璃思忖了一会儿，所有人都在等着她的安排。她缓缓抬起视线看向彭飞，慢慢地，陆陆续续所有人都将视线自觉转向彭飞。

彭飞猛地从椅子上弹了起来，有些惊恐狰狞地盯着夏璃："我不行！"

秦智回头抬起下巴，眼神里带着一丝压迫。

彭飞低着头，宽大的羽绒服挂在他身上，有些像戏服一样滑稽，和刚才进入工作状态中容光焕发的他判若两人。

夏璃看了彭飞半分钟，随后站起身，踏着高跟鞋，径直向他走去，停在他的面前，用只有他们才能听见的声音对他说："你来起帝时，我们一家门店都没有，当初说好一起打江山，以后所有门店给你管理，这个位置等了你两年，你这时候不回来，你看看那边。"

彭飞顺着她的视线看见会议室外面那个挂在墙上的起帝标志，听见夏璃说："这片江山就要拱手让人了，我需要你。"

彭飞盯着起帝的标志，眼眸剧烈地闪动，他初来时，起帝犹如襁褓中的婴儿，缺乏资金，缺乏人脉，缺乏经验，他们四处洽谈经销门店，苦不堪言。那时他们经常打趣，未来一定会让起帝的门店遍布大江南北。

似乎是忆起了很多以前的事，很多在他人生还没遭遇厄难之前的事。

他转头看向夏璃，那熟悉的眼神好像瞬间回到了他的瞳孔里，不再是空洞绝望的神色，似乎多了些久违的色彩。

夏璃噙着笑，朗声说道："这位就是彭飞，起帝门店的开山鼻祖，现在你们手上的很多机制体系最初都是由他搭建的，没有人比他更能胜任这个位置。"

她走回会议桌前，转身看着杵在原地的彭飞，朝他微微一笑："所以，欢迎归队！"

霎时间整个会议室都沸腾起来，好多人都拥向彭飞和他拥抱。彭飞的名字在起帝一直像个神话传说般，大家时时刻刻都能看到署名为"彭飞"的PPT和管理文件。但这个人，没有人见过，只是他的故事一直流传在起帝。

彭飞被大家的热情弄得有些蒙，就连外面其他部门的员工也来围观这位活在传说中的前辈。夏璃一声"散会"，彭飞被大家簇拥着出了会议室，只有秦智依然稳坐在会议桌的另一头。

她刚站起身，见他依然没动，问了句："干吗不走？"

却见他手里握着一枚小小的 U 盘："我不是来参加你这个会的。"

夏璃有些莫名其妙地说："那你来干吗？"

秦智的视线掠过她，看向窗外，漫不经心地将 U 盘往空中一抛，又稳稳接住，眼里透着几许深意："起风了，这是要变天了。"睫毛扇动之间已经将目光再次落回夏璃身上，"还不赶紧联系众翔所有领导层？"

2

夏璃大步走进电梯，秦智跟了进来。

电梯门刚关上，夏璃就深吸一口气，看着电梯门上映出的他说道："我大概是疯了！"

秦智低下头，淡淡地笑着："严格意义上讲，你现在比任何时候都清醒。即使目前大领导没有约谈你，但你和陶伟的事情爆出来时，无论众翔内部还是外界毋庸置疑都在猜测你的忠心。没有哪个公司领导能放心手下的核心管理层和同行不清不楚，而且这位同行的口碑在业内尽人皆知，所以我们只是在所有矛头向你之前先发制人，算不上疯了。"

电梯门打开，夏璃单手拿着笔记本，大步踏出起帝办公楼。她穿着黑色长裤，裤脚收进高跟短靴里，上身一件黑色短袄，面色紧绷而苍白。虽然她行走如风，可身边与她并肩的男人长腿阔步，依然能够从容地跟上她疾行的步伐。黑色大衣被风吹起衣角，秦智感受到她紧绷的情绪，慢悠悠地打趣道："我们俩这一身黑的打扮，有点像去开战。"

几步之间，两人已经走到车前。

夏璃猛地转身，拎起他的衣领，气势逼人地盯着他："我们的确是去开战的，你要知道我在快下班的时间把众翔所有领导层紧急召集在一起有多困难。这几乎是赌上我的前程，也压上我在这里八年多的资本，你一旦让我失手，我绝对不会让你好过！"

秦智低眸看着她紧紧攥着的衣领，轻挑了下眉："皱了。"

夏璃狠狠松开他，他颇为玩味地盯着她，大片白茫茫的云海遮挡了原本绚丽的晚霞，让他的眸子在苍茫的大地之间更加黑亮。

他声音清透地说："你并没有完完全全信任我，又怎么敢把前途交到我手上？"

夏璃轻轻抬手，拍了拍他的衣领，抚平了那被她握起的褶皱，嘴角微斜："在这个世界上我不会相信任何一个人，但我相信自己的直觉。你既然能费尽心思到我身边，在得到你想要的东西之前，你不会允许我被人弄下这个舞台！"

她转身打开车门，又靠在门边，眼眸轻挑地盯着他："还要和我继续玩这些小孩子才信的爱情吗？秦少？"

秦智嘴角掩着笑意，眯起双眼，负手而立，沉沉地回视着她："我喜欢漂亮的妖精，更喜欢既聪明又漂亮的妖精。不过你不该质疑我对你的……爱情。"

夏璃侧过头，轻笑了一声："得了吧，你是在东海岸长大的男孩，从小浸泡在纷争、谎言和诡计中，骗骗外面无知的女人尚可，只可惜我也是从东海岸走出来的女人。所以比起相信你的爱情，我更愿意相信我们之间的利益。"

她松开车门，向前走了几步，往车前一靠，眼里的寒意如天空中欲飘下的大雪，没有丝毫温度："我以前一直想不通你几乎不怎么读书，整天在外混，为什么全校排名第一的位置能坐得这么稳。现在我想明白了，你的大脑果然异于常人，我承认差点就中了你的套。"

秦智也朝她走近一步，饶有兴致地说："我怎么套你了？"

夏璃抬起头看着他，扬起妖冶的笑容，像冬天里致命的火焰，声音柔软中带着丝不易察觉的狠劲："会展上这么巧能碰上你远在南城的老同学，又这么巧你的老同学围追堵截你还能把你带去庄子熟悉的场子。

庄子也真够了不起的，连沪市赌场的老板都得卖他面子，一个单亲家庭毫无背景的小子。

"整个发展看似逻辑没有任何问题，秦大少的表演也很卖力，不过太多巧合串联到一起就不太巧合了。"

她对着他笑。

如果这时有人从旁边走过一定认为夏璃的表情是发自内心地高兴，但只有近在咫尺的秦智看见她眼眸深处的寒意："设计的桥段真精彩，秦大少如果哪天不从商了，可以考虑进军影视界！"

秦智将手从身后放下，漫不经心地伸进大衣口袋，也低着头笑了起来："到底是我套路你，还是你套路我？看来夏部长那天晚上也是卖力配合演出关于担心我的戏码？我说夏部长怎么突然变得那么小鸟依人，让我一时难以适应。"

说完，他脸上的笑容瞬间消失，冷峻地盯着她。他毫无征兆地伸出双臂，身体将她压在引擎盖上，呼吸滚烫地喷洒在她脸颊："你不是演的，起码那天晚上你什么都不知道，是不是？"

夏璃只是看着他笑，笑得妖艳鬼魅，像一个让人永远无法看透的女王，冷静、冷血、冷酷。

与此同时夏璃双手往引擎盖上一撑，冰冷地警告道："你身后这栋楼全是起帝的同事，你想让我在今天失掉所有威信，你大可现在就压在我身上！"

一阵冷风而过，卷起两人之间的枯叶，慢慢吹到半空，撕开这个寒冬本来的面貌。

两人无声地对视着。

凛冽的风吹起了夏璃的发，瞬间，那头茶黑色的长发狂乱地飞舞，像一把黑色的火焰，衬得她理智而清醒。

是的，她是秦智见过的最清醒的女人，完全不被情感所支配的女人！

他忽然嘲弄地笑了下，缓缓直起身子，退后一步，和她保持着礼貌的距离。

"在上车前我想问你一个问题，如果以后有一天我们站在对立面，你会怎么做？"

夏璃那双浅灰色的瞳孔里爆发出强大的冷静，不带一丝情感，甚至不假思索地回答他："拿起'匕首'插进你的心脏，但前提是我们能共同走到那一天。"

秦智嘴边那抹笑意依然不减，眼里的光却迅速冷却。夏璃起身拍了拍车顶，昂起下巴，睨着他："既然你知道答案了，还敢不敢上我的车？"

秦智鼻腔里散漫地哼了一声，走到副驾驶拉开车门，沉沉地看着她："要是怕，我现在就不会站在这儿。"说完，率先坐进车内。

夏璃撇了下嘴角，上车关门："合作愉快！"

踩下油门前，她忽然皱眉，侧头瞪着他："秦少很擅长玩弄人心，本来这单就在你手中，但你在会展结束前用这种方式，可以不费吹灰之力让我对你感激涕零，让所有同事拥戴你，不得不说这招很高明。

"下次别再跟我玩这种幼稚的游戏来骗取我的信任，你也许能一时糊弄住我，但我不会信任任何一个人，更不可能把心交给别人，尤其是东海岸的人！我更喜欢这种纯粹的交心。"

她拍了拍他的大腿，斜唇一笑，车子迅速起步朝议事大楼开去。秦智叹了一声，将暖气开到最大，嘴角挂着散漫不羁的弧度："没意思。"

白茫茫的天空越压越低，抬头望去竟然感觉往上的世界一片白色，看不到天，更看不见光。

车子停在议事大楼前，秦智突然冷不丁地说："下雪了。"

夏璃莫名其妙地看着窗外："哪里？"

他拉开车门下车，黑色的大衣包裹着他高大的身躯，像一座无法侵犯的雕塑屹立在这座大楼前，他缓缓抬起头，看着那越来越沉的天，仿佛就低低地笼罩着这座大楼。

夏璃下车锁门，回身望着他深邃凝重的眉眼，听见他说："这会是今年第一场大雪。"

夏璃不明所以地接道："上次在沪市那场才是今年第一场。"

秦智已经收回视线，朝她轻笑了声："那场还不够大！"说完，便大步走进大楼。

夏璃刚跟上，却突然感觉睫毛上落下一片冰晶。她揉了揉眼睛，抬起头看着苍白的天际，很快又低下头匆匆跟了进去。

他们几乎是第一个抵达集团会议室的，夏璃坐在会议桌边，秦智坐在她身后的一排黑色椅子处，那里一般是跟随各个老总来参会的助理、秘书或者一些底下部门经理坐的位置。部长级以上在会议桌上基本都有固定的位置，而夏璃算是所有部长中资历最浅的，所以坐的位置也靠后。

在他们抵达二十多分钟后，才有领导陆陆续续进来，稀稀拉拉几个人进来后，和夏璃点了下头，便自顾自地在一起闲聊。

后勤的袁部长原本因为经常给夏璃介绍相亲对象，在集团领导层中两人交情还算可以，今天走进会议室她也只是朝夏璃笑了下，便走到里面与其他部长说话。

秦智坐在夏璃身后，嘲弄地开了口："在这种大集团里混，本质上和原始社会并没有多大区别，弱肉强食，胜者为王，夏部长羽翼不丰，一个小小的后勤部长都能让你翻船。"

夏璃侧过头，嘴唇没动地发出声音："这种失误我不会再犯第二次。"

秦智却凑过身子，在她身后却不以为然地说道："我倒不认为这是失误，只要有能耐，任何敌人给你造成的失误都能变成一把利剑还给敌人。"

夏璃回过头探究地看着秦智，秦智解开大衣扣子，跷着腿回望着她："你背后没有金山银山给你做后盾，当你不够狠时，蚂蚁都能捏死你。看看到场的人，快一个小时了还没齐，不出意外，再等十分钟人要是还没齐，这些领导当中肯定有人直接离场，让你今天这场会议根本无法进行。那么问题来了，什么动物可以一脚踩死一堆蚂蚁？"

夏璃眼眸下垂了一瞬，继而抬起眼，低低地说："大象。"

秦智歪了下头，意味深长地笑着。

夏璃已经明白过来，转回头站起身看着众集团领导，大声说道："不好意思，董事长还在路上，等他来了我们立马开会。"说完，大步走出会议室一个电话打给吕总。

吕总刚接通就对她说："到楼下了。"

夏璃硬着头皮开口道："麻烦吕总联系董事长参加会议。"

吕总一愣，在电话里劈头盖脸把夏璃骂了一顿，说了什么"几点了""董事长的行程哪是我们可以改的"一堆话。

刚说完电梯门正好开了，吕总带着秘书风风火火赶来。夏璃堵在电梯门口，随后挂了电话，走到吕总面前，他深色的衣服上有刚融化的雪渍。

夏璃扫了眼，眼神坚定地对他说："如果今天我给你闯祸了，这场大雪停止以前我引咎辞职！"

"你……"吕总抬手指着她，怒不可遏地走到一边。

夏璃迅速回到会议室，秦智抬眸看向她。她朝他嘴唇微斜，他读懂了她的表情。

3

吕总打完电话走进会议室，所有人都站起身。他是执行副总，公司里大小决定都是出自他手，起码暂时还是这样。

他朝众人点了下头，刚准备往会议桌前走，忽然转过视线看着夏璃身后坐着的男人。秦智也发现了他盯着自己的目光，放下手边的汽车杂志，抬起头，随后起身迎向他微微颔首。

吕总和秦智对视了几秒，老谋深算的眼神里看不出任何情绪，只是平淡无奇地收回视线，径直往前走去。

他没有落座在会议桌顶端，而是坐在了第一顺位的地方，所有人便清楚，董事长会参会的事情属实。很多条短信迅速在会议室蔓延，仅仅十分钟那些姗姗来迟的领导全数到齐，整个会议室弥漫着一种压抑的气氛，窒息且紧张。

吕总几次朝夏璃坐着的地方看来，秦智坐在夏璃身后漫不经心地翻着杂志，低头说道："那个白头发的老家伙干吗老盯着我看？"

夏璃微微偏头，低声说："因为他觉得你是个骗子。"

"我是。"秦智嘴角勾起浅笑，跷着的腿碰了碰她的椅背，"毕竟男人不坏女人不爱。"

夏璃转过头不再搭理他。

吕总的司机亲自去接了李董。虽然近几年李董已经不怎么问事，但是当年他一手带领众翔在这块大地上落成，他的创业传奇令所有众翔人钦佩，更是对他敬畏有加，不过厂里总是流传着一些小道消息。

说李董一路能走到今天也干了些不光彩的事，其中不乏抛弃糟糠之妻，攀上家底殷实的芜汪富商之女云云。

有人说虽然他有些本事，但因为创办众翔时干的事情不光彩，所以导致报应到他子女身上，他有一个大女儿，思维一直停滞在三岁以前的状态，两个儿子相差八岁，去新西兰坐直升机发生坠机事故，均丧生在那场灾难中。

那天他接到一个紧急电话没有上飞机，让儿子们跟随他的秘书，坠机爆炸时，据说李董就站在草坪上拿着手机眼睁睁看着那一幕。

到底这些流言蜚语是真是假，当然没人会跑到李董面前求证，但近几年他年事已高，也不曾派自己家的子女进入众翔，所以他对吕总的信任是毋庸置疑的。

李董由吕总的秘书亲自搀扶到会议桌顶端，待他落座后，所有人才相继坐下。大概是出门比较急，他没有换衣服，厚重的羽绒服里面只穿了身黑色绸缎暗花的唐装，有些富态，笑呵呵地说道："都到了啊，那会议开始吧。"

他看向右边："吕总。"

吕总点点头，递给夏璃一个眼神。她手往后一伸，秦智将 U 盘交到她手中，她举起那枚小小的 U 盘站起身，看着吕总的秘书："劳烦徐秘书将 U 盘里的内容呈现出来。"

徐秘书看了眼吕总，吕总点点头。随后徐秘书大步走过去接过 U 盘，走到会议桌侧面的操作台开始投放。

夏璃则对着所有人说道："相信昨天关于我的那些新闻大家都看到了，耽误各位领导一个小时的时间，当然不是为了这种无聊的新闻，而是另一件让我觉得不可思议的事情。我会紧急请大家过来也是因为这件事已经严重涉及众翔内部的发展和运营，所以希望各位领导可以谅解。"

此话一出，底下一片交头接耳。

夏璃让了下身子，说道："我身后这位是我的助理，姓秦，大家可以喊他秦助理，下面由他来替我解释下 U 盘里的内容。"

秦智优雅地站起身，拉了下黑色大衣，所有目光瞬间全部落在他身上。

他走到夏璃身侧，朝众位集团领导微微颔首，声音调侃地含在嘴里："我什么时候成了你助理？我怎么不知道？"

夏璃微微一笑，坐了下去："这件事结束，我要还在这个位置，你就是起帝副部长。"

秦智低着头回过身，嘴角浮起一丝不易察觉的笑意，绕过会议桌朝顶端走去。

下午六点一过，起帝里的人相继收拾东西准备下班。今天是那帮离职的人留下的最后一天，明天开始他们就可以正式和起帝解除劳动关系，一帮人脸上洋溢着解脱的喜悦，闹着下班约饭，和旁边还在继续加班的同事形成鲜明的对比。

这时，郝爽气喘吁吁地从外面跑进来，大声喊道："郑经理，郑经理，夏部长让你的人今天都不要走，请你去议事大楼参加集团会议。"

一道喊声让原本还在收拾东西的人都朝郑经理看过去，郑经理压根不把郝爽放在眼里，不耐烦地说："到了下班点让我们留在这儿干吗？我们早就递交离职报告了，也坚持到了最后一天。"

郝爽被他堵得脸色一阵青一阵白。

郑经理手下的那帮人都站起身，一副根本不理郝爽的样子。

林灵聆赶忙跑到茶水间，给夏璃发了一条短信，夏璃收到短信后，迅速给林灵聆回了个电话交代了几句。

等林灵聆挂了电话从茶水间走出来时，那帮人已经走到电梯口。其他岗位的同事尚且不知道发生了什么事，一个还没敢走，全在围观。林灵聆直接跑到门口，对那帮人吼道："你们想知道擅自离开的后果吗？"

"叮"的一声电梯门打开，林灵聆浑圆的大眼突然一瞪，气势汹汹地说："会议结束前，谁敢离开，明天就等着被起诉吧！"她语气坚定，双手抱着胸，冷眼看着几人。

他们面面相觑，没有一个人再踏进电梯半步。

直到电梯门再次关上，林灵聆才缓缓转过身，看着刚走出来的男人，说："如果郑经理继续让所有集团领导等你，我敢保证十分钟后来请你的绝对就不是郝爽了！"

郑经理到这时面色才有些严肃，暗暗权衡利弊，他看了看林灵聆，冷着的脸指了指她："可以啊，小丫头。"

然后他对电梯口的那帮人说："回去等我。"说完，便跟着郝爽出了大楼。

天色已经完全暗了下来，鹅毛大雪覆盖了整座城市，郝爽开车将郑经理送到议事大楼。

郝爽把他直接带往会议室门口，对他说："你自己进去吧。"

郑经理直到这一刻依然不知道发生了什么事，他深吸一口气，打开会议室的门，然而让他有些不解的是，偌大的会议室并没有他预料中的场景，集团的领导一个都不在，整个会议室空空荡荡，只有顶头坐着一个背对着他的男人。

会议室的门"砰"地一关，那个男人缓缓转过身来看着他。

郑经理有些疑惑地问："秦智？不是说喊我来参加集团会议吗？"

秦智没有起身，只是朝他阴晴不定地笑了下："郑经理架子很大嘛，三请四邀才肯过来，大领导哪有那么多时间等你。"

郑经理的脸立即拉了下来："你的意思是人都走了？耍人玩嘛这不是。"

秦智噙着淡淡的笑意："既然来都来了，不如谈谈你明天从起帝离职后到宁汽的发展如何？"

郑经理脸色一白："什么宁汽？"

秦智微微昂起下巴，有些高深莫测地盯着他，随后拿起面前的一个小遥控器，头也不回地往身后一按。

霎时间，身后白幕上投出满屏的聊天记录。

郑经理的瞳孔在一瞬间迅速收缩，难以置信地盯着那密密麻麻的记录，顿时火冒三丈，疾步朝秦智走去："你居然监视我！"说完，就一拳头抢上去。

秦智头也不抬地一掌握住他的拳头，反手一折将他按在会议桌上，不疾不徐地说："不然你以为留你们一群蛀虫下来白干一个月是干吗的？天下没有白吃的午餐，你多拿一个月工资势必要付出代价！

"你挺谨慎的，不用电脑发信息，不过蠢就蠢在你手机自动登录无线网，听过网络监控吗？不过你的手下就没你这么当心了，看看这些记录，泄露商业机密，侵犯公司利益的罪名你是坐实了。"

郑经理额头上渗出豆大的汗珠不停往下滴落，秦智踢了一把椅子过来，抬手将他往椅子上一按："坐！"

郑经理的身体跌坐在椅子上，到这一刻还有点蒙的感觉。

秦智双手一撑，身体压在他面前，目光牢牢锁住他："我的出发点也是保证公司利益不受侵犯，完全没有要侵犯你隐私的意思。至于你跟二厂车间主任之间的事我一定会守口如瓶，毕竟你们的对话有点劲爆，看得我都脸红心跳。我想要是给姚主任她老公看见肯定更受不了，对了，她老公好像是出境管理局局长吧？

"听说你女儿面临留学，在这个节骨眼上这些东西要是爆出去，大概你女儿留学的计划也泡汤了吧？我这个人心比较软，就看不得人家妻离子散，家破人亡，所以给你一个机会。"

说完，秦智手指在屏幕上划动了两下，调出一张传送记录："我说你为了钱还真够不择手段啊，光这张数据传输的截图，我找个好点的律师，你这碗牢饭应该能吃到你孙子满地跑了。"

郑经理的肩膀突然垮了下去，手不自觉开始哆嗦："你怎么……"

"我怎么能弄到这个记录的？我玩电脑的时候，你还不知道 CPU 长什么样呢？"

他随后耸耸肩："收回我的话，也许你现在也不知道。"

秦智："总之，我给你一条路，删掉这张对你至关重要的记录，但我需要你供出一个人。"

郑经理额头上的汗珠顺着脸颊滑进领子里，有些恐惧地盯着面前这个仅比自己小几岁的年轻男人："谁？"

秦智直起身子，关掉身后的投影幕布，沉沉地看着他："宁汽那边不会无缘无故盯上你这么个不起眼的角色，起帝这半年的业绩规划夏部长除了在管理层会议上提到过，根本不可能透露给外面的人。所以这个能如此熟悉起帝接下来的工作，又为你牵线搭桥的人到底是谁？"

十分钟后，秦智从侧门进入集团会议室，里面满满当当的领导已经等得有点不耐烦，他绕到夏璃身后落座。

夏璃回头瞪了他一眼："去哪儿了？"

秦智云淡风轻地说："你猜我去干吗了？"

夏璃回头给了他一记白眼，便转过头去。秦智低头笑了下，往前凑了凑，拽了下她的头发："喂，我今天如果能帮你和宁汽撇清关系，顺带干掉一个对手，晚上能不能加餐？"

夏璃手指敲了敲扶手，眸色淡漠："看你表现。"

话音刚落，会议室的门响了，郑经理从外面颤颤巍巍地走了进来……

第二十章 / 她属于我

行动。

1

在郑经理走进来之前，一会议室的领导已经等了有二十来分钟。

在这二十几分钟里，对于起帝发现内鬼这件事，所有领导都持自己的意见，低声交谈着。

吕总几次用眼神瞪着夏璃，夏璃全然当没看到，不时有领导抱怨怎么回事，喊个人半天没到。

吕总实在忍不住，低头发了条信息给夏璃：把这么多高层喊来就是看你如何治理部门？员工如何散漫的？

夏璃看了眼手机，抬头对上吕总隐隐发怒的眼神，随后又若无其事地别开了视线，吕总气得端起茶杯大口灌着茶水。李董侧眸看了他一眼，笑呵呵地说："慢点喝。"

赵单翼侧了下身子，问旁边的人事方总："你怎么看？"

方总斜了夏璃一眼，不屑地低声说道："到底年轻气盛，还不懂家丑不可外扬的道理，换作我会私下解决掉，搬到台面上还不是让人看笑话。"

赵单翼轻轻摇了摇头："别小看这个女人，我在塔玛干跟她打过交道，不是那种有勇无谋的人。她旁边那个男人，姓秦的，是个狠角色，等着看吧。"

方总却不屑一顾地转回视线。

辉伦的安部长是个戴着细框眼镜、白白胖胖的男人，面上永远挂着亲和的笑意，就坐在方总旁边接了句："刘秀赢了王莽的百万大军之前也不过就拥有一万多义军，刘邦当上汉高祖前也不过整天和一帮狐朋狗友祸害乡里，历史教会我们不要小看任何一个不起眼的小人物。"

他靠在椅背上，看向窗外，眼里透着平和的笑意："雪越来越大了。"随后看向对面，"秦部长好像很怕冷，坐了半天外套还舍不得脱，像租来的。"

紧张的气氛因为他的一句玩笑话，大家都附和着笑了笑缓和不少，但秦部长依然面无表情。安部长拿起茶杯浅抿了口，低眸说道："还没到最冷的时候，等这场雪停了，化雪才最冷。"随即放下茶杯看向身后的助理，"茶凉了，换一杯，我不喜欢喝冷的。"

这一切暗潮汹涌的议论直到郑经理走进来后戛然而止。

直到这一刻，郑经理才清楚，他真的是被喊来参加集团会议的。他在公司的级别连 B 类员工都算不上，第一次来到集团会议室，看着巨大的吊灯，恢宏的长形会议桌，满满一桌子平日里根本见不到的领导，甚至董事长和吕总都在，顿时腿就有点软。

而会议室里的众人也将视线全部移到他身上。

秦智缓缓立起身子，皮鞋踩在光洁的地板上发出沉闷的敲击声，打在郑经理的心头。他走到操控台前递给郑经理一个眼神，抬脚向郑经理走去。

秦智调出了几张他和宁汽对接的证据，直接当着众领导的面问："这些东西刚才所有领导已经看过，请郑经理解释一下。"

郑经理低着头，双手紧紧攥在身前，甚至连肩膀都在轻微地颤抖，秦智便直接说道："看来郑经理带着你的人早已找好下家，不知道郑经理是怎么认识大名鼎鼎的小陶总，是在街上偶遇，还是特地跑去朝圣？或者是……托人介绍？"

郑经理倏地抬起头，匆忙地扫了眼下面，又迅速收回视线，这下连李董都转过头侧着身子看着他。

秦智从容地调出手机中的一个截图放在郑经理面前："郑经理最近手头应该很宽裕，一个月内收到两笔转账记录，大概能抵你几年的年薪了。"说完，抬头看向人事方总，"要麻烦方总查下这个汇款给郑经理的褚惠是不是我们众翔的人？"

方总看了看吕总，又看了看董事长，没有人发话，他掏出手机打了个电话。期间整个会议室鸦雀无声，那些先前不能理解夏璃为什么要把自己部门的丑事搬出来的领导，慢慢都察觉到了些什么，不再议论纷纷，而是都有些警惕地互相对看。

李董也和吕总交换了下眼神，吕总摇了摇头表示不知。

十分钟后方总接到手下的反馈信息，脸色大变，侧头看了眼郑经理，又有些惶恐不安地盯着吕总，然后挂了电话。

吕总有些急不可耐地问："怎么说？"

方总为难地扫向对面："褚惠是斯博亚一位财务人员，目前任职出纳。"

瞬间，所有视线都转向秦部长。

秦部长一脸莫名其妙地说："我都不知道褚惠这个人，更不清楚她为什么要转钱给起帝的郑经理，这件事我回去要查查看。"

秦智退后一步，抬脚踢了下郑经理的脚，低低地说："想想你女儿和老婆在知道你犯罪和出轨后的反应。"

郑经理轻微踉跄了一下，秦智伸手撑住他的脊背不让他倒下去，不动嘴唇地低语道："我可以保证他动不了你。"

郑经理脑袋里"嗡嗡"的，只感觉一片混乱，突然深吸一口气说："秦部长答应我……"

他抬头看着瞪着眼的秦部长，匆匆低下头："只要带着我的人离开起帝，就会介绍我们去宁汽，担任更高的职位……"

瞬间底下一片哗然，秦部长猛地一拍桌子："胡说八道！我根本不认识你！"说完，便转头凶神恶煞地指着夏璃，"你故意陷害我？这个郑经理是你的人，你买通我们那里一名会计，然后让你们的人故意胡说八道陷害我？"

夏璃垂着眸，从头到尾只是平静地坐在会议室的尾端。

秦部长激动地看向前面："吕总，我绝对没有怂恿起帝的人离职，这件事也太荒唐了！"

吕总阴沉着脸一语不发，底下所有领导都在窃窃私语，似乎觉得郑经理的身份并不完全可信，所以对夏璃也持保留态度。

这时，一直沉默不语的夏璃身下的椅子在地板上发出一阵摩擦声。

所有人停止议论，转而看向她。她颊边的头发挑到脑后绾了个简单的髻，深色的高领毛衣让她看上去透着不容侵犯的冰冷，他直接越过众领导看向吕总说道："我也很希望郑经理对我忠心耿耿，只可惜上次例会我拍着胸脯说信任自己的手下，现在看来有点讽刺。"

她扫了眼郑经理，郑经理躲开了她的视线，她接着说道："但是自从上次例会结束，起帝杭城会展被取消，底下门店也相继发生各种问题，好像有人专门针对我的 50% 蛋糕而来，很会对症下药。当然这个规划我只在上一次的例会上提过，知道的人并不多，是吧吕总？"

坐在一边辉伦的安部长缓慢地说："我记得，当时秦部长还和夏部长有了轻微争论。"

夏璃挑了下眉梢，看向安部长，他对夏璃意味不明地笑了笑。秦部长立马来了火："安之笔，你什么意思？"

安部长一脸无害地摊了摊手："我只是陈述事实。"

夏璃目光冷冷地盯着秦部长："包括昨天晚上，在我不知情的情况下被约去吃饭，到了地方才发现是宁汽的小陶总，一顿并不算太愉快的饭局今天却被大肆报道成这样。要不是发现我手下的郑经理和宁汽那边已经达成共识，我大概都不知道怎么莫名其妙就上了新闻。"

她的一番话信息量太大，小陶总、宁汽、内鬼、相继出现的问题，所有人都在默默做着连线，沉默不语。

只有安部长这时冷不丁地冒了句："那夏部长怎么会去赴这个约的呢？"

夏璃慢慢将视线转向袁部长，此时后勤的袁部长已经有些坐立不安，本来以为可以毫无存在感地躲过一劫，万万没想到矛头突然指向自己，她眼睛紧紧地看着夏璃，不停闪动。

在场已经有人看出了点端倪，没想到原本只是起帝内部的一起事件，如今在短短时间已经牵扯集团里面几位领导。刚才还在肆无忌惮议论的众人，这下都沉默了，谁也不知道下一阵风会刮向哪儿。

秦智也饶有兴致地看着沉默的夏璃。

就在所有人以为袁部长要栽跟头时，夏璃的嘴角却勾起不易察觉的弧度，将眼神轻描淡写地从袁部长脸上移开看着安部长："一位朋友安排的，显然这位朋友不太靠谱。"

安部长有些惊讶，不过短短一秒又若无其事地点点头，而此时的袁部长已经满手心的汗。

夏璃突然毫无征兆地站起身，望向所有人，声音笃定地说道："目前人证、物证全在，我以公司财产和集体利益的名义要求立即封锁斯博亚职场，对斯博亚全体人员的电脑和邮箱进行彻夜排查！"

秦部长勃然大怒，一拍桌子："你有什么资格？"

"我没有任何资格，但在场有得是有资格的领导。"说完，她转头看向李董，"我只是提出合理建议，起帝这个品牌隶属众翔，任何试图勾结同行损害公司利益的行为，都应该彻查！"

秦部长向来在公司横着走，狂傲凶悍，被夏璃一项项罪名指控下来，当场就指着她骂道："你不要以为攀上领导就可以为所欲为！你个贱……"

他当即看向吕总。

顿时，整个会议室寂静无声，没人料到秦部长会公然说出如此不堪入耳的话，在这种场合。

只有辉伦的安部长推了推细边眼镜，不轻不重地提醒道："注意你的言行，秦部长。"

吕总整张脸也沉了下去，转头看向秦部长："你还想说什么？"

秦部长额头青筋冒出，死死盯着夏璃啐了一口。

夏璃冷笑了一下，拉开椅子，高跟鞋踩在地板上，清脆冰冷。在她抬脚时，秦智已经从操控台离开朝她走去。

夏璃径直绕过会议桌，一步步走到秦部长面前，大声问他："你刚才喊我什么？"

"啪"的一声，夏璃直接扬起巴掌甩在他脸上。

所有人都惊呆了，甚至很多人直接站了起来，包括秦部长本人。在短短两秒之间他都没反应过来，脸上一阵火辣叫醒了他，他当即就伸手去抓夏璃。

还没碰到夏璃，手腕已经被秦智擒住，他一米八五的身高压在秦部长面前，阴冷地问他："想留还是想断？"

与此同时，夏璃头也不回地走回座位，牢牢看着每一个人："我待吕总像父亲一样尊重，我们都是从厂里最基层的位置一步步受伤流血打拼上来，你们嘲笑我起点低的时候，我要问一句高高在上的你们，一辆车的零部件都能报出来吗？性能结构都了解吗？每一步焊接工艺都清楚吗？如果不清楚请收回你们无知的评判，下次我再听见这种声音就不只是巴掌了！"

她望向对面被秦智牢牢钳制住的秦部长，随后收回犀利的目光，转向董事长。

即使几分钟前会议室正在上演一场如此激烈的大战，这位老头依然挂着让人看不透的笑意盯着所有人，竟让夏璃第一次对一个人产生一种无法参透、毛骨悚然的感觉。

李董朝秦智抬了下手，他松开秦部长，从容地拉了下大衣，走回夏璃身后。

李董声音苍老沙哑地问了句："你们看呢？"

安部长缓缓站了起来，恭恭敬敬地对李董颔首说道："既然关系到公司利益，也涉及我们各品牌之间长治久安的发展，我们辉伦愿意出人手配合公司连夜调查。"

夏璃抬起眼看向那个胖胖的安部长，侧头和秦智对视一眼。

所有人都在等着李董说话，他侧身问了下吕总："几点了？"

吕总看了眼手机回答："七点十分。"

李董点点头："品牌部之间比较熟悉彼此的工作，起帝不方便插手，那就辉伦的人去执行调查。赵总，你调几个人负责监督，袁部长你把大伙的晚饭和夜宵问题给解决了。"

几大部长均没有异议，会议结束，所有人相继离开。

袁部长从厕所出来的时候，夏璃已经在门口等了一会儿，她看见夏璃有些局促不安。夏璃朝她走去，拍了拍她的肩，笑道："谢谢袁部长了，我们以后还有更多合作，对吧？"

袁部长猛然一愣，慢慢才反应过来，也堆起笑容："那当然。"

夏璃点点头："那我先回去了。"说完，朝着走廊尽头走去。

袁部长看着这个年轻女人笔挺的背影，突然感觉身体里浮现丝丝凉意。

秦智靠在走廊尽头等着她，他瞥了眼远处的袁部长，对夏璃说道："我以为你刚才会卖了她。"

两人一起朝大楼外走去，夏璃嘴角翘起淡淡的弧度："你教我的，只要有能耐，任何敌人给你造成的失误都能变成一把利剑还给敌人。袁部长在这个位置干了这么多年，没有人比她更能胜任。今天之前她是秦部长的人，今天之后她会站在我这边，我为什么要损失拥有一员猛将的机会？"

秦智双手抄在大衣口袋，低头笑道："有人和你说过，你天生就是个领导者的命吗？"

夏璃饶有兴致地侧过头："怎么说？"

"脑子转得快，善于心计，洞察力惊人，最重要的是，心够狠。"

夏璃笑出了声，拍了拍他的肩："彼此彼此，副部长。"

刚说完，两人的脚步戛然而止，恰好看见不远处正在和人说话的安部长。

夏璃收回手，盯着那个慈祥和蔼的胖子："对于他主动提出安排人手进行调查的事你怎么看？"

秦智满脸轻松地说道："起码可以让我们今天晚上睡个好觉，安部长一定能查出个满意的结果。"

夏璃意味深长地扫了秦智一眼。

正好安部长朝他们这个方向看来，对他们笑着点了点头，秦智立在夏璃身后，低语道："真正的敌人不会让你轻易抓到任何小辫子。"

夏璃眼里闪过一道暗光，也朝安部长礼貌地笑了笑。

2

夏璃和秦智转身朝车子走去，短短时间这场暴雪已经让地面积累了厚厚一层，踩上去陷进很深的脚印。夏璃低头看着雪白的印记，说道："明天厂里又要抽调工人铲雪了。"

秦智心不在焉地接道："看来要下一整夜。"

夏璃侧眸看向他，停顿了几秒开了口："郑经理怎么肯上来就指认的？你做了什么？"

莹白的雪光折射在秦智的脸上，他嘴角的笑意魅惑却迷人："毕竟我们东海岸走出来的人，用你的话怎么说的？哦，'诡计'这种东西似乎是与生俱来的技能。以前看着那些老东西过招从来不屑一顾，出来后才清楚，有些东西从小耳濡目染，想不会都难。"

说完，他笑睨着她："你呢？我还是很好奇你之前对我的态度到底哪些是真的，哪些是假的？每次觉得你差不多要对我投降时，转身你又能当什么都没发生一样。之前我总有些纳闷，现在我明白了，这是夏部长不断试探我的把戏。比起我的这些诡计，你更擅长……我该用什么词？欲擒故纵？人格分裂？或者连你都驾驭不了自己的情感，只能来回动摇？"

夏璃按亮车子，好笑地瞟了他一眼："纠结这些干吗？难道你不觉得我们现在的关系很和谐吗？"

她单手钩住他的脖颈，柔软的手指揉着他脑后的短发。

她将车钥匙扔给秦智，他一把攥住她的手，在掌心摩挲了两下，不置可否："比起跟你谈感情，的确谈利益更靠谱点，如果你得到想要的东西之后呢？我们还会这么和谐吗？"

夏璃叹了一声，看了看天："不知道，我想要的东西很多，蓝天、大海、太阳……"继而低下头看着他，舔了下唇，"我要是你就别想那么多，我在被我姨妈接济之前，曾三天饿着肚子，从东海岸出来后很长一段时间过得也不好，穷困潦倒让我学会珍惜当下。"

她笑得妩媚动人、无懈可击，更让人辨别不出她的笑是发自内心还是……只是一个没有任何意义的表情。

秦智抬手轻柔地抚着她的下巴："恭喜你从今夜开始彻底告别那些日子，你说得对，我应该珍惜当下，所以……"

他的拇指粗粝地划过她的唇，带着他指尖特有的温度渐渐蔓延。

夏璃嘴唇微动，张口咬了他一下，转头拉开车门："我们还得去接彭飞。"

秦智转动着车钥匙骂道："讨嫌的小子！"

车子开回起帝时灯火通明，绝大多数人都没有离开，虽然都不知道集团上面发生了什么事，但一场突如其来的风雪势必让人感到了这场严冬真正的寒冷。

郝爽也带着郑经理回来了，夏璃简单交代了一下，让这些人回去等公司通知。如果有问题随时回岗接受调查，在不确定问题之前所有人的离职手续暂时都压在她手上。

她没有过多说什么，就让大家散了，在往自己办公室走的路上，对林灵聆说："彭飞怎么样？"

林灵聆快速跟上夏璃的脚步回道："我一直留心着他，除了上了一次厕所，没出过你办公室，我跟他说话他也不理人。"

夏璃无奈地拍了拍她："习惯就好，他也经常不理我。"

她刚准备走，又转过头，看着林灵聆欲言又止的样子，眯起眼睛："你有话要对我说？"

林灵聆这两天倒是把头发剪了，到下巴的短发衬得眼睛更加浑圆明亮，像一双洞悉世事的黑色玻璃珠子。她凑近一步，对夏璃轻声说："我看见智哥和你在车前……说话的样子。"

夏璃彻底停住脚步，站在办公室门口回身看着她："然后呢？"

林灵聆搓了搓手，试探地说："他正好比你小三岁，我想象不出除了智哥这样的男人还有谁能让夏部长你当年……对吧？"

她似乎憋了很久，终于有机会试图得到答案。夏璃依然纹丝不动，淡然地看着她："接着说。"

林灵聆凑近了些："在华岭的时候我就能从你们的眼神中看到一些不一样的东西。"

"你谈过恋爱吗？"夏璃忽然问道。

"没有。"

"那你是怎么看出东西的？"

林灵聆听着夏璃有些泛冷的语气，退后一步，心虚地说："感觉，我也是猜的，那我先走了……"

夏璃却抬眸冷冷地盯着她："你知道如果太多的人知道会有什么下场吗？"

林灵聆一惊，眼眸不自然地垂了下来，表情哭不像哭，笑不像笑，整颗心都悬了起来。

然而下一秒她却突然看见夏璃嘴边挂着一丝笑意："傍晚的事我听说了，干得不错，明天调来项目组，到我身边。"

这突如其来的转折让林灵聆一脸蒙，结结巴巴地说："可我……我还是个实习生……"

夏璃不以为然地说："我以前还是个修理工，那又怎样？明天拿转正申请表来。"

林灵聆欣喜若狂地说："谢谢夏部长！"

夏璃对她做了个"嘘"的手势，随后摆了摆手。

林灵聆心情不错地走了。

直到她的身影拐过走廊，夏璃才头也不回地问："听够了没？"说完转过身。

秦智从柱子后面慢悠悠地走了出来："小姑娘有点眼力。"

夏璃却平淡无奇地说："她很早就知道我们的关系了。"

秦智有些讶异地挑起眉抱着胸，从柱子后面走到夏璃面前："何以见得？"

"她对你很感兴趣，我是指对你的性格和容貌都很感兴趣，但她应该洞悉了我们之间的关系，所以很快收起了对你的兴趣。"

秦智微微蹙起眉："洞悉？你是说她那些喜欢研究人表情和行为心理的爱好？什么时候？"

夏璃深吸一口气："不知道，也许刚到农户家就发现了。"

秦智倒是玩味地笑了："照你这么说她早看出端倪了，到今天才在你面前提起这事，小姑娘挺沉得住气的，想和你谈条件？"

夏璃抬头看着他："你不是说我身边没有可以用的人吗？我的确需要一个机灵的人，郝爽跟了我最久，忠心是忠心，但是胆子不够大。

"我观察她有段时间了，想培养她不是因为她下午震住了那帮叛徒，而是她敢在这节骨眼上到我面前提要求，胆子够大！

"聪明的人知道什么时候该捏着秘密隐忍不发，什么时候该借着邀功顺势而上，关键是她看着毫无攻击性，能够互补我的……"

"母夜叉！"秦智接得很快，夏璃立马要抬拳头，他一把打开办公室的门，对彭飞喊道，"回家，小子！"

回去的路上，彭飞整个人都很沉默。

雪越来越大，一路上看见好几起车祸。夏璃在辽省待了好几年，这种雪天路面早已开惯了，一路四平八稳地把车子开回家。

三人在楼下吃了点东西，彭飞一直在提自己干不了这个位置，提了好几次，夏璃才抬起眼盯着他："回去再说。"

然而回去夏璃刚洗完澡从浴室出来，彭飞似乎等了很久，直接从沙发上站起身，对她吼了起来："我说我干不了，我真干不了！"

夏璃看了眼秦智，对他说："你去洗澡。"

秦智没动坐在一边，夏璃眼神略沉地又对他说了遍："去洗澡！"

秦智才慢悠悠地拿了衣服走进浴室。

门一关，夏璃就搬了把椅子坐在彭飞对面："好，你可以不干，但要给我一个说服我的理由？"

彭飞低着头："我不想出差，不想再面对那些东西。"

"哪些东西？"

彭飞突然双手揉着头发，像是连头皮都要搓下来的感觉。夏璃站起身，用劲攥住他的双手，问他："告诉我是哪些东西？我绝对不再逼你！"

彭飞却突然发狂地狠狠把夏璃一推，强大的冲撞力让夏璃倒在身后的墙上。他双眼通红，整个人有些魔怔的样子，浑身颤抖地盯着夏璃，仿佛瞬间变了一个人，夏璃坐在地上难以置信地看着他。

秦智听见动静，上衣都没来得及套从浴室冲出来后，看见这个场景，二话不说走到彭飞面前，用毛巾将他一勒就往房间拽。

夏璃吓得赶紧从地上爬起来，喊道："秦智，你要干吗？"

秦智一脚把彭飞踹进房间头也不回地说："把他三观修一修！"说完，用脚把门一带，任凭夏璃如何在门口大喊大叫，他都没再开过门。

房间里不时传来彭飞的惨叫，听得夏璃出了一身冷汗，发狠地捶着门："秦智，你不要乱来！"

直到二十多分钟后，秦智才打开门。他赤着上半身，下身一条浅灰色的运动裤，回身将彭飞又一脚蹬了出去，对夏璃说："他明天会准时上班。"

夏璃赶忙回头查看彭飞的情况，却讶异地发现彭飞脸上、身上竟然一点伤都没有，只是低着头走回沙发那儿，情绪不像刚才那么失控，反而整个人安静下来。

她急切地问彭飞："他打你了？"

彭飞抬起头，又转过去看了眼靠在房门口的秦智，随后垂下眸，摇了摇头。

"那你叫那么惨干吗？"

彭飞又恢复成了那副抑郁寡言的样子，沉闷地说："我困了。"

夏璃站起身，盯着靠在房门口一派轻松的秦智，边朝房间走去边对他说："进来。"

她径直走进房，秦智回身关了房门靠在门上盯着她。

夏璃指了指外面，面色不善地质问道："你对他做了什么？"

秦智只是淡淡地抬手，看了看指甲："做了点让他害怕的事。"

夏璃立马来了火，扬手就准备打开他的手："他身上没有伤！"

秦智却突然握住她的手顺势将她一拉，轻易地反手将她拽进怀里，呼吸灼热地落在她耳边："我从小泡在武术馆，对于怎么让人疼得喊妈又不留下一点痕迹十分擅长，想不想试试？"说完，提起她的腰，将她扔在床上，高大的身体就落了下来。

他臂膀肌肉线条流畅，将夏璃完全笼罩在身下，抬起她的下巴，对她说："你承诺我的加餐，不会反悔吧，夏部长？"

夏璃瞥了眼门口："你疯了？"

秦智翻身躺在她旁边，双手慵懒地撑在脑后，戏谑地盯着她："夏部长要是履行承诺，我再额外告诉你一个小秘密，是我刚才发现的，关于彭飞的。"

夏璃一下子坐起身，浅灰色的眸子牢牢盯着他："你还真够现实的。"

秦智不否认地露出笑意："对你，还是现实点好。"

3

夏璃面无表情地坐在秦智身侧，抬起手腕，修长的指尖带着微凉的温度从他坚实的肌肉上划过，淡淡地问道："你现在还练吗？"

"偶尔。"

"那怎么维持的？"

"肌肉已经被我训练有素了，很难软化，除非……"

秦智垂着视线看着她的动作，心不在焉地说："除非哪天我真的不在外面漂了，娶了老婆生了小孩，心宽才能体胖，你说呢？"

"那就要祝福你早日得偿所愿，娶的老婆别像我这么……母夜叉。"

秦智笑而不语，忽而微皱着眉问她："如果别人能给你提供更牢靠的阶梯，你是不是也会对那个人……这样？"

夏璃看着他呼吸越来越炙热的样子，声音嘲弄地说："小陶总的家门对我敞开，只要我对他这样，不仅能得到宁汽最新投产的品牌，还能轻易帮他向众翔伸出魔爪，他那里的阶梯不够牢靠吗？你看我对他……这样了？"

秦智"啦"了一声，眼睛微眯，搭上她纤柔的腰肢，问道："为什么？"

夏璃俯下身，挺翘的鼻尖轻轻摩挲着他完美的下巴，笑着说："因为我要的更多，他给不了我。"

秦智眯起眼睛，抚摸着她一头漂亮的长发："比如？"

夏璃缓慢眨了下眼，抬起那双迷蒙的双眸望着他："也许以后有一天你会知道。"

秦智突然有些好奇地问："你以前有这样过吗？"

夏璃侧头睨着他："又在试探我跟过多少男人？"

秦智摊了摊手，手臂穿过她的腰将她翻身压下。

夏璃在他一阵疯狂的掠夺下，眼神逐渐涣散绮丽。她攀着他的肩膀对他气息急喘地说："就你一个，信不信？"

秦智好笑地抬起头摸了摸她诱人的脸蛋："外面有很多人想害我，因为我父亲一手推动了东海岸几场商战，破了二十年来的商业格局，因为我的妹夫让上山区那尊贵的裴家，也就是你的姨妈一家现在生不如死，更让无人能撼动的钟家摇摇欲坠，侵犯了很多集团的利益。

"但不管他们斗得再你死我活，我都能安然无恙在这里，知道为什么吗？"

他突然发了狠劲儿，夏璃猛地一颤，禁不住失声惊叫。他抬手捂住她的唇，笑得妖孽："因为我不会相信任何冠冕堂皇的商业条款，同盟之间秀色可餐的合作诱饵，还有漂亮女人的甜言蜜语。"

夏璃如水的眸子变得越来越无力，秦智似乎很乐于看见她这副逆来顺受，又毫无办法的样子，硬生生折腾了好一会儿才放过她。

他站在床边套上长裤回身望着她，她抬起纤细的手臂将头发拨弄到一边问他："你出去睡？"

秦智侧眸似笑非笑地睨着她："不然呢？要我陪？夏部长什么时候也变得这么矫情了？"

夏璃直接转身拉过被子："彭飞的事，你说要告诉我什么？"

秦智几步走到床前，俯身吻了下她香软的头发："真现实，结束就问我要报酬，我出去抽根烟，你先睡。"

秦智打开房间的门走了出去，彭飞并没有睡，只是靠在沙发上抱着一本书，听见开门的声音抬眸瞥了秦智一眼。

秦智几步走到墙角，从行李箱里抽出一件衣服，套上，回身看着他："没影响到你吧？"

彭飞合上书，事实上秦智几乎可以肯定他一个字都没看进去。

秦智也不说话就这样看着他。

彭飞愣是憋了老半天，才欲言又止地说："夏部长怎么会跟你……"

秦智微微蹙起眉，有些不悦地看着他："我身材不够好？"

彭飞摇了摇头。

"长得说不过去？"

彭飞再次摇了摇头。

"刚刚不优秀？"

彭飞这下别开眼："我怎么知道！"

"你听到了。"

秦智看着彭飞微红的脸，突然觉得逗他是件挺好玩的事，爽朗地笑了两声："你还是个男人吗？"

不料彭飞却突然黑着脸，拿起抱枕就狠狠砸向秦智，毫无征兆地发了火。

秦智没有躲，抱枕直直撞上他的胸口再落在他脚边，他纹丝不动，漆黑锋利的目光朝彭飞扫了过去。客厅的气温瞬间下降，如窗外冰天雪地般寒冷，彭飞有些不知所措地从沙发上站起身，跟他无声地对视着。

半晌，彭飞忽然冷不丁地说了句："能教我功夫吗？"

秦智冷哼一声："功夫？"

彭飞猛吞了下口水，有些唯唯诺诺地说："就是你刚才对付我的那些。"

秦智抬起下巴，深吸了一口烟，目光审视地盯着他："那是柔道。"

彭飞迫切地说："能教我柔道吗？"

秦智将烟头掐灭，随口问道："你学这个干吗？"

"自、自保。"

秦智轻笑了一声："那你学散打更实用点。"

随后他抬起头看着彭飞闪烁不定的目光，云淡风轻地说："你应该庆幸，因为我也会，不过我从来不授教，你也不可能买得起我的时间。"

彭飞默默低下头，秦智朝他走了几步，继而说道："除非你告诉我，为什么知道夏部长跟我的关系这么惊讶？"

彭飞声音很低地说："很久以前夏部长说过，她不会属于任何男人。"

秦智点点头："想过原因吗？"

彭飞耸耸肩表示不知道，秦智笑着拍了拍他："她很早就属于我了，怎么还可能属于别人？你看过谁见过大鱼还对小虾米感兴趣的？"

秦智的话瞬间刷新了彭飞的认知，让他有些细思极恐地盯着秦智，对彭飞顿时肃然起敬。

秦智朝房间走去丢下一句："想要学技巧，先把体能练上来，我能把你变成你想变成的样子，只要你足够听话。"说完，走到房门口，回身看了他一眼。

彭飞立在沙发边上，双手握成拳头贴在身侧，清瘦的脸颊紧紧绷着。

秦智收回视线走进房，夏璃依然背对着门，身体藏在被窝中一动不动。他掀开被子一角上了床，不大的床上立马凹陷了一半。他侧过身子，手穿过她的腰间，亲吻着她的耳郭："我知道你没睡，在等我？"

夏璃干脆转过身拿开他的手，把被子裹紧："你出去探他口风了？那么现在可以确定了吗？"

秦智对于她这个动作，有些不悦地板起脸，正过身子靠在床头低眸盯着她："过来。"

夏璃没动，身体依然在温暖的被窝里，却听见他再次警告道："除非你还想再来一次，不要挑战我的体力。"

夏璃在被子里掐了掐他，游到他身前。秦智顺势一捞，他抬手抚摸着她的下巴，让她好看的瞳孔落进他的眼里，语意颇深地对她说："刚才我把彭飞弄进来，让他胫骨关节都遭了一番罪。虽然很酸痛，但我没对他动手，不过你也听到了，他叫得很惨。"

夏璃若有所思地说："也许……你让他想起了那晚的事。"

秦智眸子略沉地握起她的手攥在掌心："让人刻骨铭心又不留下一点痕迹的方法不止那一种，还有一种，就……类似我刚才对你做的事情。"

夏璃短短一秒之间整个人从床上弹坐起来，惊恐地盯着秦智："你是说他、他被……"

秦智很平静地告诉她："只有这件事能让他至今沉默不语，不愿意指证凶手，为了自己的尊严。"

夏璃呼吸卡在喉咙间，哽着一股气，上不去下不来，无数的想法瞬间塞进大脑里，心脏疯狂地跳动着。

秦智将她直接捞进怀里，声音埋在她的发丝间，低沉地说："只要他向我提的要求我都会尽量满足，我会试着把他从黑暗中拉回来，要不是他，受罪的就是你。"

他握着夏璃肩膀的手渐渐收紧力道："幸亏不是你。"

夏璃的脸埋在秦智的胸前，她声音沙哑哽咽："我对不起他。"

秦智只是默默地抱着她，陪着她，轻轻抚平她难以平息的情绪。

窗外的雪越来越大，似乎要将整座城都淹没，把这里变成白雪皑皑的世界。

这注定是个不平凡的夜晚，有人彻夜不眠，有人忙碌了一整夜，当然，也有人在另一个人的怀中安然睡去。

当晨曦洒进房间时，夏璃睁开了眼，她似乎一晚上都窝在秦智的臂弯里。虽然天气预报报道这是芜茳近五年来气温最低的一天，但她的身上覆盖着他滚烫的温度，丝毫没有感觉到寒冷。

她看着身边熟睡的男人，浓密的睫毛漂亮得像把小扇子，让人怦然心动。还记得她从东海岸离开的那个早晨，也是看了他好久，默默记住了他的样子，刻在心底。一晃这么多年了，可他熟睡时依然能看见当年清俊的影子。

她轻轻起身跨过他下了床，打开衣橱找了件宽大的白色高领毛衣套在身上，然后走向窗边，撩开窗帘一角，看着外面的世界。

雪不像昨晚那么大，可似乎还没停的样子，不过一层玻璃之隔，外面已然变成了另一番模样，整座城都披上了一层白色的绒毯，圣洁、纯净。

她站在窗边看了好一会儿，全然不知身后男人睁开的眼，看着她的背影，眼神来回游荡。

直到窗边的人回过身，视线跟他撞上，秦智从容地说："早啊，夏部长。"随后甩了甩自己的左手臂，"换作一般人，再被压几晚这只手臂怕是要废了。"

夏璃回过身，冷冷地说："那你今晚别睡这儿。"

秦智挑了挑眉梢："可惜我不是一般人。"

夏璃将长发从衣领中拿出来，把裤子套上："你相信女人的第六感吗？"

他撑起身子，饶有兴致地说："我相信你的，说说看。"

"后面还会有更大的雪。"

她的话让秦智垂下眸陷入沉思。

夏璃已经将衣服穿好，回身看着他："你过年什么时候回去？"

秦智抬眸似笑非笑地说："干吗？跟我一起回去？"

夏璃给了他一个白眼，打开门。

一早上夏璃看见彭飞不在家吓了一跳，幸亏这个惊吓没有持续太长时间，彭飞又回来了，说是参加社区早晨的自愿铲雪活动，还顺便给他们带了早饭。

吃早饭的时候，他凑到秦智旁边，神秘兮兮地说："智哥，知道我为什么去铲雪吗？"

秦智一边啃着油条，一边睨着彭飞，彭飞有些不好意思地说："练体能啊。"

秦智用油腻腻的手拍了拍他，顺便在他衣服上擦了擦，把那句骂他的话收了回去，换成赞许的眼神，结果彭飞就开心了一早晨。

外面雪太大，夏璃的车开不了，于是三人徒步走出小区，选择乘坐地铁，刚出楼栋，一阵冷风吹来，冻得彭飞牙齿直打战。

秦智回头看了眼夏璃，停住脚步回身，将她羽绒服的拉链从胸口一直拉到脖颈，低头对她说："雪停了，化雪的时候最冷。"

夏璃抬眸，意味深长地说："那今天肯定有人比我更冷。"

两人相视而笑，一种不言而喻的心情交织在两人之间，不过又瞬间恢复如常，像一切都不曾发生。

（上部完）